A PONTE DA ILHA DO SAPO

CARL HIAASEN

A PONTE DA ILHA DO SAPO

Tradução:
CELSO NOGUEIRA

COMPANHIA DAS LETRAS

Copyright © 1999 by Carl Hiaasen

Publicado originalmente pela Alfred A. Knopf, uma divisão da Random House, Inc., Nova York, e, simultaneamente, pela Random House of Canada Limited, Toronto.

Título original
Sick puppy

Capa
Silvia Ribeiro

Foto da capa
Roberto Stelzer

Preparação
Eugênio Vinci de Moraes

Revisão
Ana Maria Barbosa
Isabel Jorge Cury

Dados Internacionais de Catalogação na Publicação (CIP)
(Câmara Brasileira do Livro, SP, Brasil)

Hiaasen, Carl
A ponte da Ilha do Sapo / Carl Hiaasen ; tradução
Celso Nogueira. — São Paulo: Companhia das Letras, 2004.

Título original: Sick puppy
ISBN 85-359-0528-6

1. Romance norte-americano I. Título.

04-4275 CDD-813

Índice para catálogo sistemático:
1. Romances : Literatura norte-americana 813

2004

Todos os direitos desta edição reservados à
EDITORA SCHWARCZ LTDA.
Rua Bandeira Paulista 702 cj. 32
04532-002 — São Paulo — SP
Telefone (11) 3707-3500
Fax (11)3707-3501
www.companhiadasletras.com.br

Para Fenia,
Η ΜΟΝΑΔΙΚΗ ΜΟΥ ΑΓΑΠΗ

Esta é uma obra de ficção. Todos os nomes e personagens foram inventados ou usados ficcionalmente. O autor desconhece a eventual existência de um produto chamado Barbie Vampira com articulações ultraflexíveis. Portanto, não existe sua imagem animada.

Contudo, embora a maioria das descrições deste livro seja produto da imaginação, os hábitos alimentares do besouro-do-esterco bovino foram realisticamente reproduzidos.

1

Na manhã do dia 24 de abril, uma hora após o alvorecer, um homem chamado Palmer Stoat abateu um raro rinoceronte-negro africano. Ele atirou de uma distância aproximada de treze metros e usou uma Winchester 458 que o jogou de costas no chão. O rinoceronte virou, como se pretendesse atacar, antes de fungar duas vezes e cair de joelhos. A cabeça pousou na sombra das palmeiras.

Palmer Stoat instruiu o guia, um ex-vendedor de ração chamado Durgess, a pegar a câmera.

"Melhor ter certeza de que ele morreu, primeiro", Durgess sugeriu.

"Está brincando? Não viu o tiro?"

Durgess pegou a Winchester do cliente. Aproximou-se da massa imóvel e a cutucou na anca com o cano do rifle.

Stoat riu enquanto limpava a poeira da calça cáqui, de grife. "Ei, Bungalow Bill, veja o que eu matei!"

Enquanto Durgess montava o equipamento de vídeo, Stoat inspecionou seu novo troféu, que lhe custara trinta mil dólares, sem incluir a munição e as gorjetas. Quando afastou as folhas de palmeira da cara do rinoceronte, notou que algo estava errado.

"Está pronto?", Durgess perguntou, limpando a lente da câmera de vídeo.

"Ei, veja isso", Stoat apontou, acusador.

"Estou olhando."

"Dá para explicar?"

"Explicar o quê? É um chifre", Durgess disse.

Stoat deu uma puxada. Quebrou e saiu em sua mão.

"Olha só o que você fez", exclamou Durgess.

"É falso, cara." Stoat jogou o chifre de plástico para Durgess, furioso.

"O outro é real", Durgess disse, na defensiva.

"O outro é um toquinho!"

"Bom, não foi idéia minha."

"Você colou um chifre de mentira no meu rinoceronte de trinta mil dólares. Foi isso mesmo que eu entendi?"

Nervoso, Durgess estalou os dedos.

"O que vocês fizeram com o chifre de verdade?", Stoat quis saber.

"Vendemos. Serramos o chifre e o vendemos."

"Sensacional."

"Vale uma fortuna, na Ásia. Dizem que é uma maravilha para o pau. Dá dois dias de ereção." Durgess deu de ombros, cético. "Seja como for, é dinheiro grosso, senhor Stoat. Esse é o esquema para todos os nossos rinocerontes. Um chinês da Cidade do Panamá compra todos os chifres."

"Vocês me enrolaram, seus safados."

"Não, senhor. Consta no catálogo um rinoceronte africano legítimo, e foi isso que o senhor matou."

Stoat ajoelhou-se no mato para olhar mais de perto. O chifre do rinoceronte fora removido com serra, e no local restara uma cavidade rasa oval. A prótese plástica fora colada com adesivo industrial branco. Trinta centímetros adiante encontrava-se o chifre secundário do animal, real mas irrelevante: pequeno, mais parecia uma verruga, de perfil.

"A minha idéia", Stoat disse a Durgess, irritado, "era colocar a cabeça no meu gabinete, como troféu."

"É uma cabeça e tanto, senhor Stoat, admita."

"Exceto por um pequeno detalhe."

Stoat jogou o chifre falso para Durgess, que o deixou cair no chão úmido devido aos fluidos corporais do rinoceronte. "Conheço um taxidermista que trabalha com fibra de vidro, ele pode fazer um novo. Ninguém notará a diferença, senhor. Vai ficar igualzinho ao verdadeiro."

"Fibra de vidro."

"Isso mesmo", Durgess repetiu.

"Bom, e por que não cromado, já pensou? A gente podia pegar o enfeite do capô de um Cadillac, ou quem sabe de uma 450-SL. E colar no focinho do bicho."

Durgess olhou para Stoat, contrariado. Stoat tomou a Winchester do guia e a apoiou no ombro. "Gostaria de me contar algo mais a respeito deste animal?"

"Não, senhor." Seria imprudente revelar a Stoat que seu rinoceronte selvagem sofria de catarata nos dois olhos, o que explicava a indiferença pela aproximação de dois humanos pesadamente armados. Além disso, o animal passara a vida no zoológico de um parque de diversões itinerante do Arizona, como atração principal, e era manso feito um hamster.

"Deixe a câmera de lado. Não quero que ninguém veja uma coisa dessas. Você pode fazer contato com o sujeito da fibra logo?", Stoat perguntou.

"Amanhã de manhã, bem cedo", Durgess prometeu.

Palmer Stoat sentiu-se melhor. Passou a mão no couro áspero do rinoceronte e disse: "Magnífica criatura".

Durgess pensou consigo: Se eu ganhasse dez dólares cada vez que escutasse essa frase...

Stoat puxou dois grossos charutos e ofereceu um ao guia dedicado. "Cohiba", Stoat disse, "o genuíno." Espalhafatoso, acendeu um deles.

Durgess dispensou a gentileza. Fez uma careta para a fumaceira acre do charuto, que se misturava ao cheiro do mijo do rinoceronte.

"Me diga uma coisa, jovem buana", continuou Stoat.

Vai se foder, Durgess quase respondeu.

"Quantos anos acha que esse animal tinha?"

"Não sei dizer."

Stoat insistiu: "Ele parece estar no auge".

"Com certeza", Durgess disse, enquanto pensava: cego, gordo, manso, meio senil; uma verdadeira máquina de matar, sem dúvida.

Palmer Stoat seguiu admirando a carcaça, pois acreditava que se esperava isso de um caçador vitorioso. Na verdade, era a si mesmo que admirava, e tanto ele quanto Durgess sabiam disso. Stoat bateu no flanco do animal morto e dirigiu-se ao guia: "Vamos tomar uma cerveja, cara. Por minha conta".

"Boa idéia." Durgess sacou o rádio portátil da jaqueta tipo safári. "Primeiro vou mandar Asa trazer o caminhão."

Palmer Stoat tinha dinheiro de sobra para ir à África, mas não tinha tempo para isso. Contentava-se em caçar animais de grande porte nas fazendas de safári locais, algumas legais, outras não. Aquela, situada perto de Ocala, na Flórida, chamava-se Wilderness Veldt Plantation. Oficialmente, era uma "reserva florestal particular"; na verdade, era um lugar aonde os ricos iam para abater a tiros animais selvagens exóticos. Palmer Stoat havia estado lá duas vezes, antes. A primeira para matar um búfalo e a outra um leão. O trajeto, a partir de Fort Lauderdale, não era ruim, quatro horas pela sombra. Marcavam as expedições de caça para o início da manhã, de modo que normalmente voltava para casa a tempo de jantar.

Assim que chegou à rodovia interestadual, Stoat pegou o telefone. Tinha três linhas de celular consigo no Range Rover, pois seus serviços profissionais eram muito procurados.

Ligou para Desie e contou a respeito da caçada. "Foi clássica", disse, tirando uma baforada do charuto.

"É mesmo?", perguntou a esposa.

"Sol nascendo. Sozinho, lá, no meio do mato. Névoa. Gravetos estalando debaixo da sola da bota. Gostaria que me acompanhasse, uma vez."

"O que ele fez?", a esposa perguntou. "Quando você o abateu, quero dizer."

"Bem..."

"Ele atacou?"

"Não, Des. Não durou nem um minuto. Dei um tiro certeiro."

Desirata era a terceira esposa de Palmer Stoat. Trinta e dois anos, jogadora de tênis compulsiva e liberal esporádica. Os colegas de Stoat a chamavam de protetora dos bichinhos porque os esportes sanguinários não a atraíam. Ora, isso depende de quem é o sangue, Stoat retrucava, soltando uma gargalhada.

"Suponho que tenha feito um vídeo", Desie disse ao marido. "Foi sua primeira vítima de uma espécie ameaçada de extinção, afinal."

"A bem da verdade, não. Nada de vídeo."

"Ah, ligaram do gabinete de Dick."

Stoat abaixou o vidro e bateu a cinza do charuto cubano. "A que horas?"

"Quatro vezes", Desie respondeu. "Começaram a telefonar às sete e meia."

"Da próxima vez, deixe a secretária eletrônica atender."

"Eu já estava acordada, mesmo."

Stoat quis saber: "Quem, do escritório do Dick?".

"Voz de mulher."

Isso reduzia as possibilidades, Stoat pensou. Dick Artemus era o governador da Flórida e adorava contratar moças.

"Quer que eu faça o jantar?"

"Não, nós dois vamos sair. Para comemorar, tá bom?"

"Legal. Vou usar algo bem morto."

"Você é demais, Des."

Palmer Stoat telefonou para Tallahassee e deixou um recado para Lisa June Peterson, assessora do governador. Muitos membros da equipe de Dick Artemus usavam três nomes, vestígio do tempo em que participavam de irmandades da Universidade do Estado da Califórnia. Até o momento nenhuma das moças aceitara fazer sexo com Palmer Stoat, mas o governo mal começara. Elas acabariam por perceber quanto Stoat era astuto, poderoso e carismático; um dos lobistas mais importantes do estado. Só na política um serviço desses atraía mulheres; nenhuma moça normal se impressionaria ou se interessaria pelo modo como Stoat ganhava a vida.

Em Wildwood ele pegou a via expressa e logo parou no Okahumpka Service Plaza, onde pediu um lanche para viagem: três hambúrgueres, duas porções de fritas e um milk-shake gigante de baunilha. Dirigia só com uma das mãos, enquanto se entupia de comida. O Motorola digital tocou e Stoat consultou a tela do celular para ver quem era. Apertou apressado o botão de desligar. O sujeito que o chamava era membro de um comitê de obras públicas, e Stoat respeitava a rígida regra de jamais conversar diretamente com esses funcionários — os que não haviam sido indiciados estavam sob investigação, e todas as linhas da prefeitura grampeadas. Stoat arrepiava-se só de pensar em dar outro depoimento num inquérito qualquer. Não tinha tempo a perder com essas bobagens, certo?

Um pouco ao norte do entroncamento de Yeehaw uma picape preta imunda surgiu no retrovisor do Rover. A picape se aproximou depressa, mas ficou atrás dele, permaneceu a uns três carros de distância do pára-choque de Stoat, que mastigava as batatas fritas e falava ao telefone, sem prestar atenção ao veículo. Cerca de uma hora depois, porém, notou que a picape continuava atrás dele. Estranho, pensou. Pouco trânsito em direção ao Sul. Por que o idiota não passava logo de uma vez? Stoat acelerou o Rover até cento e quarenta, e a picape também. Gradualmente, Stoat tirou o pé do acelerador, reduzindo a velocidade a setenta quilômetros por hora. A picape preta o imitou, mantendo-se a três carros de distância, como se estivesse sendo rebocada.

Como muitos brancos ricos que tinham peruas esportivas, Palmer Stoat vivia apavorado com a perspectiva de seqüestro. Aprendera que as 4×4 de luxo eram os veículos prediletos das gangues de traficantes negros e latinos; aquela gente preferia Range Rover a Ferrari. O reflexo no pára-brisa impedia Stoat de determinar a etnia de seu perseguidor. Mas para que correr riscos? Stoat abriu o porta-luvas e pegou a pistola Glock semi-automática que ganhara de presente de Natal do presidente da Associação Estadual de Assistência Policial e a ajeitou no colo. Adiante viu um trailer Airstream, largo como uma barcaça do Mississippi e tão lento quanto. Stoat acelerou para ultrapassar o trailer e voltou para sua pista abruptamente, deixando o veículo entre seu carro e a picape. Decidiu sair da via expressa na próxima saída, para ver o que o outro faria.

O trailer Airstream seguiu Stoat na rampa; em seguida, veio a picape preta e suja. Stoat ficou tenso. A moça da cabine de pedágio arregalou o olho para a pistola no meio das pernas dele, mas não falou nada.

"São oito dólares e setenta centavos", disse a funcionária.

"Chame a polícia rodoviária."

"Sim, senhor. Oito e setenta, por favor."

"Você não ouviu?", Stoat perguntou, entregando uma nota de cinqüenta dólares à moça.

"Não tem nada menor?"

"Sim, seu cérebro", Stoat disse. "Pode ficar com o troco, mas chame a polícia rodoviária. Tem um lunático me seguindo."

A moça ignorou o insulto e olhou para os veículos enfileirados atrás do Range Rover.

Em voz baixa, Stoat disse: "É a picape atrás do trailer".

"Que picape?", indagou ela.

Palmer Stoat pôs a Glock em cima do painel e saiu do Rover para poder enxergar atrás do trailer Airstream. O carro seguinte era uma perua comum com uma flâmula de quadrilha caipira presa na antena. Seu perseguidor desaparecera. "Filho-da-mãe", Stoat murmurou.

O motorista do trailer buzinou. Outro motorista também, na mesma fila. Stoat voltou ao Range Rover. A funcionária do pedágio lhe deu o troco para os cinqüenta dólares. "Ainda quer que eu chame a polícia rodoviária?"

"Não, obrigado."

"E que tal a CIA?"

Stoat fechou a cara. A cretina não sabia com quem estava falando. "Parabéns, minha cara", disse a ela. "Acaba de ganhar passagem para o mundo frio e cruel do desemprego", disse. No dia seguinte conversaria com um sujeito em Tallahassee e pronto.

Palmer Stoat parou num posto Exxon, encheu o tanque e foi ao banheiro. Depois voltou para a via expressa. Durante todo o trajeto para Lauderdale ficou olhando pelo retrovisor. Era incrível como havia picapes pretas. O mundo inteiro tinha ficado caipira? Os nervos de Stoat estavam em frangalhos quando chegou em casa.

Eles haviam levado o projeto da ilha Shearwater ao governador Dick Artemus aos pouquinhos, e ele estava gostando da idéia, até agora.

Um condomínio fechado à beira-mar. Praias e passeios entre os prédios altos. Parques comunitários, caiaques e uma trilha ecológica. Dois campos de golfe profissionais. Um estande de tiro ao pombo. Marina, pista de pouso e heliporto.

Mas Dick Artemus não conseguia localizar a ilha Shearwater no mapa da Flórida pregado na parede de seu escritório.

Era porque a ilha Shearwater ainda não recebera esse nome, explicou Lisa June Peterson. Chamava-se Ilha do Sapo, e situava-se bem ali, no golfo, perto da foz do Suwannee.

"Eu já estive lá?"

"Provavelmente não."

"O que quer dizer '*shearwater*'"?

"É o nome de um pássaro", Lisa June Peterson explicou.

"Esses pássaros vivem na ilha?" O governador quis saber. "Isso pode dar algum problema?"

Lisa June Peterson já investigara a possibilidade e respondeu que aquele parente do albatroz era uma ave marinha migratória que preferia a costa do Atlântico.

"Mas há outros pássaros na ilha", acrescentou.

"Por exemplo?" Dick Artemus franziu a testa. "Águias? Não ve-

15

nha me dizer que as malditas águias-calvas vivem lá na ilha, pois teríamos uma encrenca federal."

"Estão fazendo o trabalho de campo esta semana."

"Quem?"

"Teremos um levantamento biológico. Pessoal do Clapley", Lisa June Peterson explicou. Robert Clapley era o incorporador que pretendia rebatizar e lotear a Ilha do Sapo. Contribuíra generosamente para a campanha de Dick Artemus.

"Terraplenar ninhos de águia não rende votos", o governador comentou, sério. "Fui claro?"

"O senhor Clapley está tomando todas as precauções razoáveis."

"E o que mais, Lisa? Em cinqüenta palavras ou menos." Dick Artemus era famoso por sua insignificante capacidade de concentração.

A assessora falou: "O orçamento do setor de transporte inclui recursos para construir uma nova ponte, do continente até lá. Passou no Senado estadual, mas Willie Vasquez-Washington começou a criar caso".

Willie Vasquez-Washington era vice-presidente do Comitê de Desapropriações. Ele e o governador já haviam se estranhado antes.

"O que ele quer, desta vez?", Dick Artemus indagou.

"Não temos certeza."

"Conseguiu falar com Palmer?"

"Tentei, mas ainda não deu."

"Suponho que esse projeto não vai decolar, essa ilha Shearwater, se a ponte não sair", o governador disse.

"A ponte atual, de madeira, já completou sessenta anos", Lisa June Peterson disse. "Não agüenta o peso de um caminhão cheio de concreto, segundo Roothaus." Roger Roothaus era presidente da firma de engenharia que cobiçava o contrato para projetar e construir a nova ponte da Ilha do Sapo. Ele também ocupava lugar de destaque entre os financiadores da campanha de Dick Artemus para governador. Na verdade, praticamente todos que lucrariam com o empreendimento haviam dado dinheiro para eleger o governador. Disso Dick Artemus tinha certeza.

"Peça a Palmer para resolver o problema da ponte", disse.

"Tudo bem."

"Mais alguma coisa?"

"Nada importante. Esperamos um pouco de oposição local", Lisa June Peterson disse.

O governador gemeu. "Tem gente *morando* naquela ilha? Caramba, ninguém me avisou."

"Duzentas pessoas. Duzentas e cinqüenta, no máximo."

"Que merda!"

"Eles estão passando um abaixo-assinado."

"Suponho que não gostem de golfe."

"Claro que não", Lisa June Peterson disse.

Dick Artemus levantou-se e vestiu o paletó. "Estou atrasado, Lisa June. Poderia passar tudo isso para o senhor Stoat?"

"O mais depressa que eu puder", ela disse.

Twilly passara o dia em Gainesville, na faculdade de veterinária da Universidade da Flórida, tida como uma das melhores do país. Muitos parques ecológicos e zoológicos, inclusive o da Disney World, enviavam animais mortos para que fossem necropsiados lá. Twilly fora levar uma águia de dorso vermelho, pelo jeito abatida a tiros. Ela havia caído numa praia remota da área conhecida como Madeira Bay, no parque nacional de Everglades. Twilly envolvera o corpo da águia com plástico-bolha e o guardara no gelo seco, numa geladeira de isopor. Percorrera o caminho de Flamingo a Gainesville em menos de sete horas. Torcia para que o projétil ainda estivesse no corpo do pássaro, pois era uma peça fundamental para comprovar o crime.

O que não era exatamente a mesma coisa que solucioná-lo. Saber o calibre da arma ajudaria: a informação iria para o arquivo e serviria para acusar o criminoso caso ele cometesse a tolice de voltar ao parque para ser notado, seguido, capturado e amarrado nu a uma árvore do manguezal por um mês.

Twilly Spree não era guarda-florestal nem biólogo especializado em animais silvestres ou mesmo observador de pássaros. Largara a faculdade e estava desempregado aos vinte e seis anos. Detinha um histórico espetacular de problemas psicológicos. Para completar, herdara milhões de dólares.

Na faculdade de veterinária Twilly achou um jovem veterinário que aceitou fazer a autópsia na águia, que havia mesmo sucumbido por causa de um único ferimento a bala. Infelizmente o tiro atravessara o peito da ave, deixando apenas um buraco ensangüentado no meio das penas. Nada de fragmentos ou pistas. Twilly agradeceu ao jovem veterinário pelo esforço. Preencheu um formulário para o governo federal, informando onde encontrara a águia morta e em que circunstâncias. No pé da página assinou um nome: "Thomas Tearns Elliot Jr". Depois Twilly voltou à picape e seguiu para o Sul. Pretendia retornar diretamente para Everglades, onde vivia acampado numa barraca com um lince perneta.

Na via expressa, logo ao sul de Kissimmee, Twilly aproximou-se de um Range Rover cor de pérola. Normalmente não teria prestado atenção ao estilo do veículo, mas aquele exibia placas especiais com letras verdes maiúsculas: COJONES. Quando Twilly ia ultrapassar a perua, uma embalagem de sanduíche da Burger King voou pela janela do Rover. Em seguida veio um copo vazio e logo depois um guardanapo de papel amarrotado, seguido por mais uma embalagem de hambúrguer.

Twilly freo u com violência, conduziu a picape para o acostamento e ficou esperando uma brecha no trânsito. Correu para o meio da estrada e recolheu o lixo, peça por peça. Guardou tudo na cabine da picape. Depois disso, precisou apenas de alguns minutos para alcançar o porco do Range Rover. Twilly colou na traseira dele e lá permaneceu, estudando as opções. Pensou no que seus terapeutas recomendavam, no que os ex-professores diziam e no que a mãe aconselharia. Pessoas indubitavelmente maduras e sensatas, mas seus conselhos em geral eram inúteis para Twilly Spree. Ele se surpreendia com a atitude que adotavam na vida, assim como eles se surpreendiam com a sua.

Twilly só conseguia ver o ombro e o topo da cabeça do emporcalhador de estradas. Para Twilly a cabeça parecia excepcionalmente grande, mas talvez isso fosse uma ilusão provocada pelo chapéu estilo caubói. Twilly duvidava que um caubói autêntico circulasse numa perua esportiva importada cor de pérola de cinqüenta mil dólares com placas especiais que proclamavam o tamanho de seus testículos em *español*. Nada disso, Twilly pensou, um caubói de verdade jamais atiraria embalagens de hambúrguer pela janela do carro. Portanto, aquilo só podia ser obra de um caubói de butique idiota...

De repente o Range Rover ultrapassou um trailer lento e saiu da via expressa com uma manobra arriscada, pela saída de Yeehaw. Twilly o seguiu até perto do pedágio, onde passou para a faixa de quem tinha o valor exato, e foi embora. Passou pela Rodovia Estadual 60, para pegar a I-95, e avançou em velocidade imprudente para Fort Pierce, para chegar novamente à via expressa, rumo ao sul. Parou na sombra de uma passarela, levantou a tampa do capô da picape e esperou. Vinte minutos depois o Rover passou e Twilly retomou a perseguição. Dessa vez, ficou bem mais longe. Ainda não tinha um plano, mas pelo menos definira sua missão com clareza. Quando o porcalhão jogou uma ponta de charuto pela janela, Twilly não se deu ao trabalho de parar. Biodegradável, pensou.

2

Após três cálices de vinho Desie não conseguia mais fingir interesse pelo marido, que narrava a caçada do rinoceronte mocho. De seu lado da mesa ela observava Palmer Stoat como se ele fosse um mímico. Os dedos bailavam e a boca mexia, mas nada do que falava penetrava seus ouvidos. Ela o via em duas dimensões, como se fosse uma imagem na tela da televisão: um homem agitado, de meia-idade, ligeiramente barrigudo, com cabelo louro ralo, sobrancelhas avermelhadas, pele clara, lábios virados para fora e bochechas avermelhadas (de muito sol ou muito álcool). Para compensar o pescoço flácido Palmer exibia um queixo firme, bem torneado. A cicatriz da cirurgia plástica era invisível sob aquela luz fraca. Seu sorriso continha um esgar de permanente ceticismo que prejudicava o efeito dos dentes uniformes e brilhantes. Para Desie, o nariz do marido sempre parecera pequeno demais no rosto; um nariz de menininha, na verdade, embora ele insistisse que era assim desde seu nascimento. Os olhos azuis também minúsculos, no entanto, eram rápidos e brilhavam de tanta autoconfiança. Seu rosto, como o de muitos ex-atletas, era amigável, redondo. Desie não considerava Stoat um homem gostoso, mas ele era atraente, com seu jeito de universitário sulista gregário e simpático. Além disso, ele a conquistara com seus favores, galanteios e constante atenção. Tempos depois ela se deu conta de que a energia inesgotável de Palmer ao cortejá-la não era uma prova de ardor, mas reflexo de sua personalidade obsessiva. Ele corria atrás de tudo que queria, incansavelmente. Saíram durante quatro semanas, depois se casaram na ilha de Tortola. Desie chegara à conclusão de que mergulhara na neblina, e que agora o tempo começava a limpar. Em que encrenca se metera, afinal? Afastou a questão da mente, e com isso foi capaz de ouvir a voz de Palmer novamente.

"Um maluco ficou me seguindo", estava dizendo. "Por mais de cento e cinqüenta quilômetros."

"Por quê?"

O marido deu de ombros. "Para me depenar, claro."

"Ele era negro?"

"Ou cubano. Não consegui ver direito", Stoat disse. "Mas vou lhe dizer uma coisa, amor, eu ia pegar o filho-da-puta de jeito. *Señor* Glock viajava no meu colo, carregado e travado."

"Na via expressa, Palmer?"

"Ele ia partir desta para melhor."

"Que nem seu rinoceronte", Desie disse. "Por falar nisso, vai mandar empalhar o bicho, como fez com os outros?"

"Montar", Stoat corrigiu. "Só a cabeça."

"Lindo. Podemos pendurar em cima da cama."

"Por falar nisso, sabe o que eles fazem com o chifre do rinoceronte?"

"Eles, quem?"

"Asiáticos e outros."

Desie sabia, mas deixou que Palmer contasse a história. Concluiu o relato com o saboroso boato de Durgess sobre a ereção de dois dias.

"Imagine só!", Stoat comentou animado.

Desie balançou a cabeça. "Quem ia querer uma coisa dessas?"

"Talvez *você*, qualquer dia desses", disse, piscando.

Desie desviou o rosto, procurando o garçom. Por que o jantar estava demorando tanto? Era só cozinhar o macarrão, afinal.

Stoat encheu a taça de vinho. "Chifre de rinoceronte, para dar umas dez. E depois, hein?"

"É por isso que a caça ilegal está acabando com eles", a esposa disse.

"Acha mesmo?"

"Por isso estão quase extintos. Minha nossa, Palmer, você não sabia? Devia se informar melhor."

"Ando ocupado ganhando a vida, para que você passe o dia em casa pintando a unha e aprendendo tudo sobre espécies ameaçadas de extinção no Discovery Channel."

Desie retrucou: "Li no *New York Times*".

"Perdão, amor." Stoat fungou, sarcástico. "*I read the newspaper today, oh boy.*"*

Era um dos hábitos mais irritantes do marido, encaixar versos de canções antigas na conversa cotidiana. Palmer achava espirituoso, talvez nem incomodasse tanto Desie se ele soubesse o verso exato, mas ele nunca acertava. Embora Desie fosse muito mais nova, conhecia as músicas de Dylan, dos Beatles e dos Stones. Na faculdade, trabalhara dois semestres numa loja Sam Goody.

Para mudar de assunto, ela perguntou: "O que Dick Artemus está querendo?".

"Uma ponte nova", Stoat mordeu um pão, de lado. "Nada de mais."

"Uma ponte para onde?"

"Uma ilha miserável no golfo, cheia de aves marinhas. Quer passar a manteiga?"

"Por que o governador quer construir uma ponte no fim do mundo?", ela perguntou.

O marido riu, maroto, cuspindo migalhas de pão. "Por que o governador quer *isto ou aquilo* não cabe a mim questionar, amor. Eu só faço os contatos, usando meus encantos."

"*A day in the life*", disse Desie.

"Podes crer."

Certa vez, por exigência da condicional, Twilly Spree foi obrigado a freqüentar um curso de "controle da raiva". Compunham a turma homens e mulheres condenados por repentes de violência, em geral no ambiente doméstico. Maridos que surravam a esposa, mulheres que espancavam o marido e até a avó que batera no neto por blasfemar durante o almoço do Dia de Ação de Graças. Outros colegas de classe de Twilly se metiam em brigas de bar e jogo, ou entre torcidas nas partidas dos Miami Dolphins. Três deles haviam disparado contra desconhecidos por causa de discussões no trânsito, e dois deles se feriram no tiroteio que se seguiu. E também havia Twilly.

O instrutor do curso de controle da raiva intitulava-se psicólogo formado. Dr. Boston era o nome dele. No primeiro dia pediu a

(*)"*I read the news today oh boy*" [Li o jornal hoje] é um verso da canção "A day in the life", dos Beatles, citada adiante. (N. T.)

todos os participantes que escrevessem um texto curto sobre o tema: "O que me deixa muito, mas muito furioso". Enquanto os alunos escreviam, dr. Boston consultou a pilha de envelopes pardos que recebera do fórum. Após ler o prontuário de Twilly Spree, ele o separou, deixando-o no canto da mesa. "Senhor Spree", disse pausadamente. "Vamos ler nossas histórias, um por vez. Poderia ser o primeiro?"

Twilly levantou-se e disse: "Ainda não terminei de escrever".

"Pode terminar mais tarde."

"É uma questão de abordagem. Estou no meio da frase."

Dr. Boston fez uma pausa. Disfarçadamente, consultou a ficha de Twilly. "Muito bem, vamos adotar um meio-termo. Você pode terminar a frase, depois lerá sua redação para o grupo."

Twilly sentou-se e terminou a sentença com "enfiado até o pescoço no sangue dos idiotas!". Após um instante de reflexão, mudou para "enfiado até o pescoço no evanescente sangue dos idiotas!".

Colocando o lápis atrás da orelha, levantou-se.

Dr. Boston dirigiu-se a ele: "Terminou? Muito bem. Por favor, compartilhe sua narrativa com o grupo".

"Vai levar algum tempo, a história é longa."

"Então, senhor Spree, conte-nos por que está aqui."

"Explodi o banco do meu tio."

Os colegas de Twilly se endireitaram nas cadeiras e olharam para ele.

"Uma agência só", Twilly esclareceu. "Não foi a sede."

Dr. Boston perguntou: "Por que acha que fez isso?".

"Andei descobrindo umas coisas."

"Sobre seu tio?"

"Sobre um empréstimo que ele concedeu. Um empréstimo muito grande para pessoas muito ruins."

"Tentou conversar a respeito com seu tio?", dr. Boston lhe perguntou.

"Sobre o empréstimo? Várias vezes. Ele não demonstrou o menor interesse."

"Isso o enfureceu?"

"Não, me desencorajou." Twilly cerrou os olhos e juntou as mãos atrás da cabeça. "Desapontou, frustrou, insultou, humilhou..."

"Mas não seria correto dizer que isso o enfureceu, também? Uma pessoa precisa estar muito brava para dinamitar um banco."

"Não. Uma pessoa só precisa tomar a decisão. Foi o que fiz."

Dr. Boston sentiu o olhar zombeteiro dos outros membros do grupo, que aguardavam para ver sua reação. Então disse: "Creio que temos aqui um processo de negação. O que vocês acham?".

"Não estou negando nada. Comprei a dinamite. Acendi o estopim. Assumo toda a responsabilidade", insistiu Twilly.

Outro aluno perguntou: "Alguém morreu?".

"Claro que não", Twilly retrucou. "Fiz tudo no domingo, o banco estava fechado. Essa é a questão... se eu estivesse furioso, teria agido na segunda de manhã, e teria me assegurado da presença do meu tio lá dentro, sem dúvida."

Vários companheiros de infortúnio balançaram a cabeça, compreensivos.

"Senhor Spree, uma pessoa pode ficar furiosa sem perder o controle ou ter um ataque. A raiva é uma emoção complicada, que pode estar perto da superfície ou enterrada muito fundo, tão fundo que os outros não a reconhecem. Portanto, creio que no nível subconsciente você estava furioso com seu tio, e provavelmente por razões que não tinham nada a ver com as práticas bancárias", disse dr. Boston.

Twilly franziu o cenho. "Está querendo dizer que não foi o bastante?"

"Estou dizendo que..."

"Ele emprestou catorze milhões de dólares a uma mineradora que perfurava crateras na bacia do rio Amazonas. Do que mais eu precisava?"

Dr. Boston prosseguiu: "Tenho a impressão de que o relacionamento com seu tio era bem difícil".

"Mal conheço o sujeito. Ele mora em Chicago. A sede do banco fica lá."

"E quando era menino?"

"Uma vez ele me levou a um jogo de futebol."

"Ah! E naquele dia aconteceu algo?"

"Sim", Twilly respondeu. "Um time marcou mais pontos que o outro e depois fomos embora."

A classe começou a rir disfarçadamente, e chegou a hora de dr. Boston controlar a raiva dele.

"Bom, o negócio é simples", Twilly disse. "Explodi o prédio para ajudá-lo a ampliar sua consciência, tá? Para forçá-lo a meditar a respeito do rumo equivocado em que sua vida seguia, por cobiça. Escrevi tudo numa carta."

"Sei, a carta está em seu prontuário", dr. Boston comentou. "Notei, porém, que não a assinou."

Twilly baixou as mãos. "Acha que sou idiota? É contra a lei dinamitar instituições financeiras."

"E qualquer outro lugar também."

"Foi o que me disseram", Twilly murmurou.

"Bem, mesmo assim, no nível subconsciente..."

"Não tenho nível subconsciente, doutor. É isso que estou tentando explicar. Tudo acontece apenas na superfície no meu cérebro, como se fosse a chama do fogão, que eu posso ver e sentir seu calor." Twilly sentou-se e passou a massagear as têmporas com a ponta dos dedos.

"Isso o tornaria um ser único na espécie, em termos biológicos, senhor Spree. Não ter subconsciente. Não sonha, quando dorme?"

"Nunca."

"Falando sério."

"Estou falando sério", Twilly disse.

"Nem uma vez?"

"Nunca sonhei em minha vida."

Outro aluno ergueu a mão. "Sem essa, cara. Nunca teve um pesadelo?"

"Nunca", afirmou Twilly. "Não consigo sonhar. Se pudesse sonhar, talvez não estivesse aqui agora."

Ele lambeu a ponta do lápis e retomou a redação, que entregou a dr. Boston após a sessão. Dr. Boston não disse se leu o texto de Twilly, mas na manhã seguinte e em todas as manhãs das quatro semanas posteriores um guarda armado ficou de plantão no fundo da classe. Dr. Boston não pediu mais a Twilly que falasse. No final do curso, Twilly recebeu um certificado com firma reconhecida dizendo que fora aprovado no curso de controle da raiva e foi mandado de volta ao responsável pela condicional, que registrou seu esforço.

Se me vissem agora, Twilly pensou. Planejando um seqüestro.

Primeiro seguiu o porcalhão até a casa dele, num dos condomínios fechados perto de Las Olas Boulevard, perto da praia. Bem instalado, o sujeito: sobrado no estilo colonial espanhol com telhas de barro tipo canal, paredes cobertas de unha-de-gato. A casa ficava numa ruela sem saída, Twilly não viu refúgio seguro para sua picape preta e suja. Seguiu até uma obra próxima, uma mansão. O estilo arquitetônico pré-*Scarface*-Medellín abusava dos ângulos acentuados, revestimentos de mármore e vidros fumês. A picape de Twilly su miu facilmente entre as escavadeiras e misturadores de cimento. No lusco-fusco seguiu até a residência do porcalhão, escondendo-se no meio de uma sebe de fícus, para poder vigiar o local sem ser visto. Ao lado do Range Rover, no acesso para carros, havia um BMW conversível com a capota abaixada. Twilly deduziu que pertencia à esposa, namorada ou namorado. E teve uma idéia que o fez sorrir.

Uma hora depois o porcalhão saiu pela porta da frente. Parou sob a luz amarelada, sob o arco de alvenaria, e acendeu um charuto. Pouco depois uma mulher saiu também, lentamente, fechando a porta atrás de si. Abaixou-se como que se despedindo de uma criança ou cachorro. Quando o porcalhão e senhora cruzaram o jardim, Twilly notou que ela se abanava exageradamente, para deixar claro que a fumaça do charuto a incomodava. O gesto fez com que outro sorriso se abrisse no rosto de Twilly, enquanto ele saía discretamente de trás da sebe e voltava para a picape. Eles iam sair de conversível, pensou. Assim ela poderia respirar.

Twilly seguiu o casal até um restaurante italiano num trecho pouco atraente da rodovia federal, não muito longe do porto. Escolha magnífica para o que Twilly tinha em mente. O porcalhão estacionou o carro no legítimo estilo folgadão, em diagonal, ocupando duas vagas. A idéia era proteger seu luxuoso carro importado contra arranhões e batidas das portas dos mortais que parassem a seu lado. Twilly animou-se ao testemunhar a atitude egoísta. Esperou dez minutos até que o apreciador de charutos e sua mulher que odiava fumaça entrassem no restaurante, para garantir que iam conseguir um lugar. Depois apressou-se para realizar seu plano.

Seu nome artístico era Tia, ela já estava em cima da mesa balançando o rabo-de-cavalo postiço, tirando o top de redinha quando o fedor a golpeou em cheio, como um morteiro. Diacho, pensou, será que o esgoto estourou?

Três homens a aplaudiam de braços erguidos, sorridentes. Usavam uniformes iguais, macacões azul-escuros de mangas sujas. Riam, fumavam, tomavam cerveja de seis dólares e gritavam: "Tchia! Olha para cá! Onde foi que você arranjou esse nome?". E os três acenavam com notas de cinqüenta dólares, puxa vida. Fediam mais que vômito de urubu, gritavam seu nome artístico e enfiavam notas novinhas de cinqüenta dólares no fio-dental. Portanto, Tia precisava tomar uma decisão terrível: fugir daquele mau cheiro insuportável ou pegar o dinheiro inacreditavelmente fácil. Ela optou, concentrou-se em respirar somente pela boca, em pouco tempo a fedentina não lhe pareceu tão ruim assim e no fundo eles eram caras legais. Trabalhadores braçais. Até pediram desculpas por empestar a boate. Depois de alguns números de dança em cima da mesa convidaram Tia para sentar com eles e ouvir a história mais maluca do mundo. Tia topou, só pediu um minutinho e correu para o camarim. Abriu o armário, pegou um lenço e o ensopou com um perfume caro de Paris, outro presente espontâneo de um freguês deslumbrado. Voltou à mesa e notou a garrafa aberta do champanhe mais caro da casa, que era quase potável. A turma embriagada de macacão imundo brindava a alguém; batiam as taças e imploravam a Tia que sentasse, vem cá, toma um gole. Queriam contar a ela o que acontecera, os três falavam ao mesmo tempo, erguiam a voz, cada um tentando contar a história. Tia, com o lenço perfumado no nariz, divertia-se para valer, embora não acreditasse numa só palavra do que diziam, exceto a parte referente à profissão, pois o odor a confirmava.

"Mas você tem de acreditar que roubaram o nosso lixo!", um deles exclamou.

"Isso é ridículo", Tia retrucou.

"Na verdade, foi uma troca", um dos lixeiros explicou. "O rapaz nos deu três mil dólares em dinheiro, emprestou a picape e marcou encontro conosco aqui dentro de uma hora."

Tia ergueu os olhos. Um desconhecido dando três mil dólares para sair com um caminhão de...

"Notas de cinqüenta", um dos homens gritou, mostrando um maço de notas. "Mil para cada um!"

Tia riu atrás do lenço: "Vocês estão zoando".

"Sério mesmo, moça. Não é brincadeira. Estamos fedendo, mas cheios da grana, falou?"

O sujeito que empunhava o maço maior falava mais alto. "O que

27

lhe dissemos é a mais pura verdade, juro por Deus. E foi por causa disso que viemos para cá esta noite ver você dançar. Se não acredita na gente, dona Tchia, então vá até o estacionamento daqui a quinze minutos, quando o rapaz voltar."

"Acho que vou mesmo", Tia ameaçou.

Mas logo ela passou para a mesa de um grupo de executivos da tevê a cabo e perdeu o espetáculo da entrada de Twilly Spree no estacionamento iluminado pelo néon da boate de *strip-tease*, guiando um caminhão de lixo da prefeitura. Quando Twilly desceu da cabine, um dos sujeitos de macacão azul jogou a chave da picape preta para ele.

"Vocês já gastaram todo o dinheiro que dei?", Twilly perguntou, cordial.

"Não, mas quase."

"Aposto que valeu a pena, né?"

"Com certeza."

Twilly apertou a mão dos três lixeiros, na despedida.

"Espere um pouco, cara. Vamos entrar e tomar a saideira. Você precisa conhecer uma moça."

"Fica para depois", Twilly disse.

"Não, vamos lá, ela não quis acreditar na gente. Acha que assaltamos o bingo ou coisa pior. Vamos entrar só um minutinho, você explica para ela que não é mentira, que pagou três paus para passear de caminhão de lixo."

Twilly sorriu. "Não faço a menor idéia do que vocês estão falando."

"Ei, cara, cadê a carga? O caminhão voltou vazio."

"Isso mesmo", Twilly disse. "Não precisam ir até o lixão. Podem voltar direto para casa, esta noite."

"O que você fez com o lixo?"

"Acho melhor não contar."

"Minha nossa", um dos lixeiros murmurou, dirigindo-se aos amigos. "Esse moleque é maluco. Deve ter aprontado alguma maldade."

"Nada disso", Twilly disse, "aposto que vocês teriam aprovado. Sério mesmo." E depois foi embora, pensando que dr. Boston estava errado. A raiva não era um sentimento complicado.

Palmer Stoat pediu antepasto, pão de alho, *fettuccine* Alfredo, uma porção de polpeta e em pouco tempo Desie desviou a vista para não enjoar. Transpirava de tanto entusiasmo quando atacava a comida; gotículas de suor escorriam pelas duas faces. Desie envergonhava-se por sentir tanto nojo; afinal de contas, aquilo era seu marido. Sua personalidade não se transformara depois do casamento. Convivia com o mesmo homem, em todos os aspectos, havia dois anos. Desie sentia-se culpada por ter se casado com ele, culpada pelo arrependimento, culpada por causa do rinoceronte que ele abatera a tiros naquela manhã.

"Daqui até o bufê de salada", Stoat explicava. "Era essa a distância até o rinoceronte."

"E por que precisava de mira telescópica?"

"Melhor prevenir que remediar. Esse é o lema de Durgess."

Stoat pediu *tortoni* de sobremesa. Usou o garfo para procurar os pedacinhos de amêndoa do sorvete e os enfileirou caprichosamente na beirada do prato. Observar o ritual aumentou a melancolia de Desie. Mais tarde, enquanto Palmer conferia a conta, ela pediu licença e foi até o toalete para umedecer uma toalha de papel e remover o batom e a maquiagem. Não entendia a razão, mas o gesto fez com que se sentisse melhor. Quando terminou, voltou à mesa e viu que o marido deixara o restaurante.

Desie saiu também e quase desmaiou por causa do cheiro. Tapou a boca com as mãos e olhou em volta, procurando Palmer. Viu o marido no estacionamento, sob um poste de luz. Desie aproximou-se, percebeu que o mau cheiro se intensificava e logo entendeu o motivo: um monte de lixo de três metros de altura. Desie calculou que pesaria várias toneladas. Palmer Stoat estava parado ao pé da montanha fétida, olhos lúgubres fixos no topo.

"Onde está nosso carro?", Desie perguntou, tossindo.

Palmer ergueu os braços e começou a choramingar feito um gatinho abandonado.

"Não acredito." Com esforço, ela evitou a crise de vômito. "Caramba, Palmer. Meu BMW!"

Atônito, ele deu a volta na duna fétida. Ergueu o braço, apontando estupefato e revoltado. Uma nuvem de moscas revoou em torno de seu rosto, mas ele não fez nada para afastar os insetos.

"Está vendo?", Desie gritou. "Eu falei para levantar a capota, não falei?"

3

Twilly voltou ao restaurante a tempo de presenciar o espetáculo. Sob a supervisão de vários policiais armados, uma equipe de trabalhadores braçais com ancinhos e pás iniciara a desagradável tarefa de desenterrar o BMW. Twilly observava tudo pelo binóculo, do alto de um pinheiro próximo. Nem sinal da imprensa, uma pena — seria uma matéria perfeita para a tevê. Acima do ruído ritmado das pás, a voz do porcalhão se elevava, clara, alertando os trabalhadores para tomarem cuidado, cacete, não risquem a pintura! Twilly achou gozado, considerando o quanto o BMW estava contaminado. Imaginou o couro imaculado do estofamento absorvendo o filão ambrosial das cascas de laranja e ovo, lenços Kleenex usados e amassados, cascas de batata, absorventes, queijos, restos de pizza, garrafas de Heineken, pó de café, cabeças de peixe, costeletas de porco, tubos de pasta de dente, gordura de bacon, molho azedo, areia do gato e cabeças de frango. Twilly lamentou não poder se infiltrar na equipe de limpeza e ver de perto toda a nojeira do estrago.

A esposa/namorada do porcalhão andava de um lado para outro, de braços cruzados, sob a luz do poste. Twilly não conseguia distinguir sua expressão, mas o ritmo dos passos insinuava impaciência. Ponderou se ela realmente se importava com o BMW; de qualquer maneira, a seguradora lhe daria um carro novo. Twilly também pensou no pessoal da limpeza, convocado tarde da noite para uma tarefa tão inusitada. Teve a impressão de que se divertiam ao exumar um carro esporte conversível vermelho de dentro de uma pilha de lixo, e torceu para que estivessem recebendo as horas extras.

Foi uma operação de grande porte, e Twilly se perguntava por que não se sentia totalmente satisfeito. A resposta veio com o susto e a revolta decorrente da observação do sujeito pelo binóculo. Viu o porcalhão abrir um doce — provavelmente um chocolate com menta oferecido pelo restaurante, após o jantar —, amassar a embalagem e jogá-la descaradamente no chão. O idiota grotesco não entendeu o recado! Não vinculou seu comportamento revoltante na rodovia expressa ao maldoso atentado contra o automóvel. Provavelmente deduziu que havia sido vítima aleatória de vândalos. Uma brincadeira de mau gosto.

Deveria ter deixado uma mensagem, Twilly pensou, desolado. Era necessário clareza absoluta. Resmungando, desceu cautelosamente da árvore, protegido pela escuridão. Quando chegou ao estacionamento, a retirada do lixo de cima do carro terminara. O porcalhão e a esposa/namorada partiram num táxi. O BMW fedorento foi rebocado pelo guincho, cujo motorista corpulento usava uma máscara hospitalar azul-bebê e zombava da equipe de limpeza, que jogava as últimas pás de lixo numa caçamba.

Twilly perguntou a um dos guardas o que acontecera com o conversível vermelho.

"Alguém despejou um caminhão de lixo em cima", o policial relatou, incapaz de conter um sorriso de deboche.

"Minha nossa", disse Twilly, fingindo-se surpreso. "Por quê?"

"Vai saber. Estamos vivendo num mundo maluco."

"Vi um monte de viaturas, pensei que fosse assassinato."

"Não, só um bacana que deixou a capota abaixada numa área perigosa."

"Ele é famoso, pelo menos?"

"Nunca ouvi falar nele, até esta noite", o guarda explicou, "mas obviamente tem cacife. Caso contrário, eu não estaria aqui, e sim em casa de camiseta vendo o jogo de basquete. Afaste-se, por favor."

O motorista do guincho manobrou para sair do estacionamento, auxiliado pelos gestos do guarda. Twilly percebeu que se arriscaria muito, caso perguntasse o nome do porcalhão; não precisava saber, de todo modo. Aproximou-se de um dos lixeiros e perguntou se dariam perda total no BMW.

"Claro, que pena. Um carrão desses."

Twilly disse: "Totalmente estragado, né?".

"Ninguém ia conseguir limpar o carro por dentro, depois de uma coisa dessas. Foram no mínimo quatro toneladas de lixo, calculo." O sujeito parou de trabalhar e apoiou o peso do corpo no cabo da pá. "Caramba, um conversível caro desses. Qual a graça de jogar lixo em cima? Melhor era roubar. Um cretino que deixa a capota abaixada está pedindo para ser roubado. Isso aqui, na minha opinião, foi pura maldade, cacete. Tanto trabalho para destruir um carro esplêndido. É muita sacanagem."

"Que mundo maluco", Twilly comentou, em sua defesa.

Ele nasceu em Key West, para onde o pai se mudara. Little Phil Spree era especialista em negócios imobiliários e fora para lá vender lotes para empreendimentos à beira-mar. Se um terreno não estivesse à beira-mar ou no golfo não interessava a Little Phil. Ele comprava e vendia praias até não restar mais nenhuma para ser comprada ou vendida, depois mudava com a família para outra cidade. Ao chegar, sempre exultava: "A costa está livre!". A Flórida tem dois mil quilômetros de costa e o jovem Twilly conheceu boa parte dela. A mãe, que evitava exposição direta ao sol, não suportava os trópicos. Mas Little Phil ganhava muito dinheiro e Amy Spree passou dezoito anos dentro de casa, basicamente. Cuidava da pele e tentava se dedicar a seus hobbies. Cultivava bonsais. Começou a escrever um romance. Aprendeu a tocar clarineta. Fazia ioga, dança moderna e martínis duplos. Enquanto isso Twilly crescia livre, literalmente. Passava todo o tempo ao ar livre. Seus pais não imaginavam no que isso ia dar.

Quando Twilly tinha quatro anos, Little Phil mudou-se com a família por um curto período para a Ilha de Marco, famosa pelas praias cercadas de dunas brancas. Conchas exóticas decoravam a areia, e Twilly as colecionava em caixas de sapatos, arrumando-as caprichosamente. Em geral, uma babá o acompanhava, a mãe a contratara para evitar que ele entrasse na água e se afogasse no mar do golfo do México. Anos depois, aos catorze anos, Twilly fizera ligação direta na perua de um amigo e voltara à Ilha de Marco para procurar conchas na praia. Chegou tarde da noite, no meio de uma chuva torrencial, e dormiu no carro mesmo. Quando acordou de madrugada percebeu finalmente como o pai ganhava a vida. Uma muralha de concreto brotara na ilha; hotéis com torres altíssimas, condomínios fechados verticais. De frente para o mar, claro. Twilly baixou os olhos e caminhou até a praia com a caixa de sapatos debaixo do braço. Torcia para ter visto uma miragem, uma ilusão provocada pelas nuvens e pela neblina. Mas, quando ergueu a vista, os hotéis e condomínios continuavam lá, mais ameaçadores do que antes. Conforme o sol se erguia, os prédios lançavam sobre a areia sombras que pareciam lápides. Twilly estava no meio de um imenso parque de sombras, em plena praia, sob o céu claro e límpido! Ele caiu de joelhos e socou a areia dura com os dois punhos cerrados até esfolar os nós dos dedos.

Uma turista aproximou-se de Twilly e pediu a ele que parasse, pois estava assustando seus filhos. A mulher usava biquíni de tecido sintético e falava com sotaque da Nova Inglaterra. As unhas dos pés estavam pintadas de magenta e o nariz melecado de óxido de zinco. Numa das mãos ela brandia um livro de bolso de Arthur Hailey. Twilly uivou e retomou os socos na areia. A mulher o olhou por cima dos óculos de sol. "Meu rapaz", disse, "onde está sua mãe?"

Ao ouvir isso Twilly virou e agarrou-a pelos pés descalços, para morder, e só a largou quando um segurança avantajado do hotel chegou para puxá-lo. Little Phil foi buscá-lo mais tarde, acompanhado de advogados e talão de cheque. Na volta para casa Twilly permaneceu mudo, sem dizer nada ao pai. Quando foi para a cama, Amy Spree entrou no quarto do filho e o encontrou calmamente incluindo uma unha humana pintada na coleção de conchas. Na manhã seguinte ela o levou para a primeira consulta com o psicólogo. Twilly fez uma montanha de testes, nenhum dos quais apontou tendências sociopatas violentas. Embora Amy Spree tivesse ficado aliviada, o marido demonstrou ceticismo. "Esse menino não está bem", dizia. Ou: "Ele anda muito ausente". Ou então: "Meu filho joga no outro time".

Twilly acabou tentando conversar com o pai a respeito da Ilha de Marco e outras monstruosidades. Ele argumentou que a Flórida estivera debaixo d'água por milênios e ia afundar de novo, pois o golfo avançava ano após ano para recuperar o terreno perdido, a preciosa faixa da costa que Little Phil e outros vendiam tão avidamente. "E então?", Little Phil retrucou. "Por isso as pessoas fazem seguro." "Não, pai, você não está entendendo", Twilly disse. E Little Phil falou: "Talvez eu não entenda de geologia, mas sei tudo a respeito de vendas e entendo de comissões. Se esse lugar danado afundar diante de meus próprios olhos, eu, você e sua mãe faremos as malas e mudaremos para o sul da Califórnia, onde um sujeito ainda pode ganhar a vida decentemente no ramo imobiliário, de frente para o mar".

"Esqueça, assim não dá para conversar", desistiu Twilly.

Na véspera do décimo oitavo aniversário de Twilly, Little Phil o levou de carro até uma agência bancária em Tampa, onde explicaram a Twilly que ele ia herdar aproximadamente cinco milhões de dólares de um sujeito que vira apenas uma vez, o pai de Little Phil, o falecido Big Phil. A fortuna de Big Phil Spree viera das minas de cobre de Montana. Ele se aposentara aos sessenta anos para viajar pelo mundo e jogar golfe. Pouco tempo depois Big Phil morreu subitamente num trecho de areia do buraco 16 do campo de Spyglass. Em seu testamento deixou um terço da fortuna para Little Phil, um terço num fundo de investimentos, para seu único neto, e um terço para a Associação Nacional do Rifle.

Quando saíam do banco, Little Phil passou o braço pelo ombro do filho, que era muito mais alto, e disse: "Trata-se de uma puta fortuna para um rapaz tomar conta. Mas sei o que seu avô gostaria que você fizesse com esse dinheiro".

"Posso adivinhar? Lotes à beira-mar?"

"Você é inteligente", Little Phil disse, radiante.

Twilly afastou-se do pai. "Fundos mútuos de investimento", proclamou.

"Como é?" Little Phil ficou embasbacado.

"É isso aí."

"Onde foi que você ouviu tamanha bobagem?"

"Por aí."

"Pense bem, meu filho. O ramo imobiliário não tem sido bom para nós?" Little Phil elencou todas as coisas boas da vida: piscina, iate, apartamento de veraneio em Vermont em esquema *time-sharing.*

"Dinheiro sujo."

"Hã?"

"O que vovô deixou para mim é meu, vou fazer o que quiser com o dinheiro. Ou seja, investir em fundos mútuos."

Little Phil virou o filho, pegando-o pelo ombro. "Espere aí, quero ver se entendi direito. Estou lhe oferecendo sociedade meio a meio num Ramada de duzentos e vinte apartamentos em Daytona, *à beira-mar*, mas você prefere botar seu dinheiro naquela roleta insana apelidada de Bolsa de Valores de Nova York?"

"Isso mesmo", Twilly confirmou.

"Bem, sempre desconfiei que você era do contra. Agora pude

confirmar isso", o pai disse. "Será que já mencionei que o hotel tem licença para vender bebidas alcoólicas?"

Poucos meses depois Little Phil fugiu para Santa Monica com uma secretária da companhia de seguros. Apesar da resistência do filho a instituições, a mãe de Twilly o convenceu a se matricular na Universidade da Flórida, na capital do estado, Tallahassee. Twilly cursou Letras por três semestres, depois largou os estudos e foi morar com uma professora de literatura que terminava a tese de doutorado sobre T. S. Eliot. Mulher inteligente e dinâmica, ela se envolveu profundamente com o novo namorado e sua herança. Estimulou o rapaz a usar a fortuna para causas nobres, começando pela aquisição de um fulgurante 280-Z para enfeitar a garagem. Twilly acabou sendo apresentado ao titular do Departamento de Literatura Inglesa, que lhe propôs financiar uma cátedra de Poesia, a ser batizada em homenagem ao falecido avô, um sujeito incapaz de distinguir W. H. Auden do dr. Seuss.

Twilly disse, claro, por que não, mas a doação jamais se concretizou, pois ele foi detido por agressão e espancamento de um deputado estadual. A vítima, democrata eleito pelo distrito de Sarasota, saíra nos jornais por obstruir leis de proteção dos mananciais e também por aceitar doações ilícitas para sua campanha, feitas pelo dono de uma fazenda de gado que despejava esterco *in natura* num estuário. Twilly avistou o deputado num restaurante e o seguiu até o banheiro. Lá dentro, Twilly o empurrou para dentro do toalete e fez um discurso de quarenta minutos sobre a imoralidade de se poluir a água. Apavorado, o deputado fingiu arrependimento, mas Twilly percebeu a manobra. Calmo, abriu o zíper da calça e urinou generosamente no mocassim Bally do sujeito. "Está vendo, é isso que seus amigos da fazenda estão fazendo com a baía Black Drum. Que tal, gostou?"

Quando a versão editada do incidente chegou aos jornais, o chefe do Departamento de Literatura Inglesa decidiu que abriria um precedente indesejável se aceitasse a contribuição de um criminoso insano e evitou novos contatos com Twilly Spree, que achou ótimo. Embora apreciasse um bom poema, considerava a subversão uma causa mais nobre. Essa visão só ganhou força conforme ele cresceu e conheceu mais gente igual ao pai.

"Dick disse que você é o cara perfeito." Robert Clapley ergueu o copo de bourbon e balançou a cabeça de leve.

"Dick exagera tudo", Palmer Stoat retrucou, muito versado em falsa modéstia.

Os dois almoçavam no meio da tarde, num *country club* com lambris de nogueira, num subúrbio de Tampa. O governador providenciara tudo.

"Dick não é o único que elogia suas qualidades", Clapley insistiu.

"Fico lisonjeado."

"Ele explicou o caso?"

"Por cima", Stoat disse. "Vocês precisam de uma nova ponte."

"Isso mesmo. A verba consta no orçamento a ser aprovado pelo Senado."

"Mas encontraram resistência dos senadores."

"Isso. Temos um problema", Clapley disse. "Um sujeito chamado Willie Vasquez-Washington."

Palmer Stoat apenas sorriu.

"Por acaso você faz alguma idéia do que ele está querendo?", Clapley perguntou.

"Posso descobrir com um telefonema."

"Que vai me custar quanto?", Clapley perguntou, sem rodeios.

"O telefonema? Nada. Resolver seu problema, cem mil. Cinqüenta adiantados."

"Sei. E quanto vai parar na mão de seu amigo Willie?"

Stoat demonstrou surpresa. "Nem um tostão, Bob. Posso chamá-lo de Bob? Willie não precisa do seu dinheiro, tem outros planos. Provavelmente quer encaixar alguma obra no orçamento. Vamos dar um jeito em tudo, não se preocupe."

"É isso que um lobista faz?"

"Isso mesmo. É o serviço que está contratando."

"Então, os cem mil..."

"Meus honorários", Stoat disse. "Uma verdadeira pechincha."

"Sabe, dei um monte de dinheiro para a campanha de Dick. Nunca fiz nada do gênero antes."

"Pode ir se acostumando, Bob."

Robert Clapley era novato na Flórida e pouco familiarizado com empreendimentos imobiliários. Palmer Stoat lhe deu um curso rápido de política; a maior parte do dinheiro que circulava em Tallahassee provinha de empresários do ramo de Clapley.

"Tentei falar com Willie pessoalmente", ele disse.

"Erro grave."

"Bem, senhor Stoat, foi por isso que vim aqui. Dick disse que poderia resolver tudo." Clapley sacou o talão de cheques e uma caneta-tinteiro. "Estou curioso. Vasquez-Washington é latino, crioulo ou o quê?"

"Um pouco de cada coisa, segundo o próprio Willie. Ele se considera o Senhor Arco-Íris."

"Vocês se dão bem?", Clapley entregou o cheque de cinqüenta mil dólares para Stoat.

"Bob, eu me dou bem com todo mundo. Sou o filho-da-mãe mais simpático que você já conheceu. Por falar nisso, gosta de caçar?"

"Tudo que se move."

"Então conheço o lugar certo para você", Stoat disse. "Lá eles têm todas as criaturas da face da Terra."

"Até felinos de grande porte? Tem espaço para uma pele na parede da minha biblioteca", Clapley disse. "Uma pele manchada combinaria perfeitamente com os estofados. Poderia ser um leopardo."

"Você escolhe, Bob. Parece que o Noé estacionou a arca naquele lugar. Eles têm de tudo."

Robert Clapley pediu outra rodada de bebida. A garçonete trouxe costela e os dois comeram em silêncio, contentes. Depois de algum tempo, Clapley comentou: "Percebi que você não faz muitas perguntas".

Stoat ergueu a vista do prato. "Eu não *tenho* muitas perguntas a fazer", falou com a boca cheia.

"Não gostaria de saber o que eu fazia antes de entrar para o ramo dos empreendimentos imobiliários?"

"Para ser sincero, não."

"Eu trabalhava com importação e exportação. Eletrônicos."

"Eletrônicos", Stoat repetiu, cordial. Clapley tinha trinta e cinco anos e estava na cara que era um *yuppie* ex-contrabandista. Coberto de ouro, bronzeado, brinquinho de brilhante, corte de cabelo de duzentos dólares.

"Mas todo mundo dizia que os empreendimentos imobiliários eram o negócio mais quente do momento", Clapley prosseguiu, "e por isso há uns dois anos comecei a comprar terras na Ilha do Sapo. E cá estamos."

"Você vai enterrar a história do 'Sapo', suponho. Escolher uma mariposa tropical ou algo do gênero."

"Um pássaro. Shearwater, um tipo de albatroz. Ilha Shearwater Empreendimentos."

"Gostei. Soa classudo. E o governador disse que vai ser um sucesso. Uma nova Hilton Head, nas palavras dele."

"Vamos ganhar uma nota", Robert Clapley disse, "desde que eu consiga a tal ponte."

"Considere isso resolvido, Bob."

"Se você diz."

Palmer Stoat esvaziou o copo e disse: "Ei, acabo de pensar numa pergunta".

Clapley ficou contente. "Pode falar, senhor Stoat."

"Vai querer esta batata assada?"

Naquela mesma tarde um sujeito chamado Steven Brinkman foi convocado a comparecer ao trailer gigante estacionado na Ilha do Sapo. Brinkman era biólogo, recém-formado pela faculdade Cornell. Havia sido contratado como "especialista ambiental" por quarenta e um mil dólares anuais pela renomada firma de engenharia Roothaus and Son, projetistas de vias expressas, pontes, condomínios com campo de golfe, prédios de escritórios, shopping centers, fábricas e conjuntos habitacionais. Roothaus and Son foram contratados por Robert Clapley para cuidar do projeto Ilha Shearwater, no qual o passo decisivo era completar um levantamento abrangente das espécies da ilha. Sem essa pesquisa o empreendimento se enredaria nos trâmites burocráticos, aumentando enormemente os custos para Clapley.

A missão de Brinkman era preparar uma lista das espécies que viviam na pequena ilha: plantas, insetos, pássaros, anfíbios, répteis e mamíferos. O serviço não poderia ser descuidado ou apressado, pois o governo faria sua própria pesquisa para fins de comparação. Steven Brinkman, a bem da verdade, recebera uma oferta de emprego como biólogo do corpo de engenheiros do exército norte-americano, mas preferira a iniciativa privada, que pagava salários mais altos e oferecia amplas perspectivas de progresso. Isso pelo lado positivo. Pelo negativo, tinha de se subordinar a cretinos desalmados como Karl Krimmler, o supervisor do projeto, que adoraria saber que não havia vida silvestre nenhuma na Ilha do Sapo. Para Krimmler a natureza não significava nem mistério nem encantamento, apenas um obstáculo burocrático. Uma revoada de borboletas ou o chilrear de um esquilo provocavam ataques de mau humor que duravam vários dias.

Krimmler segurava o fone com o ombro enquanto se abanava com a lista de Brinkman. Krimmler não era biólogo, e sim engenheiro. Respondia diretamente a Roger Roothaus. Krimmler falava com Roothaus naquele momento, pelo telefone.

"Crocodilos?", Krimmler repassou a pergunta a Brinkman.

Brinkman fez que não com a cabeça.

"Águia careca? *Qualquer* outra águia?"

Brinkman disse que não. Krimmler falou, pelo telefone: "Certeza absoluta. Nenhuma águia. Quer que eu leia a lista de espécies? Não. Tudo bem. Vou perguntar".

A Brinkman, Krimmler explicou: "Nossa preocupação é com espécies ameaçadas de extinção".

"Ainda não encontrei nenhuma."

"Tem certeza? Não queremos surpresas do tipo daqui a seis meses saber que tem uma porra de taturana de barriga vermelha, a última da raça. Podemos passar sem essa, entendeu?"

Steven Brinkman repetiu: "Até agora não encontrei nenhuma espécie ameaçada de extinção".

Aquela era uma notícia das mais auspiciosas para Krimmler, e ele a transmitiu pelo telefone, sem esconder sua satisfação. Riu com o comentário de Roothaus e disse: "Certo, certo. É bom demais para ser verdade. Mas o rapaz aqui está dizendo que tem certeza".

"Até agora", Brinkman interrompeu, ansioso, "até agora." Sempre havia uma chance de aparecer uma coruja entocada ou uma tartaruga rara.

Krimmler ergueu a vista. "O senhor Roothaus quer saber se encontrou algum bicho esquisito. Qualquer coisa que mereça nossa atenção antes que os desgraçados do governo mostrem a cara por aqui."

Brinkman respirou fundo. Krimmler surtava com qualquer coisa.

"Bem, temos isto aqui." O biólogo estendeu a mão direita.

Krimmler olhou. "Mas que diabo é isso?" Depois, ao telefone: "Um minutinho, Rog".

"É um sapo", Brinkman disse.

"Porra, e eu pensei que fosse um filhote de unicórnio. Sei que é um sapo, caramba. Conheço um sapo muito bem. Nossa questão é outra, senhor Brinkman. Que tipo de sapo?"

"É doutor. *Doutor* Brinkman." Certas coisas a gente não pode deixar passar, nem mesmo por quarenta e um mil por ano.

Krimmler ficou furioso. Tapou o fone com a mão e disse: "E daí?".

"*Bufo quercius*."

"Em língua de gente."

"Um sapo do carvalho."

"E daí?"

"O menor sapo da América do Norte."

"Acredito", Krimmler disse. "Mas não consta na lista das espécies ameaçadas, certo?"

"Não, senhor."

"Nem das espécies quase ameaçadas?"

"Não, senhor."

"Está em qualquer outra lista idiota?"

"Não que eu saiba."

"Então, qual é o problema desse sapo?" Pelo telefone, falou: "Roger, o rapaz aqui, o doutor Brinkman, trouxe uma perereca que é uma gracinha... Certo, é o que estou tentando descobrir".

"Não há nenhum problema com o sapo do carvalho, na verdade. Eles estão por toda parte. Nunca vi tantos na vida."

"Isso provavelmente explica o nome da ilha."

"Provavelmente", Brinkman disse, intimidado.

O sapo em sua mão era menor que uma moeda. Marrom salpicado de cinza, exibia uma lista vertical alaranjada que repartia suas costas em duas partes. O sapo piscou os olhos úmidos e se encolheu. Cuidadosamente, Brinkman fechou a mão para protegê-lo.

"Leve seu amigo para fora antes que ele suje o piso. Falo com você daqui a pouco", disse-lhe Krimmler.

Brinkman fechou a porta ao sair. O sol brilhava tanto que seus olhos ardiam. Ele se ajoelhou e depositou o sapinho no chão. Imediatamente ele saltou, abrigando-se na sombra, debaixo do trailer.

Passaram-se cinco minutos e Krimmler desceu a escadinha. "O senhor Roothaus disse que você está fazendo um trabalho magnífico. Contudo, ficou meio preocupado com esses sapos."

"Eles são totalmente inofensivos", Brinkman disse.

"Você é que pensa. Hoje em dia não precisamos de quase nada

para arranjar encrenca. Se um maníaco ambientalista resolver criar caso e prejudicar nosso projeto, estamos ferrados."

"Bem, como eu já falei, não é uma espécie ameaçada. Nem chega a ser um animal capaz de atrair a atenção."

Krimmler deu de ombros. "Mesmo assim, é melhor prevenir que remediar. Onde encontrou esses sapos, exatamente, doutor Brinkman?"

"Na ilha inteira, como já expliquei."

"Na parte seca ou no brejo?"

"Na parte seca, principalmente."

"Excelente."

"No mato ralo e no meio dos arbustos. Abundantes, jamais conseguiríamos recolher todos."

"Tem razão", Krimmler disse. "Por isso, vamos enterrá-los."

4

No caminho para o aeroporto o sujeito jogou pela janela do Land Rover um copinho de café de isopor e a embalagem de celofane de um pão doce de passas com canela Little Debie's. Fez isso a cento e vinte quilômetros por hora, no meio do trânsito intenso da interestadual, de modo que Twilly não pôde parar no acostamento para recolher o lixo. Naquela altura ele já havia escondido a picape preta suja e alugado um Chevrolet Corsica castanho genérico, dos quais haveria no mínimo meio milhão nas estradas do sul da Flórida durante a temporada. Twilly gostava de se sentir anônimo ao volante; para manter as aparências, abriu um mapa rodoviário no colo. Seguiu o porcalhão até o estacionamento do aeroporto e depois, a pé, ao terminal. Twilly não deveria se surpreender ao ver o sujeito ser recebido com carinho no portão de embarque da Delta, por uma loura deslumbrante de casaco Gucci, mas ele se surpreendeu e ficou bravo. Ignorava o motivo para tanto. Pegou o carro e voltou para a casa do porcalhão, onde esperou que a esposa/namorada se manifestasse. Ela saiu usando um conjuntinho curto de jogar tênis. Carregava três raquetes enormes, em vez de uma. Twilly a observou entrar num BMW preto que o marido/namorado deve ter alugado — por pouco tempo, Twilly presumia — para repor o conversível vermelho arruinado.

Assim que ela saiu, Twilly esgueirou-se pela sebe, entrou no quintal e examinou os caixilhos das janelas, vendo que estavam protegidos com alarme. Mas isso não o preocupou. Com base na observação do porcalhão e esposa/namorada, Twilly apostava que o alarme estava desligado. Acertou. E nenhum dos dois se lembrara de trancar a porta dos fundos, que dava para a lavanderia. Twilly entrou sem dificuldade. Não acionou sirenes, apitos ou bips. Twilly entrou e apurou os ouvidos para detectar a presença de empregada, cozinheira ou babá. Pelo vão da porta dava para avistar a cozinha. Embora não percebesse nenhum movimento, pensou ter ouvido o som de alguém a respirar.

"Olá?", chamou. Preparara uma história: inspetor da prefeitura encarregado de examinar a proteção contra furacões. Viu a porta entreaberta, ficou preocupado etc. Twilly pusera para a ocasião uma gravata fina lisa e uma camisa de manga curta.

"Olá!", repetiu, mais alto.

Um cachorro preto enorme saltou de um canto e mordeu sua perna esquerda. Era um labrador, o maior que Twilly já vira, com uma cabeça grande como a de um urso. Twilly enfureceu-se consigo por não ter previsto a presença de um animal doméstico avantajado. Isso se encaixava no perfil do porcalhão.

Ele permaneceu imóvel, sem gemer, apesar de o cão não abrir a boca. "Pode soltar", disse com firmeza, na vã esperança de intimidar o cachorro com sua compostura. "Chega!", foi a tentativa seguinte de Twilly. "Feio! Feio!" Ele nunca fora atacado por um cachorro que não rosnava nem latia. Segurou o labrador pelas orelhas sedosas. "Já sei que você é o máximo. Agora me largue."

O cachorro ergueu os olhos sem dar o menor sinal de hostilidade. Twilly esperava que a dor aumentasse, mas o labrador não o mordia com muita força; na verdade apenas o segurava, teimoso, impassível, como se a pele de Twilly fosse sua meia velha predileta.

Não tenho tempo para brincadeiras, Twilly pensou. Abaixando-se até a altura do cachorro, passou os dois braços pelo corpo, na altura da barriga, e o levantou no ar. Suspendeu o bicho de ponta-cabeça, a orelha pendeu, as pernas traseiras se agitaram no ar, até que o cachorro o soltou. Quando o devolveu ao chão, ele estava mais tonto do que bravo. Twilly acariciou a cabeça do bicho. Imediatamente o labrador se deitou e começou a abanar o rabo. Twilly achou carne fresca na geladeira e a colocou numa travessa, no chão da cozinha.

Em seguida vasculhou a casa. Examinou a pilha de correspondência por abrir na entrada, descobrindo que o nome do porcalhão era Palmer Stoat, e que a mulher, Desirata, era esposa dele. Twilly passou para a suíte do casal, em busca de detalhes a respeito do relacionamento. Os Stoat tinham uma cama com dossel de tecido fino, com babados que Twilly considerou espalhafatosos. Numa das mesinhas-de-cabeceira havia um romance de Anne Tyler e uma pilha de revistas: *Town & Country, Gourmet, Vanity Fair* e *Spin*. Twilly concluiu que pertenciam à sra. Stoat. Na gaveta superior havia um baseado pela metade, um tubo de vaselina, um pacote de presilhas para cabelo e um frasco de hidratante caríssimo. No outro criado-mudo Twilly não encontrou nenhum material de leitura, o que combinava com sua má impressão a respeito do sujeito. Dentro da gaveta, arrumadinhos, havia um cortador elétrico de pêlos de nariz, um revólver calibre 38 carregado, uma câmera Polaroid e uma pilha de fotos que pareciam ter sido tiradas por Palmer Stoat enquanto fazia sexo com a esposa. Twilly considerou significativo que em todas as fotos Stoat focalizara seu próprio corpo desnudo, com uma das mãos, e que da mulher só se via um joelho erguido aqui, a nádega hemisférica desbotada ali ou um cacho de cabelo castanho acolá.

Da suíte Twilly passou para o escritório, uma verdadeira exposição de animais selvagens abatidos. Na parede mais comprida havia uma sucessão de cabeças empalhadas: búfalo-africano, carneiro montês, cervo do Oeste, alce macho, lobo cinzento e lince canadense. A outra parede era dedicada aos seres aquáticos: tarpão, marlim listado, *peacock bass*, bijupirá e um raríssimo *Albula vulpes*, pouco maior que uma banana. No centro do assoalho de tábuas de carvalho havia a pele de um leão africano, com juba e tudo. Aos olhos de Twilly, um espetáculo patético, o próprio estereótipo do caçador branco.

Ele sentou à mesa de Stoat, ostensivamente limpa e desimpedida. Viu duas fotos em molduras prateadas idênticas, uma do lado esquerdo e outra do lado direito. Uma delas mostrava Desirata acenando da proa de uma lancha. Usava maiô cor-de-rosa brilhante e seu rosto estava bronzeado. O mar ao fundo era limpo e claro demais para ser da Flórida; Twilly deduziu que estiveram nas Bahamas ou outra ilha do Caribe. Na outra foto sobre a mesa o labrador gigantesco usava um gorro vermelho de Papai-Noel. A expressão indulgente do cão fez Twilly gargalhar.

Escutou os recados na secretária eletrônica de Stoat e tomou algumas notas. Depois levantou-se para inspecionar a terceira parede do gabinete, coberta por uma estante que ia até o teto, previsivelmente desprovida de livros. Twilly achou três livros finos sobre golfe e uma obra vistosa, comemorativa, a respeito do primeiro e último campeonato de beisebol vencido pelos Florida Marlins. Aí terminava a biblioteca de Palmer Stoat; nem Faulkner ou Steinbeck obrigatórios encadernados em couro decoravam a estante, feita de mogno tropical. Stoat enfeitava as prateleiras com caixas de charutos — vazias, dispostas de modo a impressionar os apreciadores. Montecristo 1, Cohiba, Empress of Cuba Robusto, Don Mateo, Partagas, Licenciados, H. Upmann, Bauza. Twilly ignorava o *pedigree* dos tabacos, mas entendeu que as caixas de Stoat eram troféus, assim como as cabeças de animais empalhados na parede. Em exibição numa das prateleiras havia outra prova da fixação do sujeito: uma capa falsa da *Cigar Aficionado* emoldurada com a foto de Stoat de smoking, fumando um charuto enorme. O título inventado proclamava: "Homem do Ano".

Twilly ouviu barulho e a porta se abriu. O labrador já havia devorado o lanche. Twilly chamou: "Oi, valentão, vem cá". O cachorro olhou em torno, avaliando o escritório, fixando os olhos nos mamíferos e peixes mortos, depois foi embora. Twilly compreendeu seu receio. Uma escada para subir na estante lhe deu acesso conveniente ao show de taxidermia. Twilly deslizou de um bicho a outro, usando o canivete para arrancar os olhos de vidro, que usou para montar um pentagrama perfeito sobre o risque-rabisque da mesa de Palmer Stoat.

"O que você quer, Willie?"

Palmer Stoat esperou até chegarem ao buraco 9 antes de abordar o arredio vice-presidente do Comitê de Desapropriações.

E o deputado Willie Vasquez-Washington retrucou: "Que raio de pergunta é essa?". Ele procurava o taco adequado. "Por que acha que eu quero alguma coisa?"

Stoat deu de ombros. "Vá com calma, Willie. Estou por sua conta." Mas ele não podia deixar de pensar que cobrara barato pelo serviço, pois os cem mil dólares de Robert Clapley se revelavam uma barganha vergonhosa, uma vez que lhe exigia passar um dia desgraçado no campo de golfe com Willie Vasquez-Washington.

Este, depois de errar a tacada, perguntou a Palmer Stoat: "Você está falando da tal ponte?".

Stoat virou de costas e fez uma careta de desespero.

"Como é mesmo o nome da tal ilha?"

"Porra, e que importância tem isso, Willie?"

"O governador falou, mas esqueci."

Eles seguiram de carrinho até o *tee* 11. Stoat jogou primeiro, mandando a bola para o meio do bosque de pinheiros. Willie Vasquez-Washington deu uma tacada de cinqüenta metros e a bola caiu a cinqüenta metros, à direita.

O que você quer?

Stoat ia com muita sede ao pote, Willie pensou. A pergunta soara reles, venal.

"A questão não é querer, Palmer, é precisar. Há um bairro em meu distrito que precisa de um centro comunitário. Um bom auditório, sabe? Creche, essas coisas. Um ginásio decente para o pessoal jogar basquete à noite."

"Quanto?", Stoat perguntou.

"Nove milhões, mais ou menos. Está tudo na proposta de orçamento", Willie Vasquez-Washington disse. "Mas, por algum motivo, a verba ficou retida no Senado. Acho que os parasitas brancos me sabotaram de novo."

"Um centro comunitário é uma idéia esplêndida. Precisamos cuidar das crianças", Stoat disse.

"Exatamente. Precisamos cuidar das crianças."

E cuidar da mulher de Willie, que seria nomeada diretora-executiva do centro, recebendo um salário anual de quarenta e nove mil dólares, plano de saúde com cobertura total e uma perua para uso exclusivo. E cuidar do melhor amigo de Willie, dono da empreiteira que ganharia a concorrência de duzentos mil dólares para rebocar o prédio. E cuidar do chefe de campanha de Willie, cuja empresa providenciaria a equipe de segurança vinte e quatro horas para o centro. E, finalmente, cuidar do irmão caçula de Willie, um caso perdido. A mercearia falida do coitado ficava numa esquina do terreno escolhido para o futuro centro comunitário e seria desapropriada pelo governo por cinco ou seis vezes o valor pago pelo irmão de Willie.

Nada disso seria explicitado a Palmer Stoat, não era necessário. Ele não precisava saber nem se importava com os detalhes sórdidos. Deduzira que alguém próximo ou querido de Willie Vasquez-Washington lucraria com a construção do centro comunitário de nove milhões, e ficaria espantado se fosse diferente. A apropriação era o nutriente básico da política. Alguém *sempre* ganhava dinheiro, mesmo nos projetos mais nobres bancados pelos contribuintes. Willie Vasquez-Washington e seus amigos ganhariam o novo centro comunitário, o governador e seus amigos ganhariam a nova ponte para a ilha Shearwater. Cesta, Palmer Stoat pensou. Uma enterrada. Daria um jeito de encaixar o projeto de Willie na próxima versão do orçamento do Legislativo, dali ele passaria facilmente pelo Comitê de Orçamento e chegaria ao gabinete do governador. E o governador Dick Artemus, interessado ou não no empreendimento de Shearwater, jamais vetaria recursos para um centro comunitário numa região carente da cidade, principalmente quando o representante eleito daquela minoria alegava — como Willie Vasquez-Washington fizera em diversas oportunidades — ser parte afro-americano, parte hispânico, parte haitiano, parte chinês e até parte Miccosukee. Ninguém jamais pressionou Willie para mostrar os documentos que comprovassem uma origem tão rica em termos étnicos. Ninguém tinha coragem de levantar a lebre.

"Providenciarei tudo amanhã", Stoat assegurou a Willie Vasquez-Washington. "Bem, estou atrasado para uma reunião no Capitólio."

"O que quer dizer com isso? Atrasado? Ainda faltam oito buracos." Willie gesticulava com um taco de ferro número 3 na mão. "Você não pode abandonar uma partida no meio. Principalmente quando estou perdendo vinte e seis dólares!"

"Fique com o dinheiro, Willie, e com o carrinho, também. Voltarei andando." Stoat atirou o saco de golfe ao ombro e pegou uma cerveja na geladeira de isopor. Acenou de modo cordial, mas firme, para se despedir do vice-presidente do Comitê de Desapropriações, e seguiu rumo à sede do clube.

"Ei, Palmer! Só queria saber uma coisa!", Willie perguntou, pedindo que se aproximasse com um gesto. Stoat soltou um palavrão a meia-voz e retornou.

"É sobre o nome", Willie disse, baixando a voz.

"O que tem o nome?"

"Não viu o nome? No orçamento do Senado?"

Palmer explicou: "Não leio o orçamento do Senado de ponta a ponta, Willie. Assim como não leio a lista telefônica de Miami de ponta a ponta. Portanto, preciso de sua ajuda, está bem?".

"O nome precisa constar no projeto de orçamento. Faço questão."

Stoat sentia vontade de pegar o taco de Willie e enrolá-lo no pescoço suado do sujeito. "Qual seria o nome que você exige constar no orçamento do Legislativo?", perguntou, controlando seus impulsos.

"Centro Comunitário Willie Vasquez-Washington para Jovens Carentes."

"Negócio fechado", Stoat disse, virando-se novamente na direção da sede.

"Não vai anotar o nome?"

"Pode deixar, não esquecerei."

Stoat pensou: Centro Comunitário para *Carentes*? Willie não está pensando nos carentes, só nos parentes.

"E aí, Palmer, como fica sua nova ponte?"

"Mando o esboço por fax. E a ponte não é *minha*." Stoat afastava-se apressadamente, com passadas largas, resolutas.

"Quero dizer, já escolheram um nome para ela?", Willie gritou. "Se quiser, batizo a ponte com o nome do governador. Ou com o seu!"

"Não, obrigado!", Palmer Stout gritou bem-humorado, sem no entanto parar de caminhar, sempre de costas para o outro. "Micróbio", resmungou baixinho. "Outro micróbio esganado, louco para se dar bem."

A população humana da Ilha do Sapo diminuía. Chegara a duzentas e dezessete. Repetidos esforços para desenvolver o local se sucederam, e a maior parte dos habitantes eram vítimas dos empreendimentos fracassados. O prefeito informal era Nils Fishback, ex-arquiteto e paisagista de um projeto ambicioso que prometia três prédios altos num condomínio fechado à beira-mar, num total de seiscentas e sessenta unidades habitacionais, chamado Torres da Ilha do Tarpão. (Todos que tentavam lançar a Ilha do Sapo no mercado a rebatizavam, como primeira medida de marketing. Além de Ilha do Tarpão, o lugar já fora chamado de Ilha do Robalo, Delfim, Garça Azul, Garça Branca, Gaivota e Fragata. Além de baía, costa, enseada e Ilha do Maçarico. As razões para a derrocada variavam, de um empreendimento falido a outro, e a desanimadora história estava disponível em detalhe nos registros de falências do fórum federal de Gainesville.)

A resistência à mais recente tentativa de apropriação da Ilha do Sapo vinha de um grupo reduzido mas aguerrido de proprietários ressentidos que posavam de ambientalistas. Em sinal de protesto eles começaram a passar um abaixo-assinado inflamado que citava Thoreau, cujo principal objetivo não era proteger as praias imaculadas da especulação imobiliária, mas sim extorquir mais dinheiro dos incorporadores. Entre os proprietários locais predominava o sentimento de que Robert Clapley estava sendo miserável nas ofertas e que ele poderia facilmente pagar muito mais pelos terrenos, assim como os incorporadores antigos haviam pago mais do que o valor de mercado aos habitantes anteriores da Ilha do Sapo. A estratégia do abaixo-assinado funcionara antes, conquistando o apoio de entidades sérias de preservação da natureza e editoriais em jornais importantes em defesa da causa da Ilha do Sapo, além de diversos artigos. Cercados pelas manchetes, os empresários geralmente desistiam e dobravam a proposta. Não havia motivo para duvidar que Clapley fosse fazer o mesmo, para acelerar a construção de seu condomínio fechado de alto padrão.

Fama e tempo de residência conferiram a Nils Fishback a liderança na organização do movimento contra o projeto da ilha Shearwater. Ele havia comprado trinta e três lotes no local, investindo todas as suas economias — uma temeridade, como logo constatou — durante o breve período de euforia em que a Ilha do Tarpão esteve na moda. O sonho de Fishback era fugir de Miami e se aposentar numa praia paradisíaca na costa do golfo, cercado de água por todos os lados. Pretendia ficar com quatro terrenos bem localizados, vender os outros com lucro e usar a remuneração pelo projeto paisagístico do empreendimento para construir uma mansão estilo casa de fazenda e morar com a mulher. Para azar de Fishback e esposa, as Torres do Ilha do Tarpão foram para o brejo pouco depois do lançamento devido à inesperada detenção dos principais investidores, dois jovens empresários de Barranquilla. Naquela altura, Fishback só havia projetado o jardim em volta do quiosque erguido para a venda do condomínio Ilha do Tarpão — um projeto paisagístico limitado, a bem da verdade, mas pelo qual Fishback esperava pagamento. Não recebeu nada, assim como o resto do pessoal contratado. Pior: após oito anos e outros três empreendimentos naufragados na Ilha do Sapo, Fishback continuava proprietário de dezessete lotes barrentos, dos trinta e três originais. A casa dos seus sonhos jamais saíra da prancheta; Fishback morava sozinho no quiosque feito para vender a Ilha do Tarpão, um dos poucos bens da empresa que os órgãos de repressão ao tráfico não quiseram confiscar.

A esposa de Fishback perdera as esperanças havia muito tempo e retornara ao continente, deixando-o solitário, com muito tempo livre. Ele passou a beber demais, parou de se barbear, tomar banho, usar fio dental e trocar de roupa. Ele costumava passar dias inteiros apagado na praia, sua pele ficou enrugada e escura como uma noz. Certa manhã, quando urinava no alto da antiga ponte de madeira, Nils Fishback, embriagado, foi abordado por um jovem repórter de um jornal de St. Petersburg. Na semana seguinte uma matéria longa foi publicada, e Nils recebeu o apelido de "prefeito da Ilha do Sapo". Embora Fishback não se recordasse de ter dado a entrevista nem das mentiras malucas que contara, adotou o título com entusiasmo. Deixou crescer a barba e a descoloriu, passou a andar sem camisa, descalço, com um lenço estampado na cabeça. Esperto, Fishback se converteu num eremita defensor da natureza que residia na ilha só por ser preservada, deixando de lado a história de ficar rico com especulação. Posou para fotos, fingindo acariciar as costas dos sapinhos que deram nome ao local. Fishback estava sempre à disposição para dar entrevistas e protestar contra a destruição da Flórida. Por isso, no decorrer dos anos, foi procurado pelo *Washington Post*, *Newsweek*, CNBC e outras emissoras de Turner, além da imprensa local. A seu modo, tornou-se uma celebridade excêntrica.

Na verdade, Nils Fishback não dava a mínima para o que pudesse acontecer à Ilha do Sapo ou às minúsculas criaturas que saltitavam por ali. A cena mais comovente que podia imaginar neste mundo de Deus era um cheque emitido pela incorporadora de Robert Clapley, no valor de quinhentos e dez mil dólares, o preço absurdo que Fishback pedia pelos dezessete lotes encalhados. Claro, aceitaria metade disso, deslumbrado, e deixaria a Ilha do Sapo antes do entardecer. Simulou horror quando a turma de Clapley começou a terraplenar a área onde os sapos viviam, mas no fundo Nils Fishback ficou muito contente. Jamais gostara dos sapinhos, eles o incomodavam, principalmente na época do acasalamento. O ruído estridente daqueles bichos ecoava a noite inteira em sua cabeça. Em segundo lugar, e mais importante, o ataque das escavadeiras e motoniveladoras de Clapley aos pequenos anfíbios serviria como munição de primeira para divulgar o abaixo-assinado — o sujeito era um monstro, certo? Esmagava criaturas inocentes aos milhares. Fishback mantinha um arquivo de contatos nos meios de comunicação para ocasiões do gênero. Conduziria pessoalmente as equipes de televisão através da ponte velha, até chegarem à estradinha à beira-mar onde ocorria o massacre, indicando onde posicionar as câmeras. A

Construtora Ilha Shearwater não podia permitir uma publicidade negativa daquele porte! Nils Fishback avisaria Robert Clapley uma hora antes do evento, dando-lhe tempo suficiente para telefonar ao banco e liberar o dinheiro para comprar os terrenos de Fishback.

A única dúvida, na mente de Fishback, dizia respeito ao momento apropriado para fazer a ligação. Se esperasse demais, o massacre dos sapos terminaria e não restaria nada para o pessoal da televisão filmar. Por outro lado, se interferisse precipitadamente, a praga dos sapos não sofreria uma redução sensível antes do início da primavera e da época do acasalamento, em poucas semanas.

Fishback levantou-se e limpou o traseiro de sua calça puída. Tirou duas cervejas da geladeira e abriu a primeira; a outra colocou debaixo do braço. Seguiu depois para um morrinho no meio do mato, onde uma das escavadeiras estava sendo reabastecida. Fishback ofereceu a cerveja sobressalente ao motorista e lhe perguntou: "Quanto tempo vocês vão levar para terminar o serviço?".

O motorista resmungou: "Muitos anos, coroa. Vai se acostumando".

"Quero dizer, esta parte que estão fazendo agora", Fishback explicou, erguendo a mão seca e enrugada como um galho velho. "Até enterrar todos os sapos."

O motorista franziu o cenho. "Do que você está falando?"

"Veja seu sapato, cara. Está sujo de sapo esmagado, pelo que posso notar."

O motorista recuou, limpando a sola do sapato no mato. "Você é louco de pedra", disse ao velho.

Fishback suspirou, impaciente. "Claro. Então não tem sapo nenhum por aqui, tudo bem. Só me conte quanto tempo ainda vão levar."

O motorista da máquina de terraplanagem olhou para a cerveja gelada em sua mão. Diacho, pensou, o velhinho parece boa gente. Provavelmente o barulho o incomoda.

"Uma semana", o motorista disse a Fishback. "É o que está na ordem de serviço."

"Perfeito." Fishback apontou para o mato. "Tem um laguinho de água doce a uns quinhentos metros, por aquela trilha. Seria um bom lugar para despejar o material. Cabe bastante."

"É mesmo?" O motorista parecia interessado.

Nils Fishback piscou, cúmplice. "Claro", disse. "Cara, é perfeito para despejar todos os sapos."

5

Na semana seguinte um comitê do Poder Legislativo da Flórida aprovou uma verba de nove milhões e duzentos mil dólares para um projeto comunitário no sudoeste de Miami chamado Centro Comunitário Willie Vasquez-Washington para Jovens Carentes. O mesmo comitê aprovou o uso de vinte e sete milhões e setecentos mil dólares do fundo de transporte rodoviário para projeto e construção de uma ponte de concreto de quatro pistas, em substituição à velha ponte de madeira de duas pistas que ligava a Ilha do Sapo ao continente. O governador Dick Artemus declarou seu apoio entusiasmado aos dois projetos, elogiando os legisladores por seu "compromisso suprapartidário com o progresso".

Dias depois, quando os derradeiros sapos estavam sendo enterrados, Nils Fishback e vinte e dois signatários do abaixo-assinado em defesa da ilha Shearwater reuniram-se com Robert Clapley e seus advogados no salão privado de um restaurante cubano sofisticado de Ybor City. Pelo acordo, Clapley adquiriu os dezessete terrenos baldios de Fishback por dezenove mil dólares cada, ou seja, dezesseis mil e quinhentos acima do preço originalmente pago por Fishback. Os outros radiantes "ambientalistas" da Ilha do Sapo receberam valores parecidos. Voltaram para casa de jatinho Gulfstream, e na manhã seguinte Nils Fishback convocou uma entrevista coletiva de imprensa, na cabeceira da ponte velha. O "prefeito" proclamou ao punhado de repórteres presentes que o movimento terminara, pois a Construtora Ilha Shearwater concordara com "praticamente todas as nossas exigências". Brandindo um maço de contratos em papel ofício, Fishback revelou que Robert Clapley se comprometera, por escrito, a preservar as características da ilha, além de manter no local uma equipe de biólogos, botânicos e hidrologistas para supervisionar todas as fases da construção. Além disso, Clapley aceitara um programa de compensação ambicioso, no qual para cada hectare de vegetação sacrificada pelo loteamento ele plantaria três hectares de árvores variadas. Mas Nils Fishback não revelou à imprensa que, legalmente, Clapley não precisava replantar nada na Ilha do Sapo. As novas árvores podiam ser semeadas em qualquer lugar da Flórida, inclusive na distante comarca de Putnam, onde Clapley coincidentemente tinha quatrocentos hectares de reflorestamento que precisava ser replantado, pois as árvores haviam sido cortadas.

Quem arquitetou o esquema de replantio foi nada mais nada menos que Palmer Stoat, numa semana das mais produtivas. Os amigos do governador teriam a nova ponte, Willie Vasquez-Washington ganharia seu novo Centro Comunitário, e a funcionária impertinente do pedágio do entroncamento de Yeehaw ganharia o bilhete azul. Palmer Stoat voltou de Tallahassee para casa de avião e seguiu direto para o Swain's, seu bar de charuto favorito, para comemorar. Ali, sentia-se poderoso e importante, entre jovens advogados ambiciosos, gerentes financeiros, donos de galerias de arte e ex-atletas profissionais. Stoat gostava de observar quando eles ensinavam as novas namoradas a cortar com muito cuidado a cabeça de um Bolivar contrabandeado — a típica preliminar *yuppie* dos anos 1990. Stoat se ressentia do fato de sua esposa jamais ter posto os pés no Swain's, pois ficaria espetacular sentada lá, de pernas cruzadas, num daqueles vestidos longos pretos e justos. Mas Desie alegava que sentia enjôo com a fumaça dos charutos. E o atormentava sem parar por fumar em casa — um hábito nocivo e pernicioso, dizia. Contudo, ela acendia um baseado sempre que iam fazer amor — e por acaso Palmer reclamava? Não, senhor. Qualquer coisa que a animasse valia a pena, dizia. E Desie retrucava: "Pelo menos uma vez, cale a boca, tá?". E era o único jeito que ela conseguia transar, com ele em silêncio absoluto. Ela aceitava a rotina da Polaroid, mas no momento em que Palmer pronunciava uma única palavra, acabava o sexo. A regra de Desie era inflexível. Por isso ele aprendera a ficar quieto por quinze ou vinte minutos, no quarto, umas duas vezes por semana. Isso Palmer aturava. Puxa, no fundo todo mundo era meio louco, né? Além disso, havia outras — as moças do Capitólio, principalmente — que o deixavam falar à vontade, do começo ao fim. Como se ele pregasse o Evangelho.

O garçom serviu outra dose de *brandy*.

"Quem mandou servir isso?", Stoat perguntou.

"O cavalheiro na outra ponta do balcão."

Uma coisa boa nos bares de charutos, os fregueses eram todos "cavalheiros" e "damas".

"Qual deles?", Stoat quis saber.

"O de óculos escuros."

Rapaz de camisa estampada tropical; papagaios e palmeiras. Stoat não reconheceu o rosto. Bem bronzeado, cabelo comprido crestado de sol, barba de dois dias. Provavelmente um marinheiro de folga, dos iates de Bahia Mar ou Pier 66, Stoat deduziu, alguém que conhecera numa festa a bordo.

Stoat ergueu o copo de *brandy* e agradeceu. O marinheiro de óculos escuros fez um movimento curto com a cabeça. Stoat teve a atenção desviada por uma esfuziante morena que não fumava um charuto cubano de vinte centímetros, e sim praticava felação no puro. Embora fosse impossível confundir a garota com uma apreciadora séria de charutos, seus risinhos roucos indicavam muito entusiasmo pelo aprendizado daquela arte. Stoat estava a ponto de se apresentar quando o garçom o puxou pela manga e lhe passou um guardanapo dobrado. "O jovem cavalheiro de óculos escuros pediu que lhe entregasse isso", disse.

Palmer Stoat abriu o torpedo:

O sr. Yee telefonou da Cidade do Panamá, para tratar de suas "vitaminas". Além disso, o Jorge da Ocean BMW disse que o novo conversível estará disponível na segunda-feira. Desta vez, tome mais cuidado ao estacionar o veículo.

As mãos de Stoat tremiam quando ele pôs o guardanapo em cima do balcão. Olhou em volta: nem sinal do jovem marinheiro. Stoat abriu o telefone celular e teclou o número particular de sua casa, aquele que não constava na lista. Em seguida, digitou o código para acessar a secretária eletrônica. Os dois primeiros recados, deixados na manhã em que viajara para Tallahassee de avião, diziam exatamente o que constava na mensagem do marinheiro. O sr. Yee — o discreto contato de Durgess para chifres de rinoceronte — finalmente telefonara para Stoat. (Sem que Desie soubesse, Stoat pretendia inalar um pouco do pó das mágicas ereções; planejava uma farra monumental em sua próxima viagem de negócios.) E o segundo recado na secretária era realmente de um jovem vendedor chamado Jorge Hernandez.

Apavorante, Stoat pensou. Ou o tal marinheiro descobriu meu código ou conseguiu entrar em minha casa. Stoat deixou uma nota de vinte sobre o balcão e foi embora correndo. Dentro de casa, pulou o cachorro e correu para seu escritório. Nada indicava que o local fora revistado; não faltava nada e seus pertences continuavam no mesmo lugar.

Então Palmer Stoat notou os olhos de vidro dispostos em forma de pentagrama, sobre sua mesa. A disposição geométrica perfeita secretamente encantou Stoat, obcecado por ordem e limpeza. (A manifestação inversa do fetiche era a compulsão de dispensar resquícios de lixo potencial — quaisquer traços de detritos, dejetos ou refugos — sem pensar nas conseqüências. Por isso Stoat era um porcalhão incorrigível.)

Ele não tocou no pentagrama misterioso. Lentamente, ergueu a vista para observar as paredes; viu seus animais empalhados: lince, lobo, cervo, carneiro, alce, marlim, tarpão, *peacock bass*. Stoat olhou para eles, mas eles não olharam de volta.

Twilly Spree costumava se apaixonar por qualquer mulher que fosse para a cama com ele. Uma delas, chamada Mae, era dez anos mais velha. Tinha cabelo louro liso e sardas cor de caramelo do rosto à ponta do pé. De família rica, demonstrava notável desinteresse pela herança de Twilly. Ele teria casado com ela de bom grado, não fosse pelo fato de a moça já estar casada com um empresário de Cingapura. Mae pediu divórcio três dias depois de conhecer Twilly, mas os advogados disseram que levaria anos até ela se livrar do marido, pois ele evitava os Estados Unidos e, portanto, não havia como intimá-lo. Sem ter mesmo o que fazer, Twilly pegou um avião e foi a Cingapura para uma rápida reunião com o marido de Mae, que rapidamente providenciou para que ele fosse espancado, preso num bordel e deportado. Assim que foi devolvido à Flórida, ele perguntou a Mae, com toda a inocência do mundo: "Como você foi se meter com um sujeito desses?".

Mae e Twilly moraram juntos durante cinco meses. Ela queria que ele a ajudasse a se tornar uma pessoa livre. Twilly ouvira o mesmo pedido de outras moças. Sem que ele pedisse, Mae abandonou o grupo de bridge e a pedicure às quartas-feiras, passando a freqüentar cursos de bandolim e bromélias. O pai de Mae, consternado, veio de avião de Sag Harbor para conhecer Twilly. O pai de Mae era executivo aposentado da Ford Motor Company, tendo sido o responsável, praticamente sozinho, pela ruína do Mustang. A fim de testar o caráter de Twilly, ele o convidou a ir até o estande de tiro e colocou uma Remington calibre 12 em suas mãos. Twilly derrubou tudo que jogaram na sua frente. O pai de Mae comentou: muito bem, mas ele sabe caçar de verdade? Levou Twilly para uma fazenda no Alabama cheia de codornizes, e Twilly acertou os quatro primeiros pássaros que levantaram vôo. Depois, largou a espingarda no chão e disse: "Já chega". O pai de Mae falou: "Qual é o problema, estamos só aquecendo".

"Não vou comer mais do que quatro, para que matar mais?"

Ora, o pai de Mae retrucou, furioso: "A questão não é comer, é praticar um esporte!".

"E qual é a graça?", Twilly peguntou.

"Atirar em algo rápido e lindo, durante o vôo", o pai de Mae disse. "A idéia é essa!"

"Entendi", Twilly disse.

Naquele noite, quando o King Air fretado pelo pai de Mae decolou de uma pista de pouso no meio do mato, em Montgomery, alguém escondido entre as árvores, com um rifle semi-automático, desenhou um X perfeito numa das asas, furando um tanque de combustível, o que obrigou o avião a voltar para um pouso de emergência. O atirador nunca foi identificado, mas o pai de Mae criou um tremendo caso com as autoridades locais. Embora seus esforços para processar Twilly tenham fracassado, ele conseguiu convencer a filha de que ela se envolvera com um maníaco homicida. Twilly sentiu falta da companhia de Mae por algum tempo, mas ficou satisfeito por ter esclarecido sua postura perante o pai dela, pois o sujeito relacionou suas vaidades com os buracos de queijo suíço no avião.

E, realmente, era só isso que Twilly desejava, que os cretinos entendessem o recado. A maioria entendia logo.

Não era o caso do porcalhão. Twilly concluiu que havia sido sutil demais com Palmer Stoat; o sujeito exigia uma abordagem didática, indicações passo a passo, repetidamente. Twilly o seguiu por vários dias, e Stoat continuava jogando lixo pela janela do carro, onde quer que circulasse. Twilly cansara de recolher sujeira.

Certa tarde, Stoat e a esposa saíram do casamento de um senador em Jacksonville e encontraram um recado no limpador de pára-brisa do Range Rover. "Pare de sujar o planeta, panaca." Stoat deu de ombros, intrigado, e mostrou o bilhete a Desie. Depois o amassou e jogou no chão do estacionamento.

Quando Stoat entrou no veículo descobriu, revoltado, que estava cheio de besouros do esterco. Uma massa pululante cobria seu pé, enquanto uma segunda leva trepava pela coluna de direção. O terceiro batalhão se aglomerava no painel, suas cascas marrons reluzentes estalavam feito contas quando se chocavam.

Apesar da aparência, aqueles besouros eram inofensivos e prestavam um serviço valioso para a cadeia alimentar, ou seja, um consumo prodigioso de detritos animais. Venerados no Egito antigo, os insetos atualmente são adorados por pecuaristas. No total há mais de sete mil espécies conhecidas de besouros que vivem de esterco, sem os quais o planeta viveria literalmente coberto de excremento. Esse fato talvez não fosse valorizado por Palmer Stoat, incapaz de distinguir uma joaninha de uma barata (acreditava que seu Range Rover fora infestado de baratas). Ele gritou e bateu com força na coxa, saindo do carro como se tivesse levado um canhonaço.

Desie, esperando do lado de fora que o marido destrancasse a porta do passageiro, observou o esforço atlético com extremo interesse. Rapidamente pegou o telefone celular, mas Palmer o arrancou de sua mão. Polícia, não, exclamou. Não quero ver isso nos jornais. Desie não entendeu como uma bobagem daquelas poderia atrair a atenção da imprensa.

Palmer usou seu próprio telefone para convocar um dedetizador. O sujeito usou um aspirador em forma de tubo para remover os besouros do Range Rover — um total aproximado de três mil, como poderia comprovar quem se dispusesse a contá-los. Para Desie eles mais pareciam pedrinhas, quando eram sugados pela mangueira. Após a consulta ao manual ilustrado de insetos, o dedetizador identificou corretamente os invasores.

"Como é?"

"Besouro do esterco. Apenas besouros do tipo comum, de esterco bovino."

"O nome quer dizer o que estou pensando?", Desie perguntou, secamente.

"Exatamente", o dedetizador confirmou.

Stoat fechou a cara. "Como é? Está querendo me dizer que eles comem *merda*?"

E mesmo assim a ficha não caiu, para o desgraçado.

Na mesma tarde, a caminho do estande de tiro, Stoat atirou uma caixa de Kentucky Fried Chicken pela janela. Naquele momento, parado por causa da ponte móvel na passagem da rua Dezessete, em Fort Lauderdale, Stoat esticou o corpo até a janela do passageiro e tranqüilamente jogou a caixa com os restos de frango por cima da guarda da ponte. Três carros atrás, oculto no meio do tráfego, Twilly Spree viu tudo: caixa de papelão, guardanapo esvoaçante, coxas descarnadas a cair, até mergulharem na Intracoastal Waterway. Foi então que Twilly se deu conta de que Palmer Stoat era inacreditavelmente arrogante ou inacreditavelmente burro, e em ambos os casos precisava de educação especial.

Na manhã do dia 2 de maio a empregada entrou no quarto e anunciou que Boodle, o cachorro, havia sumido.

"Ora, isso não é possível", Stoat disse.

Desie vestiu uma roupa, calçou o tênis e saiu correndo para procurá-lo na vizinhança. Soluçava ao retornar, dizendo ao marido: "Tudo culpa sua".

Stoat tentou abraçá-la, mas ela não quis. "Amor, por favor, acalme-se."

"Alguém o pegou..."

"Não pode afirmar isso."

"E é tudo culpa sua."

"Desie, tenha dó."

Era mesmo culpa dele tanto nervosismo por parte da esposa. Pensando bem, não deveria ter mostrado a ela o que o sujeito aprontou com os troféus, no escritório. Todavia, naquele momento Stoat chegara a pensar que o vândalo furtivo poderia ser a própria Desie; talvez estivesse contra ele, no fundo. Sem dúvida alguma ela se opunha a sua paixão pela caça — lembrava-se bem de sua contrariedade por causa do rinoceronte abatido. A bem da verdade, não era difícil imaginar a esposa encarapitada na escada da estante de livros, usando um garfo de lagosta de prata — presente de casamento do pessoal que controlava a jogatina nos cavalos — para remover meticulosamente os olhos de seus troféus de caça.

Mas Desie não poderia ter feito aquilo. Palmer Stoat confirmou a inocência da moça ao testemunhar sua reação ao pentagrama macabro sobre a mesa e ao espetáculo dos animais sem olhos. Desie empalidecera e saíra correndo do escritório. Mais tarde, implorara ao marido para contratar seguranças para vigiar a casa; não se sentia mais segura ali dentro. Stoat disse: "Não se preocupe, deve ser coisa de algum pirado do bairro. Moleques da vizinhança que entraram só de farra", garantiu a ela. Mas ele suspeitava que tanto o episódio dos olhos de vidro quanto a profanação do BMW estavam ligados a suas atividades como lobista; algum cliente cretino descontente e meio maluco... talvez até mesmo um concorrente invejoso. Por isso Stoat mandou trocar o segredo das fechaduras, providenciou novos números para os telefones e chamou um especialista em eletrônica, que vasculhou a casa atrás de equipamento de escuta clandestina. Por via das dúvidas passou a empregada, o jardineiro e a cozinheira meio período pelo detector de mentiras. Desie fez o marido prometer que ligaria o alarme todas as noites, o que vinha sendo cumprido religiosamente...

Com exceção da noite anterior, quando comparecera a um evento de arrecadação de fundos para o Partido Republicano e bebera tanto que precisou voltar para casa de táxi. Era por volta das três da madrugada, e Stoat não conseguia nem identificar sua própria casa, quanto mais introduzir a chave nova na fechadura; digitar um código de cinco números não-seqüenciais no painel de controle do alarme exigiria mais coordenação ainda.

Mesmo assim não acreditava que alguém entrara na casa e roubara o labrador. Para começo de conversa, Boodle pesava muito, sessenta quilos. A peso de ouro, fora treinado para sentar, pegar coisas, balançar o rabo, deitar, ficar de pé e não sair andando atrás de desconhecidos. Para seqüestrar o cachorro, Stoat calculava, apenas um homem adulto não bastaria.

Então Desie se lembrou de que Boodle não estava em perfeita forma. Poucos dias antes ele fora levado às pressas para a clínica, fazer uma cirurgia de emergência, por engolir cinco contas de vidro da mesa de Stoat. O dono não deu por sua falta até a chegada do taxidermista que veio consertar o estrago. Logo depois encontraram Boodle prostrado, inapetente. Os raios X na clínica veterinária revelaram olhos de vidro amontoados no fundo do estômago do cão. Quatro foram removidos facilmente por laparotomia, mas o quinto olho escorregou para o trato intestinal, fora do alcance do cirurgião. Seria preciso fazer outra operação se Boodle não expelisse logo a bolinha de vidro. Nesse meio-tempo, o cachorro permaneceria letárgico, entupido de antibióticos poderosos.

"Ele vai morrer se não voltar logo", Desie disse, desconsolada.

"Vamos encontrá-lo, não se preocupe." Stoat prometeu imprimir folhetos e distribuí-los nas redondezas.

"Ofereça uma recompensa", Desie sugeriu.

"Claro."

"Uma recompensa *decente*, Palmer."

"Vai dar tudo certo, querida. Aposto que a empregada não fechou a porta direito e ele escapou. Já fez isso antes, não se lembra? Voltará quando estiver mais disposto e ficar com fome, vai ver."

"Obrigado, doutor Doolittle", disse Desie, que continuava ressentida, pois Palmer pedira ao veterinário os olhos de vidro engolidos pelo cachorro, para que fossem lavados, polidos e colados na cabeça dos animais mortos.

"Pelo amor de Deus, compre outros", Desie disse, furiosa com o marido.

"Claro que não", ele disse. "Desse jeito teremos um caso mais interessante ainda."

Os olhos recuperados cirurgicamente pertenciam ao lince canadense, ao marlim, ao alce e ao cervo. A esfera restante viera do búfalo africano, a maior peça da galeria de troféus de Stoat, e ele fazia questão absoluta de recuperá-la.

Desie, com seus próprios olhos a brilhar, encarara o marido para dizer: "Se o coitadinho morrer na rua eu jamais perdoarei você".

"Já falei, ninguém levou o Boodle..."

"Não interessa, Palmer. Tudo aconteceu por causa dessa sua mania ridícula, dessas cabeças cretinas empalhadas com olhos falsos. Portanto, será culpa sua se meu cachorrinho sofrer alguma coisa."

Assim que Desie saiu do escritório, Stoat telefonou para uma gráfica e encomendou quinhentos folhetos com a foto de Boodle, oferecendo dez mil dólares para quem o encontrasse ou informasse seu paradeiro. Stoat não estava muito preocupado, pois tinha certeza de que nenhum dos seus inimigos, por mais malvados que fossem, chegaria a ponto de seqüestrar seu cachorro de estimação.

O mundo é um lugar maluco, Stoat pensou, mas ainda não chegamos a esse ponto.

* * *

Twilly Spree seguira o porcalhão quando este saiu da festa de táxi e voltou para casa. Estacionou no final da quadra e observou Palmer Stoat cambalear até a porta. Quando Stoat finalmente conseguiu encaixar a chave, Twilly já esperava a dez metros de distância, oculto atrás de uma palmeira da Malásia. Stoat não se esqueceu de trancar a porta da frente, apenas. Ele a deixou entreaberta. Ainda usava o banheiro do vestíbulo, balançando na frente da privada enquanto lidava com o zíper, no momento em que Twilly entrou para pegar o cachorro.

Com o labrador nos ombros, feito um carneiro de presépio, Twilly voltou rapidamente para seu carro. O cachorro não tentou mordê-lo, nem latiu. Era encorajador; aquele bicho enorme estava entendendo tudo. Os mais inteligentes são capazes disso, Twilly pensou.

O labrador permaneceu quieto após a chegada ao motel. Bebeu um pouco d'água da torneira do banheiro, mas ignorou um apetitoso osso de couro.

"Qual é o problema, cara?", Twilly perguntou. Falava freqüentemente com os animais. Não via impedimento algum. Conversava até com o lince que morava em sua barraca no meio do charco. *Não me morda, seu pilantra*, aconselhava Twilly.

O cachorro se acomodou a seus pés. Twilly acariciou seu dorso reluzente, dizendo: "Tudo vai dar certo, cara". Não conseguia chamar o animal pelo nome escrito na coleira, Boodle. Um sinônimo incomum de *propina*. Palmer Stoat bancando o engraçado.

"De agora em diante", Twilly disse ao cachorro, "seu nome é McGuinn."

O lab ergueu a cabeça, larga como uma bigorna.

"Homenagem a um grande guitarrista", Twilly explicou. O cão esticou o corpo e espreguiçou a seu lado. Foi aí que Twilly notou o esparadrapo e o curativo. Ajoelhou-se ao lado do cachorro e delicadamente levantou uma ponta do esparadrapo que protegia um pedaço raspado da barriga. Sob a gaze havia uma incisão cirúrgica recente, na qual Twilly contou doze grampos metálicos. Recolocou o curativo no lugar e passou a mão de leve nas costelas do animal. Ele soltou um suspiro pesado, típico dos labradores, mas não parecia estar sofrendo.

Twilly preocupou-se com o corte, ficou imaginando o que poderia haver de errado com uma criatura tão robusta — vesícula biliar? Será que cães *tinham* vesículas biliares? Sei que sofrem de artrite e doenças cardíacas, câncer e distúrbios imunológicos. Sem dúvida, podiam pegar câncer. Tudo isso passou pela mente de Twilly; um comercial interessante na tevê fez com que Twilly se erguesse, prendendo os joelhos com os braços, no canto da cama, enquanto McGuinn cochilava no tapete laranja-escuro.

Aquele cachorro tinha a respiração mais suave que já ouvira num bicho tão grande. Twilly precisava se debruçar para escutá-la, mais parecia o ressonar de um bebê no berço.

E Twilly pensava: Provavelmente entupiram o pobre coitado com sedativos pesados para suportar a cirurgia. Isso explicaria seu comportamento tão passivo. E quanto mais Twilly pensava no caso, mais tinha certeza de seu próximo passo: retornar à residência de Palmer Stoat e achar os medicamentos do cachorro. Arriscado, insano, mas não restava escolha para Twilly. Odiaria se algo ruim acontecesse a McGuinn, que era inocente.

O dono, Palmer, contudo, era outra história.

Ele foi induzido a erro. Retornou à casa na noite seguinte, chegando no exato momento em que Stoat saía de carro, e viu a silhueta feminina ao lado dele, no Range Rover. Twilly presumiu que era a esposa, calculou que os dois estavam saindo para jantar, embora já fosse tarde.

Na verdade, uma das empregadas acompanhava o porcalhão, que lhe dera carona no automóvel. Por isso Twilly cometeu o erro que mudou tudo.

Desde a visita anterior os Stoat passaram a cuidar com muito rigor da questão do alarme contra ladrão. Mas Twilly decidiu mandá-lo às favas: entraria, pegaria os medicamentos do cachorro e fugiria correndo. Faria tudo e escaparia num minuto.

A porta da cozinha foi moleza; bastou uma chave de fenda para abri-la, e surpreendentemente o alarme não disparou. Twilly acendeu a luz e iniciou a busca. A cozinha era espaçosa, fora reformada recentemente no estilo deserto de faroeste, com armários cor de terra e aparelhos de aço inoxidável. Era assim que sujeitos como Palmer Stoat cuidavam da esposa, Twilly pensou; cozinha e jóias eram o máximo que sua imaginação alcançava.

Ele achou os remédios do cachorro no armário ao lado da máquina de café expresso: dois pequenos frascos e um tubo de pomada, tudo antibiótico. Twilly os guardou no bolso. A coleira do labrador pendia num gancho, perto da porta, e Twilly aproveitou para levá-la também. Como recompensa pelo sucesso da invasão ele pegou uma Sam Adams na geladeira. Quando se virou, deu com Desirata Stoat e o 38 cromado que ficava no quarto.

"Você roubou nosso cachorro", ela disse.

"Positivo."

"Onde ele está?"

"Em perfeita segurança."

"Eu perguntei *onde*." Ela engatilhou a arma.

"Atire e nunca mais verá McGuinn."

"Quem?"

"É o novo nome dele."

Twilly contou à sra. Stoat que ignorava a cirurgia feita no cão. Não foi um pedido de desculpas, apenas uma explicação para sua presença ali. "Voltei para pegar os remédios. Aliás, o que houve com ele?"

A mulher do porcalhão falou: "Se eu contasse, você não ia acreditar. Ponha as mãos atrás da cabeça".

"Lamento, senhora Stoat, mas não funciona assim na vida real." Twilly terminou de tomar a cerveja. "Vocês reciclam?", perguntou.

Desie foi até um armário e tirou um balde plástico, no qual Twilly depositou a garrava vazia. Depois ele deu meia-volta e calmamente pegou o revólver da mão da mulher do porcalhão. Removeu as balas e as guardou no mesmo bolso em que pusera os medicamentos do cachorro. A arma foi para dentro da gaveta dos talheres.

A sra. Stoat baixou a cabeça e murmurou algo inaudível. Descalça, usava uma camiseta comprida, brincos de pérola e mais nada. Seus braços eram bronzeados como as pernas.

"Foi você o pirado que encheu a perua do meu marido de insetos?"

"De besouros. Isso mesmo."

"E deixou aqueles recados impertinentes. E arrancou os olhos dos bichos?"

"Correto." Twilly não sentiu necessidade de mencionar o ataque contra o BMW vermelho.

Desie disse: "Você fez coisas horríveis".

"Meio infantis", Twilly admitiu.

63

"Qual é seu problema, afinal?"

"Obviamente, estou descarregando minha raiva. Como Palmer está se saindo?"

"Normal. Ele levou a empregada para casa e foi ao Swain's tomar alguma coisa."

"Sei, o bar dos charutos." O bar fora o alvo inicial de Twilly para a infestação com os insetos, mas havia uma barreira contra pragas no sistema de ventilação. Além disso, recebera opiniões científicas discrepantes a respeito do apetite de um besouro de esterco para folhas fermentadas de tabaco cubano.

"Qual é o seu nome?", Desie perguntou.

Twilly riu e levantou os olhos.

"Entendi", ela disse. "Você está seqüestrando nosso cachorro."

"O cachorro do seu marido."

"Quero ir junto."

Claro, Twilly riu. Ela não podia estar falando sério.

"Quero saber o que há por trás de tudo isso", ela insistiu. "Não creio que seja por dinheiro."

"Por favor."

"Acho que tem a ver com Palmer."

"Foi um prazer conhecê-la, senhora Stoat."

"Meu nome é Desie." Ela seguiu Twilly até o carro alugado e entrou. Ele ordenou que saísse, mas a moça se recusou, erguendo os joelhos até o queixo e passando os dois braços em volta das pernas.

"Vou gritar feito louca varrida. *Mais* do que uma louca varrida."

Twilly sentou-se pesadamente ao volante. Para o cúmulo do azar, a mulher de Stoat era fraca da idéia. Uma luz se acendeu na casa em frente, do outro lado da rua. Desie também notou, e Twilly imaginou que começaria a gritar.

Em vez disso, ela disse: "O negócio é o seguinte: ultimamente, ando duvidando de muita coisa. Preciso dar um tempo".

"Tire férias, faça um cruzeiro."

"Você não está entendendo."

"O cachorro será bem tratado. Dou minha palavra."

"Estou falando de Palmer", ela disse. "Do meu relacionamento com Palmer."

Twilly fora encurralado. Não conseguiu pensar em mais nada e resolveu sair dali.

"Ando meio envergonhada de minhas atitudes", ela disse. "Casei-me com ele principalmente por causa da segurança. É um modo hipócrita de dizer que casei por dinheiro. Talvez não soubesse disso na época, talvez soubesse."

"Desie?"

"Sim?"

"Tenho cara de consultório sentimental?"

"Desculpe-me, você está certo. Não vou falar mais nada."

Twilly conseguiu achar o caminho para a rodovia interestadual. Estava preocupado com McGuinn. Ignorava a freqüência com que o cachorro precisava tomar os remédios ou quando seria o momento adequado para levá-lo a dar um passeio.

"Vou permitir que veja o cachorro, senhora Stoat, só para mostrar que ele está bem. Depois vou levá-la de volta para casa."

"Não faça isso", Desie disse. "Por favor."

"E a senhora vai dizer o seguinte a seu marido..."

"Olhe a polícia."

"Já vi."

"Você está a mais de cem."

"Oitenta. Ouça bem o que vai dizer a Palmer: 'Um marginal drogado e perigoso seqüestrou nosso querido cãozinho e só vai devolvê-lo se você cumprir todas as exigências'. Consegue fazer isso?"

Desie olhou pela janela, amuada.

"Está me ouvindo? Quero que diga a seu marido que sou um lunático sociopata bipolar violento. Explique que sou capaz de fazer qualquer coisa."

"Mas isso não é verdade."

Ele sentiu a tentação de recitar a lista completa de seus crimes, mas temia que ela pulasse do carro em movimento. "Eu explodi o banco do meu tio", disse apenas.

"Por quê?"

"Faz diferença? Atentado é atentado."

"Você vai ter de se explicar melhor. Duvido que seja maluco."

Twilly suspirou. "O que você e seu marido conversam? Falam de política? Televisão? Repressão no Tibete?"

"Compras." Desie falou sem ironia ou vergonha. "Ele adora automóveis e roupas finas. Suponho que não valha muito em seu meio social."

"Não tenho meio social."

"Ele também joga golfe", Desie disse. "Quando não está caçando."

"Você também joga golfe?"

"Joguei duas vezes na vida, e foi só. Somos membros do Clube das Lontras."

"Meus parabéns", Twilly disse. "Já viu alguma lontra por lá?"

"Nunca."

"Sabe por quê?"

"Não faço a menor idéia", Desirata Stoat respondeu.

De volta ao quarto do motel foram recebidos por McGuinn-Boodle, que ficou muito contente ao vê-la. Twilly tentou bancar o veterinário, mas o cachorro insistia em cuspir as pílulas. Foi uma cena cômica. Finalmente, Desie ordenou a Twilly que saísse da frente e assumiu o comando da operação. Colocou os comprimidos brancos enormes debaixo da língua de McGuinn enquanto massageava sua garganta. Obediente, o labrador engoliu o remédio. Quanto Twilly tentou imitar a técnica de Desie, o cão cuspiu a pílula na cara dele.

"Pelo jeito, isso resolve tudo", ela disse.

"Nem pensar. Você *não pode* ficar conosco."

"Mas eu sou a única pessoa que consegue dar o remédio para ele. Ontem ele quase arrancou o dedo de Palmer."

"Vou pegar o jeito", Twilly disse.

Depois que Desie conseguiu fazer o cachorro engolir o segundo comprimido, ela perguntou a Twilly a respeito do novo nome.

"Eu o batizei em homenagem a um músico que aprecio. Roger McGuinn."

"Você é jovem demais para conhecer Roger McGuinn."

"Você o conhece?" Twilly ficou surpreso.

"Claro. Gênio das doze cordas. 'Eight Miles High', 'Mr. Spaceman', e muitas outras."

"Fantástico!", Twilly disse. "Mas, afinal, quantos anos *você* tem?"

"O bastante." Desie o brindou com seu sorriso de mulher madura. Não mencionou o trabalho no Sam Goody's durante o verão.

Twilly notou que ela acariciava McGuinn com uma das mãos e torcia a barra da camiseta com a outra. Finalmente, conseguiu verbalizar a pergunta que pairava no ar.

"Explique exatamente o que quer de meu marido."

"Quero que ele tome jeito."

"Como assim?"

"Ele é um porco nojento. Deixa um rastro de lixo por onde passa."

"Só isso?"

"Quero que ele entenda meu recado, só isso. Quero ver a vergonha em seu rosto. Além disso, sei lá, não faço idéia." Twilly tirou um cobertor leve da cama e o jogou para ela. "Cubra-se, Desie. Estou vendo sua bunda."

"Você é muito modesto, Mister Spaceman."

"O que quer dizer?"

"Quer saber quem é meu marido? Faz alguma idéia de como ele ganha a vida?"

"Não", Twilly disse. "Mas alguém do gabinete do governador deixou um recado na secretária eletrônica dele, na outra noite."

"Exatamente. O governador em pessoa, aliás. Provavelmente ligou por causa daquela ponte ridícula."

"Que ponte?", Twilly quis saber.

Desie cruzou as pernas no chão, protegendo as coxas com o cobertor. "Vou lhe contar a história de Palmer Stoat", disse.

"Não, senhora. Vou levá-la para casa."

Mas não levou.

6

Twilly passou a noite dirigindo, acompanhado pela moça e pelo cachorro. Chegaram à Ilha do Sapo pouco antes da aurora. Twilly parou na praia e abaixou o vidro da janela.

"O que viemos fazer aqui?", Desie perguntou.

Twilly fechou os olhos. Não os abriu até ouvir o pio das gaivotas e sentir o sol na nuca. O golfo estava cinzento, liso. Ao longe, viu Desie caminhar na faixa de areia alva, tendo a seu lado o vulto de McGuinn; acima deles, aves marinhas planavam. Twilly saiu do carro e se espreguiçou. Tirou a roupa e mergulhou na água gelada para nadar uns duzentos metros. De longe, teve uma visão em perspectiva da ilha, como um marinheiro, uma ilha modesta, baixa, verdejante, como era havia muito tempo. Claro, Twilly compreendeu o terrível significado de uma nova ponte. Dava para ouvir a voz de seu pai, mostrando os folhetos, excitado. Que aquele pedaço de terra intacto tivesse sido escolhido para especulação imobiliária não espantava Twilly. A única surpresa foi constatar que ninguém havia destruído a ilha até agora.

Ele nadou de volta para a praia. Vestiu a calça jeans e sentou-se pingando no capô do carro alugado. Quando Desie retornou, ela disse: "Boodle queria nadar. Isso significa que está bem melhor".

Twilly a encarou, sério.

"Desculpe. McGuinn. Então, era isso que esperava encontrar aqui?"

"Lindo."

"Acha que o governador Dick é o dono da ilha inteira?"

"Se não for ele, é alguém da turma."

"Quantas pessoas você acha que eles conseguem enfiar aqui dentro? No total?", Desie indagou.

"Não sei. Umas duas mil, no mínimo."

"É por isso que eles precisam construir uma ponte maior."

"Claro. Caminhões, escavadeiras, tratores, betoneiras, caminhões-tanque, carros e ônibus." Twilly semicerrou os olhos e fitou as nuvens. "É só um palpite, senhora Stoat. Mas costuma ser assim."

"McGuinn encontrou um homem desmaiado na praia. Ele não parece estar muito bem."

"Os inconscientes dão essa impressão."

"Não era mendigo. Parecia uma pessoa normal."

"Pelo jeito, você quer que eu vá até lá dar uma espiada, não é?"

Ele saiu do carro e caminhou pela praia. Desie assobiou para chamar o cachorro, e o seguiu. O sujeito continuava desmaiado, na posição em que ela o encontrara, de costas, as mãos pálidas cruzadas na altura do peito, como as de um defunto tranqüilo. De boca aberta, o sujeito roncava feito um caminhão a diesel velho. Um círculo reluzente de titica de gaivota enfeitava sua testa; um dos olhos praticamente sumira, de tão inchado, e na face havia uma ferida suja de areia. Perto dele jaziam uma garrafa de vodca vazia e um pé de sapato.

Balançando o rabo, McGuinn inspecionou o homem desmaiado, enquanto Twilly Spree sacudia o sujeito, segurando-o pelo ombro. Ele acordou tossindo e sussurrou "Não" quando Twilly perguntou se precisava de ambulância.

Quando Desie ajoelhou-se a seu lado, ele disse: "Tomei um porre e caí de cima de uma escavadeira".

"Essa é boa."

"Gostaria que não fosse verdade." Ele limpou o galo na testa com a manga da camisa. Sorriu quando McGuinn encostou o focinho úmido no lado inchado do rosto.

"Qual é seu nome?", Desie perguntou.

"Brinkman." Auxiliado por Twilly, o sujeito sentou-se. "Doutor Steven Brinkman", disse.

"Doutor em quê?"

Brinkman finalmente notou que Desie vestia uma camiseta longa, brincos de pérola e mais nada, e ficou visivelmente embaraçado. O labrador enorme também o incomodava, cheirando suas partes mais íntimas.

"Você é médico?", Desie perguntou.

"Não. Sou biólogo."

Twilly desconfiou. "E o que veio fazer aqui nesta ilha?"

"Trabalho aqui."

"Para quem?", Twilly quis saber. "Para o governo? Alguma entidade do meio ambiente?"

"Não exatamente."

Twilly o segurou pelo braço, forçou-o a se levantar e o levou para uma duna salpicada de jundu. "Nós dois precisamos ter uma conversinha."

Não só o dr. Brinkman teve uma noite difícil. Palmer Stoat relaxou demais no bar Swain's e acabou numa festinha na sala reservada do proprietário, com duas garrafas de Dom, uma caixa de H. Upmann direto do barco que chegara de Varadero e uma garota de programa que fez Stoat mostrar seu cartão do partido, pois ela só trepava com republicanos registrados. Stoat ficou tão abismado com o fervor ideológico da moça que não conseguiu se concentrar no sexo. O encontro frustrado acabou numa conversa política que durou até de madrugada, deixando Stoat mais cansado do que uma rotineira noite de sexo ilícito. Ele voltou para casa com uma dor de cabeça monstruosa e apagou num dos quartos de hóspedes para não acordar Desirata, que imaginava dormindo profundamente na cama do casal.

Stoat levantou depois do meio-dia com uma dor de cabeça terrível, na casa silenciosa. Raios de sol enviesados entravam pelas persianas. Stoat enterrou a cabeça no travesseiro outra vez e pensou na prostituta volúvel do Swain's. Conhecer alguém com ideais políticos genuínos era uma raridade na profissão de Stoat; como lobista, havia muito concluíra que não havia diferença no modo como os democratas e republicanos conduziam os assuntos governamentais. O jogo era sempre o mesmo: tudo se resumia a favores e amigos, e dependia de quem controlava a grana. As definições partidárias não passavam de um modo de acompanhar a trajetória dos grupos; as propostas eram cortinas de fumaça ou palhaçada. Ninguém acreditava em nada, só em permanecer no poder a qualquer preço. Por isso, na época das eleições, Palmer Stoat sempre aconselhava seus clientes a cobrir todas as possibilidades, doando somas consideráveis aos diversos candidatos. A estratégia era tão pragmática quanto cínica. O próprio Stoat estava registrado como eleitor, mas não pisava numa cabine de votação havia catorze anos. Não levava a história a sério; sabia demais.

De todo modo, foi agradável escutar a moça, que falou com sinceridade a respeito do fracasso das ações afirmativas, dos méritos da oração nas escolas públicas e do perigoso ataque liberal contra a segunda emenda. Nenhum daqueles temas afetava a vida de Palmer Stoat a ponto de levá-lo a formar opinião a respeito, mas considerou interessante conhecer alguém que acreditava, alguém desprovido de segundas intenções políticas.

Pena que não tenha conseguido trepar com ela, com Erika, a garota de programa. Ou seria Estelle? Animado, Stoat pensou: Eis uma bela candidata a uma noitada regada a vinhos finos e pó de chifre de rinoceronte. Ele precisava telefonar novamente para o misterioso sr. Yee, da Cidade do Panamá.

A campainha do telefone atingiu o crânio de Stoat como se fosse um cutelo, e ele estendeu o braço para pegar o aparelho. O som da voz da esposa o confundiu. Talvez estivesse na casa errada! Neste caso, porém, como Desie o localizara?

"Não quero que você se preocupe", ela disse, na outra ponta da linha.

"Sei." Stoat sentou-se imediatamente e olhou em torno, aliviado por reconhecer o quarto.

"Posso explicar tudo", Desie disse, com um tom de voz estranho, cauteloso.

"Certo."

"Mas não vou explicar agora."

"Como quiser."

"Não vai perguntar se estou bem?"

"Claro, querida. Eu estava confuso, pensando em aonde você poderia ter ido."

Pausa inexplicável na outra ponta da linha. Depois, carinhosa demais, Desie perguntou: "Palmer?".

"Diga, querida."

"Você nem percebeu que eu tinha saído, não é?"

"Claro que percebi. Foi só que... bem, voltei para casa tarde, ontem à noite, e dormi num dos quartos de hóspedes..."

"Dezesseis horas."

"... para não incomodar você."

"Dezesseis horas, caramba!"

"Como é?"

"Faz dezesseis horas que saí."

"Minha nossa. Para onde foi? O que aconteceu, diga logo!"

"Acabou de acordar, não é? Inacreditável." Agora Desie parecia revoltada. "Você estava tão bêbado que nem foi até nosso quarto."

"Desie, vou buscá-la agora mesmo. Diga onde está."

Mas, quando ela contou, Stoat pensou que fosse piada.

"Num posto de gasolina Amoco em Bronson? Afinal de contas, onde fica Bronson?"

"Perto de Gainesville", Desie disse. "Mande um avião me apanhar lá."

"Espere um pouco..."

"Não precisa ser um jatinho. Com certeza um de seus amigos milionários pode emprestar um avião para você. Já contei que fui seqüestrada?"

Stoat sentia-se febril, com a boca amarga. Segurando o fone, recostou-se no travesseiro.

"Foi uma *espécie* de seqüestro", Desie dizia. "É uma longa história, e muito esquisita, Palmer."

"Sei."

"Mas encontrei Boodle."

"Puxa, isso é ótimo." Stoat quase se esquecera do cachorro desaparecido. "Está tudo bem com ele?"

"Tudo. Mas temos um probleminha."

Stoat gemeu. "Não chega a ser uma surpresa."

"Vou explicar tudo quando voltar."

"De Bronson", Stoat disse, com voz sumida.

"Não. De Gainesville, lembra?"

"Claro. É para lá que eu devo despachar o avião."

Assim que tomou café preto o dr. Brinkman se recuperou o suficiente para levá-los a um curto passeio pela futura ilha Shearwater.

"Aqui eles vão aterrar para fazer a marina. Ali será o campo de golfe. Adiante, o terreno está sendo limpo para a construção da pista de pouso. E, por tudo quanto é lado, residências."

"Casas?", Desie perguntou.

"Mansões caríssimas", Brinkman explicou. "Mas haverá condomínios fechados e prédios também. E até apartamentos para alugar. Dúplex e tríplex."

Twilly parou fora da pista, debaixo de uns pinheiros. "Qual é o prédio mais alto, segundo o projeto?"

"Os de dezesseis andares. Haverá um em cada ponta da ilha."

"Filhos-da-mãe", Twilly resmungou.

Desie notou a imensa quantidade de placas descascadas e desbotadas que anunciavam os projetos passados. Brinkman contou que todos fracassaram.

"Mas esse pessoal de agora tem muito dinheiro e influência", acrescentou. "Acho que desta vez é pra valer."

"Desde que consigam fazer a ponte", Twilly disse.

"Obviamente."

"E qual é exatamente seu serviço por aqui?", Desie perguntou ao biólogo.

Brinkman explicou tudo a respeito da pesquisa de campo. "Basicamente, é um levantamento completo de todos as espécies de animais, plantas e insetos existentes na ilha", explicou.

"Uau", Desie disse.

Twilly sorriu, irônico. "Que se dane. Doutor Steven, por favor, conte para a senhora Stoat por que ela não precisa ficar tão impressionada."

"Bem, porque..." Brinkman ficou constrangido. "Porque uma pesquisa desse tipo é apenas questão de rotina. Mais burocracia do que ciência, se quer saber a verdade. Claro, dá a impressão de que somos sérios e responsáveis, mas o objetivo não é mapear as árvores e animais para salvá-los. O objetivo dos incorporadores é garantir que não haja nenhuma crise do tipo *Percina tanasi,* capaz de retardar o projeto."

Desie olhou para Twilly, aguardando uma explicação.

"Espécies ameaçadas de extinção", ele disse. "Seria uma tragédia, não é mesmo, doutor Steven? Acabaria com a farra de vez."

Brinkman fez que sim, enfático.

"E suponho que tenha terminado sua pesquisa esta semana, sem encontrar nada do tipo *Percina tanasi* ou coruja pintada na ilha. Nada raro o suficiente para impedir a concessão dos alvarás de construção. Também suponho que você saiu e tomou um porre na noite passada porque secretamente desejava encontrar algo, qualquer coisa capaz de impedir esse projeto, nem que fosse um pernilongo ameaçado de extinção. Provavelmente por ser, no fundo do coração, um ser humano decente que sabe exatamente o que vai acontecer quando os filhos-da-mãe entrarem em ação."

Com a voz carregada de tristeza, Brinkman disse: "Já entraram".

Eles os levou até uma elevação, para ver o que acontecera com os sapinhos. McGuinn começou a cavar imediatamente.

"Faça com que ele pare", Brinkman implorou.

Desie prendeu a correia na coleira do cão e o afastou do local. Twilly Spree caminhava na frente, seguindo as marcas geométricas dos pneus de uma máquina de terraplanagem das grandes. Quando chegaram à área onde os equipamentos se encontraram, Brinkman apontou e disse: "Eu caí daquela ali. Estava tentando fazer a miserável funcionar".

"Para quê?", Desie perguntou.

"Eu estava bêbado."

"Disso já sabemos."

"Fiquei com vontade de derrubar a placa do senhor Clapley."

Twilly perguntou: "Ele é o chefão?".

"O próprio. O dono da ilha Shearwater", Brinkman confirmou. "Robert Clapley. Nunca vi o sujeito, mas ele mandou instalar aquela placa enorme, anunciando o empreendimento. Acho que eu queria ver aquele anúncio em cacos."

"Eu poderia ser facilmente convencido a colaborar", Twilly disse.

"E quanto às rãs?", Desie perguntou. McGuinn se agitara novamente, puxando-a como se fosse uma boneca.

"Sapos." Steven Brinkman fez um gesto largo com o braço. "Eles os enterraram."

"Que gracinha", Twilly disse.

"O pessoal de Clapley enfiou na cabeça que eles poderiam dar algum problema no futuro, quando as equipes de remoção começassem a trabalhar na ilha. Temiam que algum Sierra Club procurasse a imprensa, pois os sapos eram bastante pequenos e havia muitos deles. Por isso os empregados de Clapley preferiram jogar terra em cima. Só por via das dúvidas."

Desie observava Twilly atentamente. Ela disse: "Ele inventou essa história, né?".

"Antes fosse."

"Não pode ser. É horrível", reagiu Desie.

"Bem", Brinkman prosseguiu, "eu não contei nada. Nunca vi

vocês na vida, entenderam?" Ele deu as costas para o casal e lentamente seguiu na direção do bosque dos pinheiros. Caminhava de cabeça baixa, parando de vez em quando, como se procurasse algo.

Twilly disse a Desie: "Já vi o suficiente".

"Acha que ele sabia o que estava dizendo? Parece que ainda está bêbado."

"Solte o cachorro."

"Não."

Ele tirou a correia presa ao pulso de Desie e a soltou da coleira de McGuinn. O labrador correu até um montinho de terra recentemente revolvida e começou a cavar animado, balançando no alto a cauda preta reluzente. Twilly pediu a Desie que o chamasse, minutos depois. Twilly foi até o local onde McGuinn cavara e, com a ponta do sapato, aumentou o buraco. Em seguida, abaixou-se e pegou um punhado da massa gelatinosa de sapinhos esmagados.

"Aproxime-se, senhora Stoat."

"Acho melhor não."

"Queria uma prova, não é?"

Mas ela saiu correndo, seguida de perto por McGuinn.

Depois, já no carro, Twilly disse a Desie que estava na hora de voltar para casa. Ela não teve forças para discutir. Ele a deixou num posto de gasolina em Bronson e lhe deu duas notas de cinqüenta dólares, para café-da-manhã, roupa e táxi até Gainesville. Como ela não podia circular por aí praticamente pelada, Twilly comprou uma capa de chuva da máquina de venda automática. A capa amarela vinha bem dobrada, num pacote do tamanho de um maço de Camel. Desie a abriu e, sem dizer nada, vestiu a capa.

Twilly a acompanhou até a cabine telefônica e pôs uma moeda em sua mão direita. "Preciso ir embora."

"Posso me despedir de Bood..., isto é, McGuinn?"

"Vocês já se despediram."

"Não se esqueça do truque que lhe ensinei para obrigá-lo a tomar as pílulas. O do rosbife. Ele prefere malpassado."

"Darei um jeito", Twilly disse.

"Não deixe que entre na água até os pontos cicatrizarem."

"Pode deixar", ele disse.

Desie viu seu reflexo no vidro quebrado da porta da cabine telefônica. Soltou uma risada desanimada e disse: "Minha nossa, estou um lixo. Pareço um canário afogado". Adiava a despedida por

75

não ter certeza de seus sentimentos; no fundo, não queria voltar para casa, para os braços de seu marido rico e poderoso. Queria ficar com o jovem contraventor raivoso que invadira seu lar e levara seu cachorro de estimação. Claro que sim. Qualquer esposa normal, resolvida e conformada não sentiria o mesmo desejo?

"Está falando sério, quanto a tudo isso?", perguntou a Twilly.

Ele reagiu com incredulidade à questão. "Você viu tudo que eu vi. Claro que estou falando sério."

"Mas você vai acabar na cadeia."

"Isso depende."

"Eu nem sei seu nome."

Twilly sorriu. "Sabe, sim. Consta no recibo do carro que aluguei, o recibo que você surrupiou do porta-luvas ontem à noite, em Fort Pierce."

Ela corou. "Ah."

Quando Twilly deu-lhe as costas, Desie o segurou pelo braço. "Antes de ir para casa, preciso ter certeza de uma coisa. Não houve nenhum engano, lá? Eles enterraram todos aqueles sapinhos inocentes de propósito...?"

"Sim, enterraram."

"Certo. Que tipo de gente é capaz de cometer uma maldade dessas?"

"Pergunte a seu marido", Twilly disse, puxando o braço.

7

O avião era um bimotor Beech. Quando Desie subiu a bordo, o piloto perguntou: "Cadê seu amigo?".

Desie enrubesceu; pensou que se referia ao seqüestrador.

"O cachorro", explicou o piloto. "O senhor Stoat disse que viria com um cão."

"Ele se equivocou. Estou sozinha."

A aeronave decolou e seguiu no rumo oeste. Desie esperava que fosse para o sul, mas não foi isso que aconteceu. Semicerrando os olhos contra o sol, ela se debruçou e tentou elevar a voz, para ser ouvida acima do ruído dos motores.

"Para onde está indo?"

"Só mais uma escala", o piloto disse. "Cidade do Panamá."

"Para quê?", Desie perguntou. Mas ele não a escutou.

Após um vôo desconfortável e turbulento de mais de uma hora, Desie chegou espumando. Palmer deveria ter ido buscá-la, no avião; um marido decente agiria assim, em caso de seqüestro da esposa. Pelo menos poderia ter ordenado ao piloto que a levasse direto para casa, em vez de obrigá-la a suportar aquela escala imprevista. Desie presumiu que Palmer aproveitara a disponibilidade do avião para apanhar um de seus amigos importantes, economizando assim o preço do aluguel de outro avião. Ficou imaginando quem a acompanharia na viagem de volta para Lauderdale, torcendo para que não fosse um senador ou prefeito aborrecido. Alguns clientes do lobista eram toleráveis em pequenas doses, mas Desie não suportava os políticos com quem seu marido convivia de forma entusiástica. Até mesmo Dick Artemus, o governador inegavelmente charmoso, conseguira enojar Desie com um comentário racista, minutos depois que se conheceram; Desie se preparava para atirar sua marguerita na cara dele quando Palmer interferiu, levando-a para um canto discreto.

No entanto, nenhum passageiro subiu a bordo do Beechcraft na Cidade do Panamá. O piloto desceu por alguns minutos e retornou carregando uma caixa de sapatos com a marca Nike, pedindo a Desie que a segurasse durante a viagem.

"O que tem aí dentro?", ela perguntou.

"Não sei, senhora. Mas o senhor Stoat pediu que tomasse muito cuidado. É algo extremamente valioso."

Pela janela Desie viu um Cadillac cinza estacionado na beira da pista, ao lado do terminal da Butler Aviation. No banco do motorista havia um homem de meia-idade, asiático, usando camisa de golfe bordô e calça marrom folgada. O sujeito contava um maço de dinheiro e ia guardando as notas na carteira. Quando a aeronave começou a taxiar, o asiático olhou para cima e acenou, obviamente para o piloto.

Desie aguardou até que o avião estivesse no ar para abrir a caixa de sapato. Dentro havia uma embalagem Tupperware opaca cheia de um pó fino e claro. Pareceria mistura pronta para fazer bolo, se não fosse pelo cheiro meio rançoso. Ela fechou a tampa plástica e ficou pensando, irritada, que só faltava o marido entrar para o ramo dos narcóticos.

Palmer Stoat não foi a Gainesville buscar Desie porque Robert Clapley telefonara inesperadamente para agradecer pela ajuda na liberação dos recursos para construir a nova ponte da Ilha do Sapo. No decorrer da conversa Clapley mencionou que estava a caminho da fazenda de um amigo, perto do lago Okeechobee, para caçar aves. Adoraria contar com a companhia de Stoat.

"Ah, estou com o resto do seu dinheiro", Clapley acrescentou.

Stoat pegou a interestadual para chegar à US 27, depois rumou para o norte, no sentido de Clewiston. Uma hora mais tarde encontrou Clapley, num trecho de terra nua que fora uma plantação de tomate. O campo recebera uma quantidade generosa de iscas, e bastaria aos caçadores esperar a chegada dos pombos. Não chegava a ser um grande desafio, mas para Palmer Stoat, que ainda não se livrara totalmente dos maléficos efeitos da ressaca, estava tudo bem. Clapley montou um toldo para protegê-los do sol e abriu uma garrafa de *scotch* caríssimo. Com um floreado, Stoat apresentou dois charutos grandes, guardados no bolso superior do colete de caçador. Os dois beberam, fumaram e se gabaram de suas falsas façanhas como garanhões enquanto esperavam a chegada das aves. O toldo era espaçoso o suficiente para permitir que os dois disparassem as espingardas simultaneamente, e em duas horas eles abateram quarenta e um pombos, poucos dos quais estavam realmente voando no momento do tiro. A maior parte deles estava distraída no solo, ciscando a comida para pássaros, quando foram abatidos. Eles nem precisavam de um cão de caça, pois os pombos sucumbiram a vinte e poucos metros da barraca portátil, onde a maior parte da isca fora espalhada.

Ao entardecer os dois pararam de atirar e removeram os protetores de ouvido. Clapley recolheu os corpos minúsculos das aves e os jogou num saco de lona com pintura camuflada. Atrás dele ia Stoat, cambaleante, levando a espingarda ao ombro.

"Quantos pombinhos deliciosos você quer?", Clapley perguntou.

"Poucos, Bob. Só o suficiente para mim e minha mulher."

Mais tarde, quando já estava em casa e quase sóbrio, Stoat se deu conta de que Robert Clapley se esquecera de lhe dar o cheque de cinqüenta mil dólares.

Quando Desie chegou, Palmer depenava os pombos na cozinha. Levantou-se para abraçá-la, mas a esposa afastou-se indignada.

Ele insistiu: "O que aconteceu, doçura? Você está bem?".

"Até parece que você se importa."

E seguiram naquela toada por quase uma hora. Stoat pedia desculpas por ter voltado para casa na noite anterior tão bêbado que nem notou a ausência de Desie; por não estar a bordo do avião para ir buscá-la em Gainesville; por não ter ido pegá-la pessoalmente no aeroporto de Fort Lauderdale (embora tivesse mandado uma limusine com chofer!); por não ter reparado em seu traje: calça esportiva folgada de moletom, camiseta laranja do time de futebol da Universidade da Flórida, adquiridos às pressas numa livraria do campus; por não ter perguntado antes se o seqüestrador maluco havia maltratado ou estuprado Desie; e, finalmente, por espalhar pombos mortos em cima da mesa da cozinha.

E Desie prosseguiu, perguntando: "E você não quer saber o que aconteceu com Boodle?".

Stoat pediu desculpas de novo, dessa vez por não se preocupar adequadamente com a mascote seqüestrada da família.

"Onde ele está, amor?"

"O seqüestrador continua com ele", Desie revelou.

"Que piração."

"Você não vai gostar do que tenho a dizer."

"Quanto ele pediu?", Stoat quis saber.

"Ele não quer dinheiro."

"O que deseja, então?"

Desie repetiu o que o estranho jovem seqüestrador de cachorros a mandara dizer. Omitiu o fato de que ela lhe dera a dica a respeito do projeto da ilha Shearwater.

Quando Stoat ouviu as exigências do seqüestrador, caiu na gargalhada.

"Palmer, o sujeito fala *sério*."

"Sei."

"Acho melhor fazer o que ele quer."

"Ou então o quê? Ele vai matar meu cachorro? Meu *cachorro*?", Palmer disse.

"Ele jura que vai."

Stoat deu outra risada e voltou à limpeza dos pombos. "Tenha dó, Des. O maluco mais alucinado do mundo inteiro não seria capaz de fazer mal a um labrador. Principalmente Boodle, todos se apaixonam por Boodle na hora."

Embora exausta, Desie não pôde evitar de observar o modo meticuloso como o marido arrancava as penas acinzentadas e formava com elas uma pilha aveludada. Pelados, os pombos pareciam magros demais para servirem de alimento. Com seus peitos magros e carne cheia de furinhos arroxeados feitos pelos chumbos da espingarda, não eram nada apetitosos.

"Ah, já ia me esquecendo, trouxe a encomenda da Cidade do Panamá?"

"Na entrada", Desie disse. "O que é, afinal?"

"Material de escritório."

"Num Tupperware?"

"Bem... sabe...", o marido gaguejou. "Para evitar umidade. É de primeira, com monograma."

"Chega de mentira, Palmer. É um pó."

"Você abriu!"

"Sim. Meu marido, traficante de heroína. Não admira que evitou o correio."

Stoat virou a cabeça para trás e riu. "Heroína? Agora você enfiou na cabeça que trafico drogas? Essa é ótima."

"Então, o que é?", Desie perguntou, furiosa. "O que tem dentro daquele Tupperware? Diga logo, Palmer."

Ele contou, acrescentando: "Mas eu queria fazer uma surpresa".

Ela o encarou, atônita. "Pó de chifre de rinoceronte?"

"Amor, eles não matam os animais para pegar os chifres. Isso é pura fofoca."

"Inacreditável", Desie disse.

"Achei que poderia animar nossa vida um pouquinho. Custa tentar?"

Sem dizer mais nada ela se levantou e foi para o quarto.

"Não está com fome?", Stoat disse, seguindo-a. "Marisa está acendendo o fogo na churrasqueira."

Foram necessários mais quarenta e cinco minutos para tirar a cabeça e a pele dos pombos. Para não deixar a lata de lixo malcheirosa com as tripas das aves, ele embrulhou tudo com jornal e levou o pacote até o quintal, cruzou a sebe da residência dos Clarks, seus vizinhos, sempre impecável, e jogou tudo no lago dos peixinhos dourados. Ned e Susan Clark, Stoat sabia, estavam fazendo uma excursão num transatlântico-cassino, para Nassau.

Assim que voltou para casa Stoat dispensou a cozinheira, guardou os pombos na geladeira e foi tomar uma demorada ducha quente, pensando no que fazer a respeito de Desirata. Não acreditou na história do seqüestro, mas a considerou prova cabal de que havia algo de errado, a moça andava arquitetando alguma. Talvez tivesse fugido com um cara qualquer, por impulso, e depois mudou de idéia. Ou talvez tenha simplesmente pirado e sumido. Depressão maníaca, síndrome de múltipla personalidade, Stoat ouvira falar nessas doenças, mas desconhecia os sintomas. De uma coisa tinha certeza: por causa dos eventos bizarros das últimas vinte e quatro horas, ele passara a suspeitar que sua própria infeliz esposa conspirara para profanar seus troféus de caça, cobrir de lixo o BMW e até mesmo infestar sua perua esportiva de luxo com insetos que comiam merda.

Um pedido de socorro, Palmer concluiu. Obviamente, a moça tinha um parafuso solto.

Qualquer que fosse o problema com Desie, o que não se encaixava era a parte da história do cachorro. Stoat não entendia o que ela tinha feito com o pobre Boodle, nem seus motivos. Por quê?

Ele se enxugou e foi para a cama. Sentiu que ela ficou tensa quando a abraçou.

"Tudo bem?", perguntou.

"Nunca me senti melhor na vida."

"Está cheirosa."

"Comparada ao saco de pombos, não duvido."

"Sei que está chateada, amor. Acho melhor a gente conversar."

"Acho melhor a gente chamar a polícia, isso sim." Desie sabia que não devia falar isso, mas ficou ressabiada por ele não ter mencionado a possibilidade. Que marido preocupado deixaria de considerar a possibilidade de notificar as autoridades, pelo menos, caso sua casa fosse arrombada e a esposa seqüestrada? Não ter sido um seqüestro *real* (pois Desie tomara a iniciativa de ir) não servia como desculpa, pois Palmer ignorava o detalhe.

"Querida, não podemos envolver a polícia nessa história."

"Por que não? Você disse que ele não teria coragem de fazer mal ao nosso cachorro. O que teríamos a perder?"

"O caso ia direto para a tevê, sairia nos jornais. Meus clientes esperam que eu seja discreto, invisível", explicou. "Portanto, seria um desastre, Desie. Eu faria papel de palhaço. 'Maluco seqüestra cachorro de lobista', seria a manchete. Meu Deus do céu, dá para imaginar a catástrofe?"

Ela se esquivou do abraço do marido.

"Honestamente, como eu poderia dar as caras em Tallahassee ou em Washington? Com uma história dessas, pode contar, eu ia acabar num monólogo do Letterman. Tente entender o estrago que causaria em minha atividade profissional."

"Entendi", ela disse, secamente.

"Não se preocupe. Vamos recuperar o cachorro."

"Então acho bom fazer o que o maníaco deseja. É o único jeito", ela disse.

Com um suspiro exagerado, Palmer virou de costas. "Não é o *único* jeito, acredite em mim."

Desie virou-se para encará-lo. "Por favor, faça o que ele diz."

"Você deve estar brincando."

"É apenas uma ponte, Palmer. Uma ponte ridícula para uma ilha irrelevante. Ninguém precisa dela."

"Você não faz a menor idéia do que está falando. Além disso, é tarde demais. Não quero, mas nem que eu quisesse poderia impedir a construção."

"Não minta para mim. Pelo menos nisso."

Stoat respirou fundo, pensando: Como assim, pelo menos *nisso*?

Desie falou tudo que o seqüestrador havia ordenado: "Seu amigo, o governador Dick, ele ainda não assinou a lei do orçamento, certo? Diga a ele para vetar a verba destinada à ponte".

"Bom, agora chega." Stoat sentou-se e acendeu a luz de cabeceira. "Querida, obviamente você perdeu a cabeça."

Ela fechou os olhos, sem tirar o rosto do travesseiro. "Caso contrário, nunca mais veremos o cachorro", disse. "O lunático já mudou o nome dele, Palmer. Ele o chama de McGuinn."

"Sei. Tanto faz." Mas que imaginação fértil tem essa moça, Stoat pensou. Eu não tinha idéia.

Desie ficou tensa, ao lado dele. "Então, acha que fiquei doida, é? Foi o que acabou de dizer."

Palmer abaixou a cabeça e massageou as têmporas. "Des, eu prefiro continuar esta conversa amanhã. Estou morrendo de cansaço."

A esposa resmungou, exasperada, mas virou para o outro lado e dormiu.

Robert Clapley comemorou conforme seu estilo pessoal. Retornou com sua parte dos pombos mortos para o condomínio fechado de frente para o mar que sua empresa possuía em Palm Beach. Lá preparou as aves em molho leve à base de vinho e os serviu a Katya e Tish, que Clapley chamava cinicamente de Barbie Um e Barbie Dois. Katya viera da Rússia; Tish, da República Checa. As duas mediam quase um metro e oitenta e pesavam setenta quilos cada. Clapley ignorava seus sobrenomes e idades, e não ia perguntar. Conhecera as duas havia seis meses, em South Beach, numa festa de virada promovida por um magnata do ramo imobiliário, alemão e bissexual. As moças revelaram a Clapley que eram modelos e que tinham vindo para Miami em busca de novas oportunidades. Era difícil conseguir trabalho no setor de moda no Leste Europeu, e o pagamento era ridículo, se comparado ao que podiam ganhar na França ou nos Estados Unidos. Robert Clapley pensou que Katya e Tish pareciam meio cheinhas para desfiles de alta-costura, mas para ele eram suficientemente atraentes. O organizador da festa chamou Clapley de lado e confidenciou que bancara as passagens de avião para Katya, Tish e mais meia dúzia de moças excepcionalmente ansiosas para conhecer os Estados Unidos. O sujeito as escolhera entre as mais de cem candidatas que constavam num vídeo enviado por uma "agência de talentos" de Moscou.

"Contudo, não fique com uma idéia deturpada a respeito dessas moças, Bob. Elas *não* são prostitutas comuns", garantiu a Clapley.

Não, Katya e Tish não eram comuns. Em uma semana Clapley já as instalara numa de suas residências esporádicas, no décimo sexto andar do condomínio fechado de Palm Beach, que oferecia hidromassagem coletiva, sistema de som Bose e um milhão de dólares de vista do Atlântico em todos os cômodos. Katya e Tish estavam no sétimo céu e demonstraram sua gratidão a Clapley com ardor feroz. Ocasionalmente, elas faziam testes para modelo. Entretanto, passavam a maior parte do tempo nadando, tomando banho de sol, fazendo compras e assistindo novelas. Quando chegou a época de renovar o visto, Katya e Tish ficaram preocupadas. Recorreram a Bob, o amigo generoso, que insinuou que poderia resolver o problema delas em troca de um favor; contudo, não era um favor qualquer.

Robert Clapley era o caçula de cinco filhos e o único rapaz. A certa altura de uma infância normal em quase tudo, Bob desenvolvera um interesse anormal pelas bonecas Barbie, que as irmãs colecionavam como se fossem bolinhas de gude. Na verdade, havia no lar dos Clapley tantas Barbies, casinhas da Barbie e armários da Barbie que as irmãs de Robert pelo jeito não percebiam quando uma ou duas bonecas sumiam por um tempo. De todo modo, se notassem, jamais pensariam em acusar o irmão santinho. A atração de Robert por Barbies superava a curiosidade pueril passageira; três dos ícones da voluptuosa boneca — a Barbie Noiva, a Barbie Cinderela e a Barbie Disco (além de roupinhas variadas) — acompanharam Robert secretamente, quando ele foi para a universidade, aos dezoito anos. Mais tarde, enquanto transportava drogas mensalmente de Cartagena para South Bimini, Clapley sempre se fazia acompanhar pela Barbie Aventureira, discretamente guardada no bolso com zíper de sua jaqueta de aviador de couro.

84

Por que ele adorava tanto as bonecas de plástico? Por sua perfeição pneumática impecável, com certeza. Todas as Barbies eram perfeitas ao olhar e ao tato. A obsessão de Clapley incluía um componente sexual excêntrico, indubitavelmente, mas parava nos limites da fantasia inofensiva, sem chegar à perversão. Ele realmente tratava as Barbies com o maior respeito, carinho e consideração, despindo-as apenas o necessário para trocar ou passar seus trajes requintados em miniatura. Inocente ou não, Clapley sabia guardar seu segredo; quem o compreenderia? O próprio Clapley envergonhava-se da fixação pelas bonecas, e conforme envelhecia perguntava-se se algum dia superaria a obsessão. Isso até conhecer Katya e Tish. Instantaneamente, o futuro se desenrolou na frente de Clapley, em duplos relâmpagos de luxúria. As imigrantes esculturais seriam uma oportunidade única para um salto terapêutico; para transferir os apetites dos brinquedos para a carne, da veneração da boneca Barbie às Barbies de carne e osso. Em outras palavras: de menino a homem.

Tão forte era seu desejo de permanecer nos Estados Unidos (e conservar os privilégios do condomínio de Robert Clapley, como spa vinte e quatro horas) que Katya e Tish não se mostraram totalmente refratárias à proposta ambiciosa e depravada. Pintar o cabelo era fácil. O tom de louro escolhido por Clapley estava disponível em qualquer farmácia. A cirurgia, porém — a começar pelos implantes de seios idênticos —, causou algum temor nas moças.

Não precisam se preocupar com isso!, Clapley insistiu. Os Estados Unidos têm os melhores médicos do mundo!

No final, Katya e Tish foram convencidas a colaborar, graças ao incentivo do jovem anfitrião, que lhe dava mordomias infinitas, cobria-as de elogios e as mimava de todas as maneiras. E Clapley se entusiasmou ao observar as transformações progressivas, cada refinamento o aproximava do sonho de ter Barbies vivas morando com ele. Agora faltava pouco, muito pouco!

Ele se sentou na cabeceira da mesa de jantar, bebericando um Chardonnay enquanto Katya e Tish, famintas, detonavam as minúsculas carcaças das aves. Palmer Stoat provavelmente ia gostar da cena, era boa gente, Clapley pensou, satisfeito. Imagino a cara dele quando eu o apresentar para minhas moças.

E Stoat, como qualquer sujeito que conhecera Katya e Tish recentemente, chegaria ao pé do ouvido do anfitrião e perguntaria: Puxa vida, Bob, elas são mesmo gêmeas?

E Robert Clapley abriria um sorriso e usaria a resposta costumeira.

Não, mas logo serão.

A casa de Vecker Darby explodiu e queimou enquanto Twilly Spree dormia. Twilly veria a foto no jornal dois dias depois, e dormiria profundamente naquela noite, outra vez. "Justiça", murmurou para McGuinn, que descansava a cabeça em seu joelho. "Justiça, meu caro. É isso mesmo." O cachorro também dormia profundamente.

Estavam estacionados no meio de algumas palmeiras, na beira de uma estrada de terra nas imediações de Zolfo Springs quando Vecker Darby entrou na vida deles. Era perto da meia-noite. Provavelmente Desirata Stoat estava em casa, em Fort Lauderdale, com seu marido inútil idiota, e Twilly não parava de pensar nela. Sentado no banco do carro alugado, tinha uma embalagem de pizza no colo. McGuinn já jantara, quatro tigelas cheias de comida premium para cães; Desie dera instruções rigorosas a Twilly a respeito da marca preferida dele. Ordens do veterinário, alegou. Como de hábito, McGuinn devorou a ração em menos de catorze segundos. Em seguida, Twilly ministraria os quatro comprimidos, escondidos em quatro pedaços de rosbife malpassado, que McGuinn comeu com prazer.

Twilly ouvia Derek and the Dominoes em volume alto, no rádio, por isso não escutou imediatamente o barulho do caminhão de Vecker Darby. Não o viu tampouco, pois Vecker Darby andava de farol apagado. Twilly tamborilava com as pontas dos dedos na caixa de pizza, pensando se não fora uma decisão precipitada deixar a sra. Stoat em Bronson. Não que ela fosse correndo contar tudo à polícia; tinha certeza praticamente absoluta de que ela não faria isso. Twilly sentia era a falta dela, mesmo. A moça era ótima companheira; aliás, sua risada o encantara. O cachorro era sensacional, um espetáculo, mas não enchia o carro de vida como Desie Stoat fazia.

Será que um dia a verei novamente?, Twilly pensou.

Quando a canção acabou, ele desligou o rádio. Foi aí que ouviu o barulho do caminhão, ali perto — especificamente o mecanismo da caçamba sendo acionado. McGuinn ergueu a cabeça enorme e latiu. "Quieto!", Twilly sussurrou. Desceu silencioso do carro e deu a volta pelo mato, até poder ver o caminhão com clareza e saber o que o motorista estava fazendo. À medida que a caçamba se inclinava, a carga do caminhão escorregava para fora. Barris, latões, tanques e cilindros batendo uns nos outros conforme rolavam pela encosta suave da beira do rio e caíam no rio Peace, às margens do qual Twilly Spree imaginara que passaria uma noite tranqüila, repousante.

O motorista, cujo nome Twilly só saberia ao ler o jornal, não se deu ao trabalho de acompanhar o trabalho. Encostou no pára-choque, acendeu um cigarro e esperou até que a carga inteira descesse a encosta. Depois abaixou a caçamba, subiu na cabine e voltou para casa, a oito quilômetros dali. Vecker Darby ainda estava tomando banho quando Twilly fez ligação direta no caminhão e retornou com ele ao rio, para recolher os barris, latões, tanques e cilindros. Duas horas depois, quando Twilly voltou, Vecker Darby dormia em sua poltrona Naugahyde predileta, com seis latas vazias de Coors a seus pés e o canal da Playboy a todo o volume na televisão.

Ele não acordou quando uma janela do quarto foi aberta e a tela cortada. Portanto, não viu quando a extremidade cortada de uma calha de chuva, de plástico, foi introduzida em sua casa por um sujeito que usava o traje amarelo de segurança de Vecker Darby (que o próprio nunca vestia, só o levava debaixo do banco do caminhão, para o caso de encontrar um inspetor da EPA).

Vecker Darby tampouco acordou nos noventa minutos seguintes, enquanto aproximadamente mil litros de combustíveis insalubres eram despejados dos barris, latões, tanques e cilindros diretamente dentro de sua casa. A sopa tóxica resultante continha xileno, benzina, metanol, tolueno, etilbenzeno, óxido de etileno e formol comum, suficientes para causar um estrago grave e duradouro no rio Peace. O risco para uma residência era igualmente alto, e o espetáculo muito mais espetacular e imponente em termos visuais.

Os vapores corrosivos finalmente fizeram com que Vecker Darby acordasse. Ele se levantou tossindo violentamente e percebeu que havia algo errado. Pretendia sair da casa assim que esvaziasse a bexiga cheia de cerveja. Provavelmente teria sobrevivido à ida ao banheiro se não tivesse (por força de um hábito automático, inconsciente) acendido um Marlboro no meio do caminho.

Pela foto desoladora que saiu no jornal *News Press* de Fort Myers, a casa de Vecker Darby queimara até os alicerces. Ele morava sozinho no local de um antigo laranjal, a quilômetros do centro, de modo que ninguém percebeu o incêndio até o alerta de um piloto de um jato de carreira. Quando os bombeiros chegaram, até o caminhão da vítima estava reduzido a um monte de ferro retorcido. A reportagem do jornal identificava Vecker Darby como sendo proprietário de uma firma particular de descarte de resíduos tóxicos que atendia clientes de Sarasota a Naples. Na matéria constava que o sr. Darby fora multado em duzentos e setenta e cinco dólares por descartar ilegalmente uma carga de seringas hipodérmicas, material cirúrgico e outros dejetos hospitalares contaminados numa caçamba pública atrás de uma escola maternal, em Cape Coral.

Twilly Spree leu o artigo a respeito de Vecker Darby enquanto estava numa cabine telefônica no centro de serviços rodoviários dos índios Seminole na via expressa estadual conhecida como Alligator Alley. Twilly esperava a hora combinada de ligar para Desie Stoat. Ela atendeu no segundo toque.

"Twilly?"

Pela primeira vez ouviu-a dizer seu nome, o que lhe deu uma sensação inesperada, embora nada desagradável.

"Sou eu", Twilly disse. "Você pode falar agora?"

"Só um minuto."

"Seu marido já sabe quais são as exigências?"

"Sim."

"E aí?"

"Ele não acredita", Desie disse.

"No que ele não acredita? Que eu seja capaz de assassinar o cachorro?"

Do lado de Desie veio um suspiro desesperado. "Palmer nem sequer acredita que você esteja com o cachorro, Twilly. Ele não acha que houve seqüestro. Nem mesmo acredita que *você* exista. Ele crê que pirei e inventei a história inteira."

"Não me diga."

"Tivemos uma briga terrível. Ele quer que eu consulte um psiquiatra."

"Mas o cachorro sumiu! O que ele diz a respeito disso?"

"Acha que mandei Boodle para a casa da minha mãe."

"Meu Deus. Por quê?"

"Ela mora na Geórgia."

"Você se casou com um panaca."

"Preciso desligar", disse Desie.

"Ligo de novo daqui a dois dias. Enquanto isso, diga a seu marido para aguardar uma encomenda pela FedEx."

"Essa não. O que você pretende fazer agora?"

"Ajudá-lo a acreditar na história", respondeu Twilly.

8

Desirata Brock nasceu em Memphis e foi criada em Atlanta. A mãe era pediatra, e o pai mecânico da Delta Air Lines. Desie cursou a Universidade Estadual da Geórgia e pretendia ser professora, mas largou a faculdade no último ano para ficar noiva de um jogador de basquete profissional chamado Gorbak Didovlic, que media dois metros e dez e não falava inglês.

Dido, como era conhecido na NBA, estava estreando na defesa dos Atlanta Hawks. Vira Desie na quadra de tênis e mandou um treinador dos Hawks pedir o telefone dela. Dido fez a gentileza de levar um intérprete de servo-croata nos dois primeiros encontros, mas na terceira vez Dido chegou sozinho ao apartamento de Desie. Saíram para jantar e foram depois a uma discoteca. Dido era surpreendentemente tagarela, e embora Desie não entendesse uma só palavra do que ele dizia, percebeu nos monólogos incompreensíveis recheados de consoantes que havia nele uma espécie rara de inocência imigrante. Não seria a última vez em que se confundiria com o jeito de um homem.

Pouco depois da uma da manhã Desie mostrou o relógio para informar a Dido que estava na hora de ir embora. Ele a levou para casa, foi até a porta e a beijou delicadamente na testa, a única parte do corpo dela que seus lábios alcançavam sem que ele precisasse se ajoelhar. Depois levou as mãos enormes e ternas ao ombro dela e começou a falar em sussurros ardentes. Desie, exausta, murmurou respostas-curinga como "Que gracinha" e "Entendo o que quer dizer". Mas, na verdade, não fazia a mínima idéia do que Dido queria dizer, e na manhã seguinte um anel de noivado com um diamante enorme foi entregue em sua casa. Chegou com um bilhete — dois, na verdade —, o original escrito por Dido a lápis num pedaço de papel com o logo da Reebok e uma tradução caprichada que dizia: "Estou muito contente por saber que você será minha esposa. Nossa vida juntos será cheia de prazeres e alegrias. Obrigado por dizer sim. Seu amor sincero, Gorbak".

Desie ficou atônita ao perceber que Dido a pedira em casamento, e mais atônita ainda ao saber que aceitara. Mas era o que Dido alegava ter ocorrido, e Desie não quis decepcionar o rapaz. Era romântico e bizarro, no estilo das comédias da televisão. Ela abandonou a faculdade, pensando em acompanhar o noivo na temporada da NBA. Imaginava que viajar com Dido seria um modo excitante de conhecer as principais cidades do país; em especial, queria ir a Nova York, Boston e Chicago. Mas, de acordo com o intérprete sérvio (que os Hawks contrataram para ajudar Dido em tempo integral), Dido explicou que as esposas e namoradas não podiam acompanhar os jogadores de basquete durante as viagens. Ele, contudo, ficaria "muito feliz mesmo" se ela fosse assistir a todos os jogos em Atlanta. "Assim é melhor", o intérprete acrescentou. "Além disso, você pode continuar freqüentando a faculdade e tirar seu diploma." Desie não tinha certeza de que eram as palavras de Dido, mas disse ao intérprete que pensaria no assunto.

O primeiro jogo de basquete que viu foi um arraso. Mês de janeiro, 1988. Por um tempo Desie guardou o canhoto do ingresso em sua caixa de costura. Os Hawks derrotaram os Chicago Bulls por 107 a 103. Dido jogou o terceiro tempo quase inteiro e bloqueou quatro arremessos. Desie sentou-se perto da quadra, na parte reservada às esposas e namoradas. Em sua maioria eram jovens e excepcionalmente atraentes como ela. No intervalo, as moças riam e fofocavam. Desie não acompanhava o basquete profissional, ignorava o crescimento assombroso do esporte. Uma das esposas dos Hawks apontou para um jogador de Chicago, prematuramente calvo, que treinava arremessos, dizendo que ele ganhava mais de cinco milhões por ano, sem contar o dinheiro dos comerciais. Desie ficou abismada. Ela quis saber quanto Dido ganhava, e uma das esposas dos Hawks (que decorara todas as estatísticas do time) fez a gentileza de informar. Era uma fortuna imensa para um rapaz de vinte e dois anos, ou para qualquer pessoa. Desie fez as contas de cabeça: o salário de Dido era de dez mil dólares e quinhentos *por jogo*.

"Está vendo este anel no seu dedo?", a esposa de um Hawk

disse, erguendo a mão esquerda de Desie. "Uma noite de trabalho. Se ele comprou na loja, claro."

Desie não voltou para a faculdade. Dido a instalou num apartamento imenso na região de Buckhead, comprou-lhe um Firebird conversível (duas noites de trabalho, no mínimo) e contratou aulas de tênis particulares num clube de campo próximo. A Reebok fornecia os tênis gratuitamente.

O noivado durou três meses menos um dia. Acabou quando Desie resolveu de repente pegar um avião para Detroit, logo Detroit, para fazer uma surpresa a Dido, no aniversário dele. Quando bateu na porta do quarto do atleta, no Ritz-Carlton, foi recebida por uma moça de cabelos pretos, brincos prateados de argola e calça emborrachada justa, sem nada em cima. No seio esquerdo da moça havia uma tatuagem de caveira debochada com chapéu de caubói.

A visitante *topless* era uma dançarina exótica local que falava servo-croata fluentemente, além de inglês. Um dos jogadores dos Pistons a apresentara a Dido, numa despedida de solteiro. Desie conversou educadamente com a moça até Dido chegar do jogo. Infelizmente ele despachara o intérprete mais cedo para casa, alegando que sua presença seria desnecessária no encontro com a *stripper* bilíngüe. Portanto, Dido perdeu a maior parte do discurso irado de Desie. Contudo, seu estado de espírito dispensava tradução. Dido percebeu a raiva da noiva muito antes do momento em que ela jogou a aliança na privada e puxou a descarga.

Ele tentou fazer as pazes quando o time retornou a Atlanta, mas Desie recusou-se a recebê-lo. Mudou-se do apartamento de Buckhead para a casa dos pais. Certo dia, quando Dido apareceu na casa deles, Desie o espantou com a mangueira de regar o jardim. Ser rejeitado provocou uma profunda depressão no rapaz, que prejudicou negativamente seu desempenho já medíocre nas quadras. Certa noite infeliz, quando substituía Moses Malone, que estava gripado, Dido marcou apenas três pontos, conseguiu exatamente um rebote e saiu por excesso de faltas no meio do terceiro tempo. Na manhã seguinte ele foi vendido para os Golden State Warriors, e Desie nunca mais o viu, nem na televisão.

"Ora, você encontrará outro rapaz", a mãe a consolou. "Você começou com o pé esquerdo, só isso."

Mas Desie não conseguia encontrar o rapaz certo. Ficou noiva mais três vezes antes dos trinta, mas nunca se casou. Devolveu as alianças em duas oportunidades, sem rancor, mas a terceira resolveu guardar. Recebera o presente de Andrew Beck, por quem estava quase apaixonada. Andrew Beck produzia e dirigia comerciais para candidatos políticos, mas sua formação era de artista plástico. Quase morrera de fome nos anos em que se dedicara seriamente à pintura e à escultura. Depois passou para a televisão e ficou rico como todos os noivos de Desie. Ela queria se convencer que era coincidência, mas sabia muito bem que não. De qualquer jeito, gostou de Andrew, que tinha um lado criativo e distante. Desie ficou encantada, como nunca ocorrera com homens relativamente enigmáticos. Andrew não suportava políticos e detestava os senadores e deputados que pagavam valores exorbitantes por sua criatividade na elaboração das imagens. Desie admirava Andrew por ele odiar seu trabalho. Só um homem de princípios elevados seria capaz de reconhecer que estava desperdiçando o talento que Deus lhe dera em algo tão baixo, manipulador e falso como um comercial de campanha de trinta segundos.

O lado ruim da admirável sinceridade de Andrew Beck era que ele vivia deprimido, reclamando de tudo pelos cantos. Desie se culpava pelo que ocorreu depois. Ela persuadiu Andrew a consultar um psicólogo, que o instigou a procurar uma válvula de escape para descarregar sua angústia. Andrew escolheu piercings e dedicou-se a um generoso programa de automutilação. Começou com três furinhos em cada orelha e rapidamente passou para as sobrancelhas, uma das faces e as duas narinas. Mas não parou aí. Usava apenas pinos e grampos da mais fina prata, e em pouco tempo ele carregava tanto metal nos orifícios artificialmente produzidos que viajar de avião tornou-se impraticável, devido aos atrasos provocados pelos detectores de metal. A cada aquisição o visual de Andrew ficava mais grotesco, embora pelo jeito isso não incomodasse os clientes políticos; os serviços profissionais de Andrew continuavam sendo muito requisitados. Desie, por sua vez, nem conseguia olhar para ele. Esperava que fosse apenas uma fase, mesmo depois que Andrew mandou perfurar a língua para introduzir um anzol tamanho 4/0 de pegar tarpão. Desie apreciou a metáfora, mas não o resultado tátil. Na verdade, sexo com Andrew já se transformara numa corrida de obstáculos, pois os ornamentos corporais a espetavam e furavam nos momentos e locais mais impróprios.

Como se importava com ele, continuou tentando, até que certa noite ele apareceu com uma flecha de Cupido minúscula, catorze quilates, enfiada nas dobras do escroto. Naquele momento Desie se deu conta de que não havia como salvar o relacionamento e voltou para a casa dos pais. Guardou a aliança de noivado, mas não por razões sentimentais. Temia que Andrew Beck a usasse em alguma tara mutilatória.

Menos de uma semana depois Desie recebeu um telefonema de Palmer Stoat. Vira o sujeito apenas uma vez, durante uma sessão de edição no estúdio de Andrew. Seu noivo estava gravando em vídeo material para a campanha de um candidato chamado Dick Artemus, que desejava concorrer ao governo da Flórida. Palmer Stoat acompanhara Artemus até Atlanta e sentou-se ao lado do candidato enquanto os comerciais de "Vote em Dick" eram exibidos. Desie estava lá para impedir que Andrew ofendesse Artemus (a quem detestava), e com isso desperdiçasse um contrato de cento e setenta e cinco mil dólares.

Stoat começou a flertar com Desie no estúdio, até ela deixar claro que era comprometida. Stoat pediu desculpas convincentes e não falou mais nada, embora não tivesse tirado os olhos de cima dela a tarde inteira. Desie nunca soube como ele descobrira tão depressa seu rompimento com Andrew Beck, mas Palmer não perdeu tempo. Começaram os telefonemas, flores e passagens aéreas de primeira classe. Primeiro Desie o desprezou, mas ele a venceu pelo cansaço com entusiasmo infinito. Ela sempre adorara ser mimada e paparicada, e nisso Palmer era um virtuoso. Os pais de Desie o adoraram (o que deveria ter servido de alerta) e a intimaram a dar uma chance ao bom rapaz. Só mais tarde, quando já estava casada com Palmer e se mudara para Fort Lauderdale, ocorreu a Desie que seus pais queriam que ela fosse embora de casa. (Dois dias depois do casamento seu pai contratou uma equipe de carpinteiros para transformar o quarto dela em sala de ginástica.)

Não podia negar que Stoat a tratava bem: BMW, casa de frente para o mar em Las Olas, tudo que quisesse comprar. Embora o relacionamento físico de Desie com o marido não fosse acrobático nem furioso, em geral era agradável. Morfologicamente, Palmer era um pouco gorducho para o gosto de Desie, mas pelo menos não parecia uma árvore de Natal quando tirava a roupa. Nenhuma parte do corpo pálido de Palmer exibia pinos, argolas ou tachas, o que era maravilhoso para uma recém-casada. Era gostoso, mesmo que não fosse sensacional, fazer amor sem medo de ser espetada ou ralada.

Desie sentiu-se tão à vontade na noite de lua-de-mel em Tortola que conseguiu continuar excitada e não cair na gargalhada quando Palmer sussurrou em seu ouvido: "Vamos, amor, acenda minha vela".

"Fogo", ela murmurou, carinhosa.

"Como é?"

"É 'fogo', querido. A letra diz 'vamos, amor, acenda meu fogo'."*

"De jeito nenhum. Vi aquele cara fazendo um show em Dinner Key antes de morrer..."

"Palmer", Desie disse, mudando de assunto, "posso ficar por cima um pouco?"

Três meses depois ele levou a Polaroid para a cama. Desie deixou, mas não aprovava. O flash a incomodava tanto quanto as ordens de Palmer diretor. Além disso, as fotos saíam tão borradas e mal enquadradas que ela não conseguia entender o que o marido via de excitante nelas. Seria ele um tarado? Mas, depois de conviver com Andrew Beck, só o que ultrapassasse a maça medieval com cota de malha seria classificado como tara por Desie.

Contudo, ela não aceitou os charutos. Palmer queria que Desie experimentasse um no quarto, antes e provavelmente durante o ato sexual.

"Tudo culpa do Bill Clinton, aposto. Ele e aquelas vacas depravadas deram má fama ao mundo dos charutos. Sério, Des, só estou pedindo para você *fumar* um charuto, mais nada."

"A resposta é não, e isso nada tem a ver com o presidente."

"Então, por que não?", Palmer Stoat insistiu, citando o nome de artistas de cinema que fumavam charuto. "Por favor", implorou, "o visual é muito erótico."

"O visual é sem graça, isso sim. Além disso, me dá náuseas."

"Ah, Desie, *por favor.*"

"Provoca câncer, sabia? Tumores no palato. Acha isso erótico, Palmer?"

Ele nunca mais mencionou sexo com charutos. Agora, chifre de rinoceronte. Desie sabia o motivo de sua falta de entusiasmo amoroso: não estava contente consigo nem com o casamento; nem mesmo tinha certeza de que ainda *gostava* do marido. Percebera

(*) "*Come on baby, light my fire*" no original. Verso de canção interpretada pelos Doors, banda de Jim Morrison. (N. T.)

95

também que ele havia perdido o interesse. Talvez tivesse namoradas em Tallahassee e Washington, talvez não. Poderia até ser verdade a alegação de que o único motivo para adquirir o pó de chifre de rinoceronte no contrabando fora reanimar a vida a dois.

Desie não sabia como proceder. Tinha uma vida segura e confortável, em termos materiais; a idéia de recomeçar tudo a apavorava. Mas o vazio no coração também a assustava, aumentava a cada dia. Não se considerava uma dessas esposas que acham normal o distanciamento conjugal, fingindo que continuava tudo bem, matando o tempo em spas e viagens ao exterior e reformas da casa.

Quem sabe não poderia fazer tudo isso. Para Desie, ficar sozinha seria menos atraente que um casamento meio morno. Algumas amigas sofriam mais: os maridos delas não lhes davam a mínima bola. Pelo menos Palmer tentava, ou passava a impressão de tentar. Sua esperança de uma ereção de dois dias era boçal ou cativante, dependia de sua verdadeira motivação.

De qualquer jeito, Desie estava tão furiosa com o modo como ele a tratara no episódio do seqüestro que o despachou para o quartos de hóspedes.

"Vou arranjar um psiquiatra para você. O melhor da cidade", Palmer Stoat disse. "Calma, Des. Você só anda meio confusa."

"Prefiro continuar confusa, por enquanto", ela disse, batendo a porta do quarto com força na cara dele.

De repente McGuinn parou de comer e ficou letárgico. No início, Twilly não entendeu o motivo. Depois encontrou um monte de comprimidos de antibiótico no chão do carro, debaixo do banco de trás. Estavam no meio da sujeira. O tempo todo o cachorro apenas fingira ingerir os remédios. Conseguia comer os pedaços de rosbife e esconder os comprimidos sob a língua. Depois, quando Twilly não estava olhando, ele os cuspia.

Portanto aquele bicho teimoso provavelmente tinha uma infecção pós-operatória, Twilly concluiu. Consultou a lista telefônica e achou um veterinário ali perto. Foi para lá, e a recepcionista pegou uma prancheta e começou a fazer perguntas.

"Nome do animal?"

Twilly disse.

"Raça?"

"Labrador."

"Idade?"

"Cinco anos", Twilly arriscou.

"Peso?"

"Sessenta quilos ou mais."

"Foi castrado?"

"Veja você mesma."

"Não, obrigada", a recepcionista respondeu.

"Está vendo? São as bolas."

"Por favor, peça a ele que se deite novamente, senhor Spree."

"Deita, cara", Twilly obedeceu.

"Gostaria que ele fosse castrado?"

"Não pergunte para mim", Twilly disse.

"Estamos dando um desconto especial para cães e gatos, este mês", a recepcionista informou. "Reembolso de vinte e cinco dólares da Humane Society."

"Vinte e cinco por testículo?"

"Não, senhor Spree."

Twilly percebeu que o labrador o encarava. "Só cães e gatos?"

"Isso mesmo."

"Que pena."

A recepcionista ignorou seu comentário. Uma mulher alta de cabelo encaracolado, usando jaleco rosa, veio buscar McGuinn. Twilly a seguiu até o consultório, e juntos eles ergueram o cão até a mesa de aço inoxidável. O veterinário entrou em seguida; era um sujeito forte com cerca de sessenta anos. Usava bigode ruivo grisalho e óculos de fundo de garrafa. Não falava muito. Ouviu o coração de McGuinn, apalpou sua barriga e examinou a sutura.

Sem olhar para cima o veterinário perguntou: "Qual foi o motivo da cirurgia?".

Twilly respondeu: "Não sei". Desie prometeu contar, mas não o fizera.

"Não entendo. O cachorro não é seu?"

"A bem da verdade, eu o encontrei há poucos dias."

"E como sabe o nome dele?"

"Eu precisava chamá-lo de alguma coisa, além de 'cara'."

O veterinário virou-se e olhou desconfiado para Twilly, que inventou uma história. Falou que havia encontrado o labrador perambulando no acostamento da rodovia interestadual 75, perto de

Sarasota. Garantiu ao veterinário que ia colocar um anúncio no jornal local, na esperança de encontrar o dono.

"Não tinha plaqueta de vacina contra raiva?", o veterinário indagou.

"Não, senhor."

"Coleira?"

"Também não", Twilly disse. A coleira e a plaqueta ficaram no carro.

"Um cachorro desses, difícil de acreditar. Tem sangue de campeão."

"Eu não fazia a menor idéia."

O veterinário acariciou McGuinn. "Alguém se importou o bastante para providenciar uma cirurgia. Não faz sentido abandoná-lo logo depois. Para mim, pelo menos, não faz."

Twilly deu de ombros. "É difícil entender os seres humanos. De todo modo, eu me preocupo com ele. Caso contrário, não estaria aqui."

"Suponho que não."

"Fiquei preocupado quando ele parou de comer."

"Sim, foi sensato trazer o cachorro para cá." O veterinário ergueu o lábio superior de McGuinn e examinou a gengiva esbranquiçada. "Senhor Spree, importa-se em esperar na outra sala?"

Twilly voltou à recepção e sentou-se na frente de duas mulheres com ar maternal, cada uma delas com um gato obeso no colo. Ao lado de Twilly havia um sujeito de feições aquilinas, agarrado a uma maleta de couro virado, da qual uma cabeça despenteada — do tamanho de uma maçã — emergia de tempos em tempos. Seus olhos castanhos úmidos percorriam o local, nervosos, até o homem murmurar algo. Aí a minúscula cabeça canina sumia de vista.

O sujeito percebeu que Twilly estava olhando para ele e levou a maleta ao peito, protetor. Abruptamente, levantou-se e mudou para uma cadeira mais distante.

"Então", Twilly disse, cordial, "qual é o nome do seu hamster?"

O homem pegou uma revista sobre veterinária e fingiu ler. Os outros donos de bichos pareciam igualmente refratários a um bate-papo. Twilly calculou que eles desaprovavam suas roupas — sem camisa, descalço, só usava uma calça velha de brim grosso. O resto das roupas deixara na lavanderia automática, do outro lado da rua.

"Tudo bem", disse, cruzando os braços. Logo dormiu, e como

de costume não sonhou. Acordou vendo o rosto da mulher de cabelo encaracolado e jaleco rosa.

"Senhor Spree? Senhor Spree?"

"Sim. Sinto muito."

"O doutor Whitcomb quer vê-lo imediatamente."

Twilly levantou-se depressa, ainda zonzo. "Algum problema?"

"Por favor, venha logo."

O cachorro chegou antes de Desirata. Presente de Dag Magnusson, presidente da Magnusson Phosphate Company. Ele sabia que Palmer Stoat adorava caçar. Dag Magnusson comprara o cachorro de um canil especializado em labradores em Hibbing, Minnesota. O filho de campeões escolhido por Dag Magnusson era o mais bonito da ninhada e custara quinhentos dólares. Stoat o chamou de Boodle por farra, embora tecnicamente o cão não fosse propina, mas sim a recompensa por ter conseguido pagar uma.

Dag Magnusson procurara Stoat porque sua mina na comarca de Polk estava para ser fechada pela agência ambiental do governo, a EPA, por poluir um lago com dejetos. Os produtos químicos eram tão virulentos que acabaram com todas as formas de vida maiores que uma ameba. O governo pretendia multar a Magnusson Phosphate em centenas de milhares de dólares, além de interditar o local. A situação era politicamente delicada — e o lago tão fedorento e insalubre — que nem o deputado mais venal poderia ser convencido a ajudá-los.

Por isso Palmer Stoat tentou outra abordagem. Pôs Dag Magnusson em contato com o administrador regional da EPA, conhecido por seu fraco pela pesca da truta. Dag Magnusson convidou o sujeito para acompanhá-lo numa viagem a um rio especial que ficava numa fazenda a oeste de Montana. Foi lá que o sortudo pescou sua primeira truta arco-íris de cinqüenta centímetros. O peixe mal havia parado de se debater e o EPA já estava reconsiderando as restrições à Magnusson Phosphate, que generosamente concordou em pagar uma multa de três mil e novecentos dólares e colocar placas de alerta na beira do lago envenenado na comarca de Polk. Dag Magnusson ficou tão contente com o desfecho que decidiu dar a Palmer Stoat o presente, além de pagar os honorários exorbitantes de sempre.

Por isso o cachorro. A esposa de Stoat na época (a segunda)

reclamou inutilmente. O nome da mulher era Abbie, e ela não tinha a menor paciência com xixi nem com cocô de cachorrinho. Poucos seres humanos são capazes de resistir aos encantos impetuosos de um labrador de seis semanas, mas Abbie fez isso sem dificuldade. Em suas próprias palavras, ela definitivamente "não via graça nenhuma em bichos". Achava que qualquer animal peludo ficava melhor no guarda-roupa do que debaixo da mesa da sala de jantar, lambendo as unhas manicuradas de seus pés. A atitude de Abbie em relação ao cãozinho era tão fria e ressentida que o marido se assustou, ou até se encantou, com a mais recente implicância da megera. Palmer Stoat andava compilando mentalmente motivos para pedir o divórcio, e a aversão de Abbie a Boodle foi imediatamente para o alto da lista (substituindo temporariamente a aversão pelo sexo oral).

No final, Stoat conseguiu usar a antipatia da mulher pelo cachorro a seu favor, no processo de divórcio. Certa noite, ao voltar para casa de Tallahassee, encontrou Abbie histérica, espancando o cachorro com um exemplar de *Women's Wear Daily*. Boodle tinha quase um ano, aproximadamente cinqüenta quilos, e não se assustou nem um pouco com a explosão furiosa de Abbie (assim como não relacionou a surra e a blusa de frente única vermelho-coral que se transformara em seu passatempo favorito). O cachorro pensou que Abbie queria brincar, e durante o ataque balançava a cauda grossa para registrar sua aprovação à inusitada mostra de afeição. Palmer Stoat invadiu a lavanderia e arrancou a revista enrolada da mão da mulher. Em uma semana aprontou a papelada do divórcio. Abbie assinou tudo sem dizer uma só palavra, preferiu evitar que as acusações de maus-tratos contra animais fossem divulgadas, como ameaçava o marido.

Depois que ela se foi, Stoat tentou por pouco tempo transformar seu labrador campeão em cão de caça. Boodle era excelente na hora de localizar a caça, mas péssimo na devolução. Conseguia achar um pato abatido no brejo mais cheio de mato que houvesse, mas sempre continuava nadando depois de apanhá-lo. Quando Stoat e os companheiros de caçada chegavam ao cão, pouco restava do pássaro abatido. Stoat viu passar meia dúzia de treinadores de labrador antes de desistir de adestrar Boodle; os talentos para recuperar animais de sua linhagem obviamente haviam saltado aquela geração. Stoat deixou ao cachorro a tarefa de guardar a casa, para a qual parecia adequado, em conseqüência de seu tamanho assustador e negrume total.

Portanto, Boodle acabou responsável pela segurança da casa. Inegavelmente, Stoat adorava o animal e apreciava sua companhia nas raras noites em que não estava viajando nem bebendo no Swain's. Para seu deleite, Stoat descobriu também que a maioria das mulheres se apaixonava por Boodle, ao contrário da superada Abbie. Gostavam de cachorros grandes, bons para abraçar, e sentiam atração por seus donos homens. Boodle (gabava-se Palmer Stoat aos companheiros) se revelara uma tremenda "isca de piranha". Sem dúvida o encanto funcionara com Desie, que imediatamente se deslumbrara com o cão. Ingênua, via na exuberância entusiasmada de Boodle um reflexo das qualidades de seu dono. Um cão tão feliz, raciocinara, só podia ter sido criado por um homem paciente, carinhoso e generoso. Desie acreditava que se poderia aprender muito sobre um noivo em potencial com seu cachorro, automóvel, guarda-roupa e coleção de CDs. Boodle era um cão animado, disposto e amigo. Impossível que Palmer Stoat fosse um palerma imprestável.

Embora a opinião de Desie a respeito do marido tenha mudado para pior depois do casamento, sua afeição pelo cachorro só aumentou. Agora Boodle/McGuinn estava sob a custódia de um jovem perturbado que poderia ou não ser louco varrido, e Desie não conseguia convencer o marido de que isso era verdade. Vários dias se passaram até a chegada do envelope da FedEx, no final da tarde. Desie tentou imaginar o que Twilly Spree poderia mandar para fazer com que o marido acreditasse em sua história. Uma foto do cachorro, calculou; uma imagem de dar dó. Mas como? Amarrado no trilho do trem? Com um revólver apontando para sua cabeça? Desie se arrepiava ao pensar nas possibilidades.

O vôo de Palmer de Tallahassee estava atrasado, e ele só chegou em casa depois das onze da noite, quando Desie já tinha ido dormir. Ouviu quando ele entrou no escritório, onde ela havia deixado a encomenda. Ouviu quando abriu a gaveta de cima da escrivaninha para pegar a tesoura folheada a ouro. Por vários minutos não escutou mais nada, até soar um uivo trêmulo que não parecia ter saído da boca de seu marido, embora fosse isso mesmo.

Desie correu para o escritório e o encontrou encostado na parede, olhando para a escrivaninha, apontando para lá com a tesoura.

"O que foi, Palmer?"

"Iiiiiiiiiieeeeeeeeeaaaaaaa!", ele gritou.

Desie deu um passo à frente para ver o que estava no envelope da FedEx. No início ela pensou que fosse apenas um pé de meia brilhante, preto, amarfanhado, mas isso não fazia o menor sentido. Desie ergueu o artigo aveludado e de repente ele pareceu familiar. Aí foi a vez de ela gritar.

Era a orelha de um cão, de um cachorro grande. De um labrador preto enorme.

Desie deixou cair a orelha no chão, que ficou feito um morcego no carpete claro. "Meu Deus!", disse, soluçando.

O marido, afogueado e trêmulo, correu para o banheiro. Desie bateu na porta com força. "Agora acredita em mim!", gritou, acima do ruído do vômito. "E agora, Palmer? Acredita em mim agora, seu filho-da-puta metido?"

9

Twilly sentia saudades de McGuinn. Saudades de seu ofegar, do calor almiscarado de seu pêlo.

É só um cachorro, pensou. Passei a infância inteira sem um peixinho dourado sequer, sem um único bicho de estimação. Por que tanta culpa por causa de um simples cachorro?

Twilly Spree viajou de carro durante dois dias, procurando locais mais prováveis. Estrada de Okeechobee, em Dade, na parte ocidental. Bulevar Sunrise em Fort Lauderdale. Rodovia Dixie, ao norte de Miami. US 1 de Kendall Drive à cidade da Flórida. E o tempo inteiro sentia falta de McGuinn.

"Estou ficando frouxo", Twilly resmungou. "Estou realmente relaxando, neste caso."

No terceiro dia, depois de encontrar o que desejava, voltou para a clínica veterinária. A moça de cabelos encaracolados e jaleco rosa o recebeu e conduziu à sala particular do dr. Whitcomb. O veterinário, ao telefone, convidou Twilly a se sentar com um gesto. A moça de rosa fechou a porta antes de sair.

Assim que o dr. Whitcomb desligou, Twilly perguntou: "E então?".

"Está aqui. Acho melhor você dar uma espiada." O veterinário retirou uma bolinha da gaveta de cima da escrivaninha. Passou a bolinha para Twilly, que a rolou na palma da mão. Ver o objeto no raio X era uma coisa, pegá-lo, outra bem diferente. Um punhado de culpa.

Era um olho de vidro da cabeça de um animal empalhado.

"E você não faz idéia", disse o dr. Whitcomb, "de como seu cachorro foi engolir uma coisa dessas?"

"Não sei mesmo", Twilly mentiu. "Como falei, encontrei-o há poucos dias."

"Labradores são capazes de comer qualquer coisa", o médico falou.

"Evidentemente."

Agora Twilly já sabia a verdade: ele era um dos responsáveis pelo sofrimento do cachorro. Se não tivesse removido os olhos dos bichos empalhados de Palmer Stoat, McGuinn não teria achado e engolido as esferas.

Twilly ficou pensando no porquê de Desie ter ocultado a verdade dele. Talvez tivesse devolvido o cachorro a Stoat se soubesse a razão da cirurgia. Agora, sentia-se péssimo.

"Um olho de vidro", comentou o dr. Whitcomb. "Imagine só."

"E ficou entalado dentro dele?"

"Basicamente, sim. E bem lá no fundo."

"Meu Deus! Foi preciso operar o coitado de novo?"

"Não, senhor Spree. Bastou um laxante."

A porta se abriu e McGuinn entrou na sala arrastando a coleira. Excitado, deu duas voltas em torno do corpo antes de enfiar o focinho na virilha de Twilly, na típica saudação de um labrador.

"Um laxativo muito poderoso", o dr. Whitcomb acrescentou, "em dose cavalar."

Twilly abraçou o cachorro com força, sem se dar conta. Sentia a língua de McGuinn, áspera como a de uma vaca, lambendo sua orelha direita.

"Tem certeza de que ele vai ficar bem?"

"Ótimo", o dr. Whitcomb falou. "Mas precisará voltar em breve, para removermos os grampos da barriga."

Twilly contou mil dólares em notas de cinqüenta de um maço suado e amarrotado, para entregar ao veterinário.

"Senhor Spree, é muito."

"Não, senhor."

"Mas..."

"Não discuta, aceite. Talvez na próxima consulta a pessoa não possa pagar. Portanto..."

"Como quiser", o dr. Whitcomb disse. "Obrigado."

Ele acompanhou Twilly e McGuinn até o estacionamento, onde o cão urinou metodicamente nos pneus de cinco carros novos, incluindo o do veterinário.

"Posso lhe pedir um favor?", o veterinário perguntou. "É a respeito do olho de·vidro, senhor Spree. Eu poderia ficar com ele, para minha coleção?"

"Depende da coleção", Twilly disse.

"Coisas Estranhas que os Cachorros Engolem", o dr. Whitcomb explicou. "Tenho protetores de porta, brincos, canetas-tinteiro, isqueiros, chaves de carro. Uma cadela labrador chamada Raquel engoliu um telefone celular! E a parte mais gozada foi que ele tocou dentro da barriga dela. Foi assim que os donos souberam do ocorrido."

Twilly pegou no bolso da camisa o olho de búfalo-africano de Palmer Stoat e o jogou para o veterinário. "Pode ficar com ele, doutor."

O dr. Whitcomb parecia se divertir ao examinar o olho de vidro brilhante. "Cachorro maluco. Como será que ele foi achar esse negócio?"

Twilly deu de ombros. "Cachorro maluco."

Por que ele não parava de pensar em Desie?

No pescoço dela, especialmente no declive de pele clara entre o lóbulo da orelha adornado com uma pérola até a clavícula. Twilly tinha um fraco por pescoços femininos. Na última vez em que encontrou um tão atraente quanto o de Desie, quase acabou morto.

O pescoço estava grudado numa mulher chamada Lucy, e Twilly ignorava tudo a respeito dos remédios controlados, bebedeiras e transtorno bipolar. Só sabia que Lucy tinha um pescoço magnífico, inegavelmente, e que lhe permitia acariciá-lo o quanto quisesse. Era também gentil o bastante para fazer sexo com ele, portanto ele se apaixonou e foi morar com a moça, dezesseis dias depois de se conhecerem.

Lucy, veio a descobrir, não estava nada bem. Tomava muitos remédios por sua própria conta, acompanhados de gim Bombay. Numa noite ela era a pessoa mais feliz do planeta, um prazer de companhia. Na seguinte tornava-se um monstro repugnante, violento, paranóico e armado. Twilly não conhecia mulher mais apaixonada por pistolas. Lucy possuía diversas, em geral semi-automáticas. "Meu pai era policial", dizia à guisa de explicação. Sempre que Twilly encontrava uma arma de Lucy, ele a removia discretamente de casa e a jogava no bueiro mais próximo. Mas ela sempre tinha outra à mão; onde escondia tantas armas era um mistério. De vez em quando atirava no telefone ou na televisão. Um dia abateu a torradeira enquanto Twilly preparava o café-da-manhã. Outra vez, o computador pessoal porque um fornecedor de remédios controlados enviara um e-mail avisando que o Percocet acabara. Foi na mesma tarde em que ela correu até o vizinho e matou a arara vermelha por gritar na hora de sua sesta (Lucy precisava descansar muito). A polícia levou Lucy para o distrito, mas não fez boletim de ocorrência, pois ela se comprometeu a indenizar o desconsolado dono da ave e também a fazer terapia. Os terapeutas consideraram Lucy um exemplo de estabilidade: dedicada, consciente e arrependida. Feliz também. Uma das pacientes mais felizes que já tinham conhecido. Claro, eles não eram obrigados a conviver com ela.

Para crédito de Lucy, diga-se que ela nunca alvejou Twilly de propósito, embora em diversas oportunidades quase tenha acertado nele por acaso. Para quem demonstrava tanta familiaridade com armas de fogo, era uma atiradora surpreendentemente ruim. Contudo, durante catorze semanas de arrepiar, sob o mesmo teto, o medo de Twilly de levar um tiro foi largamente compensado pelos delírios naquele pescoço. Outro exemplo de sua capacidade de julgamento precária, concluiu depois.

Twilly nunca sabia qual Lucy entraria pela porta até se debruçar para beijar o pescoço da moça, que era a primeira coisa que sempre fazia. Se fosse a Lucy Feliz, ela ronronaria e o abraçaria. Se fosse a Lucy Bipolar, ela se afastaria e iria direto para o armário dos remédios e depois para o gim. Em seguida, uma ou duas armas carregadas apareceriam. A maioria dos namorados sumia sabiamente depois do primeiro episódio de bebedeira e tiros, mas Twilly ficou. Sempre que a Lucy Bipolar surgia, Twilly evitava tomar a atitude mais prudente, que seria correr feito gato escaldado. Em vez disso, ele ficava por lá, tentando acalmá-la, seduzi-la e *se comunicar*. Tentava sempre dialogar com ela; queria muito ser um cavalheiro a ampará-la quando caísse. E foi assim que quase morreu.

Lucy trabalhava numa clínica de acupuntura. Cuidava da contabilidade. Certo dia, o médico notou um erro, um pequeno equívoco aritmético na transferência de valores que resultou em acréscimo de três dólares e sessenta nas contas a receber. O médico fez um comentário que Lucy considerou injustamente ácido e chegou em casa com os olhos úmidos de fúria, e Twilly deduziu que tomara coquetéis pelo caminho, percebendo que não era o momento apropriado para fungar em seu cangote. Lucy sumiu no banheiro e saiu cinco minutos depois, nua, com um frasco de remédio vazio preso entre os dentes e uma Beretta nove milímetros na mão direita. Twilly, sabendo que ela era canhota, prudentemente se escondeu durante o momento Elvis. Ela fuzilou a televisão, o som e até o Mr. Coffee. Muitos disparos foram necessários, por causa da má pontaria de Lucy, mas o risco de chamarem a polícia era reduzido. Lucy, discreta, usava um silenciador para abafar os tiros.

Twilly já tinha prática e contava os disparos, sabendo assim quando ela esvaziava o pente. Seu erro quase fatal foi achar que Lucy estava confusa demais para recarregar a arma. Quando ela desabou na cama, esgotada, Twilly esperou, paciente, que pegasse no sono e roncasse nervosa. Em seguida foi para baixo dos lençóis, abraçou-a e ficou agarrado a ela por um bom tempo. Logo a respiração da moça tornou-se suave e regular. Através da camisa Twilly sentia a frieza do aço da Beretta, que Lucy continuava a segurar com as duas mãos, entre os seios. A ponta do silenciador pressionava as costelas de Twilly, mas ele não sentia medo. Pensava que a pistola estivesse descarregada; lembrava-se nitidamente de Lucy puxar o gatilho seguidamente, até que o único ruído era um clique seco. Ele não sabia nada a respeito do pente sobressalente que ela guardava dentro da caixa de OB, debaixo da pia do banheiro.

Da parte de Twilly houve descuido, ao abraçar uma psicótica viciada sem antes confiscar a arma dela. Seu segundo erro foi sucumbir ao desejo no pior momento para isso. Por acaso, Twilly se aninhara em Lucy com um abraço pelas costas, de modo que seu queixo repousava num dos ombros dela. Ele calculou que uma pequena correção poria seus lábios em contato com o pescoço descoberto e sedoso, o que era a pura verdade.

Talvez Twilly tivesse parado por ali, satisfeito com um beijo casto e suave, evitando o desfecho na maca do pronto-socorro. Mas a nuca de Lucy era uma visão magnífica e, com arma ou não, Twilly não resistiu à tentação de um beijo entusiasmado. A sensação (ou, provavelmente, o ruído ardente) arrancou Lucy de seu estupor químico turbulento. Ela enrijeceu nos braços de Twilly, abriu um olho vermelho e emitiu um grito seco de susto. Depois puxou o gatilho e voltou a dormir.

O projétil atravessou o peito de Twilly, ricocheteando nas costelas como se elas fossem uma tábua de lavar roupa e saiu acima da clavícula. Tão copioso e escuro foi o sangramento que Twilly imaginou ter sido mortalmente ferido. Ele arrancou o lençol de cima da cama (balançando Lucy em seu estupor) e o amarrou em volta do peito; um torniquete de corpo inteiro. Depois Twilly foi até o hospital mais próximo de carro, informando aos médicos que a pistola disparara acidentalmente enquanto ele a limpava. O raio X mostrou que o projétil disparado por Lucy passara a menos de cinco centímetros da jugular. Se acertasse, com quase toda a certeza teria matado Twilly Spree.

Ela não queria atirar nele; ficou com medo e, naquele estado, não reconhecia ninguém.

Twilly nunca contou a Lucy o que ela havia feito. Não voltou para casa nem a encontrou novamente. Mais de um ano se passara desde o tiro, e durante esse período Twilly havia evitado contato de seus lábios com pescoços, pois a experiência ficara marcada pelo ruído surdo do disparo da Beretta. Mesmo nos momentos mais delirantes do sexo ele controlava a localização dos beijos e evitava qualquer avanço sobre a região da nuca.

Até conhecer Desie. Twilly desejava ardentemente encontrar a instigante sra. Stoat outra vez, apesar do risco iminente de detenção e condenação. Ele queria ficar com ela e pedir desculpas por deixar os olhos de vidro espalhados para McGuinn engolir; queria que ela soubesse que estava morrendo de remorso.

O cachorro era a ligação, o vínculo com Desie. Ter o cão a seu lado animava o espírito de Twilly e lhe dava um fiapo de esperança. E daí que Desie se casara com um porco incorrigível? Todo mundo cometia erros, Twilly pensou. Eu, por exemplo...

McGuinn farejou imediatamente o problema, o cheiro estava no carro. Seu focinho balançou e os pêlos grudaram no corpo.

"Calma aí", Twilly disse.

Mas o bicho se encolheu no banco traseiro e começou a cavar o estofamento freneticamente.

"Pare com isso", Twilly disse.

McGuinn tentava cavar o encosto para chegar ao porta-malas do carro.

"Chega!", Twilly gritou. "Desobediente!" Finalmente, foi forçado a sair da estrada e parar. Agarrou a ponta da correia de McGuinn e a puxou com força.

"Quer ver? Então tudo bem." Twilly desceu, puxando o cachorro. "Você não vai gostar, cara, prometo que não."

Ele abriu o porta-malas e McGuinn avançou. Com o mesmo ímpeto recuou, abrindo as pernas comicamente, como um alce no gelo fino. Ganiu baixo, como um cachorrinho, quase a choramingar. "Eu bem que avisei, seu burro."

Dentro do porta-malas do carro ia um labrador morto. Twilly o encontrara na comarca de Miami-Dade, no cruzamento da rua 152 com a US 1, onde fora atropelado por um carro. O cachorro morrera menos de duas horas antes de Twilly avistá-lo caído na pista. Parou, embrulhou o bicho com plástico-bolha e o colocou num saco com gelo seco, no carro alugado. O cachorro não era encorpado como McGuinn, mas Twilly imaginou que serviria; raça adequada, cor adequada.

Antes de encontrar o labrador preto, Twilly vasculhara mais de trezentos quilômetros de rodovias e contara trinta e sete carcaças de cachorros, em geral vira-latas, embora houvesse também um golden retriever, dois setters irlandeses, um labrador castanho e um par de Jack Russell terriers puros, com coleiras de diamantes falsos. Os Russells morreram lado a lado, numa área escolar na movimentada Baishore Drive de Coconut Grove. Twilly imaginou que fora duplo suicídio, se é que cães eram capazes desse tipo de coisa. Afinal, o fato de os dois cadáveres deformados dos Russells continuarem na beira da pista indicava um dono frio e insensível. Caberiam numa sacola de compras. Twilly levou vinte minutos para enterrar os cães entre as raízes de uma figueira-de-bengala centenária. Antes disso, anotara os números das plaquetas de vacina anti-rábica, para algum dia — quando tivesse mais tempo — localizar o dono dos terriers e estragar seu dia.

O labrador morto da estrada não tinha plaqueta nem coleira de identificação. Twilly sentiu tristeza ao pensar que poderia estar perdido, mas se soubesse que era querido pelo dono ficaria igualmente consternado. Poderia ser o melhor amigo de um menino ou o companheiro fiel de uma viúva. Um cachorro morto era uma tristeza e ponto final. Twilly não se sentia bem por fazer aquilo, mas o animal superara a fase do sofrimento e a causa lhe parecia justa.

McGuinn andava atrás do carro alugado. Gania e mantinha a cabeça baixa, de tempos em tempos olhava apreensivo para o porta-malas, como se esperasse que o labrador morto saltasse de lá para atacá-lo. Twilly tranqüilizou McGuinn e o levou para o banco da frente. Como precaução extra, prendeu a correia no volante. Depois voltou à traseira do carro e abriu o canivete, um esplêndido Al Mar de sete centímetros e meio, japonês. A lâmina era afiada o bastante para fazer a barba.

Twilly ficou contente ao ver que os olhos do cão estavam fechados. Acariciou a cabeça sedosa e disse: "Melhor eu do que os urubus". Depois, guardou a orelha cortada no bolso e perambulou por Miami até encontrar um caminhão da FedEx na via expressa Don Shula. Graças a uma gorjeta de duzentos dólares o motorista concordou com prazer em fazer uma entrega não programada.

10

A banheira enorme com hidromassagem ficava ao ar livre, no terraço em leque da cobertura de frente para o mar que Robert Clapley mantinha no condomínio fechado. Os quatro tiraram a roupa e entraram na água, Clapley, Katya, Tish e Palmer Stoat, que precisou tomar três conhaques para conseguir relaxar. Stoat sentia vergonha de sua flacidez e estava meio assustado com a história das duas Barbies; preferia que Clapley não tivesse entrado em detalhes.

"Gêmeas!", Clapley prometeu.

"Duvido."

"Serão gêmeas idênticas até o próximo Natal!"

"Elas falam inglês, Bob?"

"Só um pouquinho", Clapley respondeu. "E prefiro que continue assim."

Uma das Barbies tentava cavalgar Stoat, fazendo espuma sob as estrelas tropicais, e Stoat espiava debaixo dos seios imensos flutuantes, procurando cicatrizes da cirurgia. Gradualmente, porém, o conhaque começou a acalmá-lo.

"Em Moscou", Clapley contava, "existe uma escola para moças que querem aprender felação de alta classe."

"Como é?"

"Especialistas em chupeta", Clapley explicou. "Uma escola de verdade, está me ouvindo?"

"Claro. Puxa vida." Stoat pensou: Dá para ouvir você até em St. Augustine, seu bosta.

Robert Clapley falava muito alto quando cheirava e bebia. "Eu adoraria cuidar do exame final!", disse com um gemido safado. "Eu diplomaria pessoalmente *quem* se destacasse..."

"Qual delas é russa?", Stoat perguntou.

Clapley apontou para a Barbie que tentava passar as pernas em torno da barriga de Stoat. "A sua!", ele disse. "Seu velho safado!"

"E ela... freqüentou... a tal... escola?"

"Foi ela quem me contou a respeito. Não é mesmo, Katya? Mostre ao senhor Stoat o que você aprendeu na escola."

"Eu, também!" Tish exclamou. Seus seios fartos fizeram marola feito barco pesqueiro, quando ela atravessou a banheira para ajudar sua futura irmã gêmea. Elas abriram as pernas de Palmer Stoat e se abaixaram juntas.

"Uau, Bob."

Robert Clapley riu. "Acho que vou pegar a filmadora!"

"Se você pegar eu vou jogá-la pelo parapeito." Normalmente, Stoat era mais diplomático. Mas naquela noite Desie não lhe saía da cabeça, assim como a orelha cortada do cachorro, entregue pela FedEx.

"Você precisa relaxar, cara."

"Só passei aqui para falar de negócios, Bob. Não pretendia cair na farra."

"Tudo bem, depois a gente conversa. Quantas vezes um cara tem a oportunidade de ser chupado por duas bonecas quase idênticas, de tamanho natural? Aposto que não faz isso toda semana. Portanto, Palmer, cale essa boca e aproveite. Preciso dar um telefonema."

Clapley saltou agilmente para fora da banheira. Stoat percebeu que falava ao telefone, mas não conseguia ver nada adiante das duas Barbies, cada uma delas dotada de uma cabeleira loura de trinta centímetros de comprimento. As duas moças pegavam, puxavam, mexiam em Palmer Stoat até que ele, para não bancar o convidado rabugento, fechou os olhos e cedeu. Aproveitou o momento, mas não a ponto de se esquecer da razão para sua visita.

Quando Clapley terminou as ligações as Barbies também haviam terminado, saído da banheira e ido para o chuveiro. Stoat boiava de costas, com as pernas abertas, que nem uma rã. Fingia apreciar as estrelas.

Clapley disse: "Que tal a dupla?".

Stoat soltou um assobio elogioso. "*Blond sugar*, como diz a música."*

(*) Referência a "Brown sugar" ("açúcar mascavo", e também um tipo de heroína), canção dos Rolling Stones. (N. T.)

"É isso aí, cara." Clapley não se deu ao trabalho de corrigir o erro. "Bem, sei por que veio aqui."

Stoat levantou-se lentamente, baixando os joelhos rosados. Como Robert Clapley poderia saber? Seria possível, Stoat cogitou, que o seqüestrador sanguinário tivesse procurado seu cliente?

"Sei que ainda lhe devo algum dinheiro."

"Isso mesmo." Stoat ficou muito aliviado.

Eles passaram para o escritório, ambos de toalha gigante enrolada na cintura e chinelos do mesmo pano. Clapley sentou-se à escrivaninha de tampo de vidro e abriu o talão de cheques.

"Esqueci completamente", disse, "na última vez em que nos encontramos."

"Tudo bem, Bob."

"Quanto... quanto era mesmo?"

"Cinqüenta mil", Stoat disse, enquanto pensava: Bunda-mole. Ele sabe muito bem quanto é.

"Cinqüenta? Cara, dá para comprar um bocado de cartucho."

Clapley se referia à caçada de pombo. Aquele convite e o presente das Barbies visavam obter um desconto, Stoat concluiu. Bem, Bobby, meu chapa, pode tirar o cavalo da chuva.

Robert Clapley esperou um pouco, mas Stoat ficou firme.

"Certo. Que seja cinqüenta, então." Clapley esforçou-se para se mostrar gentil.

Palmer Stoat gostou de ver o sujeito preencher o cheque. O desconforto de Clapley era óbvio, e Stoat não se importava em prolongá-lo. Um princípio importante estava em jogo; uma questão de respeito. Stoat se considerava um profissional, e no setor dos lobistas um profissional não gostava de levar canseira na hora de receber seus honorários, principalmente de ex-contrabandistas com cara de criança e fetiche pela Barbie. Stoat viera ao apartamento de Clapley com a intenção de alertá-lo para a possibilidade de um pequeno atraso na aprovação da ponte da Ilha do Sapo. Estava disposto a deixar que Clapley suspendesse o pagamento da parcela restante até que o problema do seqüestrador de cães fosse resolvido. Mas Clapley irritara Palmer Stoat com sua vulgaridade jocosa — *Quanto era mesmo?"* — que Stoat mudou de idéia sobre o dinheiro. Ele guardaria o cheque no bolso sem dizer nada. Além disso, se Desie o deixasse, como ameaçara, caso Stoat não cumprisse as exigências do seqüestrador, ele precisaria dos cinqüenta mil (e de muito mais) para os advogados encarregados do divórcio.

"Prontinho." Clapley fechou a Mont Blanc e entregou o cheque a Stoat.

"Obrigado, Bob." O sorriso de Stoat parecia sincero. Ele não pegou o cheque imediatamente, deixando-o em cima da escrivaninha por um momento.

"Dick estava certo a seu respeito."

"Dick sabe das coisas."

"E quando ele vai assinar a lei do orçamento?"

"Em duas semanas, no máximo", Stoat disse.

"Fantástico. Assim que as obras da nova ponte começarem eu poderei erguer as primeiras casas, para dar uma idéia do projeto aos interessados."

Uma das Barbies entrou com uma bandeja contendo duas doses de conhaque e dois charutos grandes. Usava um macaquinho vermelho-sangue com rendinha. Clapley assobiou quando ela se debruçou para deixar a bandeja com os drinques.

"Obrigado, *querida*", disse em tom malicioso. Depois, a Palmer Stoat: "Então, cara, gostou da farra com as duas moças, na banheira?".

"Sensacional." Stoat pensou: Saco, quantas vezes terei de dizer isso? "Uma das maiores chupadas de minha vida, Bob."

"E tudo graças a uma boa formação escolar. Palmer, bem que dizem que vale a pena conhecer uma língua estrangeira." Clapley piscou para a Barbie que saía, e ela respondeu com um aceno safado. Depois que fechou a porta, ele disse: "Era a Katya. Sonho com o dia em que não conseguirei mais distinguir uma da outra".

"Não demora", Stoat disse, para animá-lo.

Eles dedicaram um momento à cerimônia de cortar e acender os charutos. Depois, Robert Clapley fez um brinde.

"À ilha Shearwater", disse.

"Amém", Palmer Stoat completou.

"E às boas companhias."

"Às melhores, Bob."

Eles bebericaram o conhaque e soltaram baforadas do charuto em direção ao teto. Clapley contou uma piada de mau gosto sobre um rabino que sofria de hipermetropia. Stoat contou outra, sobre uma moça míope que era animadora de torcida. Clapley ergueu o copo novamente.

"Um brinde a novos negócios entre nós, no futuro."

"Sempre que quiser", Stoat disse, pensando: Antes do que você imagina, panaca.

Assim que Palmer saiu para ir a Palm Beach, Desie abriu o freezer e removeu o saco plástico que continua a orelha do cão. Ela a examinou com uma mistura de repulsa e curiosidade forense. A orelha não parecia grande o bastante para pertencer a Boodle, mas ela não tinha certeza. Sem dúvida pertencia a um cachorro preto enorme. Se fosse seu cachorro, Twilly Spree era um monstro selvagem e Desie se equivocara por completo a respeito do rapaz.

Igualmente aflitiva era sua própria culpa no caso. Afinal de contas, ela contara tudo a respeito dos planos para a Ilha do Sapo a Twilly. Ela lhe dera a idéia maluca de salvar o local. Por quê? Para tirar o ar presunçoso do marido, para ver a reação no rosto de Palmer quando um de seus esquemas sórdidos desse para trás. Mas como ela poderia saber que um rapaz novo como Twilly Spree seria capaz de levar as coisas tão longe?

Desie devolveu a orelha do cachorro ao freezer — fora da vista, atrás de um pote grande de sorvete de rum com passas — e foi tomar banho. Na hora do almoço a empregada bateu na porta e disse que o "senhor Ezra Pound" desejava falar com ela pelo telefone. Desie pediu-lhe que trouxesse o telefone sem fio.

Ouviu a voz de Twilly do outro lado. "E agora, ele acredita?"

Desie respondeu: "Creio que sim, a julgar pelo modo como ele vomitou o jantar. Onde você está?".

"Perto."

"Por favor, diga se era a orelha de Boodle."

"O nome dele é McGuinn, lembra-se?"

"Mas é a orelha dele ou não? Por favor, não me diga que arrancou a orelha do pobre coitado. Por causa de uns sapinhos mortos."

"Não cortei. Jamais faria uma coisa dessas."

"Eu *sabia.*"

"Mas não se trata apenas dos sapos, estamos falando de destruição. Temos aqui um crime hediondo, imperdoável." Twilly suspirou de frustração. "Não lê os jornais, senhora Stoat? Não sabe quem está dando as cartas?"

"Vamos com calma", Desie falou. A última coisa que desejava era deixá-lo mais agitado.

"Tenho uma pergunta para você", Twilly disse. "Por que não me contou a verdade a respeito do seu cachorro?"

"Bem...", Desie disse.

Twilly relatou a visita ao veterinário, inclusive a recuperação do olho de vidro do búfalo, ingerido pelo cão.

"Não foi culpa sua", Desie disse. "Ele come qualquer coisa."

"*Foi* minha culpa, sim, sem dúvida alguma."

"Ele está bem, agora? É isso que importa."

"Ele parece estar bem", Twilly disse. "Mas sente sua falta."

"Também sinto saudades dele."

"Muitas saudades?", Twilly disse. "Quero dizer, gostaria de vê-lo?"

"Claro!"

"Assim pode contar as orelhas dele. Ver por si mesma que não sou capaz de fazer mal a um cão."

"Eu quero muito vê-lo." Desie saiu da banheira e vestiu o robe, trocando o telefone de mão. "Onde está agora?", perguntou novamente a Twilly.

"Vou dizer, mas você não pode contar ao cretino do seu marido, tá? Ele precisa acreditar que a orelha é de McGuinn, ou o plano vai por água abaixo. Promete isso para mim? Se Palmer descobrir a verdade, nenhum dos dois verá o cachorro outra vez. Não vou machucá-lo, senhora Stoat. Sei que já entendeu isso. Mas juro por Deus que não o verá nunca mais."

Desie sabia que Twilly não blefava. Sabia que estava furioso o bastante para puni-la junto com o marido, e que não se contentaria com o seqüestro do cachorro da família.

"Twilly, não vou dizer nada sobre a orelha. Confiei em você. Chegou a sua vez de confiar em mim."

Ainda pingando água do banho, ela foi para a cozinha e pegou um bloco. Twilly pediu que lesse as instruções, assim que terminou de passá-las.

"Quer que eu leve alguma coisa?", ela perguntou.

Pausa do outro lado da linha. "Sim, eu queria um livro."

"Poesia?", Desie perguntou, pensando na brincadeira com Ezra Pound.

"Não estou a fim, no momento. Mas qualquer um de John D.

MacDonald seria ótimo. E também Tic Tac. De hortelã, se não for dar trabalho."

Desie sorriu sem querer. "Sem problemas", disse. Algo tocou seus dedos descalços, e ela pulou assustada. Mas era apenas a empregada, passando pano no chão da cozinha.

"Como sabe que McGuinn sente minha falta?"

"Ele fica meio triste, às vezes", Twilly disse.

"Talvez sinta saudades de Palmer."

"Não brinque. Vejo você mais tarde."

"Espere um pouco. O que eu faço com essa orelha?"

"O que quiser", Twilly disse. "Pendure-a na árvore de Natal, pouco me importa. Ou pregue na parede, com o resto dos pedaços de animais mortos de seu marido."

Desie pensou: Minha nossa, o humor dele está *péssimo* mesmo.

"Só por curiosidade, se não é de Boodle...", ela falou.

"McGuinn!"

"Desculpe-me. Se não é a orelha de *McGuinn*..."

"Já falei que não é. Não escutou?"

"Escutei", Desie disse. "E é por isso que não posso evitar a pergunta. Qualquer um ficaria curioso se recebesse uma orelha pelo correio. Mas fico pensando: Será que eu quero mesmo saber de onde ela veio?"

"Você não quer", Twilly Spree disse. "Não quer mesmo."

Dick Artemus conhecia Palmer Stoat havia três anos. Seu primeiro encontro fora numa fazenda em Thomasville, na Geórgia, quando caçavam codornizes. A fazenda ficava perto de Tallahassee, do outro lado da divisa estadual. Na época, Dick Artemus era prefeito de Jacksonville, além de multimilionário, dono de sete concessionárias Toyota, todas lucrativas. Pelos motivos costumeiros ele resolveu que precisava ser governador da Flórida, e metodicamente começou a se relacionar com todo mundo que contava na política estadual. Uma das pessoas fundamentais era o famoso Palmer Stoat, lobista, quebra-galhos e intermediário em negociatas.

Stoat hesitava em aceitar o encontro com Dick Artemus, pois recentemente adquirira uma Toyota Land Cruiser que só lhe dera aborrecimentos. Um vidro elétrico pifou, o tocador de CD encrencou quando tocava Cat Stevens, e a tração nas quatro rodas só funcionava em marcha à ré. Esses problemas foram mencionados a Dick Artemus, graças a um conhecido comum, e Palmer Stoat recebeu dois dias depois um Land Cruiser novo em folha, entregue de caminhão, na porta de sua casa. Na manhã seguinte Stoat pegou o avião para Thomasville.

As codornas eram rápidas, mas ele conseguiu acertar algumas. Outra surpresa agradável foi Dick Artemus, que se mostrou fluente, charmoso e apresentável, com a indispensável dentadura perfeita e cabelo prateado. O sujeito poderia muito bem ganhar a eleição, Palmer Stoat ponderou. Artemus era sete centímetros mais alto e dez vezes mais simpático do que qualquer candidato democrata.

Na profissão de Stoat era arriscado escolher um lado (a gente nunca sabia para que lado o vento sopraria, na política), mas ele discretamente providenciou para que Dick Artemus conhecesse os mais generosos contribuintes de campanhas políticas da Flórida, em sua maioria clientes de Stoat. Empresários da indústria, dos empreendimentos imobiliários e da agricultura. Ficaram todos impressionados com o agradável milionário do ramo automobilístico. No verão, dois meses antes da primária republicana, Dick Artemus já recolhera mais de quatro milhões de dólares em contribuições, a maior parte registrada e até legítima. Conseguiu a candidatura e ganhou a eleição pela folgada margem de duzentos mil votos.

Dick Artemus não esqueceu o valor do apoio inicial de Palmer Stoat, pois Palmer Stoat não deixaria que esquecesse. Em geral era o lobista quem precisava de um favor, mas ocasionalmente o próprio governador dava o telefonema. Eles deixaram de lado as caçadas de fim de semana. Os dois concordaram que andar juntos seria imprudente. Stoat não podia se dar ao luxo de desagradar aos democratas, e Dick Artemus não podia se dar ao luxo de circular ao lado de um lobista descarado. Os dois continuaram amigos, mas à distância. Quando (menos de um ano depois) Palmer Stoat trocou a Toyota por um Range Rover, Dick Artemus ocultou diplomaticamente sua decepção. Precisava pensar na reeleição; os contatos de Stoat seriam imprescindíveis.

Naturalmente o governador disse sim quando Palmer ligou para pedir um raro encontro a sós. Lisa June Peterson, a assessora que atendeu o telefone, sabia que o caso era sério, pois Stoat não tentou flertar com ela, não a convidou para tomar um drinque nem perguntou o número de vestido que usava, para comprar uma lembrancinha quando fosse novamente a Milão. Não, Palmer Stoat parecia tenso e preocupado, como nunca Lisa June Peterson o vira antes. Dick Artemus o convidou para um de seus famosos almoços em particular na mansão do governador, pedindo a Stoat que usasse a entrada de serviço, longe dos olhares de visitantes e jornalistas. O cardápio incluía lagosta pequena *sauté*, uma iguaria ilegal confiscada de pescadores sem licença pela guarda costeira em Key Largo, depois transportadas de helicóptero até Tallahassee. (Quem fizesse perguntas ouviria que os crustáceos haviam sido doados para o orfanato de uma igreja local, e em raras ocasiões — quando o governador tinha outro compromisso para o jantar, por exemplo — o ato caridoso realmente ocorria.)

As lagostas eram tão raquíticas que Palmer Stoat largou o garfo e usou as mãos. Dick Artemus não pôde deixar de notar como Stoat empilhava as carapaças cuidadosamente, no pratinho de manteiga. Seus gestos meticulosos contrastavam com a mastigação ruidosa.

"A ponte", Stoat disse, após o segundo cálice de vinho.

"Qual ponte?"

"A da Ilha do Sapo. Projeto Shearwater." Stoat tinha carne de duas lagostas na boca. Parecia inchado e arregalava os olhos feito uma garoupa.

Dick Artemus perguntou: "Qual é o problema, Palmer? A verba da ponte consta do orçamento. Questão encerrada".

"Vim pedir a você que reconsidere."

"Está me gozando?"

"Não", Stoat disse. "É um caso de vida ou morte."

"Não me convenceu", o governador disse.

"Dick, você precisa vetar a ponte."

"Você ficou completamente maluco."

"Não, ouça bem." Palmer Stoat limpou as mãos engorduradas de manteiga no guardanapo de linho e tomou o resto do vinho. Depois contou a Dick Artemus a história inteira do cachorro seqüestrado; falou do lunático sanguinário que invadiu sua casa e levou Boodle, jurando matar o animal se Robert Clapley conseguisse a ponte; falou até sobre Desie, que ameaçara abandoná-lo se não atendesse às exigências do seqüestrador. Disse que não agüentaria o custo de oùtro divórcio, não poderia se dar ao luxo de ver uma história como aquela publicada em todos os jornais e divulgada na televisão; e, finalmente, disse que adorava o cachorro e não queria que ele morresse.

119

O governador respondeu com um murmúrio de desapontamento. "É por causa daquele desgraçado do Willie Vasquez-Washington, não é? O que mais ele quer de mim?"

Palmer Stoat levantou-se da cadeira. "Acha que eu ia inventar uma história dessas — um seqüestro de *cachorro*, porra! — para dar cobertura a um picareta ganancioso como Willie Vasquez? Ele não significa nada para mim, Dick, não passa da mosca do cocô do cavalo do bandido!"

"Calma, não precisa gritar." Trezentas bandeirantes excursionavam pelo palácio do governo, e Dick Artemus preferia que seus ouvidos inocentes fossem poupados dos arroubos retóricos de Stoat.

"Estou falando de minha reputação", Stoat continuou. "Meu casamento, minha situação financeira, meu futuro..."

"Qual a raça do cachorro?", o governador perguntou.

"Labrador negro."

Dick Artemus sorriu, enternecido. "Sei. Eles são ótimos. Já tive três."

"Então sabe do que estou falando", Stoat disse.

"Claro. Eu adoro cachorros, Palmer, mas não trocaria um projeto de vinte e oito milhões de dólares por um cão. Sabe, tudo é uma questão de prioridades." O governador ergueu as mãos.

"Não estou pedindo para *cancelar* o projeto da ponte, meu caro. Basta você vetar o item no orçamento, na semana que vem. Talvez Clapley reclame e esperneie por algum tempo, assim como Roothaus. O seqüestrador maluco lê os jornais, descobre que o projeto Shearwater foi por água abaixo, solta Boodle e acaba tudo bem", Stoat explicou.

"Boodle?", Dick Artemus perguntou, intrigado.

"É o nome dele, uma longa história. De qualquer jeito, assim que eu conseguir meu cachorro de volta, você ataca novamente, Dick. Convoca o Legislativo para uma sessão extra em Tallahassee."

"Só por causa da ponte? Você não está falando sério. Eu seria massacrado pela imprensa."

Agitado, Stoat estendeu a mão para pegar outra garrafa de vinho. "Dick, nas palavras imortais de Jethro Tull, às vezes você é tapado como um pau."*

(*) No original, "*thick as a stick*". A citação correta seria "*thick as a brick*", tapado ou denso como um tijolo. (N. T.)

O governador consultou o relógio e disse: "Vamos direto à conclusão".

"Certo", Stoat continuou: "Você não vai convocar uma sessão especial por causa de uma ponte qualquer, você vai tratar de *educação*. Você não está gostando do modo como seus colegas do Legislativo cortaram seus projetos educacionais...".

"E isso é verdade, mesmo."

"... e os convoca a Tallahassee para consertar o estrago, em benefício de todas as crianças da Flórida. Insiste que elas precisam de salas de aula maiores, mais professores, livros didáticos novos e assim por diante. Está entendendo?"

O governador sorriu. "Vamos ver. Robert Clapley pretende construir uma escola pública na ilha Shearwater."

"Aposto que ele se mostrará receptivo à idéia."

"Mas ônibus escolares são veículos pesados, certo?"

"Principalmente quando estão lotados. Tem toda a razão."

Palmer Stoat estava contente. Ainda havia esperança para Dick Artemus. "Ninguém vai querer que um ônibus cheio de crianças inocentes vá e volte todo dia por uma ponte precária e velha."

"Um perigo", concordou o governador.

"Um risco terrível. E alguém poderia dizer quanto custa a segurança das crianças?"

"Ninguém", Dick Artemus disse.

A voz de Stoat elevou-se, melodramática, fazendo jus à ocasião. "Tente dizer à Mamãe e ao Papai que Jimmy não merece uma ponte segura em sua primeira ida de ônibus escolar até a Escola Shearwater. Eles acham que vinte e oito milhões de dólares é um preço pequeno, quando se trata da segurança..."

Os olhos do governador brilharam. "Você é um gênio, Palmer."

"Vamos com calma. Precisamos dar alguns telefonemas."

O governador ergueu uma sobrancelha. "Precisamos?"

"Bem, Dick, você *disse* que gostava de cachorros."

Isso é loucura, Dick Artemus pensou. Um mundo louco. Depois pensou que aceitar a idéia mostrava o quanto ele queria desesperadamente ter Palmer a seu lado.

O governador: "Presumo que Robert Clapley aprovou essa proposta maluca".

"Pode deixar Clapley por minha conta", Stoat disse, com um

gesto. "Ele não dá a mínima para o modo como conseguirá a ponte, desde que a consiga. Não se preocupe com Clapley."

"Então, tudo bem."

"A bem da verdade, manterei certa distância dele até resolver tudo."

"Você é quem sabe, Palmer."

Eles falaram sobre beisebol, caça e mulheres até terminarem a sobremesa, torta de pecã caseira com sorvete de baunilha. Stoat vestia o casaco quando o governador disse: "O seqüestrador do cachorro, como sabe que ele não está querendo enrolar você, blefando?".

"Porque ele me mandou uma orelha, por isso", Stoat disse. "Uma orelha do meu cachorro."

O governador assustou-se. "Do seu cachorro?"

"Isso não posso jurar. Mas tudo indica que sim", Stoat admitiu. "Mesmo que não seja a orelha de Boodle, dá para saber com quem estou lidando. Ele arrancou a orelha de um cachorro, de *algum* cachorro, em *algum* lugar. Isto é o que importa. Uma orelha de verdade, Dick, e a mandou pela FedEx, porra. Entendeu com quem estamos lidando?"

"Sim, deu para entender perfeitamente." O governador parecia abalado. Ele pensava: E essa história de "nós" novamente?

11

Palmer levou Desie a um restaurante de frutos do mar no bulevar Las Olas, onde ela se sentiu tão incomodada pelos modos do marido que mal tocou na comida. Ele pedira duas dúzias de ostras, chupando-as com exuberância sibilante, a ponto de levar os vizinhos de mesa a se calarem, revoltados. Depois Palmer montou pilhas de conchas na borda do prato, seis montinhos idênticos de quatro conchas cada. Continuava falando, obviamente ignorava sua mania de ordem. Desie ficou tão perplexa quanto indignada. Não era aquele o mesmo porcalhão que, no caminho do restaurante, atirara uma xícara de café vazia e um punhado de malas-diretas pela janela do Range Rover? Desie ignorava o termo clínico para definir o distúrbio do marido, mas os sintomas não eram sutis; tudo o que não podia comer, beber ou arrumar era jogado fora.

"Você não está me ouvindo", Palmer Stoat disse.

"Desculpe."

"O que está olhando?"

"Nada."

"O bacalhau fresco está bom?"

"Razoável, Palmer. Pode continuar. Conte o que Dick disse."

"Ele disse que vai me atender."

"Está falando sério?" Desie presumira que não haveria chance nenhuma.

"Vai fazer tudo isso por minha causa", Stoat disse, enfatizando sua importância. "Vetará a verba para a ponte."

"Isso é fantástico."

"Sim, mas vai sair muito caro. Bob Clapley vai querer minhas bolas num chaveiro quando souber, e não será o único. Com vinte e oito milhões de dólares a gente compra um exército de inimigos, Des."

"O que é mais importante: um campo de golfe estúpido ou salvar a vida do seu cachorro?"

"Já sei, já sei. Quando teremos o cachorro de volta?"

"Quando o veto à verba da ponte sair no jornal. Aí o seqüestrador soltará Boodle. Ele prometeu manter contato, nesse meio-tempo."

"Maravilha!" Stoat pediu a conta. "Uma pena que você não tenha descoberto o nome dele."

"Palmer, ele é um criminoso. Bandidos não dão cartões de visita." Desie não entendia por que continuava a proteger Twilly Spree. De todo modo, não dava mais para mudar sua história.

"Fiquei curioso, só isso. Deve ser alguém que me conhece. Um sujeito a quem contrariei no passado. Que contrariei *muito*, a ponto de levá-lo a invadir minha casa e seqüestrar meu labrador."

"Qual é a diferença? Você disse que está tudo resolvido. O governador Dick fará o que pediu, depois conseguimos Boodle de volta e acabou a confusão, certo?"

"A idéia é essa", o marido retrucou. Depois, voltando-se para o garçom: "Poderia por gentileza retirar da conta o prato de entrada de minha esposa? O bacalhau fresco estava tão queimado pelo frio do freezer que ela não conseguiu comer nada".

"Por favor, Palmer", Desie disse.

No caminho de casa Palmer enfiou a mão por baixo da saia dela. "Está orgulhosa de mim?", perguntou.

"Estou." Involuntariamente, ela juntou os joelhos.

"Muito?"

Desie sentiu um aperto no peito. Manteve os olhos à frente, como se observasse o movimento.

"Orgulhosa o bastante para uma farrinha?"

"Palmer." Mas ela se sentia muito culpada. Claro que aceitaria sexo com ele naquela noite — depois do que fez pelo cachorro, como negar?

"Já faz mais de duas semanas", ele a lembrou.

"Sei. Mas foram duas semanas difíceis."

"Para nós dois, doçura. Então, que tal? Velas lilases. Uma garrafa de vinho francês..."

"Parece boa idéia", Desie disse.

" ... e talvez uma colherinha de pó de rinoceronte para um toque extra. Será mais excitante."

"Isso não!"

"Des, por favor."

"Nem pensar, Palmer. *De jeito nenhum!*" Ela tirou a mão dele do vão entre as coxas e mandou que prestasse atenção no trânsito. Três semáforos depois Stoat já se recompusera a ponto de iniciar a operação salvamento.

"Tem razão", disse a Desie. "Esqueça o pó de rinoceronte, esqueça que falei nisso. Lamento."

"Prometa que vai jogar tudo fora."

"Prometo", Stoat mentiu, pensando na garota de programa inusitada que conhecera na outra noite no Swain's, a que só trepava com republicanos. Sem dúvida ela não teria pudores liberais com referência a afrodisíacos obtidos de espécies ameaçadas de extinção. Roberta tampouco se importaria. Ela era a loura siliconada e safada que ocasionalmente acompanhava Stoat nas viagens. Pela possibilidade de um orgasmo novo e reforçado, Roberta mataria rinocerontes com as próprias mãos.

Mas, para consolo da esposa, Palmer Stoat declarou: "Vou jogar tudo fora, amanhã cedo".

"Obrigada."

Olhando a moça de esguelha, ele disse: "Isto significa que o negócio está de pé?".

"Presumo que sim." Desie virou o rosto, fingindo apreciar os biquínis em exibição na vitrine de uma loja de moda praia. Sentiu o retorno dos dedos aracnídeos de Palmer ao vão da perna. Ele os deixou lá depois que o sinal abriu.

"Você está liiiiiiiiiinda esta noite", ele disse. "Mal posso esperar para ver as fotos."

Meu Deus, Desie pensou. A tara das Polaroids de novo.

"Palmer, não estou muito a fim."

"Como não? Calma, gata, aprenda a relaxar."

Stoat parou numa loja de conveniência, onde comprou três filmes Polaroid. Compulsivamente, abriu os filmes dentro do carro, jogando as embalagens no piso do estacionamento. Desie desceu e recolheu todas, para consternação do marido.

"O que deu em você?", ele perguntou, contrariado.

"Siga em frente", ela disse. "Me leve para casa e não fale mais nada."

E vamos acabar logo com isso.

* * *

Naquela noite Twilly Spree foi parado pela polícia na Rodovia A1A, na comunidade veranista de Lauderdale-by-the-Sea. Twilly sabia o motivo: outro episódio de má administração da raiva, desta vez envolvendo quatro universitários, dois *jet-skis* e uma grande quantidade de cerveja.

O problema ocorreu quando Twilly transferiu McGuinn para a picape preta, após a devolução do Chevrolet Corsica alugado. Twilly estava cuidando da vida, engarrafado no trânsito da ponte levadiça da Commercial Boulevard, sobre o canal, quando notou dois *jet-skis* apostando corrida a uma velocidade assassina na Intracoastal Waterway. Um *jet-ski* era branco com listas azuis; o outro, branco com listas vermelhas. Cada veículo transportava um casal idêntico: o jovem garanhão pilotava e a gata ia atrás, com os braços agarrados à cintura do companheiro. Saltavam nas marolas dos iates, atormentavam os veleiros, molhavam os pescadores e proclamavam sua imbecilidade embriagada de outras maneiras, para o mundo inteiro. Aquele comportamento estúpido tornara-se tão comum entre usuários de *jet-skis* que as pessoas nem reparavam mais, e Twilly Spree não teria prestado mais atenção se a ponte não permanecesse levantada e ele parado ali, sem nada para fazer. Além disso, havia uma chance razoável de que um dos palhaços fosse bater com seu brinquedo barulhento no quebra-mar, a setenta quilômetros por hora, e Twilly sempre apreciava ver a teoria de Darwin confirmada em estilo cinematográfico.

Os *jet-skis* iam e vinham, roncando feito motosserras descontroladas. Um pelicano apavorado decolou de um pilar, e imediatamente as duas motos aquáticas passaram a persegui-lo com barulho ensurdecedor. Twilly desceu da picape e correu para o parapeito da ponte. McGuinn pôs o focinho para fora da janela e ganiu.

A cena durou poucos minutos. O pássaro voou perto da água, inicialmente, esforçando-se para ganhar velocidade. Os pilotos se aproximaram depressa, por trás, e os raios do sol da tarde refletiam nas latas de cerveja. Os quatro atiraram as latas ao mesmo tempo, quando o pelicano começava a ganhar altura. Três latas erraram o alvo, mas uma delas atingiu a asa. A chuva dourada indicou a Twilly que a lata estava cheia, pesada como uma pedra. O pelicano caiu girando desajeitadamente, e bateu na água de costas, com a boca aberta. Os motoqueiros aquáticos deram uma volta em torno da vítima e seguiram em frente, em alta velocidade, fazendo espuma na Intracoastal. Estavam muito distantes para Twilly ver se riam, mas ele presumiu que sim. Ele observou quando um barco apanhou o pelicano ferido, que se debatia na água, usando a asa boa, tentando flutuar.

Twilly entrou na picape, ligou o rádio, acariciou McGuinn no queixo e esperou a ponte baixar. Depois desviou do trânsito e seguiu para o norte feito um psicopata, na avenida beira-mar, procurando a marina onde estariam os *jet-skis*. Ao entardecer ele os viu numa marina pública em Pompano Beach. Prendiam as motos aquáticas num trailer que era puxado pelo Cadillac Seville preto, novo, mas sujo por causa da longa viagem. O carro de luxo, com placas de Maryland, provavelmente pertencia ao pai de um deles. Os rapazes obviamente aproveitavam as férias da faculdade e, mais obviamente ainda, estavam bêbados. Os dois garotos gastavam bastante tempo na academia e usavam camisetinhas justas para mostrar o resultado. As namoradas eram magras e morenas, provavelmente irmãs, cadavericamente brancas para os biquínis coloridos que usavam. Seus traseiros brancos à mostra, enrugados pelos assentos, pareciam pães sírios.

O impulso inicial de Twilly foi abalroar o Cadillac com força, de modo a fazer com que descesse a rampa da marina. Assim poderia afundar o Cadillac, os *jet-skis*, o dinheiro e toda a bagagem deles. Infelizmente, o Caddy pesava muito mais que a picape de Twilly, tornando a manobra problemática. Twilly não dava a mínima para si mesmo, mas precisava levar McGuinn em consideração — a última coisa de que o coitado do cachorro precisava era levar uma surra.

Além disso, Twilly pensou, o que obteria com a mesquinha destruição da propriedade alheia? A seguradora reporia o luxuoso automóvel e os *jet-skis*, sem que uma lição importante fosse aprendida. Os motoqueiros aquáticos deixariam de vincular o ato de vandalismo contra seus bens com o ataque cruel contra o pelicano. Vingança, ele acreditava, nunca podia ser ambígua.

Por isso ele prendeu McGuinn à correia e desceu da picape. As duas universitárias embriagadas viram o cachorro enorme e se aproximaram, estalando as sandálias no asfalto. Ajoelharam-se ao lado de McGuinn, rindo e brincando enquanto ele lambia seus rostos queimados de sol. Twilly sabia que labradores eram uma isca perfeita para mulheres e crianças. Os namorados sarados adotaram uma pose ciumenta, emburrada; por mais que estivessem embriagados, ressentiam-se por não ser o centro das atenções. Enquanto as moças paparicavam o cão, Twilly entabulou conversa com os rapazes a respeito das motos aquáticas — quanto corriam, quanto custavam, quantos quilômetros já haviam andado. Os dois relaxaram e rapidamente começaram a se gabar que os *jet-skis* haviam sido ilegalmente modificados para correr mais do que a fábrica recomendava. Twilly perguntou se podia olhar de perto. Ele disse que nunca tinha andado num *jet-ski*, mas que parecia ser sensacional. Os rapazes disseram claro, pode olhar à vontade.

Twilly pediu às moças que tomassem conta do cachorro, e elas disseram: "Sim, com todo o prazer, até queremos levá-lo para Ocean City conosco! Qual é o nome dele, por falar nisso?".

"Beowulf", Twilly respondeu.

"Uau, que nome legal", disse uma das namoradas.

Enquanto Twilly seguia os namorados na direção do Cadillac com reboque, atravessando o estacionamento, ele perguntou se ainda tinham cerveja na geladeira de isopor. Foi a última coisa que as moças se lembram de ter ouvido até Twilly retornar minutos depois e levar o cachorro embora, pela correia. As universitárias abraçaram "Beowulf" e murmuraram despedidas carinhosas. Depois ficaram na ponta dos pés para procurar os namorados. Foi então que Twilly Spree disse, em voz baixa: "Vi o que vocês fizeram com o pelicano, babacas".

"Hã?", soltou uma delas.

A outra segurou a amiga pelo cotovelo e perguntou: "O que ele disse?".

"Não voltem aqui nunca mais", Twilly advertiu. "Nunca. E chamem o corpo de bombeiros. Depressa."

O porta-malas do Cadillac estava aberto. A geladeira de isopor guardada nele também. Os namorados, estendidos no chão, formavam um ângulo de quarenta e cinco graus com os corpos, parecendo ponteiros de um relógio quebrado. Um deles fraturara o maxilar, a julgar pelo inchaço arroxeado. O outro deslocara a mandíbula, que também sofrera uma contusão. Ao lado havia duas latas amassadas de Budweiser, despejando espuma de cerveja no piso. As namoradas bêbadas começaram a uivar, tirando freneticamente da geladeira punhados de gelo, para aplicar nos ferimentos dos namorados. As universitárias se dedicavam com afinco aos primeiros socorros e não notaram que os dois *jet-skis* soltavam rolos de fumaça e iam pegar fogo em pouco tempo.

Apesar do desejo de assistir ao espetáculo, Twilly Spree não ficou para ver o incêndio. Mais tarde, quando as luzes azuladas da viatura policial apareceram em seu espelho retrovisor, ele concluiu que as duas namoradas não estavam tão embriagadas quanto calculara. Deduziu que haviam guardado as características de sua picape, talvez até memorizado a placa. Seria um imprevisto prejudicial a seus planos, pois Twilly não podia voltar para a cadeia àquela altura. Afinal, a missão da Ilha do Sapo ainda não fora concluída. O momento escolhido para dar uma lição nos algozes do pelicano não poderia ter sido pior, e ele ficou furioso consigo por ter perdido o controle. De novo.

O policial de Lauderdale-by-the-Sea era um rapaz gentil, um pouco mais velho que Twilly, apenas. Parou atrás da picape, examinou a cabine e focalizou uma lanterna forte em McGuinn, que começou a latir teatralmente. O policial pareceu contente em verificar que se tratava de um cachorro, e não de uma pessoa grande, de pele escura, a viajar no banco da frente com Twilly. Ele pediu a Twilly que descesse e mostrasse a carteira de motorista. Twilly obedeceu. Poderia ter desarmado o guarda e fugido, se quisesse, mas não queria abandonar McGuinn. Iriam juntos até o fim, homem e animal.

O policial disse: "Senhor, notei que dirigia em ziguezague".

Twilly se animou. "Isso mesmo, eu *estava* ziguezagueando na pista, sim senhor."

"E qual seria o motivo?"

"Deixei cair um Liv-A-Snap no meu colo e o cachorro tentou pegá-lo." Era a pura verdade. "Naquele momento", Twilly disse, "tive dificuldade para manter o veículo na faixa em que estava."

"Seu cachorro é mesmo muito grande", o guarda admitiu.

"E brincalhão", Twilly acrescentou. "Lamento o ocorrido."

"Poderia fazer o teste do bafômetro?"

"Sem dúvida."

"Estou sentindo cheiro de cerveja."

"Não bebi cerveja, só deixei cair em cima de mim", Twilly disse, sem entrar em detalhes.

Ele passou no teste sem o menor problema. O jovem policial foi para o rádio e checou se havia alguma pendência legal, mas Twilly não devia nada. O guarda retornou à picape e fez outra busca com a lanterna, cujo facho iluminou um velho baú, na caçamba da picape.

"Posso ver o que tem dentro?", o guarda pediu.

"Prefiro que não."

"O que tem lá?"

"Você não ia acreditar."

"Posso chamar a unidade com cães farejadores, senhor Spree. Se preferir dificultar as coisas."

"Unidade com cães farejadores em Lauderdale-by-the-Sea", Twilly comentou, surpreso. "O que eles farejam? Metamucil contrabandeado?"

A segunda viatura trouxe um pastor alemão treinado que se chamava Spike. Twilly e McGuinn receberam ordens de se afastarem e apenas observar. Twilly viu que o labrador o olhava, queixoso. "Você tem razão", Twilly murmurou para o cachorro. "Eu sou muito ruim."

O jovem policial baixou a tampa e o pastor alemão subiu na caçamba da picape. Uma cheirada no baú e Spike arregalou os olhos, latiu, arranhou a fechadura, girou em torno do corpo.

"Minha nossa", exclamou o guarda treinador.

"Comprei o baú num bazar marítimo", Twilly disse. "Eles disseram que veio no *Queen Mary*." Era verdade.

"E que diacho tem aí dentro, moço?"

Twilly suspirou. Aproximou-se da picape e disse: "Posso?".

"Vá em frente", o guarda falou.

Twilly abriu os fechos e a tampa do baú. Quando Spike, o pastor farejador, viu o que havia lá dentro, saltou da traseira e correu ganindo para o carro do dono. Os dois policiais focalizaram as lanternas no baú.

O guarda treinador tentava não demonstrar o quanto estava chocado. "E qual seria a razão para isso?"

"Ele está morto", Twilly disse.

"Prossiga."

"Está no gelo. É gelo seco, e não droga."

"Obrigado pelo esclarecimento", disse o guarda treinador.

"Não há lei contra a posse de um cachorro morto", Twilly disse, embora não tivesse certeza.

Os policiais examinaram o labrador morto por atropelamento. Um deles indagou: "O que houve com a orelha?".

"Urubus", Twilly respondeu.

"Então, por que você está circulando por aí com esse... item no veículo?", o guarda mais moço perguntou.

"Porque ele é um louco de pedra?", sugeriu o outro guarda.

"Pretendia enterrá-lo", Twilly explicou.

"Onde?"

"Na praia."

"Aposto que sei o motivo. Labradores adoram água, certo?" Twilly balançou a cabeça. "É por aí."

O guarda mais jovem permaneceu em silêncio enquanto preenchia a multa de Twilly por mudar de faixa abruptamente. Não respondeu quando Twilly perguntou se já havia perdido um animal de estimação.

"Bem, *não* é nada do que estão pensando", Twilly insistiu. "Ele foi atropelado por um carro. Merece um enterro decente."

"Você é quem sabe." O jovem policial entregou a multa. "Pode pagar no correio."

"Não o culpo por desconfiar."

O guarda treinador disse: "No caso improvável de estar dizendo a verdade, não tente enterrar esse bicho numa praia pública".

"Por quê? É contra a lei?"

"Não sei e tenho raiva de quem sabe, entendeu bem?"

O guarda mais jovem acariciou o pescoço de McGuinn. "Se eu parar esta picape de novo", disse a Twilly, "e houver *dois* cachorros mortos, vou dar um tiro na sua bunda. Com lei ou sem lei."

"Aprecio sua sinceridade", Twilly disse.

Depois que a polícia foi embora, Twilly seguiu para o sul pela A1A, até Fort Lauderdale, onde estacionou em frente a Bahia Mar. Tirou o baú da caçamba da picape e o puxou pela areia, de costas. Parou atrás do Yankee Clipper Hotel e cavou durante uma hora ou mais, com as mãos. Ninguém parou para perguntar o que estava fazendo, mas um grupo de turistas curiosos se aglomerou em volta do baú, em sua maioria europeus. Agiam como se esperassem algum tipo de entretenimento; um mágico, talvez, ou um ato circense! Twilly abriu a tampa para mostrar o que havia dentro antes de cobrir o baú de areia. Depois disso um dos turistas, um senhor de barba grisalha, parou na beira da sepultura e disse uma prece em dinamarquês. Logo outros o acompanharam, cada um a murmurar respeitosamente em sua língua. Twilly ficou bastante comovido.

131

Abraçou o dinamarquês e depois os outros turistas, um por um. No final, tirou a roupa e entrou no mar. Quando saiu, estava sozinho na praia.

Ele encontrou Desie na rodovia federal, ao sul do túnel New River.

"Foi uma idéia bárbara", ela disse ao entrar na picape. "Eles pensam que sou puta, parada aqui na beira da estrada. Dúzias de caras pararam, perguntando quando era o boquete."

"E você disse?"

"Engraçadinho."

"Bem", Twilly disse, "você não parece puta."

"Que coisa mais meiga para se dizer a uma moça."

"Ei, o irônico aqui não era eu?"

"Desculpe", Desie disse. "Tive um dia horrível. E uma noite de merda, se quer saber. Cadê meu cachorro?"

"Num lugar seguro."

"Chega de enigmas, Twilly. Por favor."

"Precisava ter certeza de que você viria sozinha."

"Outro voto de confiança. O que está olhando?"

"Calça jeans, sandália e pulôver Donna Karan. É isso que as garotas de programa usam atualmente?", Twilly disse. "Você está ótima. Por isso fiquei olhando."

"Pode parar." Encabulada, ela prendeu o cabelo com uma tira azul elástica, permitindo que Twilly visse quase todo o seu lindo pescoço.

"O que há na sacola, senhora Stoat?"

Quando ela mostrou, Twilly abriu um sorriso largo. Era uma edição de bolso de *The dreadful lemon sky*, uma caixinha de Tic Tac, um saco gigante de Liv-A-Snap e um CD chamado *Back from Rio*, álbum-solo de Roger McGuinn, que servira de inspiração para batizar o cachorro.

Twilly introduziu o CD no equipamento de som instalado no painel. "Foi uma surpresa extremamente agradável. Muito obrigado."

"De nada."

"O que foi?"

"Nada." Desie fungou. "Tudo." Ela mordia o lábio inferior.

"Vou calar a boca", Twilly disse. Mas a meio caminho de Miami

132

ele notou que ela batia o pé esquerdo no ritmo da música. Twilly pensou: Ela vai ficar numa boa. E era gostoso viajar com a moça a seu lado novamente.

Ele reservara dois apartamentos com vista para o mar no Delano. Desie não acreditou. "O cachorro tem uma suíte só para ele?"

"O cão ronca", Twilly explicou. "E peida."

"Como conseguiu passar com ele pela recepção?"

"Kate Moss está hospedada aqui."

"Prossiga", Desie disse.

"Ela e o namorado. Como se chama? Johnny Damon?"

"Johnny Depp."

"Isso", Twilly disse. "Esse é o cachorro do Johnny. E Johnny não vai a lugar algum sem ele. Johnny e o cachorro são inseparáveis."

"Eles engoliram essa história?"

"Pelo jeito, sim."

"Essa não", Desie disse.

A iluminação do elevador era vermelha, mas todos os apartamentos haviam sido decorados em branco, de ponta a ponta. McGuinn ficou tão excitado ao ver Desie que fez xixi no piso branco. Ela pegou uma toalha branca no banheiro branco e se ajoelhou para limpar a sujeira de McGuinn. O cachorro pensou que ela queria brincar, abaixou-se e começou a latir alto.

"Quieto!", Desie ordenou, mas acabou rindo e rolando no chão com ele. Notou que os grampos cirúrgicos haviam sido retirados da barriga.

"Ele está ótimo", Twilly disse.

"Tem tomado os remédios?"

"*No problemo.*"

"Rosbife?"

"Não, ele enjoou. Agora prefere bisteca de porco."

Desie foi até o frigobar, que também era branco. Ia pegar uma Coca Diet quando viu um saco plástico. Tirou-o, viu o que era e o devolveu apressada para seu lugar, entre os biscoitos e o tablete de chocolate Toblerone. Tomando fôlego, disse: "Meu Deus, Twilly".

Ele largou o corpo na beira da cama. McGuinn seguiu até a outra extremidade do quarto e se posicionou à porta, sugestivo.

"De onde veio isso?", Desie perguntou.

"Do mesmo lugar da orelha."

Desie fechou a porta do frigobar.

"Não se preocupe", Twilly disse. "Não matei nenhum cachorro. Ele já estava morto quando o encontrei."

"Na estrada?" Desie falava com tanta suavidade que Twilly mal a escutava. "Você o achou na estrada?"

"Isso mesmo."

Seus olhos retornaram ao frigobar. "Mas que incrível coincidência, né? Outro labrador preto."

"Coincidência coisa nenhuma. Eu saí procurando um. Circulei um bocado."

Desie suspirou. "Era o que eu temia."

"Bem, o que eu deveria fazer, diacho?" Twilly levantou-se da cama e começou a andar de um lado para o outro. "Funcionou, certo? O Grande Caçador Branco engoliu a isca."

"Sim, sem dúvida."

"Certo. Portanto, não me olhe como se eu fosse um louco de pedra, tá? O bicho estava morto. Não precisava mais da orelha!"

Desie gesticulou para que sentasse. E ficou a seu lado na cama, dizendo: "Calma, pelo amor de Deus. Fiquei surpresa, só isso. Não estou julgando você".

"Ótimo."

"Só que... pensei que a orelha seria o suficiente. Quero dizer, funcionou perfeitamente. O governador Dick fez o que você queria, certo? Ele vetou a ponte Shearwater."

"Bem, falo por experiência própria. Melhor prevenir que remediar." Twilly levantou-se novamente, excitado. "Nada mais adequado que terminar a frase com um ponto de exclamação."

"Entendi."

"Para evitar qualquer ambigüidade ou mal-entendido."

"Certo", concordou Desie.

"Excelente. Agora, precisamos de uma caixa de charuto."

"Tá."

"Uma caixa de charuto muito especial", Twilly disse. "Vai me ajudar ou não?"

"Quer sossegar um pouco, por favor? Vou ajudar. Mas, primeiro..."

"O que é?"

"Primeiro, estou preocupada com alguém que precisa dar uma bela volta...", Desie disse, olhando para a porta.

McGuinn levantou as orelhas e começou a balançar o rabo.

12

"Falei com o governador."

Diacho, era isso o que Palmer Stoat mais temia ouvir de Robert Clapley. Principalmente quando estava preso numa banqueta de bar, amarrado com fio elétrico, em sua própria cozinha no dia em que a empregada tirara folga, acompanhado por um louro que apontava uma pistola para sua cabeça.

Robert Clapley andava de um lado para o outro, dizendo coisas do tipo: "Palmer, você é um filho-da-mãe escroto, sabia?".

Isso aconteceu menos de duas horas depois do telefonema de Stoat a Clapley, para dar a notícia da intenção do governador de vetar a verba para construir a ponte da ilha Shearwater. Ele pôs a culpa em Willie Vasquez-Washington — aquele patife crioulo, chicano, índio! Stoat alegou que Willie estava por trás da manobra, enchendo o saco do governador para obrigá-lo a assinar uma cláusula safada no orçamento que garantisse a contratação de membros das minorias para o novo estádio de beisebol de Miami. Pedreiros haitianos, carpinteiros cubanos, encanadores Miccosukee. Só Deus sabe o que Willie está exigindo! Stoat explicou a Clapley: tudo questão política racial, Bob. Coisa de amador. Não tem nada a ver com você ou comigo.

E Clapley espumou (como Stoat previa), berrando ao telefone que fora traído, que passaram a perna nele, que Stoat ia ver só uma coisa. E Stoat, enquanto isso, tentava apaziguar seu cliente, dizendo que tinha um plano para salvar a ponte. Não seria fácil, Stoat admitiu, mas tinha quase certeza de que conseguiria dar um jeitinho. Contou a Clapley a respeito da sessão especial do Legislativo que Dick Artemus pretendia convocar — para aumentar a parcela destinada à educação no orçamento, Stoat explicou. Haveria uma tonelada de dinheiro disponível, dava e sobrava para a ponte de Clapley. Ele só precisaria construir uma escola primária na ilha Shearwater.

"Ponha o seu nome na escola!", Stoat sugeriu.

Seguiu-se um longo silêncio do outro lado da linha, que deveria ter assustado Stoat, mas não foi o caso. Robert Clapley disse, num tom exageradamente contido: "Uma escola".

"Isso mesmo", Stoat confirmou. "Não percebe, Bob? Uma escola precisa de ônibus escolar, e um ônibus escolar jamais poderia cruzar aquela ponte velha caindo aos pedaços. Portanto, será preciso fazer outra. Não podem negar!"

Silêncio prolongado do lado de Clapley, seguido de uma espécie de grunhido. Stoat ainda não havia percebido a delicadeza do momento.

"Creio que o valor pode ser facilmente definido, Bob. Posso dar um jeito."

E Clapley, sempre lacônico: "Quanto?".

"Mais cinqüenta resolvem tudo."

"Mais cinqüenta."

"Além das despesas. Vou ter de viajar um pouco", Stoat acrescentou. "E alguns jantares, suponho."

"Falo com você mais tarde, Palmer."

Foram as últimas palavras de Robert Clapley a respeito do assunto, até sua aparição inesperada na casa de Stoat. Ele e o maníaco de paletó xadrez. O sujeito era baixo e largo, usava cabelo ridículo, cheio de gel e tingido, as pontas eram brancas como casca de ovo e pontudas, pareciam espinhos. O capanga de Clapley parecia ter posto na cabeça um porco-espinho albino.

Stoat abrira a porta e eles entraram. Antes que pudesse cumprimentar os visitantes, o louro espinhudo sacou a pistola, amarrou Stoat numa banqueta do bar e arrastou a banqueta para a cozinha. Robert Clapley andava de um lado para outro, na frente da janela. O brinco de brilhante reluzia quando ele dava meia-volta.

Falava com Stoat nos seguintes termos: "Palmer, você é um monte de merda metido a besta".

E, após algum tempo: "Conversei com o governador".

"Ah."

Stoat sentiu escorrer um líquido pelo cólon, involuntariamente. Gelou ao pensar na possibilidade de levar um tiro à queima-roupa, algo muito provável, naquela altura. Amargurado, pensou na Glock

136

guardada no porta-luvas do Range Rover e no 38 na mesa-de-cabeceira em seu quarto, duas armas inúteis naquele singular momento de perigo.

"Dick me contou tudo", Clapley explicou. "Disse que o veto e tudo o mais foi idéia sua, por conta de seu cachorro ter sido seqüestrado por um maluco misterioso. Isso poderia ser verdade? Claro que não. De jeito nenhum."

"O cara mandou uma orelha", disse Stoat.

"Não diga." Robert Clapley aproximou o rosto bronzeado da face de Stoat. Ria ironicamente. Palmer Stoat sentiu enjôo — não, náusea — com o perfume de Clapley, que cheirava a salada de fruta azeda.

"A orelha do cão, Bob. Ele a cortou e mandou para mim."

Clapley riu e afastou-se. "Claro, Dick me contou a respeito disso também. A entrega do FedEx. Tudo mentira. Palmer, foi *criativo*, mas a mentira não colou. Acho que você não passa de um picareta de merda que inventou essa história para me arrancar mais cinqüenta mil. Por favor, me dê um bom motivo para não confiar em minha intuição."

Então, como se por impulso, o Homem Porco-Espinho agarrou o cabelo de Stoat e puxou sua cabeça para trás. Abriu-lhe a boca e inseriu algo morno e macio. Fechou a boca de Stoat e a segurou para mantê-la fechada. Fez isso posicionando o polegar debaixo do queixo cirurgicamente esculpido de Palmer Stoat e dois dedos dentro das narinas.

Robert Clapley dizia: "Antes de me tornar incorporador imobiliário, dediquei-me a outro ramo de atividade, e não foi exportação de videocassetes, como você provavelmente já deduziu. O senhor Gash, aqui presente, trabalhava na firma. Aposto que adivinhou o que ele fazia, profissionalmente. Balance a cabeça para confirmar que me entendeu".

Não foi fácil, pois o sr. Gash segurava seu rosto, mas Stoat conseguiu fazer que sim. Também procurava desesperadamente não vomitar, pois era muito provável que sufocasse no vômito e morresse. A ânsia de vômito começara quando o pequeno item que o sr. Gash introduzira em sua boca começou a se mexer; quando Stoat finalmente identificou a sensação de tremor como movimento: algo se arrastava em sua cavidade bucal, empurrando a bochecha direita. Os olhos azuis de Stoat se fecharam, e ele começou a sacudir a cabeça e a gemer desesperado.

Robert Clapley disse ao sr. Gash: "Solte o cara".

O sr. Gash soltou o rosto de Stoat, permitindo que ele abrisse a boca e expelisse (junto com o atum ensopado do almoço) um filhote de rato vivo. O ratinho era rosado, quase pelado, do tamanho de uma salsicha-aperitivo. Ele pousou ileso no balcão da cozinha e correu para se esconder.

Momentos depois, quando Stoat parou de engasgar e vomitar, Clapley segurou sua nuca com a mão aberta. "Lembrancinha dos velhos tempos, a cena do rato na boca. Funcionava bem e continua sendo eficaz."

"Mostra que estamos falando sério." Primeira frase do sr. Gash. Sua voz enganava, era mansa como a de um padre, mas provocou um arrepio na espinha de Stoat.

"Palmer, presumo que tenha algo a dizer, agora. Por favor, esclareça os pontos obscuros para mim", pediu Clapley.

E Stoat, que jamais enfrentara tortura ou ameaça de morte, fez um esforço supremo para engolir. O gosto de sua bile provocou náuseas, mas ele apenas cuspiu no chão e gemeu: "No freezer. Abra o freezer, porra". E apontou com o queixo para o imenso Sub-Zero que Desie comprara para a cozinha.

O sr. Gash abriu a porta, olhou lá dentro, virou-se para Clapley e deu de ombros.

Stoat gritou: "Atrás do sorvete!". E rezou para que Desie não tivesse mudado a orelha de lugar ou jogado no lixo.

O sr. Gash revirou o freezer, empurrou algumas coisas, jogou outras no chão — uns filés, uma caixa de ervilha, uma pizza pronta, um pote de sorvete de rum com passas. Soltou um "hummmm" quase inaudível e tirou do freezer o saco plástico com a orelha do cachorro.

"Olha aí!", Stoat gritou.

O sr. Gash colocou a orelha congelada na palma da mão. Examinou-a atentamente, sob a lâmpada, como se fosse uma folha de outono ou um pedaço de um pergaminho raro.

Em seguida ele se virou e disse: "Sim, é de verdade. E daí?".

Mas Robert Clapley sabia o que uma orelha no freezer significava. Mostrava que Palmer Stoat (mesmo sendo um monte de merda) dissera a verdade a respeito do seqüestro do cachorro. Stoat era capaz de muitas safadezas, disso Clapley tinha certeza. Mas arrancar a orelha de um cachorro não era uma delas. Um elemento como o sr. Gash faria isso de brincadeira. Stoat, porém, não. Nem por cinqüenta mil dólares nem por quinhentos mil. Ele jamais machucaria um cachorro de estimação, fosse dele ou de outra pessoa.

Portanto, Robert Clapley ordenou ao sr. Gash que desamarrasse Stoat, depois esperou alguns minutos até que o abalado anfitrião se lavasse e trocasse de roupa. Quando Stoat finalmente saiu do banheiro, com o rosto inchado e úmido, Clapley mandou que se sentasse, apontando para uma poltrona. O sr. Gash sumira.

"Então, Palmer", Clapley disse. "Por que não conta tudo direitinho, desde o começo?"

Stoat narrou a história inteira. No final, Clapley recostou-se na poltrona e cruzou os braços. "Sabe, é por isso que não pretendo ter filhos. Nunca! O mundo é um lugar doente e depravado. Acho que nunca ouvi uma história tão revoltante quando essa da orelha."

"Isso mesmo", Stoat concordou sem muito fervor. Ainda sentia a bochecha arranhada pelo rato de Clapley.

E Clapley prosseguiu: "Roubar e mutilar um cachorro. Meu Deus, esse filho-da-mãe é totalmente maluco. Não faz idéia de quem possa ser?".

"Não, Bob."

"Ou de onde ele esteja?"

"Nenhuma."

"E quanto a sua esposa?"

"Ela esteve com ele. Foi apanhada também", Stoat disse. "Mas ele a deixou ir embora."

Robert Clapley franziu o cenho. "Gostaria de entender por que ele agiu assim. Por que a deixou ir embora?".

"Também não sei." Stoat estava exausto. Queria ver aquele desgraçado pelas costas o quanto antes.

"Você se importa se eu conversar com a senhora Stoat?"

"Ela não está, no momento."

"Quando estiver, então."

Stoat disse: "Por quê?".

"Para descobrir o máximo possível a respeito do seqüestrador pirado. Para saber quem vou enfrentar."

"Quem vai enfrentar *quando*?"

"Quando eu mandar o senhor Gash dar um jeito nele, Palmer. Não banque o sonso." Clapley sorriu, afável, tamborilando com os nós dos dedos na mesa da cozinha. "Quando eu mandar o senhor Gash achar esse pirado nojento e matá-lo."

139

Stoat balançou a cabeça, como se o plano fosse tão lógico quanto rotineiro. Faria qualquer coisa para aplacar Clapley e apressar sua partida, ficando livre para encher a cara. Estava tão abalado e arrasado que mal conseguia conter o impulso de fugir correndo de casa. E, para piorar, o sujeito falava agora em *assassinato*.

"Aprendi uma coisa nesta vida", Clapley ponderou. "Esses filhos-da-puta não desistem. Eles dizem que vão parar, mas é mentira. Suponha que Dick vete minha ponte, e o torturador de cães liberte seu cachorro, ou o que sobrar dele. O que acha que ele vai fazer ao descobrir que a ponte vai sair de qualquer maneira?"

"Entendo seu ponto de vista", disse Stoat.

"Aposto que ele vai aprontar outra loucura."

"Provavelmente."

"Algo muito inconveniente e muito mais caro ainda."

"Além de nojento."

"Portanto, a única atitude sensata a tomar, Palmer, é apagar o cara, como dizíamos nos velhos tempos."

"Sugeriu isso ao governador?"

"Claro. Ele ofereceu um MAC-10 emprestado." Robert Clapley tamborilava na mesa, impaciente. "O que deu em você? Ficou bobo? Claro que eu não falei nada para o governador."

Clapley explicou a Stoat que ele também adorava cachorros, do fundo do coração. Aceitaria a jogada do veto, como tentativa de salvar o labrador de Stoat e dar tempo para o sr. Gash localizar o seqüestrador lunático.

"Mas não pretendo construir nenhuma escola primária na ilha Shearwater. Não vou usar meu rico dinheiro lavadinho nisso, já deixei bem claro a seu amigo, o governador Dick, e ele disse para eu não me preocupar. Falou que é só para constar, basta pôr a escola na lista e acabou. Ninguém vai se lembrar de conferir, quando a ponte estiver pronta."

Stoat disse: "O governador tem razão. Será rapidamente esquecido".

"Sendo assim, vamos resolver esse probleminha. Não me preocupa, na verdade", Clapley disse. "Mas fiquei desapontado com você, Palmer. Depois de tudo que fiz por você, depois da caça ao pombo e das Barbies e tudo o mais..."

"Tem razão, Bob. Eu deveria ter contado tudo, logo que aconteceu..."

"Não ter dito nada foi uma decepção, admito. Mas o pior foi você tentar me roubar... é preciso ser muito cara-dura. Ter bolas de kriptonita! Não só botou a culpa no Willie como se aproveitou da história do cachorro para ganhar algum por fora. Não poderia ter sido mais escroto."

Stoat disse, arrasado: "Lamento". Ele devia ter preparado um plano alternativo; imaginar que Clapley, furioso, tentaria falar diretamente com o governador. Deveria saber que Dick Artemus ignoraria suas instruções e atenderia Clapley, por ser um dos maiores financiadores de sua campanha. Dick era um puxa-saco de marca maior.

"Pensei que fosse tudo cascata, até ver a orelha", Clapley falou, apontando para o freezer. "Pensei, diacho, Palmer inventou essa história maluca sobre o cachorro. Um golpe de cinqüenta mil dólares, foi o que deduzi. Mas você não estava mentindo."

"Infelizmente, não."

"O que torna tudo pior. O que torna *você* muito pior", Clapley disse. "Pior que o maior monte de merda que se pode imaginar, não é mesmo?"

Stoat baixou a cabeça, olhou para o chão e perguntou: "O que quer de mim, Bob?".

"Cinqüenta mil dólares em farra", Clapley retrucou, sem hesitar. "Vamos começar por um leopardo para enfeitar a parede. Você falou de um lugar onde eu poderia caçar. Uma reserva bem aqui na Flórida para eu não ter de ir até os cafundós-do-judas, na África."

"Sim. Chama-se Wilderness Veldt Plantation."

"Foi onde você pegou o rinoceronte-negro?"

"Isso mesmo", Stoat confirmou.

"Então, que tal irmos lá para eu caçar um leopardo? Despesas por sua conta."

"Sem problema, Bob." Stoat pensou: Essa é fácil. Basta um telefonema para Durgess. "Vou precisar de algum tempo para providenciar tudo. Não sei se têm um leopardo disponível no local. Talvez seja preciso trazer um."

"Da África? Vai levar meses."

"Não, não. Eles conseguem em zoológicos, circos, criadores particulares. Dois dias, via aérea. Três, no máximo."

"Quero um animal de primeira", disse Robert Clapley.

"Claro."

"No auge."

"Isso eu garanto." Stoat estava morrendo de vontade de tomar um drinque e fumar um charuto no Swain's. Qualquer coisa que afastasse o cheiro do medo e tirasse o gosto de rato da sua boca. Quem sabe encontrar por lá Estelle, a prostituta republicana, para lhe contar seu momento de terror.

"Um leopardo seria fantástico, realmente fantástico", Robert Clapley dizia.

"Telefono assim que tiver os detalhes."

"Genial. E o que mais?"

Stoat balançou a cabeça, perdido. "O que mais você quer?"

"Algo para as Barbies. Uma coisa especial."

Stoat suspirou, aliviado. "Tenho exatamente o que você precisa." Abrindo um armário, ele apanhou o Tupperware. Abriu a tampa e mostrou o conteúdo a Clapley.

"Isso é o que estou pensando?" Clapley não parecia contente. "Eu traficava tudo quanto é droga antigamente, mas nunca usava. Política da empresa, Palmer."

"Não é droga, Bob. É pó de chifre de rinoceronte."

"Uau." Clapley aproximou-se e tocou o pó com seu dedo rosado. "Já ouvi falar", disse.

"As Barbies vão amar você. E amar, amar, amar." Stoat piscou um olho.

"Sério mesmo?"

"Ereções mágicas, meu amigo. Quero o relatório completo."

Stoat bateu palmas mentalmente para si mesmo por ter se lembrado do pó de rinoceronte. Agora ele e Clapley voltaram a ser amigos, ou quase. Clapley fechou o Tupperware e o colocou debaixo do braço, como se fosse uma bola de futebol. Palmer Stoat sentiu-se livre e aliviado ao acompanhá-lo até a porta.

"O que a gente faz com este negócio?", Clapley perguntou. "Cheira, fuma, o quê?"

"Ponha no vinho", Stoat sugeriu. "Você gosta de vinho? Misture um pouco ao vinho." O chinês da Cidade do Panamá o instruíra a fazer isso.

"Mas quanto? Qual é a dose adequada?", Clapley indagou.

Palmer Stoat não sabia a resposta. Esquecera-se de perguntar ao sr. Yee a respeito da dose. Mas Stoat disse a Clapley: "Normalmente, uma colher de sopa dá. Mas, no seu caso, sugiro duas. Uma para cada Barbie".

Clapley riu. "Bem, eu *tentarei* não favorecer nenhuma delas."

"Perfeito!" Stoat riu também.

"Boa noite, Palmer. Lamento que o senhor Gash o tenha incomodado, mas a gente precisa esclarecer esse tipo de coisa."

"Por falar nisso", Stoat disse, olhando por cima do ombro, "quase me esqueci, Bob. E quanto àquele rato?"

"Ah, pode ficar com ele", Clapley disse. "É um presentinho."

Ao contrário do que se pensava, Lisa June Peterson não dormia com o chefe. Claro, Dick Artemus a contratara pensando nisso. Três nomes, cabelo louro liso e comprido, currículo impecável na Florida State. Era tudo que um governador sonhava em matéria de assessora júnior. Mas seus planos sexuais para Lisa June foram prejudicados pela inesperada e impressionante competência da moça, que a tornou valiosa demais para ser desperdiçada como amante. Dick Artemus não era um sujeito brilhante, mas valorizava o talento, principalmente o talento que favorecia sua imagem. Lisa June era meticulosa, intuitiva e inteligente, rapidamente conquistou a função de assessora-executiva — guardiã do acesso ao gabinete do governador. Ninguém conseguia uma audiência com Dick Artemus sem passar primeiro por Lisa June Peterson. Nenhum telefonema chegava à mesa do governador sem que a pessoa falasse antes com Lisa June. E, conseqüentemente, era em larga medida graças a ela que o gabinete de Dick Artemus parecia tão bem organizado.

Ele ficaria muito desapontado se descobrisse que a eficiência protetora e intransigente de Lisa June Peterson não tinha nada a ver com lealdade. Ela era assídua e responsável por natureza. Não se sentira atraída pelo trabalho pela rara honra de servir ao governador, e sim por uma curiosidade aguda e interesseira. Lisa June queria aprender como o governo realmente funcionava, queria saber quem detinha o poder e como o conquistara. Visava o futuro, quando Dick Artemus estivesse de volta a sua vistosa concessionária Toyota em Jacksonville. Preparava-se para o dia em que ela seria protagonista de verdade e poderia usar todos os truques que estava aprendendo, todos os contatos que obtivera enquanto bancava a babá do governador Dick...

"O que pretende da vida, querida?", ele perguntava, de tempos em tempos.

E ela respondia: "Um dia, eu gostaria de ser lobista".

Dick Artemus fazia uma careta, como se tivesse pisado em cocô de cachorro, como se lobista fosse a ocupação mais odiosa do universo. Lisa June Peterson sentia sempre vontade de comentar sarcasticamente os padrões éticos impecáveis dos vendedores de automóveis...

Mas calava a boca e atendia o telefone. Para alguém que alegava desprezar os lobistas, o novo governador tinha muitos amigos entre eles. Lisa June era a primeira a admitir que a turma realmente dava nojo. A imagem de Neggy Keele, o desprezível representante da NRA em Tallahassee, vinha imediatamente à lembrança. Assim como Carl Bandsaw, o picareta de terno risca de giz que defendia os interesses dos usineiros de cana e minas de fosfato. Havia também o sempre suado Palmer Stoat, o supremo vigarista do bando inteiro. Stoat não considerava nenhuma causa indigna. Trabalhava para qualquer um, fazendo qualquer coisa, se o preço valesse a pena. Além da indispensável falta de consciência, Stoat fora contemplado com um ego enorme; orgulhava-se ostensivamente de seu desempenho. Achava que lhe dava prestígio armar as jogadas.

Outros lobistas não tentavam dormir com Lisa June Peterson por presumir que ela ia para a cama com o governador. Dick Artemus não fazia nada para negar o rumor, nem a própria Lisa. Tornava sua vida mais fácil, pois não precisava se defender dos assédios ridículos daqueles idiotas. Palmer Stoat era o único que, pelo jeito, não se abalava. Na verdade, com freqüência insinuava a Lisa June que ele e o governador costumavam "compartilhar" outras mulheres, como se as investidas fossem um convite para participar de um clube seleto. Ela recusava com firmeza, mas sem agressividade. Dick Artemus só fizera uma tentativa de assédio a Lisa June Peterson, quando estava bêbado, tarde da noite. Encontrou-a sozinha na sala, à mesa, e a atacou por trás, levando as duas mãos a seus seios. Lisa June não reclamou, nem gritou ou fugiu, simplesmente largou o telefone e disse: "Tem sessenta segundos, governador".

"Para fazer o quê?", Dick Artemus perguntou, com bafo azedo de bebida.

"Para me alisar", Lisa June disse, "e acho melhor aproveitar bem, pois é o máximo que vai conseguir comigo. Nada de chupada, masturbação ou penetração. Nada. Este será seu minuto de prazer, governador. Divirta-se."

Ele tirou a mão, como se a tivesse enfiado num ninho de vespas, depois se refugiou cambaleante no banheiro executivo, até Lisa June Peterson ir para casa. Para imenso alívio do governador, ela nunca mais mencionou o incidente. Tampouco interferiu ou comentou o envolvimento dele com várias moças da equipe. Dick Artemus confundiu o silêncio de Lisa June com discrição, quando na verdade era puro desinteresse. Ela não ficou mais surpresa com o comportamento inconveniente do governador do que ficara quando assediada por deputados, secretários ou (isso mesmo) lobistas. Em vez de desanimar com aquelas demonstrações lascivas, Lisa June Peterson via grandes esperanças. Ela poderia fazer gato-sapato daqueles palhaços tarados, facilmente manipuláveis, e o faria, quando chegasse a hora.

Até lá, continuaria a observar, ouvir e aprender. Chegava ao serviço diariamente às oito em ponto, arrumada e cordial, sempre bem preparada, como naquele dia, um dos raros em que Dick Artemus chegara primeiro ao gabinete. Ele a esperava à mesa, quando Lisa lhe trouxe um café. Pediu que fechasse a porta e sentasse.

"Tenho um problema, Lisa June."

Ele sempre usava os dois nomes.

"Pois não, senhor."

"Preciso encontrar uma pessoa que sumiu faz algum tempo."

"Vou chamar a polícia estadual imediatamente", disse Lisa June.

Ela se referia ao Departamento de Polícia Civil da Flórida, equivalente estadual do FBI.

O governador fez que não com a cabeça. "Não, precisamos lidar com o caso de outra maneira. Se eu lhe passar o nome, pode me conseguir algumas informações?"

"Com certeza."

"Use o tempo que for preciso. O dia inteiro", Dick Artemus falou. "Isso é muito importante, Lisa June."

Ele forneceu o nome do homem e o que ele havia feito. Ela se mostrou surpresa.

"Nunca ouvi falar nele", disse.

"Foi bem antes da sua época, minha cara."

"Mesmo assim..."

"Uma história muito antiga", o governador disse. "Quando você nasceu, mesmo?"

"Mil novecentos e setenta e cinco."

Dick Artemus sorriu. "Minha nossa, você ainda usava fralda quando tudo aconteceu."

Lisa June Peterson passou a manhã inteira nos arquivos do governo estadual, o almoço ao telefone e a tarde no arquivo do *Democrat* de Tallahassee. Ao entardecer ela retornou ao gabinete do governador com duas caixas de papelão cheias de pastas e recortes de jornais.

"Só material antigo", ela informou. "Coisas velhas. Ele pode estar morto."

"Disso eu duvido muito. Quem poderia investigar o caso para nós?", Dick Artemus perguntou. "Quem poderia saber onde ele foi parar?"

Lisa June entregou uma folha de papel ao governador. Era uma cópia da carta de um policial rodoviário a seu comandante, aparentemente um pedido rotineiro de transferência. Em vermelho, Lisa June marcara o nome no pé da página.

"*Ele* provavelmente conseguirá descobrir", ela disse, "e ainda trabalha no departamento."

"Ótimo", o governador disse. "Mais alguma coisa que eu deva saber?"

"Sim, senhor." Lisa June Peterson entregou-lhe uma cópia de outra carta. Aquela era assinada pelo próprio.

Dick Artemus a leu e a cumprimentou: "Excelente. Meus parabéns. Muito obrigado, Lisa June".

"De nada."

Ela foi para casa, tomou uma ducha, ficou sem jantar, deitou-se na cama e passou a noite inteira de olhos arregalados. Não conseguia parar de pensar no sujeito que desaparecera. Queria muito saber o motivo de Dick Artemus querer localizá-lo depois de tantos anos.

Vendedor de carro que virou governador.

Dick Artemus revoltava-se quando o descreviam assim, insinuando que todos os vendedores de carros eram ladinos e suspeitos, indignos de ocupar um cargo público. No início, Dick Artemus reagira, declarando orgulhoso que suas concessionárias vendiam apenas Toyotas, o automóvel mais popular e confiável da face da Terra. Veículos de qualidade, dizia. Primeiro lugar em todas as revistas automobilísticas importantes!

Mas os assessores de mídia do governador disseram que ele soava mesquinho, dava a impressão de querer se autopromover, e que os consumidores encantados com o novo Camry não adoravam necessariamente o sujeito que o vendera. Os assessores de imprensa disseram a Dick Artemus que a melhor atitude a tomar, para não prejudicar seu futuro na política, seria fazer com que os eleitores *esquecessem* que ele fora vendedor de carros (embora os democratas estivessem a postos para impedir isso). Passe por cima, disseram os assessores a Dick Artemus. Comporte-se como governador.

Dick Artemus, obediente, programou-se para não reagir a piadas e provocações sobre sua vida anterior, embora não fosse fácil. Era um homem orgulhoso. Além do mais, acreditava que não teria chegado ao palácio do governo se não fossem os verões suados nos pátios das concessionárias da Flórida. Ali as pessoas aprendiam a lidar com o público. Ali se aprimoravam a sinceridade, a gentileza e a adulação. Ali se aprendia a sorrir até ficar com cãibra na bochecha e com a boca seca.

Concorrer a um cargo público foi sopa, Dick Artemus declarava, em comparação com a venda de 107 picapes leves num ano, o que conseguira sozinho, em 1988. Mesmo depois de vencer a eleição, o novo governador freqüentemente se flagrava usando técnicas testadas na venda de Toyotas quando se relacionava com lobistas, deputados e eleitores. Afinal, a alma da política não era a persuasão? E Dick Artemus não passara a vida adulta inteira fazendo isso, persuadindo pessoas relutantes e desconfiadas a gastar o que não podiam?

Embora Dick Artemus reconhecesse seu despreparo para certas facetas do cargo, mantinha a confiança em sua capacidade de vender qualquer coisa a qualquer pessoa. (Em entrevistas insistia em se definir como "uma pessoa popular entre as pessoas do povo", embora a frase provocasse calafrios e resmungos em sua assessoria.) A fé inabalável do governador em seu carisma resultou em muitos encontros reservados no palácio. Prefiro negociar cara a cara, costumava dizer. E até os assessores mais cínicos admitiam que Dick Artemus era o melhor que já tinham visto, no contato pessoal. Ele era capaz de convencer as pulgas a irem embora do cachorro, comentavam. De afastar os urubus de um caminhão de ossos.

E o que Dick Artemus estava fazendo era conversar. Afrouxou a gravata, dobrou a manga da camisa, largou o corpo na poltrona de

147

couro de seu escritório particular, rodeado por estantes altas de madeira de lei cheias de livros que nunca abria. Conversava cara a cara com um senhor negro que usava a farda cinza da Polícia Rodoviária estadual. No ombro do uniforme estava bordada a laranja madura da Flórida, em tom alaranjado agradável, para afastar da mente do turista os cento e oitenta dólares da multa por excesso de velocidade que ia receber.

O guarda negro acomodado no escritório do governador tinha rosto forte, bem-proporcionado, sobre ombros largos. A julgar pelos tufos grisalhos no cabelo à escovinha, teria seus cinqüenta anos.

Dick Artemus perguntou: "Como é? As coisas mudaram muito, desde que você trabalhou aqui?". Ele se referia ao palácio do governo estadual.

"Quase nada", respondeu o policial, com um sorriso educado.

"Você agora é tenente?"

"Sim, senhor."

"Meus parabéns. Um feito e tanto", disse o governador. Os dois sabiam muito bem a razão do comentário. A Polícia Rodoviária não costumava promover membros das minorias.

"E a esposa?"

"Vai bem, senhor."

"Ela também era da polícia?"

"Sim, senhor."

"E não quis voltar?"

"Não, senhor."

Dick Artemus balançou a cabeça em sinal de aprovação. "Um policial na família é mais do que suficiente. Vocês correm muitos riscos na estrada."

Como se fosse preciso lembrar o tenente a respeito.

"Por isso mesmo pedi a você que viesse até aqui, Jim", como se o policial pudesse recusar. "Surgiu um problema que precisa ser resolvido rápida e discretamente. Uma situação delicada que envolve um indivíduo instável; um doido, para ser curto e grosso. Ele está solto... por aí." Dick Artemus fez um gesto largo, na direção da janela.

A fisionomia do policial não se alterou, mas o governador percebeu certa inquietação, um desconforto no olhar do outro. Artemus entendeu imediatamente; sentira a mesma vibração milhares de vezes, antes, nos clientes da Dick's Toyota Land, USA.

"O que vou lhe dizer agora", prosseguiu, debruçando-se um pouco, "deve permanecer em segredo absoluto."

O policial, cujo nome era Jim Tile, disse: "Perfeitamente".

E Dick Artemus lhe contou a história quase inteira do jovem que seqüestrara o cachorro de Palmer Stoat e mandara a orelha do bicho pelo FedEx, para impedir a construção da nova ponte num lugar chamado Ilha do Sapo.

"Ou Shearwater, nome que o incorporador yuppie deu ao empreendimento", acrescentou o governador. "O caso é que eu não o chamei aqui para resgatar o cachorro de um lobista idiota, isso já foi providenciado. O problema é o rapaz, que tem potencial para machucar ou matar alguém, se não o encontrarmos depressa. Não sou médico, mas tenho certeza disso."

"E depois?", indagou o policial rodoviário.

"Providenciar ajuda para ele, claro. Assistência médica profissional, tenente Tile. É o que o rapaz precisa."

"Sabe o nome dele?"

"Não", o governador respondeu.

"Temos uma descrição?"

"Pode ser obtida. Ele foi visto num bar chamado Swain's, em Lauderdale."

"Onde está, no momento? Qual seria a melhor pista?"

"Não faço a menor idéia, meu caro." Dick Artemus gostou das perguntas objetivas do guarda, que parecia atraído pelo mistério.

"Então não posso fazer nada."

"Não me diga." O governador abriu um sorriso maroto. Não foi um sorriso de vendedor de carro usado, nem um sorriso de candidato. Foi seu sorriso de não-banque-o-idiota-para-cima-de-mim. "Jim, você sabe muito bem o que eu preciso que você faça."

O policial desviou os olhos por um minuto. Dick Artemus viu que a musculatura do pescoço se contraía.

"Então, me conte. Como vai indo nosso querido ex-governador, no momento? E não me pergunte qual deles. Você *sabe* muito bem qual deles. O maluco. Clinton Tyree."

"Não saberia dizer, senhor. Não falo com ele há um ano, pelo menos."

"Mas tem idéia de onde se poderia encontrá-lo?"

"Não, senhor", Jim Tile respondeu. Tecnicamente, era verdade. Ele sabia *como* encontrar o ex-governador, mas não *onde*.

Dick Artemus se levantou, espreguiçou-se e foi até a janela. "Os mais antigos ainda falam a respeito dele, aqui. Não havia cumprido nem dois anos de mandato como governador quando sumiu, creio. Mesmo assim, é dele que sempre falam. 'Onde foi parar?' 'O que estará fazendo agora?' 'Será que já o encontraram?' 'Acha que ele ainda vive?' Puxa vida, são esses doidos que cativam a imaginação do público, não é? Que nome o velho Clint usa atualmente?"

O policial rodoviário negro respondeu: "Sei lá. Eu o chamo de governador".

Disse isso com tanta naturalidade que Dick Artemus se virou. E o que Dick Artemus viu no rosto de Jim Tile foi pior que desconfiança ou antipatia. Foi absoluta e humilhante indiferença.

"Sabe, Jim, você estava aqui quando tudo aconteceu. Era guarda-costas dele, caramba."

"E amigo."

"E amigo, claro", o governador disse. "Quando digo 'doido', sabe a que me refiro. Tem doidos bons e doidos ruins. O rapaz que anda por aí mutilando labradores para enfatizar suas crenças políticas pertence ao tipo ruim de doido."

"Tenho certeza de que o encontrará, senhor." Jim Tile levantou-se da poltrona. Era vários centímetros mais alto que Dick Artemus, com cabeleira e tudo.

Mas o governador insistiu. "Zorrilho", disse. "Creio que ele adotou esse apelido. Ou é Lagarto? Como pode ver, tenente, andei pesquisando o caso. Fiquei curioso, como todo mundo, de tanto ouvir boatos e comentários. Sabe que ele nunca posou para fotos? Não há nada no palácio inteiro. Nem um quadro, placa ou nenhum outro registro de que ele residiu aqui. Puxa vida, fiquei curioso."

"Senhor, com licença, preciso ir andando. Leciono num curso para motoristas embriagados no centro, a aula começa em vinte minutos."

"Só preciso de mais cinco." Dick Artemus parou do lado da porta, discretamente. "A ponte da Ilha do Sapo é um projeto de vinte e oito milhões de dólares. As pessoas interessadas nos contratos contribuíram generosamente para minha campanha. Portanto, essa maldita ponte vai sair, de um jeito ou de outro. Pode apostar as calças nisso. Contudo, o tal rapaz perturbado tem potencial para manchetes desagradáveis, que eu não gostaria de ver. Nem meus queridos amigos do futuro condomínio fechado da ilha Shearwater."

"Mas, o que é pior, fiquei com uma forte impressão de que o

comportamento impróprio do rapaz maluco o colocou em risco. Que essa intuição fique aqui entre nós, tenente. Só posso dizer que alguns elementos envolvidos no projeto não são flor que se cheire. Sinto orgulho por ter sido preferido por eles para governador? Isso são outros quinhentos", Dick Artemus disse, fazendo uma careta. "Por enquanto, preciso me assegurar de que nada terrível aconteça com o seqüestrador maluco, pois nenhum rapaz merece morrer em conseqüência de uma idéia estúpida como a dele. Além disso, pegaria muito mal. Concorda comigo?"

"Acha mesmo que pretendem matá-lo?", perguntou o policial.

"Sem dúvida. E se ele é tão louco quanto imagino, não vai se calar. Teremos um tremendo espetáculo, igual ao dos ecoterroristas pirados. Quando Shearwater sair na primeira página, os repórteres seguirão a trilha de lama direto até este seu criado. Que, por falar nisso, pretende se reeleger daqui a alguns anos."

"Compreendo seu problema", Jim Tile disse.

"Ótimo."

"Mas ele não vai aceitar. Supondo que eu consiga encontrá-lo, nem em um milhão de anos ele concordaria em ajudar."

"Nisso *eu* creio que você se engana." Dick Artemus foi até uma mesa lateral e apanhou um envelope pardo oficial. As duas extremidades estavam lacradas com fita adesiva. "Entregue isso ao ex-governador, por gentileza. É só o que peço, Jim. Assegure-se de que ele receba o envelope e estará livre dessa confusão. O que ele decidir está decidido. Expliquei tudo para ele, tintim por tintim."

O governador entregou o envelope para o policial rodoviário. "Não se trata de um pedido, tenente."

"Sim, senhor, compreendo. Farei o que for possível." Jim Tile falou com tamanha falta de entusiasmo que Dick Artemus deixou de lado seu plano de incentivo: uma promoção como recompensa. A chance de o tenente deixar o serviço na estrada e relaxar numa atividade burocrática. Trocar a farda quente de poliéster por um terno bacana. Retornar ao palácio do governo e cuidar da segurança.

Mas Dick Artemus não pretendia perder tempo na tentativa de interessar Jim Tile. Conhecia um teimoso de longe. O tenente cumpriria as ordens exclusivamente por dever. E nada mais. O sujeito não tinha o menor interesse em atrelar seu futuro à sorte do governador.

"A verdade é que eu gostaria de conhecer seu lendário amigo

algum dia, depois de tudo que ouvi a respeito dele. Em circunstâncias diferentes, claro."

"Darei o recado, com certeza."

Depois que o policial partiu, o governador preparou uma dose de bourbon especial e sentou na poltrona para meditar sobre a época mais simples de sua vida, quando só precisava vender estofamento vermelho listado para viúvas em Corollas de duas portas.

13

Estella era o nome dela.

"Aceita um drinque?", Palmer Stoat perguntou. Depois, virando-se para o *barman*: "Uma vodca martíni para minha linda companheira". A prostituta sorriu, simpática. "Eu me lembro de você, também."

"Que bom, Estella."

"Você gosta um bocado de falar." Ela usava vestido e meia violeta. "Contou a pescaria que fez com George Bush."

"Isso mesmo", Stoat falou. "E você disse que ele era o presidente mais injustiçado desde Hoover."

"Bush tem sido muito maltratado pela mídia. Só porque não é um galã de tevê com dentes enormes." O batom de Estella era um pouquinho mais escuro que o vestido. Pele macia, pouca maquiagem no rosto. O cabelo, porém, exibia uma miríade de tons alourados. "Eu teria dado de graça para ele", confidenciou, "só para agradecer ao nosso comandante-em-chefe pela guerra do Golfo. Ele arrasou com os iraquianos de merda."

Stoat disse: "Além do mais, é um ótimo sujeito. Tem os pés no chão". Estella aproximou-se. "Eu o vi perder um tarpão de cinqüenta quilos naquele dia", contou Stoat. "A linha enganchou na hélice, mas ele não ficou nem um pouco chateado."

"Não me surpreende nem um pouco." A prostituta tirou o charuto da boca de Stoat e deu algumas baforadas afetadas. "E quanto ao presidente Reagan? Chegou a conhecê-lo?"

Minha nossa, Stoat pensou. Isso é exatamente o que o médico me recomendou. "Muito bem", disse a Estella, sem exagero. "Um homem impressionante. Ele tinha carisma."

Ela devolveu o charuto, colocando-o entre os lábios dele. "Conte mais histórias, Stoat."

Ele sentiu a mão se insinuar no vão entre suas pernas. Que se danem Robert Clapley e o cabeça de porco-espinho, Stoat pensou. O seqüestrador de cães e a ponte de Shearwater que se danem. Até Desie — onde ela se meteu hoje, afinal? Bem, ela que vá para o inferno, também.

Stoat estava no Swain's, envolvido por uma névoa de fumaça azulada, álcool e perfume. Ele se aproximou da garota de programa e disse: "O Ronnie me contou uma piada picante".

Outra mentira para se promover. Reagan nunca conversara com ele. "Quer ouvir?"

Estella estava praticamente trepada em Palmer Stoat àquela altura, e a banqueta do bar se inclinara perigosamente. "Conte!" Ela roçou o seio nele, de propósito. "Vamos lá, pode contar!"

Mas quando Stoat se esforçava para lembrar o desfecho da piada sobre o papagaio tarado caolho, o *barman* (que lhe contara a anedota) tocou a manga dele e disse: "Lamento incomodar, mas isso acabou de chegar".

A interrupção irritou Stoat, pois a mão de Estella apalpava a parte de seu corpo que ansiava por carícias. Stoat já ia dispensar o *barman* quando notou que ele portava uma caixa de charutos. Através da fumaça Stoat reconheceu o selo verde oficial da República de Cuba, e não conseguiu refrear sua ansiedade.

Afastando-se da garota de programa, que já começara a baixar o zíper de sua calça discretamente, ele estendeu a mão para pegar a caixa de charuto, presumindo que fosse presente de algum cliente agradecido. Tentava conseguir uma caixa daquela marca e bitola havia anos. Já estava calculando onde colocaria a caixa em sua estante, entre os outros tesouros.

Stoat pegou a caixa com as duas mãos e notou que o selo fora rompido. Além disso, ela parecia leve demais.

Ele colocou a caixa sobre o balcão de carvalho e abriu a tampa — Estella observava tudo, com o queixo apoiado em seu ombro — e viu que não havia charutos na caixa, nem um único exemplar.

Só a pata de um animal; uma pata preta de cachorro, cortada na junta.

"O que é isso?" A prostituta esticou o pescoço para ver.

Stoat ficou mudo com o susto, revoltado por ver seu santuário novamente conspurcado pelo lunático.

"Deixeuver", Estella disse, soltando o zíper de Stoat e estendendo a mão ágil — era muito habilidosa, Stoat admitia — para pegar a caixa de charutos.

"Não faça isso", disse, mas era tarde demais.

Ela tirou o item de dentro da caixa, virou-o para um lado e para outro, passou a unha no pêlo aveludado, brincou com a unha afiada.

"Palmer, que brincadeira é essa? Não pode ser de verdade."

Stoat pegou seu copo, lúgubre. "Preciso ir embora."

"Uau." Estella, a prostituta, acariciava a pata como se pertencesse a um animal vivo. "Bem, parece verdadeira", comentou.

"Guarde de volta, por favor. Ponha na caixa."

"Meu Deus, Palmer!" Repentinamente enojada, ela soltou a pata peluda. Caiu com estardalhaço dentro do *brandy* dele, espirrando bebida; as unhas do cachorro morto pareciam se agarrar à borda do copo. Palmer Stoat pegou a caixa de charutos cubanos e foi embora.

Desie pediu para ver onde ele havia enterrado o labrador morto.

"Você não acredita em mim", disse Twilly.

"Acredito, sim."

"Não acredita."

Eles voltaram até Lauderdale. McGuinn ia na caçamba da picape. A força do vento, a cem quilômetros por hora, na rodovia interestadual, fazia com que suas orelhas se estendessem como asas de morcego. Desie disse que gostaria de ter uma máquina fotográfica com ela. Sempre que virava para olhar o cachorro, Twilly via seu pescoço amarelado pelas lâmpadas de vapor de sódio. Gostou de ela querer ver por si mesma o que acontecera com o outro cachorro. Claro que sim. Afinal de contas, casara-se com um artista da enganação, um vigarista de marca maior. Por que acreditaria em qualquer coisa dita por um homem?

A praia atrás de Yankee Clipper estava praticamente deserta, banhada por uma luz fraca rosada emitida pelo antigo hotel. A intensidade do vento crescera, assim como o ruído e a altura das ondas. Twilly levou Desie para ver a cova.

"Quer que eu o desenterre?"

"Não será necessário", ela respondeu.

McGuinn farejou a areia recém-cavada com interesse.

"Aposto dez dólares como ele vai mijar em cima."

McGuinn virou a cabeça, como se compreendesse, e começou a circular em torno do buraco.

"Não!" Desie puxou a correia e tirou o cão de perto da cova. "Isso é muito triste", disse.

"Tem razão."

"Você não se sentiu mal? Ao cortar a orelha e a pata..."

"Está ficando tarde, senhora Stoat. Hora de voltar para casa."

"Deixei minha bolsa no Delano."

"Mandaremos pelo correio", Twilly disse.

"Com as chaves do carro e de casa."

"Mais alguma coisa?"

"Sim. Minha pílula anticoncepcional."

Eu tinha de perguntar, Twilly pensou. Quase cochilou no caminho de volta para Miami Beach. No quarto do hotel ele resolveu tomar uma ducha bem quente, para acordar e poder dirigir mais um pouco. Do banheiro, gritou para Desie: "Telefone para seu marido e diga que você está a caminho".

Quando Twilly saiu, encontrou-a na cama branca, com as cobertas puxadas até o pescoço. Ela disse: "Acho que enchi o lençol de areia. Que horas são?".

"Uma e quinze."

"Acho que eu quero ficar aqui."

"Acho que eu quero que você fique."

"Não está em condições de dirigir."

"Seria a única razão?"

"Estou tentando me convencer que sim."

"Então fique porque eu não estou em condições de dirigir."

"Obrigada", Desie disse. "Mas sem sexo."

"Seria a última coisa que me passaria pela cabeça."

Aí McGuinn pulou na cama e começou a lamber o queixo dela. "Eu poderia exigir a mesma atenção", disse Twilly.

"Ele é um bom cachorro. E você, um criminoso maluco."

"Me dá um canto."

E foi assim que passaram a noite, os três debaixo das cobertas do Delano; Desie ficou no meio. Acordou de madrugada, sentindo o hálito morno do cachorro e viu a cabeça enorme de McGuinn no travesseiro, a seu lado. Desie tentou virar, mas não conseguiu. Twilly enterrara o rosto em sua nuca, tocando a pele suavemente com os lábios. Ela não sabia, mas ele estava sonhando.

Pela primeira vez na vida.

* * *

O sr. Gash passara o dia ouvindo fitas de ligações para o número 911, da polícia. Não se cansava de adquiri-las. Nos programas de televisão que passavam de madrugada ele encomendara *As mais apavorantes chamadas de emergência*, volumes 1 a 3. As gravações haviam sido feitas pelos departamentos de polícia do país inteiro, e alguém teve a idéia doentia de criar a série O Melhor do 911 e vender as conversas em fita cassete e CD. Só alguns palavrões foram removidos, para proteger as crianças que ouvissem o material.

PESSOA: 911? 911?

ATENDENTE: Departamento de Polícia. Qual é a emergência?

PESSOA: É o meu irmão. Ele está furando meu outro irmão com uma faca. Dando um montão de facadas.

ATENDENTE: A senhora disse facadas?

PESSOA: É isso aí. Melhor mandar alguém aqui logo. Tem sangue para (bip) no tapete. Ele ficou louco, precisam mandar alguém logo, antes que ele mate todos nós.

ATENDENTE: Poderia descrever a arma, senhora?

PESSOA: É uma faca, já disse. Uma (bip) faca de cozinha. Cabo de madeira, bem pontuda. Deu para entender?

ATENDENTE: Certo, certo. Acalme-se. Onde seu irmão está, no momento?

PESSOA: No chão. Onde acha que ele poderia estar? Ele está no chão, se esvaindo em sangue. Parece um queijo suíço cheio de *ketchup*, (bip).

ATENDENTE: Estou falando do outro irmão, o que tem a faca. Onde ele está agora?

PESSOA: Na cozinha. Provavelmente foi pegar outra cerveja. Vocês vêm logo? Se não vai dar acho bom dizer de uma vez, assim eu corto a minha garganta. Para poupar trabalho a meu irmão bêbado e maluco.

ATENDENTE: Fique calma, uma viatura já está a caminho. Pode continuar falando ao telefone? Está em lugar seguro?

PESSOA: Seguro? Claro. Estou trancada na (bip) do banheiro de um trailer, aqui é mais seguro que Fort Knox, (bip). Estou encurralada. Qual é a de vocês, (bip)? Claro que não estou num lugar seguro. Um peido era capaz de derrubar essa porta...

ATENDENTE: Senhora, tente manter a calma.

PESSOA: Ai, Jesus, é ele! Estou ouvindo. Ele está do lado de fora!! Clete, saia daqui agora! Me deixa em paz, tá? Ou então eu vou contar para a Mamãe o que você fez com Lippy, juro por Deus! Não abra a porta... não tente abrir a porta... Clete, caramba... diacho, estou falando com a polícia. Não! Por favor, não...

ATENDENTE: Senhora? É ele? A senhora estava falando com seu irmão?

PESSOA: Não, estou falando com Garth Brooks, (bip). Você é retardado, por acaso? Não... largue esse negócio, Clete, pare com isso agora mesmo. Não está me ouvindo? Largue isso!!!!

ATENDENTE: Senhora? Alô? Está tudo bem?

O medo nas vozes humanas excitava o sr. Gash. Fúria, pânico, desespero, dava para encontrar tudo nos chamados para o 911. O conjunto completo do desespero primal.

"Papai embriagado e violento."

"Bebê caído na piscina."

"Mamãe entupida de pílulas."

"Um rosto estranho na janela do quarto."

E, sabe-se lá como, alguém consegue chegar ao telefone e liga pedindo socorro.

Para o sr. Gash aquilo era melhor do que teatro, literatura ou música. Era a vida de verdade, sem retoques. Jamais se cansava das fitas do 911. Chegou até a regravar os favoritos, incluindo uma trilha sonora de música clássica: Mahler nas brigas familiares, Tchaikovsky nas paradas cardíacas e assim por diante.

As fitas desviavam sua atenção do trânsito enervante, e ele ouviu todas na viagem até a Ilha do Sapo, na manhã após o encontro e a prensa em Palmer Stoat. Para a longa viagem ao norte o sr. Gash selecionara *Os melhores chamados de incêndio*, com Shostakovich como fundo musical.

ATENDENTE: Qual é a emergência?

PESSOA: Depressa! Minha casa está pegando fogo! Fogo!

ATENDENTE: Onde o senhor está?

PESSOA: Dentro de casa! Dentro!

ATENDENTE: Em que lugar da casa?

PESSOA: No quarto, tenho certeza! Depressa, por favor, está tudo pegando fogo! Tudo!

ATENDENTE: O carro de bombeiros está a caminho...

PESSOA: Eu estava fumando um baseado debaixo da árvore de Natal, sabe...

ATENDENTE: Senhor, precisa abandonar o recinto imediatamente.

PESSOA: Fumando um baseado, entende? De repente, cara, não sei o que aconteceu, a árvore pegou fogo inteira. Todos os presentes de Natal também queimaram, e agora a casa inteira encheu de fumaça...

ATENDENTE: Senhor, precisa sair de casa imediatamente. Agora mesmo.

PESSOA: Venham rápido, isso é o mais importante! Bem rápido! Não faço a menor idéia de como poderia sair daqui. Entendeu o que está acontecendo? Estou (bip) e mal pago.

As fitas eram um desafio auditivo para o sr. Gash. A partir de um grito solitário ele conseguia visualizar o interior da casa, os cômodos vazios ou cheios de móveis; os carpetes gastos e a mobília barata, os quadros enormes e as pessoas tensas nas fotos familiares. E, claro, via as chamas alaranjadas subindo pelas paredes.

"Uau", disse alto, enquanto dirigia.

A Ilha do Sapo era o local mais lógico para iniciar a caçada ao homem cuja morte lhe encomendaram. Quem sabe o sujeito morasse lá, ou tivesse visitado o local. Afinal, por que mais ele daria importância à ponte de Robert Clapley?

A primeira parada do sr. Gash foi na casa de Nils Fishback, que se considerava "prefeito" da ilha, ex-adversário político de Clapley. Segundo Clapley informara ao sr. Gash, Fishback saberia os segredos de qualquer descontente que morasse na ilha.

"Caia fora de minha propriedade!", foi a saudação hostil de Nils Fishback ao sr. Gash.

"O senhor Clapley me mandou aqui."

"Para quê?", Fishback quis saber. "Qual é a sua, palhaço? Você é inglês, por acaso?"

O velho estava parado no gramado em frente à casa. Sem sapato nem camisa, usava um lenço amarrado no pescoço. O lenço era amarelo-leitoso, assim como a longa barba de Fishback e suas unhas do pé. A julgar pela aparência, não tomava banho fazia tempo.

"Não vê que estou ocupado?" Fishback apontou para uma perua de mudança parada na entrada de sua casa. Dois sujeitos fortes conduziam um sofá xadrez comprido para dentro da perua, por uma rampa.

"Só preciso de um minuto."

"Não tenho nem um minuto."

"O que o senhor não tem", disse o sr. Gash, "são modos."

Ele interrompeu os dois sujeitos que faziam a mudança e sugeriu que tirassem meia hora de folga. Depois agarrou Nils Fishback pelo cotovelo ossudo e o arrastou para dentro de casa. Amarrou os tornozelos e os pulsos com uma corda de cortina de Dacron e o levou até a banheira. Após uma busca rápida, o sr. Gash achou uma barra de sabonete Dial antitranspirante, nova, que enfiou à força na boca de Fishback.

"Talvez sinta vontade de vomitar", o sr. Gash disse, "mas obviamente não ia conseguir."

Fishback o olhava da banheira, com seus olhos cavalares.

"Vou dizer o que quero de você", o sr. Gash falou. Andava de um lado para outro, com a arma frouxa na mão.

"Tem um sujeito dando muito trabalho ao senhor Clapley, por causa da ponte nova. O que eu preciso saber, 'senhor prefeito', é quem teria coragem de fazer uma coisa dessas. Alguém daqui da ilha seria meu primeiro palpite. Algum cretino tentando arrancar mais dinheiro de meu bom amigo, o senhor Clapley."

Nils Fishback balançou a cabeça energicamente. O sr. Gash riu. Tinha conhecimento da lucrativa venda dos terrenos que pertenciam a Fishback. "Sei muito bem que não foi você", disse ao velho. "Pelo que soube, você não tem do que reclamar. Deu um golpe daqueles nessa história."

Fishback fazia que sim, mexendo muito a cabeça. O sr. Gash depositou a arma na tampa da privada e pegou o canivete, que usou para remover o bolo de Dial da boca de Fishback. O sabonete saiu com pontes de porcelana caríssimas. Imediatamente o prefeito ergueu a cabeça e começou a vomitar no colo. O sr. Gash abriu o chuveiro, pegou a arma e saiu do banheiro.

Quando Nils Fishback reapareceu, tornara-se o perfeito anfitrião, cheio de graça e hospitalidade sulista. Preparou café com *donuts* para o sr. Gash e contou os boatos que corriam pela ilha.

"É sobre um sujeito que trabalha para Roothaus, a firma de engenharia de Clapley. O cara — como é mesmo que dizem hoje em dia? — está em *conflito* por causa do serviço. Enche a cara todas as noites e sai por aí dizendo que é um crime o que Clapley está fazendo com esta ilha."

"Crime?" O sr. Gash achou engraçado.

"Crime contra a natureza, de acordo com o rapaz. Creio que ele é biólogo ou algo assim." Nils Fishback parou para ajustar a ponte na boca. Viam-se restos de sabonete alaranjado presos aos dentes da frente.

"Maníaco pela proteção da natureza, pelo que dizem."

"Mas trabalha para Roothaus", disse o sr. Gash, "que trabalha para Clapley. Vejam só!" O sr. Gash fechou a cara. "Será que ninguém mais é capaz de demonstrar um mínimo de lealdade? Virou coisa antiga? Por falar nisso, seu café está excelente."

"Obrigado. O nome do rapaz é Brinkman ou Brickman. Ou similar. Dizem que ele é doutor em biologia."

"Obrigado pela informação."

Fishback cofiou a barba úmida, apreensivo. "Veja bem, trata-se apenas de um boato. Não gostaria que alguém se machucasse por causa disso, talvez não seja nada. As pessoas dizem um monte de besteiras quando bebem."

O sr. Gash levantou-se e entregou a xícara vazia a Fishback. "Bem, precisamos checar essas histórias. Para onde vai mudar, prefeito?"

"Para Las Vegas."

"Uau. A terra da promissão."

"Não. É que tenho problema de sinusite."

O sr. Gash sorriu, encorajador. "Vai adorar."

Krimmler alertara o dr. Steven Brinkman para reduzir o consumo de bebidas, mas não era fácil. Brinkman passava a maior parte do tempo deprimido. Praticamente terminara a pesquisa biológica da Ilha do Sapo sem encontrar uma só espécie ameaçada. Era uma notícia esplêndida para Roger Roothaus e Robert Clapley, mas não para a flora e a fauna locais. Não para águias-pescadoras e *raccoons*, não para os esquilos pardos ou caracóis marrons das árvores, não para os lagartos ou lavadeiras. Porque agora, concluíra Brinkman, não havia como impedir a construção do resort de Shearwater. Os bandidos que enterraram os sapos minúsculos fariam o mesmo com todas as outras criaturas que ficassem no caminho. Nenhuma lei ou autoridade poderia impedi-los. Portanto, o minucioso catálogo feito pelo dr. Brinkman, com a descrição dos pássaros, mamíferos, répteis, anfíbios, insetos e flora era, para todos os propósitos práticos, uma lista de vítimas. O jovem biólogo passara a considerá-los mortos.

Por vezes, à noite, ele entrava furtivamente no trailer da construtora para olhar a impressionante maquete de Shearwater — como o local parecia arborizado, cheio de verde, na maquete! Mas Brinkman sabia que era apenas uma ilusão criada pelos dois imensos campos de golfe: uma extensão considerável de verde ladeada por casas e prédios, um tom químico de esmeralda impossível de encontrar na natureza. E os cretinos faziam fila para comprar! De vez em quando, Brinkman se abaixava sobre a maquete e contemplava irônico a "trilha ecológica" de Clapley — uns quinhentos metros em linha reta no meio do bosque de pinheiros, no norte da ilha. E havia um riozinho de água salgada, para caiaques e canoas. Na maquete o riacho era azul-celeste, mas na vida real (Brinkman sabia), a água era cor de chá e lodosa. Um cardume de tainhas causaria tremenda comoção. O pessoal de Clapley faria a terraplanagem de centenas de hectares de terra, para construir casas, estacionamentos, pista de pouso, heliporto e um estande de tiro idiota; eles dragariam o estuário intocado para fazer a marina e o complexo de esportes aquáticos, além da usina de dessalinização. Na costa levantariam prédios medonhos; na maquete, cada edifício de dezesseis andares era do tamanho de um maço de Marlboro.

Steven Brinkman sentia culpa por sua cumplicidade no projeto que arrasaria a Ilha do Sapo e tinha dúvidas a respeito da carreira que escolhera. Prefira a iniciativa privada, fora o conselho de seu pai. Afinal, seu pai dedicara vinte e seis anos ao Serviço Florestal e do governo só guardara ressentimentos. Se pudesse fazer tudo de novo, vivia resmungando, preferiria ser empregado de uma serraria. Iniciativa privada é a melhor escolha, filho!

Embora o ótimo salário houvesse atraído Steven Brinkman para a empresa de Roger Roothaus, ele também acreditava honestamente que poderia fazer um bom trabalho lá. Recém-saído da faculdade, acreditava ingenuamente que fosse possível encontrar um equilíbrio entre os exageros dos ambientalistas radicais entupidos de granola e os implacáveis destruidores da natureza ligados às grandes corporações. Acreditava que a ciência e o bom senso poderiam conciliar as duas partes e se dedicava com entusiasmo ao futuro da "engenharia ambiental".

E eles o mandaram para o campo, contar borboletas, sapos e ratos-do-mato. Logo Brinkman estava contando os dias que faltavam para voltar para casa. Ele não queria estar na Ilha do Sapo quando o desmatamento começasse. E nunca mais voltaria lá para ver se no final estaria parecida com a maquete.

Como abrigo, Roothaus lhe dera uma barraca de segunda mão, mas Steven Brinkman raramente ficava lá. Preferia dormir sob as estrelas, na mata condenada, onde podia beber até cair sem atrair a fúria de Krimmler. Costumava acender uma fogueira à noite e ouvir R.E.M. no aparelho de som portátil que ganhara da irmã. Os moradores locais consideravam Brinkman meio maluco e não o incomodavam.

Seu isolamento ao ar livre raramente era interrompido por ruídos mais altos que o pio da coruja, por isso ficou surpreso ao ver um sujeito corpulento se aproximar de seu acampamento. O sujeito de passo duro tinha cabelo louro eriçado, excêntrico, mas foi o blazer xadrez que assustou Brinkman, mesmo após meio litro de Stoli.

"Estou procurando um cachorro", o sujeito anunciou, numa voz quase cordial.

Brinkman levantou-se com dificuldade. "Quem é você?"

"Estou procurando um labrador preto."

Brinkman deu de ombros. "Aqui não tem nenhum cachorro."

"Provavelmente com uma das orelhas arrancada. Suponho que não saiba nada a respeito."

"Não..."

O sujeito saltou e o prensou contra o tronco de um pinheiro. "Trabalho para o senhor Robert Clapley", disse.

"Eu também", Brinkman disse. "O que está havendo, afinal?"

"Você é Steven Brinkman?"

"Doutor Brinkman. Ei, espere aí..."

"O encrenqueiro?"

Brinkman se debatia, tentando libertar-se. "Ficou louco? Sou biólogo."

163

O sujeito do cabelo espetado apertou sua garganta. "Cadê o tal cachorro, *doutor?*"

Brinkman tentou protestar, mas o capanga de Clapley o derrubou com um soco no estômago. "Puxa vida, você não faz idéia do que estou falando?", o sujeito disse, irritado. Ele perambulou pelo acampamento, praguejando. "O cachorro desgraçado não está com você. Não é quem estou procurando."

"Não." Brinkman, de joelho, engasgava.

"Mas continua sendo um encrenqueiro. O senhor Clapley não gosta de quem cria confusão." O sujeito sacou a pistola. "E além de tudo bebe. Não gostei."

Brinkman, apavorado, levantou as mãos sujas de terra e gravetos. "Um cara veio aqui, faz uns dias. Ele tinha um labrador preto."

"Prossiga." O sujeito afugentou uma mariposa de seu casaco.

"Na praia. Jovem, da minha idade. Tinha um labrador preto, grande."

"Quantas orelhas?"

"Duas, eu acho." Brinkman tinha certeza, se fosse uma só ele se lembraria.

"O que mais, doutor?"

O sujeito encostou o cano da arma na têmpora de Brinkman. De tão bêbado, Brinkman não conseguia nem urinar nas calças, o contato entre o cérebro e a bexiga falhara.

"O cara tinha uma picape preta. Estava com uma mulher."

"Como ela era?"

"Linda", Brinkman disse. "Sensacional." A Stoli estava fazendo efeito, e como.

O sujeito de cabelo eriçado o golpeou com a coronha da pistola. "Linda é meio vago, não acha?"

Brinkman tentou se aprumar. Sentia o sangue escorrer morno pela sobrancelha. "Ela era morena-clara, tinha uns trinta anos. Cabelo por aqui", Brinkman usou as duas mãos para mostrar a altura, "e o cachorro parecia pertencer a ela. O labrador."

"Então eles não eram um casal?"

"O cachorro pertence ao senhor Clapley? Aqueles dois o roubaram?"

O sujeito de paletó xadrez sorriu, debochado. "Tenho cara de quem perde tempo procurando cachorrinhos perdidos? Acha mesmo? E ia precisar de uma arma para isso? Tome, palhaço, beba mais um pouco."

Ele jogou a garrafa de Stoli para Steven Brinkman, que deu um gole enquanto pensava no que o louro havia dito. Era um assassino profissional, estava na cara. Clapley o mandara à ilha para matar alguém por causa de algum problema relacionado ao tal cachorro. Brinkman estava completamente embriagado e achando tudo engraçado. Começou a rir.

"Cale a boca e me diga o nome do cara", o sujeito falou.

"Ele não disse." Brinkman sentiu novamente a pressão do cano frio em sua têmpora. "Eles não me disseram seus nomes. Nenhum dos dois", disse ao sujeito de cabelo eriçado. "Por que eu mentiria?"

"É o que pretendo descobrir."

De repente, como costuma acontecer com quem bebe vodca, Steven Brinkman sofreu uma súbita mudança de humor. Lembrouse de que gostara do rapaz bronzeado e da mulher estupenda com o cachorro preto brincalhão. Eles deram a impressão de que eram boa gente e estavam revoltados com o que ocorria ali. A matança dos sapinhos, por exemplo. Nem todos se preocupavam com sapos.

E agora eis-me aqui, pensou Brinkman, atordoado, entregando os dois a um *punk* homicida. Assim como entreguei os *Bufo quercicus* a Krimmler. Entreguei a ilha inteira. Sou um covarde estúpido! Brinkman queria chorar.

"Nome", disse o assassino. "Vou contar até seis."

"Seis?", Brinkman perguntou.

"Meu número da sorte. Três é o outro", disse o assassino. "Prefere que eu conte até três? Um... dois..."

Brinkman segurou o cano da arma com a mão. "Olha, não sei o nome do cara, mas sei onde eles vão passar a noite acampados."

"Isso já seria um começo." O capanga de Clapley guardou a arma no coldre e ordenou com um gesto que Brinkman fosse na frente.

O biólogo pegou o lampião de gás e seguiu pela mata, ruidosamente. Bêbado como estava, tropeçava a todo momento, incapaz de erguer direito os pés e muito menos seguir em linha reta. Conforme progredia, batendo nos troncos das árvores e tropeçando nas moitas, Brinkman ouvia o bandido louro soltar palavrões atrás dele. Sem dúvida os espinhos dos pinheiros e dos arbustos estavam fazendo um estrago no blazer xadrez.

A idéia de Brinkman — seria difícil chamar aquilo de plano —

165

era seguir adiante até chegar a uma clareira onde pudesse virar de repente e acertar o capanga de Clapley com o lampião de gás. Só uma boa vodca poderia ter dado a Brinkman uma visão tão grandiosa de sua própria força e agilidade. Contudo, a raiva em seu coração era legítima e verdadeira. O intruso de cabelo eriçado se tornara o símbolo letal e ideal de Shearwater e todo o mal que o projeto prometia. Não seria o máximo nocautear o desgraçado e entregá-lo à polícia? E depois? Acomodar-se confortavelmente e esperar Robert Clapley se virar para explicar seus crimes à imprensa — um capanga armado enviado para caçar "encrenqueiros" na ilha! Brinkman sorriu, algo prematuramente, ao pensar nas manchetes.

Ele então percebeu que saíra do pinheiral para campo aberto e iluminado pelo clarão amarelado do lampião. Brinkman viu máquinas de terraplanagem, valas e montes de terra e, sob seus pés, uma marca de pneu de trator. Sabia aonde chegara; um bom lugar para agir também. Tomou fôlego, sorvendo o ar salgado e fresco, antes de apertar o passo.

"Ei, bostinha." Era o capanga de Clapley.

O dr. Brinkman não virou completamente, mas com o canto do olho viu a sombra — uma figura trêmula projetada pelo lampião na pá da escavadeira, como uma sombra na parede.

"Ei, acha isso engraçado?"

O capanga de Clapley aproximava-se depressa, por trás dele. O dr. Brinkman deliberadamente reduziu a marcha, tentou clarear as idéias e avaliar a proximidade do outro pelos passos, sabendo que precisava atacar no momento preciso... perceber o momento exato, infelizmente, não era um efeito colateral típico do consumo excessivo de vodca.

Por isso, quando Steven Brinkman girou o corpo e atacou com o pesado lampião, o capanga de Clapley ainda estava a três metros dele, fora do alcance. A força centrífuga fez Brinkman girar quase trezentos e sessenta graus, uma volta involuntária interrompida apenas pelo choque do lampião com o pneu de uma pá carregadeira de quatro toneladas. Brinkman viu um clarão rosado e depois um clarão azulado, ouviu um estampido baixo e depois outro, mais alto, o lampião explodindo, depois outro som. Brinkman caiu no escuro, achou fascinante (como só um homem embriagado acharia) perceber que seu sangue o molhava sem que sentisse dor do tiro. Ele tentou correr sem se levantar, as pernas se agitaram inúteis na terra até ele perder o fôlego.

Fez-se um silêncio absoluto na clareira, e Brinkman por um momento se animou com a possibilidade de ter sido considerado morto pelo capanga de Clapley, que iria embora e o deixaria em paz. Mas Brinkman ouviu o barulho da escavadeira sendo ligada, o motor rugindo quando a marcha foi engatada. Então ele entendeu. Mesmo com o cérebro ensopado de Stoli, ele compreendeu o que estava para ocorrer. Sabia que devia sentir um pavor de gelar os ossos. Mas Steven Brinkman sentiu mesmo foi cansaço, frio, umidade. Só o que queria no momento era dormir. Qualquer lugar servia, qualquer lugar onde pudesse ficar deitado serviria. Mesmo debaixo da terra, no meio dos sapinhos enterrados pelo homem.

14

Twilly sonhou com a ilha Marco. Sonhou que era menino, corria na praia de areia branca e chamava o pai. A faixa de costa se estendia, interminável, até onde a vista alcançava, encurralada por terríveis condomínios fechados e prédios de apartamento. As estruturas subiam até as nuvens, sobrenaturais, bloqueando o sol, lançando sombras frias imensas sobre a praia onde o menino Twilly corria com uma caixa de sapatos cheia de conchas debaixo do braço.

No sonho, o primeiro do qual se lembrava, Twilly ouvia a voz de Little Phil vinda de algum ponto distante, entre os edifícios; a voz ecoava alegremente no cânion de concreto. Twilly continuou correndo, procurava uma brecha entre os prédios. Mas não havia caminho, rua ou acesso pelo qual passasse um raio de luz. Um prédio se colava ao outro, formando uma muralha contínua abrupta — infinitamente alta, infinitamente longa — que bloqueava por completo a costa da ilha.

Twilly Spree correu mais e mais, gritando o nome do pai. Acima da cabeça do menino voavam gaivotas e andorinhas-do-mar, e entre suas pernas corriam narcejas, tarambolas e maçaricos. Ele percebeu que a maré subia depressa demais, por isso correu mais depressa, espalhando água. No sonho, Twilly não conseguia distinguir as palavras do pai, mas o tom indicava que Little Phil não falava com o filho perdido, e sim fechava um negócio imobiliário; Twilly reconheceu o bom humor forçado e a cordialidade hipócrita.

Mesmo assim o menino correu mais, pois a praia desaparecia debaixo d'água. O mar chegava ao tornozelo — muito fria, impossível nadar —, e Twilly largou a caixa de sapatos para liberar os dois braços e correr mais rápido. O sal ardia em seus olhos, que incharam, prejudicando sua visão da praia adiante. No sonho, Twilly não entendia como a maré podia subir tão depressa, pois não havia sinal de tempestade e nem mesmo a mais leve brisa. Adiante, a superfície do oceano estava plácida e plana como um espelho!

Mesmo assim a água já atingia o joelho de Twilly, impedindo sua corrida. Um frio imobilizante tomou conta do menino, como se a espinha dorsal estivesse congelando. Mesmo com olhos embaçados ele conseguia distinguir as silhuetas em forma de V das aves marinhas que planavam, batiam asas e mergulhavam acima da arrebentação. Ele não entendia por que as aves simplesmente não voavam para o alto e para longe, na direção do golfo, em vez de baterem cegamente na muralha de prédios. Batidas secas, ossos e plumas esmagados. Em revoadas confusas os pássaros se chocavam contra janelas e sacadas, em toldos e portas de vidro, e logo as fachadas dos arranha-céus estavam salpicadas de alto a baixo de manchas ensangüentadas. Twilly Spree não escutava mais a voz do pai.

No sonho ele fechava os olhos com força, para não ver os pássaros morrerem. Desistiu de tentar mexer as pernas, pois a água já lhe batia na cintura, uma água tão gelada que certamente o mataria em poucos minutos. Twilly não entendia como o oceano podia estar tão frio — no sul da Flórida! Latitude vinte e seis graus! Mas logo descobriu a resposta, que era muito simples. A água esfriara porque o sol não a esquentava; os arranha-céus horríveis ao longo da praia bloqueavam todos os raios do sol, deixando o golfo mergulhado numa macabra sombra perpétua. Por isso tudo esfriava. Sem dúvida.

Twilly resolveu boiar. No sonho, a água chegara à altura do peito e ele se esforçava tanto para recuperar o fôlego que emitia sons estranhos, guturais, como uma perereca na árvore. Inaceitável, meu caro! Flutuar, eis aí uma idéia bacana. Boiar de costas, deixar que a maré me leve até um desses prédios, onde poderei sair da água fria e pronto. Vou escalar o prédio até ficar seco, subir como uma perereca miúda que sou. E a água vai baixar algum dia, certo?

No sonho, Twilly abria os olhos que ardiam e boiava, tomando fôlego. Flutuou até um condomínio fechado, um edifício com uns mil andares, e prendeu os braços com força num parapeito de terraço. Ficou ali agarrado, para recobrar as forças. Em volta dele, na água, espalhavam-se os corpos das aves marinhas mortas, formas avermelhadas com bicos quebrados, patas amarelas encolhidas, plumagem suja de sangue desalinhada...

O menino se esforçou para se erguer acima da água gelada e

chegar ao terraço seco. Conseguiu encostar o queixo no parapeito, mas foi o máximo, pois no meio do terraço, de shorts largos molhados, estava seu pai, Little Phil. Em suas mãos espalmadas havia centenas de sapinhos listados de olhos arregalados e bochechas infladas, coaxando tão alto que o som feria os ouvidos de Twilly Spree.

Ele gritou, no sonho. Fechou os olhos, largou o parapeito do terraço e caiu de novo na correnteza, que o levou embora girando como se fosse um pedaço de pau molhado. Algo mole tocou seu rosto e ele o afastou com um golpe, pensando que fosse uma gaivota ou um maçarico morto.

Mas ele se enganou. Era a mão de Desie. Twilly abriu os olhos e não acreditou que estava ali: deitado, abraçado com ela. Ouvia bater o coração da moça.

"Está tudo bem agora", ela assegurou.

"Sim." Ele sentiu um beijo delicado na testa.

"Você está tremendo."

"Então isso é o que chamam de sonhar", disse ele.

"Vou pegar outro cobertor para você."

"Não, fique aqui comigo."

"Tudo bem", Desie disse.

"Não quero que você vá embora."

"Tudo bem."

"*Nunca mais*", Twilly disse.

"Ah."

"Pense nisso. Por favor."

A casa estava escura e silenciosa. Ninguém ligara o alarme. Palmer Stoat abriu a porta. Gritou o nome de Desie e começou a acionar os interruptores das luzes. Vasculhou a suíte do casal, os quartos de hóspedes, a varanda, enfim, a casa inteira. A esposa não estava em casa, e Stoat ficou intrigado. Estava ansioso para lhe mostrar a mais recente atrocidade: a pata de cachorro na caixa de charutos cubanos. Queria que ela sentasse e repassasse todos os detalhes que pudesse lembrar a respeito do homem que seqüestrara Boodle. E pretendia que ela repetisse tudo para o porco-espinho sádico que era capanga de Robert Clapley, para que o bandido o caçasse.

E o matasse.

"Quero que ele morra."

170

Palmer Stoat, de olhos fundos na frente do espelho do banheiro. Estava um caco. Rosto cheio de marcas, cabelo em tufos molhados, irregulares. Sob as luzes fortes ele conseguia ver até a marquinha no queixo, do buraco feito pelo cirurgião plástico quando colocou o implante de silicone.

"Quero que ele morra." Stoat repetiu as palavras em voz alta, para sentir seu peso. Ele realmente *queria* que o sujeito acabasse morto... assassinado, liquidado, detonado, apagado, qualquer que fosse o termo preferido por elementos como o sr. Gash. O seqüestrador merecia morrer, aquele filho-da-mãe metido, por interferir na jogada da ponte de vinte e oito milhões que Palmer Stoat orquestrara magistralmente; por roubar um cachorro pacífico como Boodle; por usar partes arrancadas do cão para praticar extorsão; por arruinar o casamento de Palmer Stoat... como, Stoat ainda não tinha muita certeza. Mas desde que conhecera o seqüestrador de cães, Desie se comportava de um jeito esquisito. Questão central: ele estava em casa às dez e meia da noite e ela não. A sra. Palmer Stoat não estava em casa!

Ele se refugiou no escritório, ocupando o trono entre os peixes de olhos de vidro e as cabeças empalhadas dos animais caçados. Discou para o palácio do governo e pediu para falar com Dick Artemus. Um assessor chamado Sean — "Ah, perfeito! Só podia se chamar Sean, mesmo!" — informou Stoat que o governador fora para a cama mais cedo e não queria ser incomodado. Isso queria dizer que Dick Artemus tinha saído para trepar com Lisa June Peterson ou qualquer outra de suas assessoras de três nomes de alguma faculdade chique. Palmer Stoat, olhando a caixa de charutos na mesa, na sua frente, concluíra que a chegada da pata de cachorro exigia uma conversa pessoal com o governador da Flórida. Stoat achava vital que Dick Artemus soubesse que o seqüestrador continuava a pressioná-lo. Stoat achava que o governador Dick precisava ser lembrado de vetar a ponte de Shearwater assim que fosse possível, e garantir que a notícia chegasse logo aos jornais, para que o seqüestrador a visse.

Mas não. Um rapaz protetor chamado Sean não ia passar a ligação para o ex-vendedor de Toyota tarado!

"Qual é seu nome completo, rapaz?", Palmer Stoat gritou ao telefone.

"Sean David Gallagher."

"Gosta de trabalhar no palácio do governo? Saiba que basta

uma palavra minha a respeito de sua teimosia para você voltar a entregar pizza Hut de bicicleta, entendeu?"

"Senhor Stoat, seu recado será transmitido ao governador."

"Faça isso, garoto."

"E vou aproveitar para mandar suas lembranças a meu pai."

"Seu pai?", Stoat fungou. "E quem é seu pai, diacho?"

"Johnny Gallagher, líder do governo no Legislativo."

"Ah. Sei." Palmer Stoat resmungou algo mais conciliador antes de desligar. Molecada desgraçada, hoje em dia não presta nem para arranjar emprego sem um empurrãozinho do papai, resmungou.

Stoat abriu novamente a caixa de charutos e olhou a pata do cachorro. "Meu Deus, o que virá depois?", disse, baixando a tampa.

Tentou se lembrar da aparência do rapaz que lhe entregou o bilhete cretino no Swain's, naquela noite. Bronzeado, camisa florida... Stoat imaginou que fosse marinheiro de iate, um garotão típico. Mas, e o rosto? Era jovem, disso Stoat se recordava. Mas o bar estava enfumaçado, Stoat meio alto, o rapaz usava óculos escuros... não havia meio de se lembrar do rosto. O desagradável sr. Gash teria de consultar Desie. Ela havia passado bastante tempo com o seqüestrador de cães.

Contudo, a idéia do sr. Gash sozinho com Desirata dava arrepios em Palmer Stoat. O sujeito metia medo! Stoat pensou se o ratinho ainda estava vivo, esgueirando-se e arranhando o armário de comida, sem dúvida! Inacreditável. Chocante, realmente. Um dos homens mais poderosos do estado da Flórida, e de repente seu universo sofisticado e brilhante se reduzira a uma reportagem sensacionalista da imprensa marrom! Cães mutilados, fetichistas de Barbie, sádicos de cabelo punk que enfiam roedores goela abaixo!

Graças a Deus ninguém sabia nada a respeito. Pensava nas pessoas que temiam e adulavam Palmer Stoat, o grande lobista. Todos os homens e mulheres importantes em Tallahassee... o prefeito de Orlando, que precisava de uma mãozinha de Stoat para obter quarenta e cinco milhões de dólares em verbas federais para rodovias para a Disney World, que precisava de outra saída para a Interestadual 4; o presidente de uma empresa de máquinas automáticas de venda, implorando a Stoat que conseguisse marcar um jantar privado com o chefe de uma tribo Seminole; uma deputada federal por West Palm Beach, ansiosa por ingressos para o jogo inaugural dos Marlins. (Não para ela, pessoalmente, mas para cinco executivos de usinas de açúcar que persuadiram os cortadores de cana jamaicanos e haitianos a fazer doações generosas — muito além de suas possibilidades, de fato — para a campanha de reeleição da deputada.)

Aquele era o mundo de Palmer Stoat. Aqueles eram seus pares. A encrenca com os malucos precisava terminar. Ia parar, assim que o Porco-Espinho localizasse e pegasse o maluco que seqüestrara Boodle.

Stoat abriu a gaveta de cima da escrivaninha e pegou sua série favorita de Polaroids eróticas. Foram tiradas em Paris, quando Desie e ele passaram uma semana de férias por conta de uma corporação mineradora multinacional. Não havia muita coisa de Desie nas imagens, uma coxa aqui, um ombro ali, mas bastava para dar ao marido uma pontada no coração e um formigamento na virilha. Onde diacho ela se metera?

Então Palmer Stoat percebeu que a luzinha da secretária eletrônica estava piscando. Ele apertou o botão para ouvir as mensagens e recostou-se na poltrona. No primeiro recado, a voz de Robert Clapley soava irritada e entrecortada, como se estivesse sem fôlego.

"É sobre o pó de chifre de rinoceronte", disse na mensagem. "Telefone para mim imediatamente, Palmer. Assim que ouvir meu recado!"

A segunda mensagem também era de Clapley, meia hora depois: "Palmer? Está aí? Preciso falar com você. É sobre as Barbies, elas... ligue para mim com urgência, tá? Mesmo que seja tarde".

A terceira voz na secretária eletrônica pertencia a Desie. Ao reconhecê-la, pulou da poltrona e aumentou o volume.

"Palmer, estou bem. Vou passar uns dias fora. Preciso dar um tempo. Não precisa se preocupar... quando eu voltar a gente conversa, tá?"

Ela não parecia assustada nem nervosa. Soava perfeitamente calma. Mas havia algo muito perturbador na mensagem, um ruído de fundo. Pouco antes de Desie se despedir.

Palmer Stoat escutou o recado três vezes, para ter certeza. O ruído era familiar e inconfundível: um latido de cachorro.

Não de qualquer cachorro. Era de Boodle.

Stoat gemeu e bateu com a mão gorducha na testa. Agora o tarado seqüestrara sua mulher.

De novo.

Numa manhã quente do final de abril, quando soprava uma brisa suave, doze japoneses, homens e mulheres, saíram do ônibus de excursão com ar-condicionado que estacionara no acostamento da estrada de North Key Largo. Os turistas formaram pares e entraram em canoas coloridas. Sob o céu cor de porcelana eles desceram remando um riacho sinuoso chamado Steamboat, no rumo de Barnes Sound, onde pretendiam fazer um piquenique e voltar. O passeio deveria durar quatro horas, no total, mas os turistas passaram quase três dias desaparecidos. Reapareceram por fim numa estradinha, a County Road 905. Caminhavam no meio da noite, e fora alguns arranhões e picadas de insetos, gozavam de excelente saúde. Surpreendentemente, recusaram-se a relatar o ocorrido à polícia e fugiram dos repórteres que queriam entrevistas.

Os homens e mulheres eram empregados da MatsibuCom, uma das maiores construtoras de Tóquio. Como a madeira era rara e caríssima no Japão, a MatsibuCom importava milhões de metros cúbicos de tábuas dos Estados Unidos todos os anos. Principalmente de Montana e Idaho, onde montanhas inteiras tiveram sua cobertura florestal arrancada, transformando-se em domos desérticos, como contribuição à paisagem urbana de Tóquio, e, conseqüentemente, aos lucros da MatsibuCom. Tendo superado a crise econômica da Ásia em condição relativamente sólida, a companhia recompensou uma dúzia de executivos do alto escalão com uma excursão de férias na Flórida. Começaram a semana com a inevitável visita à Disney World e queriam encerrar a viagem em Keys, no elegante (e adequadamente republicano) Ocean Reef Club. Ironicamente, os executivos da MatsibuCom mostraram interesse em atividades ecoturísticas. Por isso os organizadores providenciaram o passeio de canoa pelo Steamboat Creek. Os turistas foram informados de que poderiam avistar manatins, serpentes, águias e quem sabe até o arisco crocodilo norte-americano (habitante das lagoas dos manguezais capaz de atingir o comprimento de quatro metros). Muitos rolos de filme foram adquiridos para registrar a jornada.

Quando os japoneses deixaram de retornar do passeio na hora prevista iniciou-se uma busca gigantesca com ultraleves, barcos, lanchas e veículos anfíbios. O governador Dick Artemus chegou a mandar dois helicópteros do governo para auxiliar nas buscas (um favor até modesto, em sua avaliação, se comparado ao título de sócio que ganhara do Ocean Reed na época da inauguração). Enquanto isso,

174

os operadores de turismo na Flórida calculavam desesperados quantos milênios seriam necessários para a recuperação do ramo se doze executivos estrangeiros tivessem sido devorados pelos crocodilos, ou perecido em circunstâncias igualmente macabras, enquanto gozavam férias no Estado do Sol.

Publicamente, as autoridades sustentaram a versão de que os visitantes japoneses estavam "perdidos" no manguezal, embora os repórteres tivessem entrevistado inúmeros moradores locais que se mostraram tanto céticos quanto mordazes a respeito. Era mais complicado e perigoso trafegar pela Interestadual 95 do que descer o riacho Steamboat. O temor de uma tragédia aumentou quando acharam as canoas todas furadas a tiro e amarradas com corda azul. As canoas estavam penduradas na ponte do estreito de Card, balançando em cima da Intracoastal Waterway como se fossem o rabo de uma pipa gigante. Quem passava de barco parava para fotografar, e a polícia dirigiu-se rapidamente ao local para cortar a corda. O espetáculo das canoas furadas a tiro e penduradas praticamente eliminou as esperanças de que os executivos da MatsibuCom fossem encontrados ilesos. Tudo indicava que haviam sido seqüestrados por psicopatas ou terroristas — um desfecho muito mais ruinoso do que um ataque de crocodilos para o ramo turístico. Uma equipe sisuda do consulado japonês em Miami chegou ao Ocean Reef de jatinho particular, onde recebeu suítes de frente para o mar e ligações internacionais gratuitas. Enquanto isso, em Washington, uma equipe de técnicos do FBI se preparava para viajar até a Flórida — aguardava apenas o pesaroso telefonema das autoridades locais informando a localização dos cadáveres em decomposição.

E de repente os doze japoneses apareceram, surpreendendo a todos: vivos, ilesos, calados. Na manhã do dia 30 de abril os executivos da MatsibuCom pegaram um jato Gulfstream 5 fretado e decolaram rumo a Tóquio. A imprensa local investigou a fundo o que poderia ter dado errado no passeio ecoturístico, mas na ausência de declarações dos envolvidos e de cadáveres, a história rapidamente deixou de ser manchete.

O tenente Jim Tile ouvira falar no caso antes mesmo que chegasse à televisão; a Polícia Rodoviária enviara cinco policiais com os melhores cães farejadores para ajudar na busca dos ilustres visitantes. A descoberta das canoas — e o modo enfático como foram sabotadas e exibidas — confirmou as suspeitas de Jim Tile a respeito da ocorrência no riacho Steamboat. Torcia para que os japoneses se mantivessem calados, evitando que outras autoridades chegassem à mesma conclusão. Obviamente, Dick Artemus não chegara. E Jim Tile deliberadamente evitara comentar sua teoria a respeito do episódio com o governador no rápido encontro que tiveram em Tallahassee.

Naquela tarde, porém, o policial discou o número do serviço de recados que costumavam usar para fazer contato — ele e seu amigo, o ex-governador. Ficou irritado ao saber que o serviço fora cancelado, obrigando-o a preparar a mochila, dar um beijo de boa-noite em Brenda e seguir para o extremo sul, percorrendo o estado praticamente inteiro. O sol brilhava havia uma hora quando ele chegou ao portão de entrada do Ocean Reef Club em North Key Largo. O policial foi recebido por um jovem guarda de segurança mal-encarado que pelo jeito fora reprovado no exame para entrar na polícia por analfabetismo e imbecilidade a toda prova. Relutante, escoltou Jim até a diretoria do clube, onde, após mostrar uma carta do secretário de Justiça, o policial recebeu autorização para examinar um rolo de filme localizado na sacola que um dos excursionistas japoneses deixara para trás.

O filme fora revelado e havia uma folha de contato em preto-e-branco, feita pelo laboratorista da equipe do delegado local, que compreensivelmente não percebera seu valor como prova. Trinta e cinco das trinta e seis poses exibiam dedos desfocados em primeiro plano, fenômeno não incomum quando uma câmera trinta e cinco milímetros é colocada nas mãos de um turista excitado. Mas, para Jim Tile, o dedo nas imagens do riacho Steamboat não se assemelhava ao exemplar róseo e delicado de um executivo japonês miúdo. Era o dedo médio grosso, musculoso, cabeludo, meio torto e cheio de cicatrizes de um eremita norte-americano de quase dois metros de altura e um senso de humor peculiar.

A última foto do filme, a única sem o dedo, também despertou o interesse do policial rodoviário. Ele perguntou ao segurança de cara fechada: "O clube pode me emprestar um barco? Um barco a remo leve serve".

"Temos um de doze pés, na marina. Mas você não pode sair com ele sozinho. É contra os regulamentos."

Jim Tile dobrou a folha de contato fotográfico e a guardou num envelope pardo tamanho ofício, o mesmo que Dick Artemus lhe dera no palácio do governo.

"Então, onde fica a marina?", perguntou o policial ao segurança.

"Você não está autorizado."

"Já sei. Por isso você vai comigo."

Era um barco de fundo chato com motor de popa de quinze cavalos. O segurança, cujo nome era Gale, conseguiu fazer o motor pegar na terceira tentativa. Vestiu por cima do uniforme mal-ajambrado um colete salva-vidas laranja e instruiu Jim Tile a fazer o mesmo.

"É o regulamento", explicou.

"Compreendo."

"Sabe nadar?"

"Sei", respondeu o policial.

"Sério mesmo? Pensei que negro não nadava."

"De onde você é, Gale?"

"Lake City."

"Lake City, na Flórida?"

"Tem outra?"

"E nunca viu um negro nadando?"

"Claro, mas só em lagoa e no rio. Mas aqui é o oceano, cara. Água *salgada*."

"E qual a diferença?"

"Enorme", o segurança disse, cheio de si. "Por isso você precisa do colete salva-vidas."

Eles cruzaram o estreito de Card com brisa norte. O bote pulava nas marolas por causa do fundo quase chato. Gale entrou no riacho Steamboat em alta velocidade, mas reduziu a marcha perto da ponte.

Perguntou ao policial, que ia na proa: "Até onde você quer ir?".

"Quando chegar lá eu aviso, Gale."

"Você tem uma três-cinco-sete aí?"

"Tenho."

"Ainda não consegui porte de arma. Mas em casa eu tenho um Smith trinta-e-oito, do lado da cama."

"Boa escolha", Jim Tile disse.

"Acho que vou preferir uma pistola mais potente para usar na rua."

"Está vendo a águia? No alto daquela árvore?" O policial apontou.

"Legal!", exclamou Gale, o segurança. "Mas para pegar ela a gente precisa de uma espingarda, calibre vinte no mínimo... sabe, eu queria dar uma paradinha para mijar..."

"Pode parar", Jim Tile disse.

"Tomei um balde de Sanka de manhã e estou apertado, parece que vou explodir."

"Pode parar onde quiser, Gale."

O segurança desligou o motor e o bote deslizou suavemente na água esverdeada e leitosa. Gale removeu o colete salva-vidas e virou de costas, recatado, para urinar na popa. O bote descia o riacho de lado, levado pela correnteza fraca. Naquele momento uma rajada de vento inesperada afetou o jato dourado de Gale, atirando a urina de volta, molhando sua calça. Ele resmungou assustado e fechou o zíper, constrangido.

"Droga. *Isso* não vai dar certo." Deu a partida no motor e levou o barco para a margem, no meio das árvores. Ele quase caiu ao descer, pois pisou num raiz cheia de craca que cedeu com seu peso. "Já volto", disse ao policial.

"Pode ir com calma, Gale."

Para evitar surpresas desagradáveis causadas pelo vento, o segurança avançou uns vinte metros mato adentro, antes de abrir o zíper da calça. Estava urinando copiosamente, feito um garanhão, quando ouviu o *chuc-chuc* do motor do bote. Gale apressou o final da gloriosa cascata, guardou o pinto e correu para a beira do rio. Quando chegou, o barco havia desaparecido.

Jim Tile desceu o riacho Steamboat a meia força. Um cardume de peixes pequenos se espalhou em raios prateados na proa do barco. Ouviu ao longe os gritos desesperados do segurança Gale, no meio do manguezal. Torcia para que o rapaz não tentasse nenhuma loucura, como ir embora *andando*.

Conforme descia o rio, o policial examinava atentamente as margens, dos dois lados. Não esperava uma pista óbvia, dúzias de equipes de busca vasculharam a área, sem êxito. Jim Tile sabia que seu cuidadoso amigo não deixava pistas fáceis. O policial abriu o colete salva-vidas e tirou de dentro da camisa o envelope pardo. Pegou a folha com os contatos e estudou o fotograma 36.

A imagem fora obtida com a câmera apontada para baixo, como se alguém apertasse o disparador acidentalmente. Embora a foto estivesse escura e fora de foco, Jim Tile conseguiu identificar um trecho com água, raízes de um mangue em forma de tridente e, presa entre elas, uma lata de refrigerante. Schweppes, pelo jeito.

Uma lata de *ginger ale* Schweppes, ao que tudo indicava.

Já era *alguma coisa*. Jim Tile procurou latinhas nas margens, e encontrou muitas: Coca, Coca Diet, Pepsi, Pepsi Diet, Mountain Dew, Dr. Pepper, Crush Laranja, Budweiser, Busch, Colt 45, Michelob — era revoltante. As pessoas emporcalhavam sem pudor um lugar como aquele, belo e preservado. Que tipo de gente tinha coragem para desrespeitar tanto a obra de Deus, injustificadamente? Jim Tile crescera numa região onde havia mais cacos de vidro que grama no solo, mas levaria um tapa no traseiro magro se o pegassem jogando uma lata de refrigerante em qualquer lugar que não fosse uma lata de lixo...

O guarda rodoviário reduzira a velocidade ao mínimo, de modo que o barco quase não fazia marola. Ele percorria o rio em ziguezague, procurando latas; era fácil vê-las, brilhavam ao sol. Mas nada da lata de Schweppes. Jim Tile se considerava tolo por seguir uma pista tão vaga; sabia que a correnteza espalhava o lixo por todos os lados, no rio. E, se a maré subisse muito, a raiz tripla do mangue ficaria submersa, invisível. O policial dobrou o contato fotográfico e o guardou no bolso.

Mesmo assim continuou a vasculhar as margens, recolhendo mecanicamente latas, garrafas e copos plásticos. Em pouco tempo o barco ficou parecendo uma lixeira.

Percorria uma curva larga do rio quando algo chamou sua atenção; não era a lata de *ginger ale* nem as três raízes do mangue, mas uma marca de tinta amarelo-canário. Manchara um trecho de talos tubulares, a um metro acima da linha-d'água, como se alguém tivesse arrastado uma canoa pesada e pintada pelo meio do mato.

Jim Tile prendeu o barco na beira, enrolou a calça e tirou o sapato. Desceu do barco e seguiu na direção do mato fechado. Seu pé esquerdo pisou em algo liso e metálico: a lata de Schweppes, ainda presa debaixo d'água às raízes triplas do mangue. O policial avançou com dificuldade, raízes e conchas partidas arranhavam a sola dos pés. Escorregou várias vezes e quase caiu de cara no chão. Jim Tile sabia que fazia mais barulho que uma manada de búfalos furiosos, mas nem por um instante alimentou a fantasia de que poderia se aproximar do governador sem ser notado. Impossível, mesmo em terra firme.

As árvores rarearam e o policial se deparou com uma elevação rochosa esbranquiçada, que dava para um lago raso, tânico. Percebeu que atingira a reserva federal dos crocodilos, fato que o levou a

179

sentar para reconsiderar pragmaticamente os limites da amizade enquanto removia as aranhas das pernas.

Jim Tile estava sedento, exausto e todo arranhado. Além disso, não era fã de grandes répteis carnívoros. Levantou-se assim que tomou uma decisão. Apoiado nos pés lacerados, levou as mãos à boca, em concha.

"OI!", gritou na direção do lago. "SOU EU!"

No alto, uma águia-pescadora solitária piou.

"ESTOU VELHO DEMAIS PARA ESSAS PALHAÇADAS!", Jim Tile gritou.

Nada.

"ESTÁ ME OUVINDO? AQUI ESTÁ CHEIO DE CROCODILOS. ACHA ISSO DIVERTIDO? TENHO RESPONSABILIDADES, GOVERNADOR! SOU CASADO!"

O policial gritava a plenos pulmões.

"APAREÇA LOGO, CARA. ESTOU FALANDO SÉRIO! VENHA LOGO, CARAMBA! QUER QUE EU SOFRA UM ENFARTE?"

Jim Tile tomou fôlego e sentou-se novamente. Cruzou os braços por cima dos joelhos e baixou a cabeça. Estrangularia uma freira por um gole de refrigerante quente.

Então ele escutou um disparo, depois o segundo, o terceiro, o quarto. O policial se levantou sorrindo.

"Filho-da-mãe escandaloso", disse.

O sujeito que Jim Tile precisava encontrar já tinha quase sessenta anos, mas mantinha a postura ereta e imponente, com seus ombros largos. Sob uma touca de banho de plástico fino sua cabeça brilhava, rosada e recém-raspada. Costumava usar saiote e mais nada, praticamente; um saiote feito com uma bandeira de corrida quadriculada. Jiffy Lube 300, o sujeito disse, eu a roubei. Mas não deu nenhuma explicação para a origem da arma, um AK-47.

Ele deixara crescer a barba prateada, que formava duas pontas extravagantes, uma em cada lado do rosto, caindo depois como se fossem trepadeiras pelo peito amplo, coriáceo. Foram tão intrincadamente urdidas que a Jim Tile pareciam serviço de mulher. Preso no final de cada ponta havia o bico recurvado de aves enormes. Urubus, explicou o sujeito. Grandes pra caramba. As sobrancelhas hirsutas formavam um ângulo familiar de desaprovação, e de algum modo ele conseguira um olho de vidro novo. Aquele tinha íris vermelha, viva como uma flor de hibisco recém-desabrochada. Jim Tile considerou o efeito assustador, quase macabro.

O caolho de saiote fora um dia figura popular e famosa nacionalmente, um herói de guerra que se transformara em cruzado político; ousado, incorruptível e inevitavelmente fadado ao fracasso. Jim Tile dirigia a limusine que conduziu aquele homem para longe do palácio do governo, para longe de Tallahassee, na direção de uma loucura genial e furiosa. Jim Tile levara o amigo transtornado para a vida no meio do mato, reclusa e por vezes violenta, e havia duas décadas se esforçava para manter contato com ele, observá-lo e detê-lo quando necessário.

O policial fizera o possível, mas não faltaram explosões imprevistas e impossíveis de impedir. Incêndios criminosos, tiroteios, destruição da propriedade alheia. Até homicídios — sim, seu amigo matara alguns homens desde que deixara Tallahassee. Disso Jim Tile tinha certeza. Assim como tinha certeza de que os mortos se comportaram de modo abominável, e que de qualquer maneira o Senhor julgaria Clinton Tyree adequadamente. Esse dia chegaria em breve. Até lá, Jim Tile continuaria absolutamente fiel ao homem que agora se chamava Camaleão.

"Como vai sua adorável esposa?"

"Muito bem, obrigado", o policial respondeu.

"Ainda gosta de carne bem passada?" O ex-governador estava debruçado sobre uma fogueira tosca, e as chamas lambiam as pontas da barba perigosamente.

"Qual é o cardápio para esta noite?" Pergunta indispensável: os hábitos alimentares do amigo eram extremamente ecléticos.

"Filé mignon de lhama!"

"Lhama?", disse o policial, pensativo. "Como assim?"

"Um circo passou pela cidade. Juro por Deus, foi em Naranja, era um circo de verdade."

"Sei."

"Não foi nada do que você está pensando", disse o Camaleão. "A coitada caiu da rampa do caminhão e fraturou as duas patas dianteiras. A dona do animal não teve coragem de matá-la."

"Já entendi."

"Por isso, fiz-lhe um favor. E você sabe que sou contra o desperdício de carne."

"E o que você estava fazendo no circo?", perguntou Jim Tile.

O Camaleão sorriu; o mesmo sorriso de ídolo das matinês que o elegera. "Romance, tenente. Não durou muito, mas foi maravilhoso, por um tempo."

"Ela trançou sua barba?"

"Sim. Gostou?" O Camaleão cofiou as tranças prateadas. "Os bicos foram um toque extra meu. São frescos."

"Deu para notar."

"Tive um probleminha com os dois pássaros. Eles demonstraram um interesse indevido pela minha lhama."

Jim Tile balançou a cabeça. "Mas você conhece a lei. É proibido matar urubus. São uma espécie protegida."

"Não com muita eficiência, na minha opinião." O Camaleão virou os filés na frigideira e se afastou da gordura que espirrava. Usou a barra do saiote para limpar uma gota de banha quente que atingiu seu olho de vidro. "Veio aqui por causa dos japoneses, né?"

"Não", o policial disse. "Mas fiquei curioso em saber o que houve."

"Sabe onde eles trabalham? MatsibuCom, sacanas gananciosos que arrasam florestas e entopem rios. Mas são rijos, os filhos-da-mãe. Mulheres, inclusive. Canoas de fibra são mais pesadas do que se imagina, Jim. Eles as carregaram no ombro por três quilômetros, no mato fechado."

"O que fez exatamente com aquela turma, governador?"

"Nada. Conversamos. Caminhamos. Passeamos. Comemos filé de lhama. Mostrei alguns lugares bonitos. Um ninho de águia com filhotes. Borboletas saindo do casulo. Crocodilos ainda jovens." O Camaleão deu de ombros. "Creio que abri um pouco mais seus horizontes."

"Mas eles não abriram a boca quando voltaram."

"Isso eu já esperava. Expliquei-lhes que valorizava imensamente minha privacidade. Bem, a única coisa que tenho para beber é a velha agá-dois-ó. Serve?"

"Está perfeito", Jim Tile disse. Havia muito tempo o amigo não se mostrava tão loquaz. "Foi bom encontrar você com modos tão civilizados."

"Coração, cara." O tom do Camaleão era nostálgico. "Usava o nome de Mulher Cobra, no circo. Disse que era capaz de se contorcer mais que uma serpente. Ela me fazia rir, Jim. Cheguei a um ponto em que isso conta mais que... bem, outras coisas. Quero dizer, ou estou ficando velho ou estou ficando sábio. Brenda faz você rir?"

"O dia inteiro."

"Fantástico. Então, que tal calar a boca e comer, agora?"

Bem passada, a lhama era uma delícia. Depois do almoço o Camaleão pegou o fuzil e guiou o policial num passeio em marcha acelerada por uma trilha precária, passando por uma rinha de galo abandonada até cruzar a County 905 e chegar a seu novo acampamento. Instalara-se à sombra de uma árvore frondosa, num ponto onde já se ouvia o barulho do mar. Não usava barraca, e sim um genuíno Dodge NASCAR número 77, azul e dourado, cheio de adesivos coloridos: Purolator, Delco. Firestone, Rain-X, Autolite, Bose, BellSouth, Outback Steak House, Sudafed e outros. O governador percebeu que Jim Tile arregalara os olhos e comentou: "Daquele autódromo nojento em Homestead. Gastaram cinqüenta milhões de dólares de impostos para construir aquilo. O carro veio de lá".

"Você o furtou?"

"Correto."

"Por que..."

"Um barulho medonho, Jim. Dava para ouvir do outro lado do estreito de Card. Me deu uma enxaqueca terrível. E você sabe como eu fico..."

Atônito, o policial deu a volta no carro de corrida furtado.

"Só a carroceria", o Camaleão explicou. "Não tem motor nem transmissão."

"E como você o pegou e trouxe até aqui?"

"Estava numa carreta. A equipe de competição estacionou a carreta atrás do Mutineer, depois da prova. Idiotas. Só prestaram para ganhar a corrida. Penduraram a bandeira quadriculada de chegada na antena do rádio, os caipiras. Uma gracinha." O Camaleão parou para admirar o saiote novo. "Em todo caso, é no carro que eu durmo, atualmente."

O furto do automóvel era mais uma daquelas coisas que Jim Tile preferia não ter sabido. "Onde foi parar a carreta?", perguntou, preocupado.

"Na costa, um pouco adiante, na direção da marina abandonada. Guardo meus livros lá, com exceção dos Graham Greene. Esses andam sempre comigo." O Camaleão sentou no capô do Dodge NASCAR e ficou brincando com os bicos de urubu da ponta da barba. "Vamos às más notícias, Jim."

O policial o encarou, sério. "Eles querem que você encontre um sujeito. Um rapaz maluco que se escondeu no meio do mato. Ao que parece, age como um Clinton Tyree mirim..."

"Na opinião de quem?"

"De nosso atual governador, o excelentíssimo Dick Artemus."

O Camaleão deu de ombros. "Nunca ouvi falar."

"Bem, ele ouviu falar em você. Gostaria muito de conhecê-lo qualquer dia desses."

O Camaleão gargalhou ao escutar a frase. Jim prosseguiu: "O rapaz que desejam encontrar está tentando impedir a construção de uma nova ponte".

"Suponho que tenha nome."

"Ignorado."

"Onde pretendem fazer a tal ponte?"

"Num lugar chamado Ilha do Sapo, no golfo. O rapaz seqüestrou o cachorro de um figurão qualquer, um amigão do peito do governador. E agora está recebendo o cão de volta aos pedaços, pelo FedEx."

O Camaleão arqueou as sobrancelhas. "Pelo FedEx? Sai caro, dependendo do tamanho do bicho."

"É um labrador, pelo que sei." Jim Tile estendeu a mão para pegar o cantil do amigo e bebeu um pouco de água. "O caso é que o governador Artemus pretende tocar o projeto da ponte adiante..."

"Ele que se dane..."

" ... e quer que você procure e detenha o rapaz assim que for possível. Por favor, não me olhe desse jeito."

"Eu não sou caçador de recompensas."

"Sei disso."

"Quanto ao tal Dick Artemus, nunca vi mais gordo. Não dou a mínima para ele, nem para a tal ponte, embora lamente o sofrimento do animal esquartejado." O Camaleão pulou do capô do carro de corrida. "Portanto, meu negro amigo, você pode voltar a Tallahassee e mandar o governador se foder duas vezes, sem vaselina."

"Calma aí." O policial tirou o envelope marrom molhado de suor de dentro da camisa. "Ele me pediu para entregar isso. Acha que poderia fazer você mudar de idéia. Creio que tem razão."

"O que seria?"

"Veja você mesmo."

"Deu uma espiada?"

"Claro", Jim Tile disse.

Dentro do envelope havia uma única folha de papel, na qual o excelentíssimo governador Dick Artemus fora sábio o suficiente para não colocar seu nome. O homem conhecido como Camaleão leu o texto duas vezes, em silêncio. Ergueu os olhos e disse: "O filho-da-mãe pode estar blefando".

"Pode."

"Por outro lado..." O Camaleão virou-se de costas e por algum tempo contemplou o manguezal, apreciando o barulho das ondas no coral. "Puxa vida, Jim."

"Pois é."

"Não vejo saída. Terei de aceitar a proposta."

"Ia ser difícil recusar, realmente."

"E agora?"

"Me leve de volta para onde deixei o barco. Vou retornar ao Ocean Reef, dar uns telefonemas. Podemos nos encontrar de noite, do lado de fora do Last Chance, lá pelas dez."

"Combinado." A voz do Camaleão soava cansada, envelhecida. Levou o AK-47 ao ombro e ajeitou a touca de banho.

"Tenho a impressão de que hoje você terá outro convidado inesperado. Um segurança idiota chamado Gale. Perdido, morto de sede e sugado pelos mosquitos. Jurando matar um guarda negro maluco que o largou no riacho Steamboat. No mais, inofensivo."

"Vou mostrar a ele o rumo da rodovia."

"Eu agradeceria muito, governador."

No caminho de volta os dois cruzaram com um crocodilo adulto com uma garça azul na boca. A fera descansava na beira de uma lagoa barrenta e a cauda enorme bloqueava o caminho do Camaleão. Ele parou para observar e convidou o policial para fazer o mesmo, com um gesto. A idéia de usar as armas não ocorreria a nenhum dos dois. Respeitosamente esperaram até que o animal engolisse o magnífico pernalta, espalhando penas para todos os lados.

"Uma cena triste", murmurou o Camaleão, "mas também comovente. Afinal, nem você, nem eu, nem qualquer outro dos seis bilhões de egoístas de nossa espécie interferimos."

"Honestamente, nem pensei nisso."

Jim Tile só sossegou quando o crocodilo deslizou pela margem lodosa e sumiu na lagoa. Vinte minutos depois os dois amigos chegaram ao bote a motor. O Camaleão o segurou para o policial subir.

185

O motor frio só pegou na quinta tentativa. O Camaleão empurrou a proa para fora do manguezal e acenou.

"Até de noite", disse.

"Espere, tem mais uma coisa", Jim Tile disse. O motor engasgou e parou. O barco ficou à deriva, descendo lentamente o rio.

"Depois você me diz, Jim", o Camaleão falou.

"Não, preciso contar agora. Artemus falou que há outro sujeito caçando o rapaz. Um cara mau."

"Coitado."

"Bem, eu precisava avisar." O policial acenou. "Dez em ponto?"

O Camaleão balançou a cabeça. "Em ponto." Ele se debruçou e removeu a lata de Schweppes no meio das raízes. Atirou-a no barco, onde tilintou ao bater nas outras.

O policial riu. "Boa pontaria." Ele puxou o cabo de partida e o motor pegou.

O Camaleão parou na margem, acariciando os bicos de urubu. "Jim, lamento muito. Sério mesmo."

"Lamenta o quê, governador?"

"Tudo que vai acontecer", disse. "Lamento desde já." Virando-se de costas, sumiu no meio das árvores.

15

Como combinado, o governador Dick Artemus vetou os vinte e sete milhões e setecentos mil dólares do orçamento estadual destinados ao "projeto de melhoria viária e ponte da Ilha do Sapo/Shearwater". Outros fundos bloqueados pelo governador incluíam dezessete milhões e quinhentos mil dólares para a construção e divulgação de um Museu do Boliche em Zolfo Springs; catorze milhões e duzentos mil dólares para "pesquisa agronômica" de uma técnica para remoção genética do umbigo da laranja-de-umbigo; dois milhões e seiscentos mil dólares para reconstruir o Aqua Quake, uma atração aquática que simulava maremoto, propriedade do tio de um senador estadual destruída por incêndio de origem duvidosa; e trezentos e setenta e cinco mil para iniciar um programa de reprodução em cativeiro da salamandra de barriga rosada, uma espécie ameaçada de extinção da qual restavam apenas sete exemplares (todos machos).

No total, Dick Artemus usou seu poder de veto para eliminar mais de setenta e cinco milhões de dólares em projetos inúteis. Exceto no caso da ponte da Ilha do Sapo, todos haviam sido propostos pelo democratas. Entre os itens que o governador *não* vetou havia inúmeras frivolidades patrocinadas por seus correligionários republicanos, incluindo vinte e quatro milhões e duzentos mil para reformar um campo de golfe em Sarasota, alegadamente para atrair uma etapa do campeonato profissional, mas que na verdade serviria para valorizar as terras do presidente do Comitê de Desapropriação da Câmara, que possuía três lotes bem localizados, próximos ao buraco 14; oito milhões e quatrocentos mil para a compra de uma fazenda de tomate abandonada em South Dade, exageradamente avaliada em quinhentos e sessenta e um mil dólares, ao que constava para expandir a área de proteção ambiental em torno do Parque Nacional Everglades e também enriquecer os proprietários que haviam contribuído generosamente para o Comitê Eleitoral Republicano do estado; dezenove milhões e cem mil dólares para pavimentar e aumentar para seis pistas uma estrada de terra que conduzia a um pasto de cento e cinqüenta hectares, na comarca de Collier, pois no tal pasto futuramente haveria um gigantesco shopping de descontos, embora ninguém ainda o soubesse. Os discretos empresários eram a esposa, a cunhada e a sobrinha do líder do governo republicano na Câmara local.

Nenhum dos projetos dos amigos do governador Dick Artemus rendeu notícia nos jornais, mas os vetos sim. Desie viu a lista de vetos no *Sun-Sentinel* de Fort Lauderdale, com o seguinte título:

GOVERNADOR CORTA US$ 75 MILHÕES DO ORÇAMENTO
E DECLARA GUERRA CONTRA OBRAS "INÚTEIS"

Desie leu a matéria em voz alta para Twilly Spree, na picape.

"Pode comemorar", ela disse. "Você conseguiu. A ponte foi para o espaço."

Twilly disse: "Veremos".

Ele mantinha uma das mãos no volante e outra para fora da janela, para sentir o vento. Fez que sim quando Desie perguntou se ainda estava pensando no sonho.

"Sabe o que um psicólogo diria? Que você superou uma fase", ela comentou.

"Tudo é possível." Twilly não parecia infeliz nem irritado, só distraído.

"Lembra-se de ter pedido para eu ficar?"

"Sim."

"Por que fez isso?"

"Porque eu estava apavorado."

"Medo do quê? Outros pesadelos?"

Twilly sorriu. "Não, dos sonhos não." Ele espiou pelo retrovisor para ver se McGuinn estava bem, na caçamba da picape. "Acha que ele gosta de ficar lá?"

"Claro, ele adora", Desie disse.

"Acho que ele devia vir aqui dentro conosco."

"Twilly, ele está adorando."

"Mas, se começar a chover..."

"Ele é um labrador!"

"Mas estava doente. Não devia tomar tanto vento."

Twilly parou no acostamento e chamou McGuinn para dentro da cabine, acomodando o cachorro entre Desie e ele. Ficou muito apertado, e a flatulência canina piorou ainda mais a situação. "Por causa da ração para cães", Desie explicou. "A de fígado é a pior de todas."

Twilly fez uma careta. Pegou a saída seguinte e parou numa concessionária Buick, onde trocou a picape por uma perua Roadmaster 1992. A transação levou apenas vinte e um minutos, Twilly pagou a diferença em dinheiro que levava em maço no bolso da jaqueta jeans. Desie observou tudo, intrigada.

"Este é o maior veículo de passageiros já fabricado nos Estados Unidos", Twilly proclamou, instalando McGuinn na imensa traseira. "Agora você pode peidar o quanto quiser."

E lá se foram eles novamente.

Desie quase perguntou onde Twilly arranjara tanto dinheiro, mas não importava. Podia ter roubado de uma igreja, mesmo assim ela não queria voltar para casa. Não o compreendia direito, e vice-versa, mas sentia-se extremamente à vontade em sua companhia. Por vezes, percebia que ele a olhava de esguelha — um olhar que homem nenhum lançara em sua direção, uma mistura de intenso desejo, curiosidade insaciável e tristeza. Finalmente ela disse: "No que você está pensando, afinal?".

"No quanto você é bonita."

"Tenha dó."

"Está bem. Que estou morrendo de vontade de dormir com você."

"Não é só isso, Twilly. Tem mais."

"Tem razão. Sempre esqueço o quanto sou complicado." Ele respirou fundo e juntou as mãos no alto do volante. "Estou pensando no quanto eu *quero* precisar de você."

"Uma resposta bem melhor", Desie disse. "Embora não seja tão elogiosa quanto as outras, é mais original."

"E se for verdade?"

"E se eu sentir a mesma coisa?"

Twilly assobiou baixinho.

"É isso aí", ela disse.

"Então estamos os dois enrolados."

"Pelo jeito, sim."

Ele passou vários quilômetros em silêncio. Depois, disse: "Só para constar, eu *quero* dormir com você".

"Eu sei." Desie tentou disfarçar seu contentamento.

"E o que pensa a respeito?"

"Vamos discutir isso mais tarde", disse, "quando *alguém* estiver dormindo." Ela olhou para o fundo da perua.

"O cachorro?", Twilly perguntou.

"O cachorro do *meu marido*. Eu me sentiria mal transando na frente dele, traindo seu dono."

"Ele lambe as partes na *nossa* frente."

"Não se trata de recato, e sim de culpa. Vamos mudar de assunto", Desie disse. "Por exemplo: para onde estamos indo, afinal?"

"Não sei. Estou só seguindo aquele carro."

"Por quê?", Desie disse. Era um Lexus azul-cobalto de quatro portas, com placa de Michigan. "Posso saber o motivo?"

"Não consigo evitar", Twilly disse. "Há uns trinta quilômetros ela jogou um cigarro pela janela. Um cigarro aceso! Há pinheirais dos dois lados da estrada!"

"Ela é uma idiota. E daí?"

"Por sorte, o cigarro caiu numa poça d'água. Caso contrário, começaria um incêndio florestal."

Maravilha, pensou Desie, estou pegando carona com o Zé Colméia.

"Tudo bem, Twilly, ela jogou o cigarro", Desie disse. "E você está seguindo o carro para..."

Dentro do Lexus azul havia apenas a motorista, uma mulher com cabelos cacheados compridos, exagerados. Pelo jeito, falava ao celular.

Desie disse: "Você faz isso sempre, seguir desconhecidos?".

"A mata está seca."

"Twilly, há milhões de idiotas neste mundo, e você não pode ir atrás de todos eles."

"Obrigado, mamãe."

"Por favor, não insista nisso."

Twilly apontou: "Viu, agora?".

Desie vira: a mulher do Lexus atirara outra ponta pela janela. Twilly segurou o volante com força, os músculos do pescoço se retesaram, mas não exibia sinais claros de raiva no rosto. Desie assustou-se com a frieza calma de seu olhar.

Ele falou, mais para si mesmo: "Aposto que aquele carro tem um tanque de gasolina enorme".

"Twilly, não dá para levar a vida desse jeito."

Ela segurava o descanso do braço com tanta força que enterrou as unhas no estofamento. Estavam a poucos centímetros do pára-choque do Lexus. Se a mulher idiota pisasse no freio, morreriam todos.

"Você acha que pode *dar uma lição* a essas pessoas? Pensa mesmo que eles vão aprender alguma coisa?"

"Pode me considerar um otimista."

"Olhe para ela, pelo amor de Deus. Vive em outro mundo. Num outro universo."

Gradualmente, Twilly afastou-se do carro da frente.

"Sou especialista nisso, certo? Casei-me com um daquela espécie", Desie disse.

"E você nunca ficava incomodada?"

"Twilly, isso me deixava louca da vida. É por isso que estou aqui, a seu lado. Mas você me apavorou tanto que estou quase fazendo xixi na calça. Por favor, desista. Esqueça essa mulher."

Twilly ajeitou-se no banco, nervoso. A motorista do Lexus não percebeu nada. A cabeça emoldurada pela farta cabeleira balançava, envolta em fumaça, enquanto ela falava ao telefone.

"Por favor", Desie disse, tocando em seu braço.

"Tá bom."

Ele reduziu a velocidade. O Lexus azul-cobalto afastou-se um pouco, e uma lata de Sprite voou pela janela, caindo no mato. Desie suspirou, conformando-se com a derrota. Twilly pisou no acelerador e a perua avançou. Ele quase encostou no pára-choque de novo, e dessa vez tocou a buzina.

"Meu Deus", Desie disse. "Estou quase vendo a caspa do cabelo dela."

"Bem, creio que ela finalmente se deu conta de nossa presença."

A mulher do Lexus ajustou agitada o espelho retrovisor, que servia como espelho de maquiagem, virado para baixo, em vez de ajudá-la a ver o movimento da estrada.

"Momento da verdade", Twilly proclamou.

"Por favor, não faça nada", Desie suplicou. Na frente deles a motorista nervosa mudava de pista constantemente, no Lexus.

Twilly abriu um sorriso. "Admita", disse a Desie. "Seria uma cena magnífica, o carro em chamas, ela pulando feito um grilo ao luar, uivando no maldito celular..."

"Não faça isso!"

"Mas você pode imaginar, não é? Entende por que tenho essas idéias, ao ver o que ela fez?"

"Sim, entendo. Também fiquei furiosa." O que era verdade. A cena descrita por Twilly não a desagradaria totalmente, Desie admitia. Mas, pelo amor de Deus, o cara era maluco...

O Lexus reduziu a velocidade e Twilly fez a mesma coisa. A mulher dos cabelos encaracolados parou no acostamento, atordoada, levantando uma nuvem de poeira. O coração de Desie pulava, parecendo que ia sair pela boca seca. Sentia o carro tremer e balançar, conforme Twilly freava. Meio grogue, McGuinn levantou-se, antecipando um passeio.

O Roadmaster parou ao lado do Lexus. A motorista se encolheu toda, ao volante. Usava óculos de sol retangulares enormes, o que poupou a Desie o pavor de seu olhar.

Twilly preparou-se para descer, mas abruptamente virou para a frente. Desie viu que tomava fôlego. Desie perdera o seu.

Depois, para surpresa dela, a perua começou a se mover. "Deixa para a próxima vez", Twilly disse calmamente.

Desie esticou o rosto e o beijou. "Ainda bem."

"Querida, onde foi parar o CD do Tom Petty?"

"Está aqui."

Ela sentiu o vento aumentar conforme Twilly acelerava o carro na direção da rodovia interestadual, aumentando o volume.

"Um pé na cova", cantou.

"E o outro no acelerador", * completou Desirata Stoat, contente por estar ao lado de um homem que sabia citar uma letra.

"Foi tudo culpa sua", Robert Clapley disse.

"Como assim?"

"Você me deu aquela merda."

"Para começo de conversa", Palmer Stoat disse, "era para *você* usar, e não para as moças. Essa é a minha idéia de pó de chifre de rinoceronte, Bob. Um estimulante masculino. Em segundo lugar, só um retardado pensaria em fumar o pó, era para misturar na bebida, que nem adoçante."

(*) No original: "*One foot in the grave*" e "*And one foot on the pedal*", da canção "Rebels", de Tom Petty. (N. T.)

Eles estavam na porta da suíte principal do apartamento de Clapley em Palm Beach, que cheirava a haxixe, alho e suor azedo. O lugar estava de pernas para o ar. Espelho quebrado e torto, colchão *king size* meio caído no chão, lençóis de seda embolados e úmidos. Acima da guarda da cama, na parede, havia marcas engorduradas de pés, mãos e nádegas. "Azeite de oliva", Robert Clapley disse. "Entende o que quero dizer com azeite de oliva?"

"O que mais elas tomaram, além do pó de rinoceronte?"

"Haxixe, ecstasy, só Deus sabe. Sério, só dá para entrar no banheiro delas de escafandro." Clapley riu, desolado. "Um bundão que elas conheceram no spa deu Quaaludes para elas. Quando você *viu* um Quaalude de verdade pela última vez, Palmer? Só se foi num museu de farmácia."

Os dois homens se aproximaram da janela panorâmica que dava para o terraço, onde Katya e Tish boiavam na banheira de hidromassagem gigantesca, com os pés quase se tocando e olhos fechados. Naquele dia elas não pareciam nem um pouco com a boneca Barbie, e sim com prostitutas viciadas. A bem da verdade, estavam tão inchadas, feias e deformadas que Palmer Stoat quase ficou com pena de Robert Clapley. Quase, mas não ficou. Aquele sujeito, afinal de contas, o insultara, ameaçara e levara o Porco-Espinho à sua casa. Portanto, seria impossível a solidariedade total de Stoat aos problemas de Clapley.

"Como estão as coisas agora, Bob? Entre você e as gêmeas?"

"Mal, como poderiam estar?", Clapley disse. Nervoso, ele apertou o cinto do roupão. Stoat notou um curativo na orelha, onde antes havia um brinco de brilhante.

"O negócio foi o seguinte. Elas passaram os dois últimos dias feito loucas, taradas", Clapley disse. "Se quer saber, o chifre de rinoceronte, para mim, só serviu para estragar um bourbon excelente. Mas para as moças, Palmer, sei lá. Elas acham que é uma espécie de *crack* superpoderoso..."

"Elas já estavam drogadas, de qualquer modo..."

"O caso é o seguinte", Clapley disse, levantando a mão, "elas acreditam que foi o pó de rinoceronte que as deixou loucas e taradas. Elas *acreditam* nisso, Palmer, e você sabe que noventa por cento do efeito da droga é psicológico. E elas não são as pessoas mais sofisticadas que você já encontrou na vida, meu chapa. Elas fugiram de um lugar feio, frio e miserável. Chegaram ao sul da Flórida, ou seja, ao paraíso. Tudo é novo e excitante por aqui. Não só o clima, mas as drogas e trepadas e festas. Tudo."

Através do vidro fumê Stoat observou as duas moças nuas na banheira, os seios de silicone obviamente falsos a flutuar na água feito bóias de marina. O sol forte revelava os defeitos de seus rostos: olhos inchados, lábios deformados. O cabelo louro pintado se espalhava como sargaço. Stoat notou, pelas raízes escuras, que estava na hora de pintar tudo de novo. E ouviu Clapley dizer: "Elas querem mais".

"Usaram tudo, já?"

Clapley fez que sim, desanimado. "E agora querem mais."

"Bob, é extremamente difícil conseguir aquilo."

"Posso imaginar."

"Não pode. Você não faz a menor idéia."

"O problema é que elas iam operar o queixo, na semana que vem", Robert Clapley disse. "Mandei buscar o maior especialista mundial em queixo, de primeira classe, vindo de São Paulo. Mas as moças — veja só — anunciaram hoje de manhã: Nada de sexo nem de cirurgias, nada de roupinhas da Barbie até eu conseguir mais pó de rino. É assim que elas dizem, pó de rino."

"Que meigo." Palmer Stoat passou a mão em seu queixo artificialmente esculpido. "Quer um conselho, Bob? Deporte essas ingratas de volta para seu país de origem e continue tocando a vida."

Clapley ficou sentido. "Você não entende. Tenho planos para essas duas. E uma programação."

"Bob, você pode arranjar outras Barbies para se divertir. Na Flórida é o que não falta."

"Não iguais a essas. Não gêmeas."

"Mas elas não são gêmeas *de verdade*, caramba..."

Robert Clapley apertou o braço de Stoat. "Investi uma fortuna nessa história. E não se trata apenas de tempo e dinheiro, Palmer. Trata-se de um projeto muito importante para mim. *Elas...*" — Clapley moveu a cabeça em direção à banheira de hidromassagem — " ... são importantes para mim."

Um projeto, Stoat pensou, divertindo-se. Como incrementar um Chevy.

"No Natal", Clapley prosseguiu, "teremos terminado tudo. Bem a tempo para as festas de fim de ano. Tudo, da cabeça aos pés. Para você ver como estamos perto."

"Elas são putas, Bob. Farão o que você mandar."

"Não querem mais." Clapley afastou-se da janela. "Agora, só com o pó de rino."

Palmer Stoat o seguiu até a sala. "Vou dar uns telefonemas. Mas não posso prometer nada."

"Obrigado." Clapley desabou numa poltrona exageradamente fofa.

"Mas não me considero responsável pelas conseqüências. Elas podem morrer, se fumarem aquele negócio. Podem cair duras bem na sua frente. De onde tiraram essa idéia idiota, afinal?"

"Da televisão, provavelmente. Sei lá, resolveram pôr o pó num cachimbo. Fumaram com um cachimbo de vidro. Depois vieram para cima de mim... e chuparam..."

"Já sei. Posso imaginar", Stoat disse.

"Depois o cara do spa apareceu e elas começaram a chupar o cara e ele chupou as duas...", Robert Clapley rilhou os dentes. "Puxa, foi uma festa da chupeta daquelas, Palmer. Você devia ter visto."

"Obrigado. Tenho minhas próprias diversões."

"É mesmo?", Clapley riu, irônico.

"E preciso conversar a respeito disso com você. Sobre o seqüestrador do meu cachorro."

"O que foi, agora?"

"Ele mandou uma pata", Stoat disse, "numa caixa de charutos cubanos."

Clapley resmungou. "Depois da orelha? Nossa, que frieza."

"E tem mais, Bob. Ele está com a minha mulher."

"Ainda? Eu pensei... você não tinha dito que ele a soltara?"

"Soltou", Stoat disse. "Mas a pegou de novo."

"Como assim? Que coisa esquisita."

"Também acho. Bem, o caso é que ela está com ele, sem sombra de dúvida."

"Ela e o cão?", Clapley perguntou.

"Isso mesmo."

"Diacho." Clapley parecia exasperado. "Que mundo mais nojento e perverso. Podre, podre, podre."

"Por falar nisso, Bob", Palmer Stoat indagou, "por onde anda seu amigo encantador, o senhor Gash?"

"Na ilha Shearwater, pelo que soube. Caçando o seqüestrador maluco."

Palmer Stoat pediu: "Chame-o de volta, por favor".

"Por quê?"

"Não quero ver aquele sujeito perto da minha mulher. Tire-o de cena até o mutilador maluco a soltar."

"E se ele não a soltar?"

"Ele soltará", Stoat disse. "O governador Dick vetou sua ponte de vinte e oito milhões de dólares. Saiu no jornal de hoje."

O veto era uma questão muito delicada para Clapley. "Você tem sorte de ainda estar vivo", disse a Palmer Stoat.

"Sei disso muito bem. O caso, Bob, é que o seqüestrador só pediu isso: o veto. Agora ele já sabe que conseguiu o que desejava."

Clapley ficou impaciente. "Então você acha que um demente como ele tem palavra? Um sujeito doido o suficiente para mandar pedaços de cachorro pelo correio merece confiança? É nisso que acredita?"

"Bem, quero ver esse sujeito pelas costas, tanto quanto você. Quando Desie estiver livre o senhor Gash pode fazer o serviço dele, e você tocará o projeto Shearwater sossegado. Só peço alguns dias. Até ela voltar para casa, sã e salva."

"O cachorro, também?", Robert Clapley perguntou. "Ou, melhor dizendo, o que sobrou dele?"

Stoat ignorou a zombaria macabra. "Quando o senhor Gash costuma entrar em contato?"

"Quando tem resultados a apresentar."

"Na próxima vez em que ele ligar..."

"Transmitirei suas preocupações", Clapley disse. "Enquanto isso, arrume um jeito de comprar mais chifre de rinoceronte."

Stoat balançou a cabeça. "Se eu conseguir, não vai ser barato."

"E desde quando a perfeição custa barato?" Clapley sorriu, melancólico. "Faça o que for preciso, Palmer."

Uma confusão no terraço atraiu a atenção dos dois. Clapley correu para a porta, acompanhado por Stoat. As duas Barbies estavam brigando na banheira de hidromassagem, trocando socos e insultos no idioma dissonante delas. Clapley entrou na água quente para apartar, e Palmer Stoat voltou a filosofar sobre os caminhos sombrios e escabrosos de sua vida atual. Lá estava ele, parado sob o sol inclemente, feito um eunuco, segurando obediente o robe de seda de um sujeito — seu cliente! — que andava com os bolsos cheios de bone-

196

cas. E, como se não bastassem as bonecas, um espelhinho de brinquedo, conjunto de maquiagem e escova de cabelo, também!

Stoat examinou a escova em miniatura, do tamanho de um Dentyne, na palma da mão. As cerdas eram muito finas e o cabo — meu Deus, seria possível? Stoat fixou a vista, surpreso. Pérola!

Ele olhou para o céu, para além da confusão sórdida de corpos uivantes na banheira, na direção da calma azulada do Atlântico. O que houve com nosso país?, Stoat ponderou, deprimido. O que houve comigo?

16

A paciência não era, entre as virtudes do sr. Gash, a que mais se destacava.

E a Ilha do Sapo era uma perda de tempo; nenhuma pista lá do rapaz inconveniente que mandaram matar.

Após intensa busca o sr. Gash localizou uma pousada tolerável, no continente. Optou por não telefonar para Robert Clapley, pois nada teria a relatar, exceto a morte do biólogo bêbado, que o sr. Gash abatera a tiros e enterrara com a retroescavadeira. Não ganharia nada a mais pela gentileza.

Portanto, o sr. Gash pegou o carro e retornou à Ilha do Sapo. Passou a manhã inteira indo e voltando pela ponte velha, enquanto ouvia uma de suas compilações favoritas do 911 no toca-fitas do carro: *Franco-atiradores em serviço*, acompanhada pela *Sinfonia nº 3 em Ré Maior* de Tchaikovsky.

PESSOA: É o Tim! O Tim, do pátio de carga! Ele ficou louco de vez! Está atirando em todos os supervisores!

ATENDENTE: Qual seu sobrenome, Tim?

PESSOA: EU NÃO SOU O TIM! Tim é o cara que está atirando!!!

ATENDENTE: Quer dizer que ele está armado?

PESSOA: Claro que sim. Ele tem umas CINCO armas! Precisam mandar a polícia para cá depressa!

ATENDENTE: Senhor? Senhor?

PESSOA: Ouviu isso? Meu Deus do céu.

ATENDENTE: Eram disparos?

PESSOA: Fogos de artifício é que não eram (bip). Vão mandar alguém para cá?

ATENDENTE: Sim, senhor. Temos cinco viaturas a caminho. Pode descrever o suspeito?

PESSOA: Tem um metro e noventa, uns cento e vinte quilos, cabelo preto ondulado.

ATENDENTE: Qual é o nome completo dele?

PESSOA: Não faço a menor idéia, diacho. Ele não trabalha para mim, entendeu? Só Tim, pelo que sei. É o Tim, o carregador do turno diurno do pátio de carga.

ATENDENTE: Ele tem algum... senhor? Está me ouvindo?

PESSOA: Não estou ouvindo nada. Escutou os tiros? Não percebe o que está acontecendo aqui? Uma (bip) confusão. O sujeito está indo de sala em sala, fuzilando todos os supervisores...

ATENDENTE: Esse Tim tem algum detalhe característico, como cicatrizes ou tatuagens?

PESSOA: Não, senhora. Mas não vai ser difícil identificá-lo. É o único com cinco armas. Será o único com o coração batendo, também, se a polícia não chegar logo... meu Deus!

ATENDENTE: Senhor?

PESSOA: Calma, Timmy... tudo bem, meu chapa? Calma, sou eu... só vim tirar uma soneca aqui no almoxarifado, mano... Então, cara, tudo bem? Você parece meio estressado...

ATENDENTE: Senhor? Por favor, não desligue. Senhor?

O sr. Gash se divertia com o pânico evidente nas gravações; fazia com que se lembrasse de situações pessoais similares, e temporariamente aliviavam o peso da solidão da Ilha do Sapo. Ele ia e voltava pela ponte, tendo concluído que era a melhor maneira de monitorar quem entrava e saía da ilha. Nenhum carro ou picape poderia passar sem ser visto, e o mesmo valia para barcos que se aproximassem, vindos do continente.

Apesar das fitas do 911 no carro, porém, o sr. Gash estava entediado e impaciente. Sentia um forte impulso de abandonar o serviço para Clapley e voltar a seu confortável apartamento em South Beach, onde poderia vestir um paletó xadrez limpo, comer sushi em Lincoln Road e circular pelas casas noturnas para pegar mulheres. Uma não bastava para o sr. Gash. Ele já superara a fase do um a um. Duas era bom, três ainda melhor. Em seu apartamento o sr. Gash tinha uma cama feita por encomenda, o dobro de uma *king size*. Havia uma roldana presa às vigas do teto, para içar e descer os arreios feitos do melhor couro de iguana verde. Um artesão de Washington Avenue elaborara os arreios de couro de iguana, feitos sob medida para o corpo musculoso do sr. Gash; serviço de primeira, e por um preço bem razoável.

O sr. Gash acalentava sua fantasia predileta — ficar pendurado no teto, em cima de três mulheres de pernas compridas, uma delas empunhando um pegador de gelo de platina — quando uma perua grande atravessou a ponte em alta velocidade, em sentido oposto, na direção da ilha. Havia um cachorro grande na traseira. O sr. Gash ria de antecipação ao dar a volta para seguir a perua. Viu a cabeça preta do cachorro para fora, na janela traseira. O sr. Gash tinha quase certeza de que se tratava de um labrador. E, como estava um pouco distante, ele identificou apenas uma orelha preta ao vento.

É isso!, pensou, pisando fundo no acelerador.

O cachorro era mesmo um labrador preto. Mas as duas orelhas estavam intactas, a que o sr. Gash não vira estava para trás, só isso. O nome do cachorro era Howard e pertencia a Ann e Larry Dooling, de Reston, na Virgínia. Eles não combinavam com a descrição do jovem casal feita pelo falecido dr. Brinkman. Os Dooling, sessentões, eram aposentados. Ela, do Smithsonian, ele, do Departamento de Comércio do governo. Passavam a temporada na Flórida, adoravam o sol, e tinham ido conhecer as praias da Ilha do Sapo, disseram ao sr. Gash, que os abordou com a desculpa de estar perdido. Assim que confirmou serem apenas turistas idiotas, e não terroristas ou seqüestradores de cachorros, ele encerrou a conversa e foi embora.

Mas Larry Dooling enfiou uma Budweiser gelada em sua mão e disse: "Atravessamos o estado inteiro atrás de uma praia decente. Quando digo 'decente' quero dizer pacífica e deserta".

"Os panfletos turísticos", queixou-se Ann Dooling, "são *muito* enganosos."

Howard, o cão, cheirou o sapato do sr. Gash enquanto Larry Dooling repassava as muitas praias da Flórida que os decepcionaram em suas viagens. "Fort Lauderdale, é claro; tente arranjar uma vaga para estacionar por lá. Quero só ver. De Miami nós fugimos, claro. Vero era legal, mas encontramos um aviso de cuidado com os tubarões, por isso não fomos nadar. Em Palm Beach foram as águas-vivas venenosas. E o que nos levou a tentar a sorte em Daytona eu jamais entenderei."

"Não se esqueça de Clearwater, querido", interrompeu Ann Dooling. "Parecia um zoológico. Cheio de universitários!"

As vozes do casal funcionaram como brocas de titânio no cérebro do sr. Gash. Quando a mulher comentou pela terceira vez seu "penteado moderno", o sr. Gash mergulhou com prazer em novo devaneio. Ele imaginou os Dooling tendo convulsões por envenenamento de água-viva; viu o casal na gélida privacidade de seu apartamento escuro em South Beach, com Dolby Surround, e não nas praias ensolaradas.

Ele imaginou os Dooling numa fita de emergência do 911.

"Não sente calor com este paletó?", Ann Dooling perguntou.

Sentiu vontade de tirar o casaco xadrez para que os Dooling vissem sua arma; queria ver os queixos caírem quando ele a sacasse do coldre e mirasse nas cabeças reluzentes de protetor solar... os cretinos iam finalmente calar a boca...

Mas, em plena luz do dia, perto de crianças brincando de Frisbee na areia, ficava difícil. O sr. Gash jogou fora a lata de cerveja e voltou para o carro pisando duro.

Ele percorrera metade da extensão da ponte velha quando viu outra perua do outro lado, em alta velocidade; uma Buick Roadmaster com lateral de madeira, a pioneira das peruas grandes, levando outro casal e outro cachorro preto com a cara para fora da janela.

O sr. Gash freou, por reflexo. Depois pensou: que se foda. Estou cercado de turistas, só isso. O que ele precisava no momento era de uma pilha de revistas pornôs e uma garrafa de Meyer's. E seguiu adiante, deixando a Ilha do Sapo para trás.

Amanhã, pensou. Amanhã volto para investigar a Roadmaster.

Na primavera de 1966, dois irmãos foram para o Vietnã. Um voltou herói, o outro, ferido. Doyle Tyree estava num jipe do exército que capotou, a quinze quilômetros de Nha Trang. O motorista, um sargento, morreu na hora. Doyle Tyree quebrou a perna e sofreu ferimentos graves na cabeça. Voltou para casa de avião, passando seis semanas num hospital para veteranos de guerra. Para seu eterno tormento, o acidente não havia sido provocado por fogo inimigo, mas por irresponsabilidade. O sargento e ele tomaram uma caixa de cerveja de Hong Kong e resolveram pescar carpa num arrozal inundado. Pescar carpa de noite, na zona de combate! Tudo porque Doyle

Tyree sentia saudades da Flórida e se preocupava demais com o irmão menor, Clint, que bancava o franco-atirador no meio da selva tropical, entre vietcongues, sanguessugas e serpentes.

Os irmãos Tyree cresceram na beira de um lindo lago piscoso; Doyle e Clint adoravam o local. Freqüentavam-no diariamente, depois das aulas, e aos sábados e domingos, quando terminava o culto. Não era só pescar que os atraía, eles apreciavam o tempo que passavam juntos e a paz absoluta — a brisa no capinzal, o sol a refletir na superfície da água, as tartarugas nos troncos, os jacarés no meio dos lírios e o piar queixoso das cotovias do prado ao levantarem vôo. Doyle Tyree não agüentava mais de solidão e saudades quando sugeriu ao sargento sair para pescar naquela noite, sem saber sequer se *havia* carpas ou qualquer outro peixe no arrozal inundado; ele só sabia que, ao crepúsculo, o local lembrava o lago de sua infância. Por isso cortaram duas varas de bambu, arranjaram linha e anzol, roubaram um pão da despensa para servir de isca, pegaram a cerveja, amarga e quente, mas tudo bem, e seguiram para o arrozal, onde pretendiam pegar carpas enormes. A estradinha de terra era escura e esburacada. Mas foi a cabra a culpada, uma cabra fugida de algum dono distraído. Quando o sargento girou o volante para desviar da cabra, o jipe capotou (como só os jipes sabem fazer) e continuou virando até ser detido por uma carroça maciça como um muro de concreto.

Doyle Tyree acordou num quarto branco e frio de Atlanta, na Geórgia, com pinos de aço no fêmur, uma placa metálica na cabeça e mais culpa e vergonha em sua alma do que seria capaz de suportar aos vinte e cinco anos. Pediu para retornar ao serviço no Vietnã, o que não era anormal em soldados feridos em condições similares, mas o pedido foi negado. Deram-lhe baixa honrosa e ele voltou para a Flórida, para esperar o irmão herói. Só depois que Clint retornou em segurança da selva, só depois que eles se abraçaram, riram muito e passaram uma manhã no meio da neblina, no lago de sua infância, só depois de tudo isso Doyle Tyree sofreu um colapso nervoso. Sumiu uma semana depois e ninguém sabia para onde poderia ter ido.

O irmão só conseguiu encontrá-lo após decorridas várias semanas. Na ocasião Clinton Tyree já era governador, e tinha à disposição a infra-estrutura governamental inteira, que na ocasião sofreu um ataque de eficiência. O irmão do governador usava o nome do sargento morto no Vietnã e foi identificado por um funcionário atento durante uma verificação de identidade rotineira, graças às impressões digitais. Localizaram Doyle Tyree numa cela na cadeia de Orlando, condenado a trinta dias por invasão de propriedade. Ele havia sido detido por instalar seu saco de dormir e acender um fogareiro de campanha dentro da torre do castelo de Cinderela, na Disney World. Fora a trigésima sexta ocorrência do gênero em dois anos. A segurança da Disney deduziu que Doyle Tyree era um mendigo bêbado, mas ele não tomava uma gota de álcool desde a noite fatídica, perto de Nha Trang. Pagaram sua fiança em Orlando. Após banho e barba ele recebeu roupas novas e foi conduzido num jatinho do governo para Tallahassee.

Para Clinton Tyree, o encontro foi uma agonia. Doyle apertou sua mão e por um momento seus olhos ausentes pareceram insinuar reconhecimento, mas ele não disse uma só palavra durante o tempo em que permaneceu no palácio do governo, mais de uma hora. Ele ficou sentado, rígido, na ponta do sofá de couro, olhando fixo para uma folha de hortelã que flutuava em seu chá gelado. Exasperado, Clinton Tyree disse: "Doyle, pelo amor de Deus, o que posso fazer para ajudá-lo?".

Doyle Tyree pegou uma caneta esferográfica no bolso da camisa do irmão — uma caneta comum, um brinde com o brasão do estado — e escreveu algo no braço, com letras de fôrma miúdas. Doyle Tyree usou tanta força que a cada letra uma gota de sangue escuro escorria pelo braço. Ele escreveu: ME LEVE PARA UM LUGAR SEGURO.

Uma semana depois ele começou a trabalhar como encarregado de um pequeno farol na baía Peregrine, não muito longe do Hobe Sound. A torre listada de vermelho, atração turística do parque estadual da baía Peregrine, desativado havia mais de quatro décadas, tinha tanta necessidade de um faroleiro quanto o cemitério. Mas sem dúvida era um lugar seguro para o irmão perturbado do governador, cuja contratação, por modestos dezessete mil e trezentos dólares por ano, foi o único ato de nepotismo cometido por Clinton Tyree.

O governador, escrupuloso, tomou nota de tudo em seus arquivos pessoais, acrescentando uma cópia dos registros médicos e militares de Doyle Tyree. Também incluiu a carta que escrevera à divisão de parques, solicitando a vaga para o irmão.

A carta fora um dos documentos que Lisa June Peterson competentemente mostrara ao chefe, Dick Artemus, atual governador da Flórida, ao entregar caixas cheias de material sobre Clinton Tyree.

Lisa June Peterson também relatou que o nome de Doyle Tyree continuava na folha de pagamentos do estado, indicando que ele continuava trancado no alto do farol da baía Peregrine. O mesmo farol que Dick Artemus ameaçava interditar e demolir, caso Clinton Tyree recusasse seu apelo e se negasse a procurar o seqüestrador maluco que retalhava cachorros como protesto contra o projeto Shearwater.

Aquele era o ás na manga citado na carta que o governador não assinara, mas ordenara ao tenente Jim Tile que fosse entregue ao homem conhecido como Camaleão: "Seu irmão, coitado, apesar de mentalmente instável, será posto na rua se você não atender ao meu pedido. Lamento, governador Tyree, mas temos uma séria crise no governo", dizia a carta. "Cortes severos no orçamento do Departamento de Parques. Não temos verba sobrando para manter alguém encarregado de um farol desativado."

"Exceto se concordar em colaborar."

Foi o que ele fez.

Lisa June Peterson ficou interessadíssima no objeto de sua pesquisa, o único sujeito a renunciar ao governo da Flórida. Devorou os recortes de jornal antigos que narravam a ascensão e queda de Clinton Tyree — de atleta carismático e veterano de guerra condecorado a subversivo perigoso e banido do próprio partido. Se metade das citações atribuídas ao sujeito fosse verdadeira, Lisa June pensou, então a renúncia lhe salvara a vida. Sem dúvida alguém o mataria, se não saísse. Uma coisa era recitar a ladainha convencional da proteção ao meio ambiente — puxa vida, até os republicanos aprenderam a arenga sobre a preservação dos Everglades! —, outra bem diversa era lutar ferozmente contra o crescimento de um estado dominado e controlado pelos bancos, construtoras e incorporadores imobiliários...

Suicídio político, concluiu Lisa June Peterson. O sujeito teria mais chance se tentasse legalizar o LSD.

Para uma ávida estudiosa do governo, a passagem de Clinton Tyree por Tallahassee era tão fascinante quanto breve. Ele tinha razão em relação a tudo, Lisa June Peterson pensou, mas fez praticamente tudo errado. Falou palavrões em entrevistas coletivas. Fez discursos radicais, citando Dylan, John Lennon e Lenny Bruce. Andava descalço e de barba crescida no palácio do governo. Por mais popular que Clinton Tyree fosse com o povo da Flórida, não teve a menor chance — nenhuma mesmo — de balançar a máquina corrupta e transformar o governo numa instituição ética preocupada com o futuro. Uma pessoa mentalmente sã nem tentaria uma loucura dessas.

Talvez Tyree não fosse mentalmente sadio. Havia o precedente do irmão, Lisa June Peterson pensou; talvez fosse um mal de família. O governador abandonara o palácio depois que o secretariado o traiu, fechando uma reserva ambiental à beira-mar para vender as terras a um grupo de investidores amigos. O sumiço de Tyree foi tão súbito e total que as pessoas inicialmente pensaram que ele havia sido seqüestrado ou assassinado, ou mesmo cometido suicídio. Mas chegou a carta de renúncia, e a assinatura raivosa foi checada pelos especialistas do FBI. Lisa June Peterson fizera duas cópias da histórica carta; uma para Dick Artemus e a outra para seu arquivo pessoal.

Por um curto período, após o desaparecimento de Clinton Tyree, os jornais veicularam uma série de boatos e especulações. Depois, silêncio. Nenhum jornalista foi capaz de encontrá-lo para entrevistas ou fotos. Com o passar dos anos seu nome surgiu esporadicamente nos arquivos dos órgãos estaduais de segurança — supostas testemunhas que o viram no cenário de um crime em geral bizarro. Mas Lisa June Peterson não encontrou registros de detenção e não havia provas sólidas do envolvimento do ex-governador nos casos citados. Contudo, a mera idéia de que ele continuava vivo, bancando o eremita no meio do mato, era fascinante.

Eu daria qualquer coisa para conhecê-lo, Lisa June pensou. Gostaria muito de saber se ele estava mesmo louco.

Ela jamais teria adivinhado o que seu chefe pretendia ao encomendar a pesquisa. Não sabia que Dick Artemus ficara acordado até quatro da madrugada, certa noite, examinando documentos e recortes de jornal até topar com a excitante história de Doyle Tyree, irmão do ex-governador. Tampouco Lisa June Peterson tinha conhecimento da carta sem assinatura entregue pelo governador ao policial rodoviário negro, ou o tipo de ameaça cínica que ela continha.

Por isso não tinha noção do processo que ajudara a iniciar, no qual um homem sairia ressentido e revoltado do meio do mato. Um homem do tipo que ela nunca vira nem poderia imaginar.

205

"Dinheiro não é problema", Palmer Stoat disse ao telefone.

Do outro lado da linha estava Durgess. "Não se trata só de dinheiro. Isso pode dar anos de cadeia."

"O Chinês desligou na minha cara."

"Claro. Ele não gosta de falar por telefone."

"Só preciso de um chifrinho", Stoat disse. "Não consegue falar com ele? Diga a ele que dinheiro não é problema."

"Você tem de entender, não foi um ano bom para o ramo dos chifres de rinoceronte. Alguns rapazes que trabalham para nós foram apanhados e estão presos", disse Durgess.

"Ele sabe quem sou eu? O Chinês sabe? Tem idéia do nível dos meus contatos?"

"Você matou o último rinoceronte disponível. Antes o senhor Yee negociava diretamente com a África, mas o continente pegou fogo e não vai dar para trazer nada de lá por uns meses."

Palmer Stoat parou para acender um H. Upmann, mas o charuto tinha gosto adocicado e metálico. Foi então que ele se lembrou, enojado, da pastilha de cereja contra tosse que estava chupando. Cuspiu o losango em cima da mesa, violentamente.

"Você está querendo me dizer", Stoat falou a Durgess, "que nem pelo preço exorbitante de cinqüenta mil dólares o intrépido senhor Yee seria capaz de localizar um único rinoceronte solitário em algum lugar do planeta Terra?"

"Eu não disse isso", Durgess respondeu. "Um zoológico particular na Argentina quer vender um macho velho que sofre de artrite."

"Ainda tem o chifre?"

"É bom que tenha", Durgess disse.

"Perfeito. Em quanto tempo pode conseguir isso?"

"Estamos tentando. Preciso de um mês, por aí."

"Assim não dá, é tempo demais", Stoat pressionou.

"Vou ver o que dá para fazer."

"Ei, aproveitando a ligação", Stoat disse, dando outra baforada no H. Upmann, "como vai a cabeça do meu rinoceronte? O cara da fibra de vidro já fez o serviço?"

"Está fazendo", Durgess disse. "Ele me falou que vai ficar melhor do que um chifre de verdade. Ninguém saberá que é falso, fora você e eu."

"Assim espero", falou Palmer Stoat. "Não vejo a hora de colocar a cabeça daquela fera magnífica na parede."

"Sim, senhor."

Stoat não notou o tom zombeteiro de Durgess e desligou, satisfeito por ter pressionado o preguiçoso. Stoat bateu a cinza do charuto, pensativo, depois foi tomar uma ducha. Levou o telefone sem fio para o banheiro, para o caso de Desie ligar do Parque dos Seqüestrados...

A luz apagou quando a cabeça de Stoat estava coberta pela espuma do xampu. Ele tateou no escuro, praguejando, cuspindo espuma, até achar o registro do chuveiro. Quando tentou abrir a porta do boxe, ela não cedeu. Forçou a porta com o ombro, sem sucesso.

Com os olhos ardendo Stoat viu uma sombra enorme do outro lado da porta do chuveiro. Um grito morreu em sua garganta quando pensou: o sr. Gash, outra vez. Quem mais poderia ser?

Naquele momento o vidro se desintegrou e caiu no piso de mármore italiano importado, provocando um barulho terrível. A porta se desmanchou em caquinhos, nos pés de Stoat. Depois disso, o único som audível no banheiro era sua respiração entrecortada, ansiosa. Ele sentiu uma picada na perna esquerda e calor por causa do líquido que escorria até a canela.

A sombra não estava mais na sua frente; agora, sentada na privada, obviamente fazia suas necessidades.

"Senhor Gash?" As palavras saíram com dificuldade.

"Errou", disse a sombra.

"Então, quem é você?"

"Seu amigo Dick me mandou aqui", disse o homem. "O governador Dick. Por causa de um cachorro desaparecido."

"Certo!"

"Poderia falar a respeito?"

"Agora? Aqui?"

As luzes foram acesas. Palmer Stoat fechou os olhos com a claridade, levando a mão à testa. Cobriu com a outra suas partes encolhidas. Vidro quebrado para todos os lados. Um milagre que só tenha sofrido um pequeno corte.

"Comece a falar", disse o sujeito. "Depressa, meu caro, a vida está passando."

Conforme a vista de Stoat se ajustava à luz o sujeito de ombros largos entrava em foco. Rosto crestado de sol e barba prateada, exoticamente trabalhada em duas tranças longas. Na ponta de cada uma delas havia um bico de ave, amarelado e manchado como se fosse um pergaminho antigo. O homem calçava botas velhas sujas de lama e casaco impermeável laranja encardido. Em volta da cintura havia um pedaço de tecido quadriculado que lembrava um saiote escocês. Para proteger a cabeça calva reluzente ele usava uma touca de banho ordinária, de plástico. Havia algo esquisito em seus olhos, mas Stoat não conseguiu definir o que era.

"Você tem nome?", perguntou.

"Me chame de capitão." O visitante falava com voz baixa e grave, como se fosse trovejar.

"Está bem, *capitão*." Stoat não se sentia tão mal assim, vendo o sujeito sentado na privada. "Por que não tocou a campainha?", Stoat perguntou. "Para que invadir a casa? E por que precisava quebrar a porta do boxe?"

"Para que você entrasse no espírito da coisa", o sujeito respondeu. "Além disso, eu estava a fim de arrebentar alguma coisa só para ouvir o barulho."

"Dick Artemus o mandou?"

"Digamos que sim."

"Por quê? Para encontrar meu cachorro?"

"Isso mesmo. Sou da carrocinha." O homem latiu, sarcástico.

Palmer Stoat manteve a calma, com esforço. Levando em conta o lado político, quase fazia sentido que o governador Dick recrutasse seu próprio agente para cuidar do seqüestrador — não para matálo, claro, mas sim para detê-lo antes que causasse mais problemas. Onde, porém, o governador arranjara um brutamontes alucinado e violento como aquele? Parecia o Grizzly Adams cheio de anfeta.

Stoat perguntou: "Você é caçador de recompensa?".

"Uma espécie de lixeiro", o visitante retrucou. "E vou começar por você."

"Bem, posso contar a história toda, mas, por favor, espere até eu me enxugar e vestir uma roupa. Por favor."

"Não. Você continua aí mesmo." O sujeito levantou-se para pegar o papel higiênico. "Diz a experiência", comentou, levantando o saiote quadriculado, "que homens pelados e apavorados tendem a cooperar melhor. Isso estimula a memória, creio. Vamos ouvir, portanto, a triste história do seu cachorrinho."

Stoat percebeu o que o incomodava nos olhos daquele homem: não combinavam. O olho esquerdo era artificial e tinha íris vermelho-brilhante. Stoat não imaginava onde alguém poderia conseguir um olho tão apavorante, nem o motivo para usá-lo.

"Você vai começar a falar", o sujeito disse, "ou pretende continuar aí nessa pose ridícula?"

Palmer Stoat falou sem parar, nu, em pé, pingando água, rodeado pelos cacos de vidro. Falou até deixar de pingar e secar completamente. Disse ao caolho desconhecido tudo que pudesse ajudá-lo na caçada — como era o sujeito que o seguira na picape preta; o lixo cruelmente despejado no BMW conversível de Desie; invasão de sua casa e vandalismo perverso contra seus troféus de caça; enxame de besouros-do-esterco dentro de sua perua esportiva; seqüestro de Boodle e subseqüente eco-extorsão; projeto de transformação da Ilha do Sapo em Shearwater, com o sofisticado esquema de tráfico de influência e negociatas para conseguir a verba de construção da nova ponte; o recado zombeteiro do desconhecido de óculos escuros no Swain's, provavelmente o seqüestrador de cães em pessoa; a orelha cortada que chegou depois pelo FedEx, seguida da pata na caixa de charutos; o veto da verba da ponte que pediu ao governador e a esperança de que o lunático soltasse seu querido labrador a qualquer momento, e também a esposa...

Ele foi interrompido pelo homem de olho rubro.

"Peraí, rapaz. Ninguém mencionou uma mulher."

"Bem, ele a pegou também", Stoat disse. "Tenho noventa e nove por cento de certeza. Por isso a situação é tão delicada. Seria melhor se você esperasse até ele soltar Desie."

"Por que tem tanta certeza de que ela vai querer voltar para casa?", disse o sujeito.

Palmer Stoat franziu a testa. "Por que não?" Em seguida, como se pensasse melhor: "Você não conhece minha mulher".

"Não, mas conheço situações do gênero." O homem entregou a toalha a Stoat, dizendo: "Mostre a sala onde guarda os animais mortos".

Stoat enrolou a toalha na cintura e caminhou com cuidado, por causa dos cacos de vidro. Levou o barbudo até o escritório, no final do corredor. Stoat começou a contar a história de cada animal abatido, mas mal começara a saga do lince canadense quando o "capitão" ordenou que calasse a boca.

"Só me interessa saber", disse a Stoat, "o que ele fez aqui, exatamente."

"Arrancou os olhos e colocou-os sobre minha mesa."

"Só dos mamíferos, ou dos peixes também?"

209

"De todos." Stoat balançou a cabeça, desolado. "Todos os olhos. Ele os arrumou, fez um desenho. Segundo Desie, um pentagrama."

"Sério mesmo?" O capitão riu.

"Não acha isso doentio?"

"A bem da verdade, admiro o estilo do rapaz."

Palmer pensou: Ele só *podia* gostar, mesmo. De capa de chuva embolorada, touca de banho ridícula e olho falso esquisito. Mas, Stoat pensou, quem melhor do que um lunático pervertido para encontrar outro lunático pervertido?

"Você matou todas essas criaturas por que motivo, exatamente?" O sujeito parara na parede mais comprida, apreciando a cabeça do búfalo-africano. De tão alto, quase chegava ao focinho do ungulado de chifres magníficos.

"Você os abateu por diversão ou para se alimentar, por exemplo?", ele perguntou outra vez, brincando com os bicos na ponta da barba trançada.

"Por esporte", Stoat respondeu, constrangido. "Apenas por esporte."

"Sei."

"Você dá a impressão de que também gosta de caçar."

"Esporadicamente, sim."

"Onde?"

"Na estrada, em geral. Em qualquer estrada movimentada. Os que procuro já estão praticamente mortos, entende?"

Meu Deus, pensou Palmer Stoat. *Outro* assassino profissional. Aquele atira nas pessoas que ficam presas nos engarrafamentos das estradas!

"Mas, em determinadas épocas do ano", o visitante acrescentou, "eu pego um cervo ou um peru."

Stoat sentiu uma onda de alívio e pensou ter encontrado um ponto em comum. "Peguei meu primeiro veado quando tinha dezessete anos", gabou-se. "Oito galhos."

O caolho comentou: "Um belo animal".

"Era. Realmente, era mesmo. Depois disso, virei fã de caçadas." Stoat tentou bancar o caipira simpático, com sotaque e tudo. "Agora, olha só! Não tem mais espaço na parede! Outro dia peguei um rinoceronte-negro..."

"Um rinoceronte! Meus parabéns!"

"Obrigado, capitão. Meu primeiro. Foi emocionante."

"Aposto que sim. Você o assou?"

Stoat não entendeu direito e deixou passar. "A cabeça está sendo preparada", prosseguiu, "mas eu não sei onde pendurar o desgraçado..."

"Por causa da parede que já está cheia de troféus!"

"Isso mesmo." Stoat riu, vexado. O filho-da-mãe zombava dele.

"Senta lá", o sujeito ordenou, apontando para a mesa. Stoat sentiu o couro da poltrona frio contra suas costas nuas; tentou cruzar as pernas flácidas, mas a toalha estava muito apertada na altura da coxa. O caolho barbudo deu a volta na mesa e parou atrás da poltrona de couro. O único modo de Stoat vê-lo era virando a cabeça para trás. De cabeça para baixo o capitão parecia mais afável.

"Então você é lobista", disse a Stoat.

"Isso mesmo." Stoat começou a explicar sua discreta atividade na máquina administrativa do governo democrático, mas o caolho esmurrou o tampo envernizado da mesa com tanta força que os retratos emoldurados tombaram.

"Sei o que faz", o sujeito disse, calmamente. "Sei tudo a respeito da sua laia."

Palmer Stoat tomou nota mentalmente: chamar um corretor imobiliário no dia seguinte e pôr a casa à venda; tornara-se uma câmara de torturas, praticamente todos os cômodos foram violados por invasores dementes. Primeiro, o seqüestrador de cães, depois o sádico sr. Gash, agora aquele ciclope careca doido...

"Só tenho uma pergunta a fazer", o sujeito disse a Stoat. "Onde fica a Ilha do Sapo?"

"Na costa do golfo. Onde, não tenho muita certeza."

"Não tem certeza?"

"Não... capitão... nunca estive lá", Stoat explicou.

"Isso é sensacional. Você acabou com o lugar. Sozinho, ajeitou tudo para 'transformar' a ilha no paraíso dos golfistas. Não foi o que me contou?"

Stoat balançou a cabeça, desanimado. Foram suas palavras exatas.

"Outro fabuloso paraíso dos golfistas. Era do que o mundo precisava", disse o caolho, "e você providenciou tudo sem pôr os pés na ilha, sem ao menos conhecer o local, certo?"

Num tom de voz tão tímido que mal se reconheceu, Palmer Stoat disse: "É assim que funciona. Eu trabalho o lado político do projeto, apenas. Não tenho nada a ver com a obra em si".

211

O sujeito riu, rude. "A obra em si! Quer dizer, a monstruosidade?"

Stoat engoliu em seco. Os músculos do pescoço doíam de tanto olhar para o alto, com a cabeça virada.

"Um cliente me contrata para acompanhar o trâmite de um projeto de lei", disse. "Eu dou alguns telefonemas. Convido um senador e a secretária dele para jantar, se for o caso. É só o que tenho de fazer. É assim que funciona."

"E quanto ganha para fazer isso?"

"Depende", Stoat respondeu.

"No caso da ponte de Shearwater?"

"Cem mil dólares foi o preço combinado." Palmer Stoat não conseguiu evitar, era um pavão de tão vaidoso. Apesar do risco de vida implícito no caso ele não resistiu à tentação de informar o valor de seus exorbitantes honorários.

"E não tem problemas quando olha para seu rosto no espelho, pela manhã?", disse o capitão.

Stoat enrubesceu.

"Incrível", o sujeito disse. Ele deu a volta na poltrona de couro, resoluto, e com uma só mão virou a pesada escrivaninha. Depois chutou a poltrona de Stoat, que caiu de bunda no chão. A toalha se soltou e Stoat tentou pegá-la, mas o caolho foi mais rápido e, com um gesto teatral, passou-a na frente dos chifres do búfalo empalhado, como se fosse um toureiro.

Depois deu meia-volta e parou em cima de Stoat, caído feito uma foca tonta no meio do carpete. "Vou fazer o serviço para seu amigo Dick", o sujeito rosnou, "só porque *não* vejo outra saída."

"Obrigado", disse o lobista apavorado.

"Quanto ao cachorro, se realmente lhe faltar uma orelha, pata ou uma unha que seja, darei a merecida lição ao autor da façanha." O capitão parou, pensativo.

"Quanto a sua esposa... é ela?", perguntou, apontando para a foto emoldurada que caíra no chão, sem esperar a resposta de Stoat. "Se estiver viva", o sujeito disse, andando de um lado para o outro, "vou libertá-la. O que ela fizer depois não me diz respeito. Mas pretendo aconselhá-la a levar em conta todas as opções. Direi que ela pode conseguir coisa melhor, muito melhor, do que gente da sua laia."

Palmer Stoat encolheu-se num canto, debaixo do armário de caixas antigas de charutos. O barbudo aproximou-se, de pernas nuas e encardidas abaixo da barra do saiote. Stoat protegeu a cabeça com os braços. Ouviu o sujeito cantarolar. Stoat reconheceu a canção, era de um velho disco dos Beach Boys: "*Wouldn't it be great*" ou algo assim.

Ele entreabriu os olhos para espiar, vendo a poucos centímetros de seu rosto a bota enlameada do invasor.

"O que eu devia fazer", Palmer Stoat ouviu o sujeito dizer, "era acabar com a sua raça. Isso me animaria um bocado. Eu sairia daqui lépido e fagueiro! Mas infelizmente não vai dar." O invasor abaixou-se, apoiado num joelho, fixando o olho bom em Stoat, enquanto o vermelho continuava parado.

"Não me machuque", Stoat implorou, abaixando os braços.

"É uma tentação."

"Por favor."

O barbudo balançou os dois bicos de ave para Stoat examinar. "Urubus", disse. "Eu estava de mau humor."

Stoat fechou os olhos e os manteve fechados até ficar sozinho. Permaneceu duas horas imóvel no chão, até muito depois da partida do intruso. Continuou encolhido no canto, o queixo encostado no joelho branco, tentando se recompor. Sempre que pensava na última coisa que o capitão havia dito, Palmer Stoat se arrepiava todo.

"*Sua esposa é uma mulher muito atraente.*"

17

O cachorro se divertia a valer.

Eis aí a grande vantagem de ser um labrador, só pensar em farra. Dificilmente a mente leve e solta é ocupada pela contemplação, e nunca por preocupações e temores; os dias destinam-se à folia. O que mais poderia haver na vida? Comer, uma alegria. Mijar, uma brincadeira. Cagar, uma delícia. E lamber as próprias bolas? Puro regozijo. E, aonde quer que o labrador vá, sobram humanos simpáticos que o paparicam, acariciam e abraçam.

Para o cão, nada melhor do que passear na enorme perua com Twilly Spree e Desirata Stoat. O novo nome? Tudo bem, McGuinn servia. Boodle também lhe agradava. Na verdade, o cachorro não se importava com o nome que lhe davam; aceitaria qualquer um. "Venha logo, Caracu, hora do jantar!", e ele viria correndo com o mesmo entusiasmo, abanando a cauda farta com a mesma animação de sempre. Não conseguiria evitar isso. Pela filosofia dos labradores, a vida era curta demais para ser desperdiçada com qualquer coisa que não fosse folia, brincadeira e manifestações de sexualidade espontânea.

Sentia falta de Palmer Stoat? Impossível saber; a memória canina era mais permeável à sexualidade que ao sentimentalismo; mais presa a sons e odores do que a emoções. No cérebro de McGuinn registrara-se permanentemente o cheiro dos charutos de Stoat, por exemplo, e o barulho das chaves na porta de entrada quando chegava tarde da noite, embriagado. Assim como se recordava nitidamente das madrugadas de caça ao pato, na época em que Stoat ainda acalentava esperanças de torná-lo um verdadeiro cão de caça — o bater frenético das asas dos pássaros, o *pop-pop-pop* das espingardas, os gritos ríspidos dos homens. Arquivados no banco de dados da mente de McGuinn estavam todos os caminhos que percorrera, todos os gatos que perseguira, todas as pernas que tentara morder. Contudo, seria impossível dizer se chegava a ponto de sentir saudades da companhia do dono. Os labradores costumavam viver para o momento, exclusivamente, de bom grado. E deixar o resto de lado.

Naquele momento, McGuinn estava contente. Gostava de Desie, carinhosa, adorável. Seu perfume era absolutamente divino. E o jovem forte que o levara da casa de Palmer Stoat era simpático, cuidava bem dele e tinha um cheiro tolerável. Quando ao mórbido episódio do cachorro morto no baú — bem, McGuinn já havia superado o incidente. "Longe dos olhos, longe do coração", dizia o ditado labrador.

Gostara de voltar à Ilha do Sapo, onde podia correr pela praia, pegar pedaços de madeira trazidos pela maré e se refrescar na água salgada da beira. Ele trotava sem esforço, afugentando aves marinhas, praticamente sem sentir dor no trecho da barriga onde deram os pontos. Tão animadas foram suas brincadeiras na praia que ao final do dia McGuinn estava exausto e dormiu assim que voltaram para o quarto. Alguém acariciou suas costas e ele percebeu, sem olhar, que a mão agradavelmente perfumada pertencia a Desie. Agradecido, o cachorro abanou o rabo, mas preferiu não se levantar. Evitaria ter de tomar outra pílula, e normalmente Desie lhe dava pílulas.

Mas o que estava acontecendo? Alguma coisa o cobria, um pedaço de pano que cheirava a sabão, vagamente. O cachorro piscou e abriu um olho: escuridão. O que ela fez? McGuinn sentia sono demais para investigar. Como todos os labradores, ele vivia confuso com o comportamento humano, mas não desperdiçava seu tempo tentando compreendê-lo. Logo começaram os ruídos estranhos na cama, murmúrios trocados por Desie com o rapaz, mas isso não interessava a McGuinn, que dormia profundamente e sonhava que perseguia gaivotas na beira do mar.

Twilly Spree disse: "Você o cobriu. Não acredito".

Desie puxou o lençol até a altura do pescoço. "É o cachorro de Palmer. Desculpe-me, mas fico constrangida com isso."

Ela se aninhou nos braços de Twilly, que a abraçou. "Quer dizer que não podemos fazer nenhum barulho, também."

"Precisamos ser discretos, de qualquer maneira. A senhora Stinson está no quarto ao lado", Desie disse.

A sra. Stinson mantinha a única pousada da Ilha do Sapo. Informara imediatamente que não aceitava cães e os teria escorraçado se Twilly não puxasse uma nota de cem dólares e a oferecesse como "taxa extra" pelo cachorro. A sra. Stinson não só fez questão de acomodá-los no melhor quarto como levou também para McGuinn uma porção exclusiva de estrogonofe.

"A senhora Stinson está no andar de baixo, assistindo luta livre no *pay-per-view*", disse Twilly.

"Mesmo assim, é melhor ficarmos quietos", Desie insistiu. "Agora acho bom você me beijar."

"Olhe para o cachorro."

"Não quero olhar para o cachorro."

"Um lenço roxo?"

"É lilás", Desie disse.

Twilly esforçou-se para não dar risada.

"Você está me gozando."

"Não estou. Acho que você é fantástica. Poderia passar mil anos procurando que não encontraria uma mulher capaz de se sentir culpada por namorar na frente do cachorro do marido."

"Os animais são muito intuitivos, sabia? Quer fazer o favor de parar de rir?"

"Não estou rindo. Mas olhe só para ele", Twilly disse. "Se tivéssemos uma máquina fotográfica..."

"Chega." Desie esticou o braço e apagou a luz. Depois subiu em cima de Twilly, ergueu as mãos dele e as levou aos seios. "Preste atenção", ela disse em voz baixa. "Você não disse que queria fazer amor?"

"Disse." McGuinn estava cômico. Twilly esforçava-se para não rir.

"Notou que estou nua?"

"Notei."

"E sabe onde estou?"

"Montada em cima de mim?"

"Isso mesmo. E essas mãos no meu peito, são suas?"

"São minhas."

"E você por acaso reparou", Desie disse, "onde a *minha* mão está?"

"Com certeza."

"Então, por favor, podemos prosseguir? Pois trata-se da questão mais importante relativa a este caso todo, diz respeito a minha fuga com você, Twilly. Este assunto..."

"Sexo?"

Desie suspirou. "Isso mesmo. Sexo. Graças a Deus não preciso explicar tudo para você." Ela o apertou, zombeteira, debaixo das cobertas.

Ele sorriu. "Nada como uma pegada firme na primeira vez."

"Ah, você agüenta", Desie disse, apertando com mais força.

"Sem *sombra de dúvida*, agüenta."

"Ei! Cuidado com essas unhas."

"Calma", ela disse, e o beijou na boca.

Não conseguiram ficar nem calmos nem silenciosos. Depois, Desie deitou ao lado de Twilly, apoiando a cabeça no travesseiro forrado com fronha de linho feita à mão pela sra. Stinson. Desie percebeu, pelo peito arfante, que ele não dormia; estava aceso. Ela acendeu a luz e ele caiu na gargalhada.

"E agora, o que foi?" Ela sentou e viu McGuinn acordadíssimo, no pé da cama. De orelha baixa, balançava o rabo e parecia a criatura mais feliz do mundo, mesmo com uma venda lilás ridícula.

Twilly sussurrou: "Meu Deus, você o traumatizou para a vida inteira".

Desie riu também. Twilly removeu o lenço da cabeça do cachorro e apagou a luz. No escuro ele se acalmou com a respiração sincopada dos dois, McGuinn e Desie, mas não dormiu. De madrugada levantou-se para vestir calça e camiseta. Desie se mexeu quando ele murmurou: "Hora de passear".

Ela se apoiou num cotovelo. "Pode voltar para a cama. Ele não precisa passear agora."

"Eu preciso."

Ela sentou na cama e o lençol caiu, descobrindo-lhe os seios. "Aonde vai?"

"Até a ponte", Twilly disse.

"Por quê?"

"Quer vir?"

"Está escuro lá fora, Twilly. E eu estou cansada."

Ele se virou para McGuinn. "E você, o que me diz?"

O cão se levantou num instante, parando eufórico aos pés de Twilly. Uma volta? Ele devia estar brincando. Não *precisava* nem perguntar!

* * *

Krimmler trabalhava para Roger Roothaus havia dezenove anos. Fora contratado por sua reputação de carrasco impiedoso. Quando Krimmler estava na obra, o serviço andava rápido, pois ele era autoritário e inflexível. Quanto mais depressa um projeto fosse terminado, menos dinheiro gastava o incorporador, aumentando os lucros e a glória da firma de engenharia Roothaus & Son. Krimmler abominava atrasos e demoras, e não permitia que nada — nem mesmo a legislação, se fosse o caso — se colocasse no caminho de suas moto-niveladoras. Exceto quando recebia ordens expressas de Roger Roothaus, pessoalmente, Krimmler iniciava o dia com a missão de terraplenar, enterrar e escavar algo substancial. Nada iluminava mais sua alma que o ruído de um carvalho ao ser derrubado pela moto-niveladora. Nada o deprimia mais do que a visão de uma retroescavadeira parada.

A antipatia de Krimmler pela natureza datava de um momento decisivo. Aos seis anos de idade, quando estava num piquenique da Igreja luterana, fora mordido no escroto por um esquilo silvestre. O incidente não ocorrera à toa: o irmão mais velho de Krimmler, uma peste, pegara o animal assustado num galho e o jogara dentro da calça de veludo de Krimmler. A mordida nem chegou a sangrar. Mesmo assim, Krimmler ficou tão traumatizado que acabou criando uma fobia da natureza e de todas as criaturas que nela habitavam. Em sua imaginação cada árvore em pé o ameaçava, servindo de esconderijo sombrio e misterioso para esquilos selvagens devoradores de saco, além de cobras, gambás, aranhas, gatos selvagens... e até morcegos!

O jovem Krimmler só se sentia absolutamente seguro na cidade, protegido pelo concreto, aço e vidro. Foi o conforto das sombras estéreis dos arranha-céus que o impulsionou rumo à profissão de engenheiro. Krimmler revelou-se o sujeito ideal para trabalhar com empreiteiros e incorporadores; cada novo shopping center e condomínio fechado, cada novo estacionamento ou galpão o aproximava da fantasia secreta de um mundo sem árvores, sem mato; de um mundo feito de tijolo, calçamento e ordem perfeita; em resumo de um mundo sem esquilos. Krimmler inevitavelmente acabaria na Flórida, onde construtores e banqueiros compravam os políticos que chegavam ao poder. O estado se urbanizava mais rapidamente do que qualquer outro local do planeta, mais depressa do que qualquer outro lugar na história da humanidade. A cada dia, as máquinas derrubavam quase duzentos hectares de floresta no estado da Flórida, e Krimmler gostava de ficar na linha de frente, orgulhava-se de fazer bem sua parte.

Desde o início Roger Roothaus percebera a adequação de um sujeito tão determinado ao canteiro de obras, como supervisor de projeto. Enquanto um único broto estivesse à vista, Krimmler se mostrava irascível, impaciente, sombrio, obcecado. Os capatazes da obra o odiavam, pois nunca se conformava com erros nem aceitava as desculpas normais para os atrasos. Para Krimmler, uma tempestade de raios não era motivo para interromper o serviço e buscar abrigo, mas sim uma esplêndida oportunidade para desmatar lugares proibidos e depois colocar a culpa no tempo. Ele não permitia que nada detivesse as máquinas, pelas quais sentia um afeto paternal semelhante ao que George Patton dedicava a seus tanques de guerra.

Krimmler via em cada novo projeto de construção uma batalha a vencer, um passo em suas conquistas marciais. Isso valia também para o balneário da ilha Shearwater. Krimmler não perdera o sono por causa da morte dos sapinhos, nem chegou a sentir uma alegria especial por isso; enterrar as minúsculas criaturas era apenas o modo mais prático de lidar com a situação. Quanto ao súbito desaparecimento de Brinkman, o biólogo insuportável, Krimmler concluiu que não valeria a pena organizar uma busca.

"Acha que virei babá, por acaso?", queixou-se a Roothaus. "O sujeito é um bêbado. Provavelmente se encharcou de vodca e caiu da ponte velha. Por falar nisso, o que foi que andou saindo no jornal..."

"Não precisa se preocupar", Roger Roothaus o tranqüilizou.

"Mas é verdade? O governador vetou a verba para a ponte?"

"Detalhes técnicos", Roger Roothaus explicou. "Vamos conseguir o dinheiro daqui a um mês ou dois. Os vinte e oito milhões, sem tirar nem pôr."

"E enquanto isso?"

"Seja discreto, por um tempo."

"Mas tenho uma equipe de levantamento topográfico chegando de Gainesville esta semana..."

"Vamos com calma. É uma questão política", Roger Roothaus insistiu. "Uma longa história. Não há necessidade de se preocupar."

Só precisamos suspender o serviço por um tempo. Tire uma folga. Vá até Cedar Key pescar um pouco."

"Uma ova", Krimmler disse. "Esqueça os levantamentos topográficos da ponte, então. Ainda temos muito terreno para limpar. O pessoal das máquinas está pronto para..."

"Agora não vai dar." As palavras de Roger Roothaus atingiram Krimmler como um soco no estômago. "O senhor Clapley pediu para esperar um pouco, entendeu? Nenhuma atividade no canteiro de obras. Temos um probleminha e vamos resolvê-lo primeiro. Ele falou que não demora."

"Que tipo de problema?", Krimmler quis saber. "Afinal, que problema poderia justificar a paralisação do projeto inteiro?"

"O senhor Clapley não forneceu detalhes. Mas ele é o chefe, entendeu? Ele paga as contas. E eu não quero arranjar encrenca."

Krimmler desligou, furioso. Foi dormir contrariado, sozinho no trailer luxuoso que levava de um canteiro a outro. E continuava revoltado na manhã seguinte, quando acordou e ouviu os passarinhos desgraçados cantando no alto dos pinheiros malditos, ouviu os passos de um esquilo assassino no teto do trailer — um *esquilo*, o animal mais sujo, descarado e perigoso do mundo!

O telefonema de Roothaus deixara Krimmler arrasado, para dizer o mínimo. Arrasado com a tranqüilidade da ilha naquela manhã, arrasado sem o barulho das engrenagens de suas pás carregadeiras, tratores e escavadeiras. Quando a equipe de levantamento chegou à obra, às sete da manhã em ponto (um pequeno milagre!), Krimmler não conseguiu despachá-los de volta, só porque os políticos de merda estavam fazendo onda por conta da jogada da ponte. Ora, a ponte era absolutamente crucial para o projeto; sem ela, a ilha de Shearwater seria para sempre a Ilha do Sapo. Já fora muito difícil (além de caríssimo) transportar o equipamento pesado, máquina por máquina, pela precária ponte de madeira. Uma betoneira carregada não passaria nunca por ali, e sem concreto não haveria nenhum balneário à beira-mar. Sem cimento não fariam nada.

Portanto, por que não liquidar logo a questão dos levantamentos?, Krimmler pensou. Que mal poderia haver *nisso*? Seria uma tarefa a menos, mais tarde, um dia a menos de atraso, quando a verba fosse finalmente liberada por Tallahassee. Que se danasse a ordem de suspender o serviço, Krimmler ponderou. No futuro, Roger me agradecerá por isso.

Ele levou a equipe de levantamento para a velha ponte e sentou-se no capô do caminhão para observar seu trabalho. Transportavam o equipamento de topografia de um lado para outro, montavam o tripé, gritavam coordenadas, pintavam X com tinta laranja no chão para marcar pontos críticos. Era tedioso e cansativo de ver, mas Krimmler ficou por ali, pois a alternativa seria se refugiar no trailer e ouvir os pássaros impertinentes e esquilos hidrófobos. O levantamento topográfico para a ponte era o mais parecido com trabalho que acontecia na Ilha do Sapo no momento, e Krimmler sentia a necessidade imperiosa de permanecer ali. Assim que os topógrafos fossem embora o serviço seria paralisado até... só Deus sabe quando. Krimmler evitava pensar muito naquilo. Por enquanto, encarapitado no capô da picape F-150 da Roothaus and Son ele se alimentava dos cliques do equipamento de topografia e do *sssssstttt* sibilante da lata de tinta spray. Por um breve momento fechou os olhos e imaginou a nova ponte, presa ao lodo do fundo do golfo, com seus pilares de concreto estupendos, com diâmetro maior que o de uma sequóia...

"Oi, tudo bem?"

Krimmler empertigou-se, abriu os olhos e encarou o sujeito. "Quem é você?"

Viu um rapaz bronzeado de cabelo crestado pelo sol. Usava camiseta azul-marinho e calça jeans, sem sapatos. Os pés eram cor de caramelo.

"Só um turista", ele disse.

"Você não tem cara de turista."

"Acha? E tenho cara do quê?" O rapaz abriu um sorriso que incomodou Krimmler.

"Só quis dizer que é muito bronzeado", respondeu o engenheiro. "Se fosse mais escuro, falaria jamaicano. Os turistas que aparecem por aqui em sua maioria são mais brancos que barriga de peixe."

"Bem, pode me considerar turista profissional", o jovem retrucou. "Passo muito tempo ao sol. O que essa turma está fazendo?" Ele apontou para a equipe de levantamento topográfico. "É para o campo de golfe que todo mundo comenta?"

Krimmler perguntou: "Você joga golfe?".

"Como acha que fiquei bronzeado desse jeito?"

A julgar pela tranqüilidade e confiança do rapaz, ele vivia de renda ou dinheiro grosso da venda de drogas. Krimmler deixou de tratá-lo como um curioso inconveniente e passou a considerá-lo um cliente em potencial, futuro membro do Shearwater Island Country Club.

"Vamos construir dois campos profissionais", Krimmler disse. "O primeiro projetado por Nicklaus, o outro por Raymond Floyd."

O rapaz assobiou, olhando para a ilha. "Dois campos de golfe", repetiu, assombrado. "Vai caber?"

"Ora, espaço não vai faltar", Krimmler disse, "depois do transplante de algumas árvores."

"Sei." O jovem olhou para trás, abrindo de novo aquele sorriso esquisito.

"Teremos condomínios fechados, prédios de apartamentos, casas exclusivas", Krimmler prosseguiu. "Os terrenos na beira do campo de golfe estão vendendo feito pão quente. Se estiver interessado, tenho folhetos no trailer de vendas."

"Você disse Raymond Floyd?"

"Isso mesmo. Vai projetar o campo do lado sul."

"Impressionante", disse o rapaz. "E isto aqui?"

"Para a nova ponte", Krimmler explicou. "Quatro pistas. Vinte metros de largura."

"Não saiu uma nota sobre essa ponte no jornal?"

"Acho que não."

"O governador não acabou de vetar a verba?"

"Esqueça o que leu nos jornais", Krimmler disse ao jovem. "A ponte é favas contadas. O balneário vai sair de qualquer jeito. Está decidido."

"Legal."

"Em breve", Krimmler disse, piscando. "Não vai demorar nada."

Ele ouviu um grito e, ao virar, viu um dos topógrafos correndo atrás de um cachorro preto enorme. A correia do cão enroscara no tripé e arrastava os instrumentos pela rua, como se fosse um louva-a-deus manco.

"Ei, pare!", Krimmler gritou. "Pare, diacho!"

O jovem bronzeado afastou-se de Krimmler e começou a correr. Ele se aproximou do cachorro e soltou o tripé, que devolveu com o teodolito Sokkia quebrado ao topógrafo furioso. Krimmler chegou a tempo de ouvir as desculpas do rapaz e vê-lo tirar algumas notas de um maço grande, para entregar ao topógrafo. Depois os dois foram embora, o cachorro preto atrás do rapaz, cruzando a ponte no sentido da ilha.

"Ei!", Krimmler gritou nas costas dele. "Não se esqueça de passar na central de vendas e pegar um panfleto!"

18

Quando Krimmler retornou ao trailer, assustou-se, pois viu luzes nas janelas. Ao se aproximar da porta escutou vozes agitadas.

Ela está me esfaqueando! Vaca desgraçada... ai! Ela... ai! Me furou!

Acalme-se. Por favor, tente se acalmar.

Como, acalmar? Tem um garfo de fondue... ai! Na minha bunda! SOCORRO!

Senhor, a viatura está a caminho.

Não, Debbie, aí não! Você prometeu. AÍ NÃO! Aiiiiiiii! Meu Deus, olha só o que você fez! Sua vaca maluca!

Krimmler ia dar meia-volta e fugir quando a porta do trailer se abriu. Num instante ele foi agarrado, arrastado para dentro e jogado no carpete mofado como se fosse um saco de adubo. Esperou o caos, uma bruxa alucinada com um garfo de pegar queijo em cima do namorado moribundo...

Mas a única pessoa no Winnebago de Krimmler era um sujeito forte de cabelo louro espetado de ponta branca. O sujeito usava paletó xadrez e sapato marrom com zíper como o que Gerry and the Pacemakers deviam usar em 1964.

O interior do trailer não sugeria nada relacionado a facadas sanguinárias. Os gritos e uivos da vítima de Debbie provinham dos alto-falantes do equipamento de som de Krimmler. O sujeito de cabelo espetado abaixou o volume e se instalou na poltrona giratória, virando para encarar Krimmler.

"Trabalho para o senhor Clapley", o sujeito disse. Sua voz suave era enganadora.

"Eu também trabalho para o senhor Clapley." Krimmler tentou

se levantar, mas o sujeito sacou a arma e ordenou com um gesto que continuasse deitado.

"Você conversou com um cara hoje de manhã. Descalço, com cachorro. Perto da ponte, lembra?", indagou o estranho.

"Sim."

"Eu estava observando. Quem era?"

Krimmler deu de ombros. "Um turista. Interessado nos campos de golfe. Sugeri procurar o quiosque de vendas."

"O que mais?"

"Foi só isso. Por que invadiu meu trailer? Posso me levantar agora?"

"Não", disse o homem de terno xadrez. "Ele perguntou algo a respeito da nova ponte?"

Krimmler fez que sim.

"E aí?"

"Eu falei para ele que ia sair logo."

"Por que disse isso?"

"Porque achei que ele tinha dinheiro", Krimmler explicou. "O senhor Clapley *continua* querendo vender terrenos, certo?"

O estranho tirou a fita do gravador de Krimmler. Ele a guardou no bolso interno do paletó. Mantinha a arma apontada na outra mão. Krimmler tentou imaginar por que Robert Clapley contratara um bandido daqueles. Quem sabe o sujeito estava mentindo. De todo modo, pouco importava, no momento. Krimmler sentia um profundo respeito pelas armas de fogo.

"Eu nunca tinha visto aquele cara antes", disse ao estranho de cabelo espetado. "Ele não disse seu nome, e não me ocorreu perguntar."

"Estava com uma mulher?"

"Não faço a menor idéia."

"Ontem eu vi um casal numa perua Buick, cruzando a ponte, no sentido da ilha", o homem explicou. "Havia um cachorro no carro."

"Tudo é possível", Krimmler disse, preocupado. "Bem, eu já disse tudo que eu sabia."

"Bem, ele veio para cá criar caso. Não deu a impressão de que procurava encrenca?" O sujeito abriu a geladeira de Krimmler para pegar uma cerveja. "Ele ficou bravo quando você mencionou a nova ponte?"

"Não que eu tenha percebido", Krimmler disse. "Por que ele ia se importar com uma ponte?"

O homem armado ficou em silêncio por algum tempo. Depois, disse: "Você tem um som de primeira aqui nesta lata de sardinha".

"É. Obrigado."

"A gente consegue ouvir alguém *ficar sem fôlego*, nessas fitas. Ouve quando eles choram e engasgam e cagam de medo. É incrível o que dá para escutar num equipamento de som de primeira."

"As caixas são novinhas em folha", Krimmler disse. "Importadas da Alemanha."

O sujeito de cabelo eriçado abriu a cerveja e tomou um gole. "Então. O encrenqueiro com o cachorro preto; onde ele se hospedou na ilha?"

"Se não acampou, então está na pousada da senhora Stinson."

"Onde é?"

Krimmler ensinou-o a chegar lá. O sujeito guardou a arma. Disse a Krimmler que podia se levantar do chão.

"Posso saber seu nome?"

"Gash."

"Trabalha mesmo para Clapley?"

"Trabalho. Pode perguntar." O sujeito deu-lhe as costas e seguiu para a porta.

"Aquela fita que você estava ouvindo", Krimmler perguntou, "era real? Você pedia mesmo socorro?"

O homem riu — um riso gutural apavorante que fez Krimmler se arrepender da pergunta.

"Essa é boa", o sr. Gash disse. "Muito boa."

"Olha, eu não quis insinuar nada."

"Ah, tudo bem. Estou rindo porque o homem da fita morreu. Está morto e enterrado. Você ouviu suas derradeiras palavras: 'Sua vaca maluca'. Assim foi seu último suspiro."

O sr. Gash riu novamente e sumiu na noite.

Lisa June Peterson, sozinha às nove e meia em sua sala, adjacente ao gabinete do governador, ouviu o telefone tocar. Pensou que fosse Douglas, o advogado com quem saía. Sempre que Douglas telefonava, a primeira questão era: "O que você está usando, Lisa June?".

Por isso, naquela noite, por brincadeira, ela tirou o fone do gancho e disse: "Sem calcinha!".

Uma voz masculina, mais grave que a de Douglas, e que parecia pertencer a um homem mais velho, retrucou: "Eu também, fofa".

A assessora-executiva do governador engasgou.

"Ah, como é doce a juventude", disse a voz.

Lisa June Peterson gaguejou desculpas. "Eu estou tão... pensei que fosse outra pessoa."

"Tem dias em que eu penso a mesma coisa."

"Em que posso ajudar?", Lisa June perguntou.

"Posso marcar uma hora com o governador?"

"Lamento, mas ele não está na cidade", Lisa June respondeu, tentando se recuperar e parecer fria e profissional.

Seu interlocutor disse: "Então deixa para outra hora".

Algo a perturbou no tom de voz daquele homem... não era exatamente ameaçador, mas revelava uma firmeza de propósito assustadora.

"Talvez eu possa ajudá-lo", disse.

"Duvido muito."

"Posso tentar localizá-lo. O governador Artemus o conhece?"

"Tudo indica que sim."

"Poderia me dizer seu nome?"

"Tyree. Quer que eu soletre para você?"

"Não." Lisa June Peterson ficou atônita. "Isso é alguma piada?"

"De jeito nenhum."

"O senhor é o *governador* Tyree, sem sacanagem?"

"Desde quando moças educadas como você usam um termo assim vulgar numa conversa formal? Estou absolutamente chocado."

Lisa June Peterson já estava em pé, recolhendo a bolsa e as chaves do carro. "Onde está agora?", perguntou.

"Num telefone público na Monroe."

"Encontre-me na frente do Capitólio. Daqui a dez minutos."

"Por quê?"

"Tenho uma perua Taurus. Estou usando vestido azul e óculos", disse ela.

"Mas está sem calcinha, certo?"

A experiência anterior de Lisa June Peterson não a preparou para a visão de Clinton Tyree. Primeiro, o tamanho — parecia um armário, de tão grande. Segundo, o guarda-roupa — parecia um mendigo louco: bota, saiote feito em casa e touca de banho. Quando entrou no carro, a luz interna brilhou em sua cabeça calva e alva como um ovo. O olho falso reluziu, rubi. Mas só quando estavam sentados lado a lado nos blocos de cimento, na frente da fogueira, Lisa June observou em detalhe a barba trançada com os bicos esbranquiçados de enfeite.

"Urubus", o ex-governador disse. "Dia péssimo."

Seu rosto era moreno, enrugado, mas conservava o mesmo sorriso cativante que Lisa June vira em sua pesquisa, das fotos antigas nos jornais, antes que tudo saísse dos eixos. O sorriso inaugural.

"É você, mesmo", disse ela.

"Só o chassi, doçura."

Estavam no meio do mato, nos arredores da cidade, perto do aeroporto municipal. O ex-governador tirava o couro de uma raposa que recolhera na Apalachee Parkway. Disse que fora atropelada por uma moto; sabia disso por causa do tipo de fratura no crânio do animal.

"Como devo chamá-lo?", Lisa June Peterson perguntou.

"Vou pensar. Está com fome?"

"Eu estava." Ela virou de costas enquanto ele limpava as pernas traseiras do animal com uma faquinha.

"É a primeira vez que volto a Tallahassee."

"E onde reside, atualmente?"

"Sabe o que é gostoso? Gambá. Uma delícia."

"Vou ficar de olho", disse Lisa June.

"Diga exatamente o que você faz para o senhor Richard Artemus."

Ela contou.

Clinton Tyree disse: "Eu tive uma 'assessora-executiva' também. Ela bem que tentou, fez o possível. Mas eu era um caso perdido".

"Sei tudo a respeito."

"Como? Era bebê, na época."

Lisa June Peterson contou sobre a pesquisa que o governador Artemus lhe pedira que fizesse. Mas não contou o plano que começava a se formar em sua cabeça, tirando seu sono à noite; a idéia de escrever um livro a respeito de Clinton Tyree, o governador desaparecido da Flórida.

"Seu chefe explicou o que pretendia fazer com o arquivo a meu respeito?" Aquele sorriso outra vez. "Não, duvido muito."

"Então me conte", Lisa June pediu.

"Pobrezinha."

"O que quer dizer?"

"Seu querido governador Dick tem um servicinho para mim, querida. Algo desagradável. Se eu não fizer, ele vai pôr meu irmão no olho da rua, onde ele certamente sucumbirá, confuso. Portanto, eis-me aqui."

Lisa June sentiu uma pontada de culpa. "Doyle?"

Clinton Tyree ergueu a sobrancelha hirsuta. "Isso mesmo. Meu irmão Doyle. Suponho que *isso* tenha saído de sua pesquisa, também."

"Lamento muito." Mas pensava: Dick Artemus não seria capaz de uma chantagem tão baixa.

O ex-governador espetou os pedaços de raposa na ponta de um galho seco de carvalho e os levou ao fogo. "A razão que me fez procurar seu chefe foi explicar os perigos terríveis da traição. Ele precisa saber que eu encaro os termos de nosso acordo com muita seriedade."

Lisa June Peterson perguntou: "Não pode ser um mal-entendido?".

Clinton Tyree a fitou com uma expressão desolada. Em seguida, tirou um envelope pardo da mochila empoeirada, dobrado e salpicado de manchas. Lisa June o abriu e leu a carta datilografada que fora entregue a Clinton Tyree por seu melhor amigo, o tenente Jim Tile. Pouco importava a falta de assinatura no pé da página — June reconheceu o fraseado pomposo, os cômicos erros de ortografia, as sentenças elaboradas. O autor da ameaça só podia ser o excelentíssimo Richard Artemus, governador da Flórida.

"Meu Deus." Enojada, ela dobrou a carta. "Não posso acreditar nisso."

Clinton Tyree a ergueu por baixo dos braços, aproximando seu rosto. "O que *eu* posso acreditar", disse, "é que seu chefe teve a infeliz idéia de se meter *comigo*. Logo comigo. Fez uma tremenda cagada."

O olho vermelho girou na direção das estrelas, mas o olho bom se manteve fixo na moça, brilhando de raiva contida. "Se acontecer alguma coisa ruim ao meu irmão por causa dessa palhaçada toda, alguém vai morrer lentamente, sofrendo, com múltiplos orifícios. Entendeu o que estou dizendo?"

Lisa June Peterson fez que sim. O ex-governador a pôs de volta no chão. "Experimente a perna de raposa", disse.

"Não, obrigada."

"Sugiro que coma."

"Só um pedacinho, então."

"Muita gente me chama de Camaleão. Mas você pode me chamar de capitão."

"Está bem", Lisa June disse.

"Você precisa voltar para casa esta noite?"

"Não, de jeito nenhum."

"Ótimo", Clinton Tyree disse, atiçando a fogueira. "Assim a gente vai ter tempo para se conhecer melhor."

O vôo de Fort Lauderdale a Gainesville durou noventa minutos, dando a Palmer Stoat tempo de sobra para reflexão, após meio dia de serviço produtivo. Conseguira faturar quarenta mil com um telefonema de dois minutos. A mulher do outro lado da linha era presidente da Comissão Executiva da Comarca de Miami-Dade, e com extrema boa vontade passara para o final da pauta da reunião daquela noite um item de extrema importância para Palmer Stoat. A autorização para conceder a exclusividade na venda de banana frita no aeroporto internacional de Miami a um senhor chamado Lester "Large Louie" Buccione, que para subverter as cotas das minorias agora se apresentava como Lestorino Luis Banderas, hispano-americano.

Para evitar a indigesta perspectiva de concorrência, Lester ou Lestorino contratara os serviços de Palmer Stoat, cujo bom relacionamento com os vereadores de Miami-Dade era notório. Ele rapidamente traçou a estratégia e cabalou os votos necessários para obter maioria na votação da proposta. Só restava a Stoat garantir que o contrato da banana frita fosse deslocado para o fim da pauta, garantindo assim que o "debate" ocorresse após a meia-noite. Ele queria minimizar a reação da opinião pública reduzindo a presença do público. Um grupo disperso significava oposição reduzida, o que praticamente eliminava a chance de um vereador arisco ficar com medo e ferrar o esquema todo.

Quanto mais tarde melhor era uma regra de ouro para as votações de interesse dos lobistas. As reuniões governamentais eram tão maçantes que nem o mais empedernido defensor da comunidade conseguia aturar uma delas do começo ao fim. Em geral, os únicos presentes nas altas horas da noite estavam ali a serviço — advogados, lobistas, estenógrafas e um ou outro repórter sonolento. Como os negócios escusos ficavam para o final, quando a sala estava vazia, a disputa pelo espaço no final da pauta era aguerrida.

Lester Buccione adorou saber que o contrato da banana frita seria discutido por último, na tranqüilidade tumular da madrugada, e que por esse favor a presidente da Comissão de Miami-Dade pediria apenas que um de seus primos preguiçosos fosse contratado como caixa meio período num dos quiosques de banana frita de Lester. A alegria de "Lestorino" foi tanta que ele imediatamente enviou à casa de Stoat um cheque no valor de quarenta mil dólares. A confiança abalada de Stoat foi prontamente restabelecida com o recebimento dos honorários. Uma demonstração polpuda de que o planeta não saíra do eixo, que a ordem estabelecida para a cadeia alimentícia urbana não fora aviltada, apesar da loucura apavorante que irrompera no universo pessoal de Stoat.

Apalpava o cheque de Lester Buccione, saboreando sua textura lisa, quando inesperadamente sua esposa telefonara e pedira que fretasse outro avião para Gainesville. Imediatamente! E Palmer Stoat pensou: Graças a Deus ela caiu em si. Ele iria encontrá-la de avião e os dois tirariam férias, iriam para um lugar isolado e livre de dementes esquartejadores de cães, ciclopes lascivos calvos, sádicos com cabelo de porco-espinho e fetichistas como Clapley, o tarado das bonecas...

O avião pousou às duas e meia. Stoat procurou Desie no terminal, mas ela não estava lá. Um dos celulares tocou — Palmer usava três — e ele o tirou do bolso. Durgess na linha: Até agora nada em matéria de pó de rino, mas tinha boas notícias sobre o leopardo de Robert Clapley! Conseguiram um em Hamburgo, imagine, logo num zoológico infantil. O bicho chegaria em poucos dias à Wilderness Veldt Plantation, onde seria posto na jaula, lavado e engordado para a grande caçada. "Assim que vocês quiserem!", Durgess disse, mais insolente do que nunca.

"Passarei a informação ao senhor Clapley e entrarei em contato com você novamente", disse.

Stoat seguiu para o estacionamento do aeroporto e esperou até a vista acostumar com a claridade, sem saber direito o que procurar. Uma buzina soou duas vezes. Stoat virou-se e viu uma perua Buick branca se aproximar lentamente. Um homem guiava o carro. Nem sinal de Desie. O carro parou ao lado de Palmer Stoat e a porta do passageiro se abriu. Stoat entrou. No banco traseiro ia Boodle, com uma bola de borracha esponjosa azul e laranja entre as patas da frente. Balançou o rabo de contentamento ao ver Palmer, mas não largou o brinquedo. Stoat virou-se e acariciou a cabeça do cachorro.

"É o máximo que sabe fazer?", disse o motorista.

"Ele está fedendo", Stoat disse.

"Claro que está fedendo. Passou a manhã inteira correndo atrás das vacas. Agora, vê se abraça o cachorro."

Mas nem morto, pensou Stoat. "Você é o sujeito que estava no Swain's", disse ao motorista. "Cadê minha mulher?"

A perua começou a se mover.

"Está me ouvindo?"

"Paciência", disse o motorista, que aparentava vinte e poucos anos. Usava camiseta azul-marinho e calça jeans folgada e desbotada, além de óculos escuros. Cabelo desgrenhado e queimado de sol, a pele era quase tão bronzeada quanto a de um surfista. Dirigia descalço.

"Você tentou me assustar e me fazer pensar que havia mutilado meu cachorro. Que tipo de maníaco faria uma coisa dessas?", disse Palmer Stoat.

"O tipo resoluto."

"Onde conseguiu a orelha e a pata?"

"Não importa", disse o rapaz.

"Onde está Desie?"

"Nossa, esse perfume que está usando..."

"ONDE ESTÁ MINHA ESPOSA?"

O Roadmaster seguia para o norte, rumo a Starke, a mais de cem quilômetros por hora. Stoat cerrou os punhos, tenso. Punhos flácidos, tão ameaçadores quanto biscoitos.

"Para onde está me levando, diacho? Qual é seu nome?" Stoat criou coragem, pois o seqüestrador aparentemente não estava armado. "Você vai parar na cadeia, sabia disso, seu moleque? Quanto mais ficar com minha mulher e meu cachorro, mais tempo vai passar atrás das grades."

O motorista disse: "A loura com quem você costuma viajar, a da bolsa Gucci, Desie sabe a respeito dela?".

"Quem?" Stoat tentou soar indignado, mas pensou: Como ele foi descobrir meu caso com Roberta?

"A mulher que vi com você no aeroporto de Lauderdale, aquela que estava esfregando a língua na sua amígdala."

Stoat recuou. Sentia-se um velho de mil anos. "Certo. Entendi seu ponto de vista."

"Está com fome?", o motorista perguntou.

Ele entrou num McDonald's e pediu *milk-shake* de chocolate, batata frita e cheesebúrguers. De volta à estrada, passou o saco para Palmer Stoat. "Sirva-se."

O agradável perfume da comida trouxe Stoat de volta à vida. Rapidamente, tratou de liquidar os cheesebúrguers. Boodle largou a bola de espuma e sentou-se para esperar um pedacinho. O motorista alertou Stoat para não dar nada do McDonald's para o cachorro.

"Ordens médicas", explicou o rapaz.

"Ele ficou doente por sua causa, sabia?" Stoat falava de boca cheia, com as bochechas arroxeadas e estufadas de carne. "Foi você quem arrancou os olhos de vidro dos meus troféus. E ele os comeu, o idiota. Engoliu os olhos dos animais empalhados."

"Dos troféus. É, eu já soube."

"E Desie lhe disse quanto custou a cirurgia?"

O motorista girou o botão de sintonia do som. Stoat reconheceu a música: um rock que já ouvira algumas vezes no rádio.

"Sabe de uma coisa", o rapaz comentou, "até que esses altofalantes não são ruins."

"Por que seqüestrou meu cachorro?" Stoat limpou a boca com um guardanapo de papel. "Quero ouvir a história. Deve ser boa." Ele terminou de devorar o sanduíche e amassou o papel engordurado que o envolvia.

O rapaz ergueu a sobrancelha, mas não tirou os olhos da estrada. Disse a Stoat: "Não me diga que você ainda não descobriu".

"Descobri o *quê*?"

"Como foi escolhido. Como esse pesadelo todo começou; sinceramente, você ainda não percebeu?"

"Só sei que você é maluco, fiz o que mandou e agora quero de volta meu cachorro e minha mulher", Stoat disse, furioso, enquanto procurava o botão para abrir o vidro, na porta.

"Ai meu Deus", o motorista falou.

Stoat não ocultava sua contrariedade. "O que foi, agora?"

O motorista gemeu. "Não posso acreditar."

"Acreditar no quê?", Palmer Stoat perguntou, completamente

perdido. Ele jogou a embalagem do sanduíche pela janela do carro, que ia em alta velocidade.

"Acreditar no quê?", perguntou de novo, uma fração de segundo antes de seu cérebro explodir e o mundo ficar preto como piche.

19

No sonho seguinte de Twilly Spree choviam águias nos Everglades. Ele corria novamente, na praia em Cape Sable, e os pássaros caíam do céu, abatidos a tiros, por toda parte. No sonho, Desie corria descalça a seu lado. Eles pegavam as águias ensangüentadas na areia alva, tentando achar alguma ainda viva; pelo menos uma poderiam salvar. McGuinn apareceu no sonho de Twilly também, sendo caçado por um puma esquálido de três pernas, em círculos. Uma cena cômica, não fosse pelos pássaros a cair na praia feito bombas de penas ensangüentadas. No sonho, Twilly viu um ponto no horizonte e conforme se aproximou o ponto virou a silhueta de um homem no alto da duna; um homem com uma espingarda de cano longo apontada para o céu. Desesperado, Twilly correu, gritando para o assassino das águias parar a matança. O sujeito baixou a arma e virou-se para ver quem se aproximava. Depois empertigou-se e ergueu a espingarda novamente, mirando em Twilly dessa vez. No sonho, Twilly encolheu os ombros e correu o mais depressa que pôde na direção do assassino das águias. Espantou-se quando viu Desie surgir na duna atrás dele, correndo mais depressa ainda. Twilly viu um relâmpago sair do cano e em seguida a mão de Desie tocou seu ombro.

Só que não era a mão de Desie, e sim a de sua mãe. Amy Spree balançou o filho de leve, dizendo: "Meu Deus, Twilly! Você estava sonhando? Quando *isso* começou?".

Twilly sentou-se, encharcado de suor. "Faz uma semana, mais ou menos."

"E com que tem sonhado?"

"Com corridas na praia."

"Depois de tantos anos? Que maravilha!"

"E aves mortas", Twilly disse.

"Minha nossa. Quer tomar alguma coisa?"

"Não, mãe, obrigado."

"Sua amiga está descansando no terraço", Amy Spree disse.

"Já vou."

"E o homem com a fronha na cabeça?"

"O que tem ele, mãe?"

"A moça disse que é marido dela."

"Correto."

"Ai, Twilly. O que você vai aprontar agora?"

Amy Spree era uma mulher deslumbrante, aos cinqüenta e cinco anos. Pele clara perfeita, olhos tímidos, verdes como o mar, emoldurados pelo cabelo elegante, com mechas prateadas. Twilly considerou irônico que sua mãe, após o divórcio, tenha escolhido Flagler Beach, levando em consideração a aversão dela pelo sol tropical e seu relacionamento prévio com o porco ambicioso que destruía praias profissionalmente. Mas Amy Spree disse que o nascer do sol no Atlântico a consolava (eram rápidos e não causavam rugas), além de não ter ressentimentos em relação a Little Phil (a quem considerava "confuso e inseguro"). De todo modo, Amy Spree disse, a costa era o lugar perfeito para ela praticar ioga, dança e clarinete. Tudo isso exigia isolamento.

Que o filho interrompia uma vez por ano, no aniversário dela.

"Eu nunca sei que tipo de presente devo comprar", Twilly disse.

"Bobagem", a mãe disse, rindo. "Recebi o melhor presente do mundo quando você bateu na porta."

Estavam na cozinha. Amy Spree preparava um jarro de chá gelado sem açúcar para Twilly, a nova amiga e o marido dela, que fora amarrado a uma cadeira de balanço branca que o pai de Twilly costumava preferir.

"E que tal um cachorro?", Twilly perguntou à mãe. "Você não gostaria de ter um cachorro?"

"*Aquele* cachorro?" Amy Spree olhou para McGuinn, que se posicionara ao lado da porta da geladeira, faminto. "Acho que não", Amy Spree disse. "Estou contente com meus bonsais. De todo modo, muito obrigada."

Ela pôs um chapéu de palha do tamanho de uma tampa de latão de lixo. Em seguida, levou um copo de chá gelado até o terraço com vista para o mar, para Desirata Stoat. Twilly saiu depois, arrastando

Palmer Stoat na cadeira de balanço. Twilly o colocou no terraço, ao lado de Desie. Twilly sentou-se num banco de cedro, com a mãe.

"Eu não sou uma pessoa muito curiosa, normalmente", disse Amy Spree.

"Tudo bem", Desie disse, "você tem o direito de saber." Ela olhou incerta para Twilly, como se dissesse: Por onde começamos?

Ele deu de ombros. "O marido da senhora Stoat é um porcalhão convicto, mãe. Um incorrigível espalhador de lixo. Não consigo ensinar-lhe boas maneiras."

Desie interferiu: "Há uma ilha na costa do golfo. Os clientes do meu marido querem arrasar tudo para fazer um balneário de luxo com campo de golfe. É uma linda ilha".

A mãe de Twilly balançou a cabeça. "Fui casada com um homem assim", ela disse, franzindo a testa. "Eu era jovem, pouco podia fazer."

Um ruído de descontentamento partiu de Palmer Stoat. A fronha entrava e saía de sua boca. Desie encostou um pé na cadeira e começou a balançar de leve.

"O que foi?", perguntou ao marido. "Você está com sede?"

"A cabeça dele dói. Eu o acertei com força."

"Por jogar lixo pela janela do carro", Desie explicou à mãe de Twilly.

"Meu Deus", Amy Spree disse. "Ele sempre teve dificuldade para controlar a raiva. Desde menino."

"Ele ainda é um menino", Desie disse, carinhosa.

Amy Spree sorriu.

"Agora já chega", Twilly interrompeu. Ele puxou a fronha da cabeça de Palmer Stoat e removeu a fita adesiva que tapava sua boca. "Diga oi para minha mãe", Twilly ordenou.

"Oi", Stoat resmungou, franzindo os olhos por causa do sol.

"Como vai?", Amy Spree perguntou.

"Uma merda." O rosto de Stoat estava vermelho, os lábios mordidos. Na testa, do lado esquerdo, havia um galo do tamanho de uma ameixa.

"Senhor Stoat", Twilly disse, "por favor, conte a respeito da ponte para minha mãe."

Palmer Stoat piscou devagar, como um sapo-boi acordando do período de hibernação. Desie continuava a balançar a cadeira com o pé.

"Diga a ela que mentiu para mim a respeito da ponte", Twilly ordenou, "diga que mentiu a respeito do veto do governador à verba, para que a ilha fosse salva. Mãe, o senhor Stoat é amigo íntimo do governador Richard Artemus."

"Sério?", Amy Spree disse.

Stoat olhou para Twilly, furioso. "Você não sabe do que está falando."

Twilly ergueu a mão, num gesto de repúdio. "Você disse que a ponte foi vetada, mas adivinha quem eu conheci na manhã de hoje, na Ilha do Sapo? Uma equipe de levantamento topográfico, mãe. Fazendo medições para — surpresa, surpresa! — para a nova ponte."

"Sei", Amy Spree disse.

"Sem a ponte, os clientes do senhor Stoat não podem construir seu balneário de luxo, pois não dá para passar os caminhões de concreto para o outro lado."

"Sei, filho. Já entendi."

McGuinn entrou no terraço. Cheirou os nós no pulso de Palmer Stoat, depois enfiou o focinho na virilha do dono.

"Boodle, não faça isso!" Stoat se agitou, na cadeira de balanço. "Pare, cacete!"

Amy Spree virou o rosto e suprimiu uma risada. Na praia, para lá do terraço, havia meia dúzia de jovens surfistas, sem camisa, com as pranchas debaixo do braço. Olhavam desanimados para o mar sem ondas. Amy Spree pensou que a cena daria uma boa imagem, a fotografia era seu hobby mais recente. McGuinn desceu a escada para fazer novos amigos.

"Então, e agora?" Twilly bateu com a palma da mão na coxa, ruidosamente. "Esta é a pergunta do dia, Desie. O que vamos fazer com esse seu marido porcalhão e idiota que você arranjou?"

Desie olhou para a mãe de Twilly, que olhou para Palmer Stoat. Este limpou a garganta e implorou: "Me dêem uma nova chance".

"Você está falando comigo ou com sua esposa?", Twilly perguntou.

"Com os dois."

"Palmer", Desie disse, "não sei se quero voltar para casa."

"Pelo amor de Deus", Stoat resmungou, impaciente. "E o que você quer fazer, Desie?"

"Sinceramente, ainda não sei."

"Quer bancar a Bonnie Parker, agora? Ou Patty Hearst? Quer acabar na primeira página dos jornais?"

"Eu só queria..."

"Tudo bem. Não volte para casa, então", Palmer Stoat disse. "Não precisa se incomodar."

Amy Spree se levantou. "Filho, preciso de sua ajuda na garagem."

"Pode deixar, mãe. Está tudo bem", Twilly disse.

Amy Spree sentou-se novamente. Desie Stoat tirou o pé da cadeira de balanço, que parou.

"Faça o que bem entender", disse com raiva para a esposa. "Quero que você se foda. E também que aquele estúpido labrador se foda. Quero que os dois vão para o inferno."

A mãe de Twilly disse: "Não precisa falar palavrões".

"Minha senhora, estou amarrado numa cadeira, porra!"

"Tenha dó. Até parece que você foi um marido exemplar nos últimos dois anos", disse Desie.

Stoat fez um barulho parecido com o de uma bola de futebol ao murchar. "Vou deixar você por conta dos meus advogados, Desirata. E acho bom alguém me desamarrar, seus pirados." Ele virou o pescoço para encarar Twilly Spree. "E, no que diz respeito à ponte da Ilha do Sapo, seu moleque, saiba que não há nada que você, nem ninguém na face da Terra, possa fazer para impedir sua construção. Pode levar minha mulher e meu cachorro, a ponte vai sair, quer você queira, quer não. É o que chamamos de transitado em julgado, moleque. Pode mandar quantas orelhas, patas e bolas de cachorro quiser, não vai mudar nada. Portanto, pode começar a soltar a corda. Caso contrário, vou dar um escândalo tremendo."

Desie nunca vira o marido tão furioso. Seu rosto inchara e parecia uma berinjela.

"Palmer, por que você mentiu?", perguntou Desie.

Antes que Stoat pudesse ofendê-la novamente, Twilly tapou sua boca com outro pedaço de fita adesiva reforçada. A fronha foi baixada, escondendo os olhos cheios de ódio.

"Filho, não seja muito duro com ele", pediu-lhe a mãe.

Twilly levou a cadeira de balanço para dentro enquanto Desie chamava McGuinn. Mais tarde, Amy Spree serviu o jantar, camarão refogado com molho de tomate caseiro e manjericão, acompanhado de arroz. Eles puseram Palmer Stoat à mesa, mas ele deixou claro, com uma série de grunhidos revoltados, que não estava morrendo de fome.

"Tem o suficiente para todos", a mãe de Twilly disse, "se mudar de idéia. Lamento, pessoal, mas não tenho vinho."

"Mamãe parou de beber", Twilly explicou a Desie.

"Mas se soubesse que vocês viriam teria comprado uma garrafa de um bom Merlot", Amy Spree disse.

"Não tem problema. O camarão está fantástico", Desie disse.

"E quanto ao cachorro?"

"Ele pode comer mais tarde, senhora Spree. Temos um saco de ração no carro."

Um *cheesecake* de chocolate como sobremesa encerrou a refeição. Twilly se servia da segunda fatia quando a mãe disse: "Seu pai andou perguntando por você".

"Ainda fala com ele?"

"Ele telefona de vez em quando. Entre uma aventura e outra."

"E como vai o ramo imobiliário na Costa Oeste?", Twilly perguntou.

"Era isso que eu queria contar! Ele saiu do ramo!"

"Não acredito. Saiu do ramo ou se aposentou?"

"A bem da verdade, cassaram a licença dele como corretor."

"Na Califórnia?"

"Ele não entrou nos detalhes escabrosos."

Twilly mal acreditava. "O sujeito não precisa estripar alguém, no mínimo, para perder a licença de corretor imobiliário na Califórnia?"

"Filho, eu também custei a crer. Sabe o que ele vende agora? Sistemas domésticos de entretenimento digital. Mandou um folheto colorido para mim, mas não entendi nada."

"Sabe o que me incomoda, mãe? Ele poderia ter largado tudo quando Big Phil morreu. Tanto dinheiro de herança, papai não precisaria nunca mais vender um metro de praia que fosse. Poderia ter mudado para as Bahamas e passar a vida pescando."

"Não, ele não poderia", Amy Spree disse. "Está no sangue dele, Twilly. Vender imóveis à beira-mar estava no sangue."

"Por favor, não diga isso."

"Com licença", Desie interferiu, "mas tenho a impressão de que Palmer precisa usar o toalete."

"Outra vez?", Twilly se levantou, irritado. "A bexiga dele é menor que a consciência."

Mais tarde Amy Spree os acompanhou até a porta. O filho instalou Palmer Stoat, com cadeira de balanço e tudo, na perua. O sujeito se debateu um bocado.

"Twilly, o que pretende fazer? Pelo amor de Deus, pense bem nisso. Você tem vinte e seis anos", disse ela.

"Quer tirar uma foto dele, mãe? Ele gosta que o fotografem. Não é mesmo, Palmer?"

Stoat rosnou, debaixo da fronha.

"Principalmente Polaroid", Twilly completou.

Desie corou. Um gemido sofrido saiu da cadeira.

"Twilly, por favor, não faça nada do que possa se arrepender mais tarde", disse sua mãe. Depois, para Desie: "Você fica com ele, entendeu? Ele precisa sossegar um pouco e lidar melhor com a raiva".

Twilly acomodou-se ao volante, tendo Desie a seu lado e McGuinn no meio dos dois, babando no painel.

"Eu amo você, meu filho. Leve o *cheesecake* que sobrou, já embrulhei."

"Eu também amo você, mamãe. Feliz aniversário."

"Obrigado por se lembrar."

"Voltarei para devolver a cadeira de balanço."

"Não se preocupe."

"Talvez no ano que vem. Talvez antes disso."

"Sempre que quiser", a mãe disse. "Sei que vive muito ocupado."

A notícia do veto do governador chegou à Suíça, não se sabe como. Robert Clapley ficou arrasado quando um dos banqueiros que financiavam a ilha Shearwater telefonou para ele no meio da noite. "O que acontecer com o ponte?" De Genebra, duas e meia da manhã, como se nunca tivesse ouvido falar em fusos horários, o filho-da-mãe insensível.

De todo modo Clapley estava totalmente acordado, com a cabeça cheia, quando o telefone tocou. Passara a noite tentando falar com Palmer Stoat, pois as Barbies estavam fazendo pressão por mais pó de rino. Clapley as encontrou trancadas no banheiro, ao voltar de Tampa. Do outro lado da porta, som despejando música eletrônica a todo o volume. Uma hora depois as duas mulheres saíram de braços dados, rindo. Katya pintara o cabelo de rosa-choque, para combinar com o top de mesma cor, e do vão bronzeado entre os seios surgia uma tatuagem de hena requintada, de uma serpente com as presas expostas, das quais pingava sangue. Em contraste, Tish estava vestida de homem, com bigode postiço e o Armani cinza-chumbo favorito de Clapley.

Ele ficou paralisado de horror. Aquelas mulheres vulgares e transviadas eram anti-Barbies! Anunciaram que iam a um clube de *strip-tease* perto do aeroporto, participar da noite das amadoras. Primeiro prêmio: mil dólares.

"Pago dois mil se ficarem aqui comigo", Clapley ofereceu.

"Tem pó de rino?", Katya perguntou, dando uma piscada cruel. "Não? Então nós vamos à luta." E as duas abriram a porta e saíram rindo.

No telefone, o banqueiro de Genebra dizia: "E o ponte, senhorr Clapley, o que acontecerr?".

Robert Clapley tentou fazer o teimoso idiota entender que não havia motivo para alarme. Sério. Confie em mim. O governador é meu amigo íntimo. O veto foi apenas uma jogada política esperta. A nova ponte vai sair, com certeza. A ilha Shearwater é favas contadas, cacete.

"Portanto, Rolf, relaxe, pelo amor de Deus." Clapley, furioso, só atendera o telefone porque pensara que poderia ser Stoat, o ladino, respondendo finalmente seus recados, ou até a polícia de Palm Beach, após a detenção das preciosas Katya e Tish por atentado ao pudor...

"Mas o jornal disse..."

"Já expliquei, Rolf, é só uma jogada política. Coisas da Flórida, nada mais."

"Compreendo. Mas, senhor Clapley, com uma linha de crédito do porte que demos ao senhor..."

"Sei muito bem que vocês..."

"Cento e dez milhões de dólares americanos."

"Sei muito bem qual é o valor, Rolf."

"Notícias do gênero causam certa preocupação, naturalmente. É compreensível, dada nossa exposição."

"Claro. Mas vou explicar *outra vez*. Faça o favor de informar seus sócios no banco: Não há motivo para preocupações, o.k.? Agora, repita."

Do outro lado: "Como?".

"Sua vez", Robert Clapley falou. "Repita comigo: 'NÃO HÁ MOTIVOS PARA PREOCUPAÇÕES'. Vamos lá, Rolf, quero ouvir isso da sua boca."

O problema era que Robert Clapley não estava acostumado a

tratar com banqueiros. Lidava bem com traficantes, criminosos, claro, mas muito flexíveis e pragmáticos quando algo dava errado. O traficante de drogas normal vivia num mundo de perigos, reveses e traições; raramente um dia de sua vida agitada transcorria conforme o planejado. Ele trabalhava com narcóticos, armas e dinheiro vivo, assumindo rotineiramente riscos que o jovem Rolf de Genebra nem imaginava. Exposição?, Robert Clapley pensou. Aquele panaca não sabia o significado da palavra.

"Rolf?"

"Não há motivos para preocupações."

"É isso aí, cara", Clapley disse.

Recorrera aos banqueiros suíços apenas porque o projeto Shearwater se tornara grande demais para dinheiro do tráfico ou, pelo menos, para os valores disponíveis para Robert Clapley. Claro, comprara a Ilha do Sapo com recursos próprios, sem dificuldade. Contudo, era preciso investir muito para limpar o local e transformá-lo numa comunidade exclusiva para golfistas e milionários. O único projeto de Clapley até então, um prédio de apartamentos de dezessete andares na avenida Brickell de Miami, fora inteiramente financiado com lucros da cocaína e maconha, que Clapley lavara e emprestara a si mesmo por intermédio de uma *holding* holandesa de fachada. Ele teria preferido repetir o esquema na ilha Shearwater, mas não tinha os cento e tantos milhões de dólares disponíveis, e as únicas pessoas que dispunham desses valores não precisavam de Robert Clapley para investir: especialistas colombianos experientes em lavagem de dinheiro, que preferiam imóveis comerciais em vez dos residenciais.

Por isso Clapley procurara seus primeiros sócios fora do crime e encontrara os banqueiros suíços, que ficaram muito impressionados com o retorno do prédio da avenida Brickell. Eles lhe ofereceram uma formidável linha de crédito para construir e vender sua paradisíaca ilha da costa do golfo, na Flórida. Depois disso, os banqueiros deixaram Clapley em paz, tanto que ele se tornara displicente.

Mas, é claro, eles mantiveram seus frios olhos azuis fixos em seu traseiro. Afinal, como descobriram que Dick Artemus havia vetado a maldita ponte de Shearwater?

Mesmo assim, Clapley intuiu que o jovem Rolf se sentia desconfortável no papel de inquisidor desconfiado, e que preferia ser estóico e imperturbável, de acordo com a tradição bancária suíça...

"Sem dúvida esse tipo de percalço já ocorreu antes."

"Claro, percalços o dia inteiro", disse Rolf.

"Portanto, não há motivo para tanta ansiedade e dúvida", Clapley disse. "Não é mesmo, Rolf?"

"Yah."

"Na próxima vez, não telefone tão tarde. Estou acompanhado, há senhoras aqui."

"Oh."

"Senhoras, no plural", Clapley disse, soltando uma risadinha sugestiva.

"Aceite minhas desculpas, senhor. Mas esperamos que não haja novas surpresas. Isso seria ótimo."

"Sim, isso seria muito bom mesmo", Clapley concordou, irônico, percebendo certo desprezo no tom de voz do banqueiro que não lhe agradou. "Bem, preciso desligar agora. Alguém está batendo na porta."

"Talvez as senhoras no plural."

"Boa noite, Rolf."

Clapley vestiu o robe de seda que combinava com o pijama. Correu para espiar pelo olho mágico e soltou um suspiro de prazer. Palmer Stoat!

Clapley abriu a porta, ansioso. "Conseguiu o pó de rino?"

"Não, Bob. Algo muito melhor."

Quando Stoat passou, Clapley sentiu uma onda de calor, mau hálito e transpiração. O lobista estava péssimo; cheio de manchas vermelhas, pele úmida, mancha roxa horrível na testa.

"É a respeito da Ilha do Sapo", ele disse, seguindo na direção da cozinha sem ter sido convidado. "Onde estão as futuras gêmeas?"

"Na missa", Clapley retrucou.

"Pra quê? Pra mostrar como sabem ajoelhar direitinho?" Stoat ofegava como se tivesse subido a pé os dezesseis andares. "Já ajeitei tudo para você caçar o leopardo."

"Genial. Contudo, o que preciso no momento, mais do que oxigênio, é um chifre de rinoceronte morto."

Palmer Stoat ergueu a mão suja, num gesto diplomático. "Está tudo encaminhado, Bob. Juro pela minha mãe. Mas não foi isso que eu vim dizer." Ele pegou um frasco de suco de laranja na geladeira e uma garrafa de Absolut no bar. Preparou um *screwdriver* duplo e contou a Robert Clapley tudo que havia acontecido enquanto esteve nas garras do maníaco seqüestrador de cães.

"Além disso, ele fez lavagem cerebral na minha mulher. Então, sabe o que fiz, Bob? Eis a boa notícia. Eu disse ao filho-da-mãe — cujo nome é Twilly, por falar nisso —, eu disse a ele para ficar com Desie e com o cachorro e parar de nos fazer perder mais tempo. A ponte vai sair, eu já informei ao sujeito. A Ilha do Sapo já era. Ele que se foda!" Palmer Stoat estalou os lábios arroxeados e sorriu.

Clapley deu de ombros. "Então é isso?"

Os olhos úmidos de Stoat se estreitaram. "Sim, Bob, e isso já é bastante. Acabou a extorsão. O cara não tem nada que me interessa. Ele não pode nos impedir e não pode nos atingir."

"Você tem razão, mas apenas parcialmente, como de costume", Clapley disse.

"Não, Bob. Ele é um pobre coitado."

"Sei."

"Não representa mais perigo." Palmer Stoat queria discursar. "Ele é um inseto. Um sujeito insignificante."

"Sei."

"Que mal poderia nos causar agora? O que usaria?" Stoat riu, nervoso. "Acabei com a farra dele, Bob."

Robert Clapley estava pensando na aparência terrível de Stoat. Lembrou-se do dia em que Stoat quase engoliu o ratinho vivo.

"Aonde quer chegar, Palmer?"

"Vamos em frente, vamos adiante, já acabou." Stoat colocou mais vodca no copo. "A partir de agora, podemos tocar o projeto a todo o vapor. Você pode fazer a ponte e os campos de golfe... eu vou pedir divórcio e comprar outro cachorro."

"Você falou que o nome do seqüestrador demente era Twilly?"

"Esqueça o cara, Bob. Ele virou problema de Desie, de agora em diante."

Clapley franziu a testa. "Não, Palmer. Não posso esquecer o cara. Ele moveu mundos e fundos para pegar você de jeito. Aposto que ele não vai desistir de lutar contra Shearwater."

"Pelo amor de Deus, o que ele pode fazer, se atirar na frente das escavadeiras? Ele que tente", Stoat disse. "Acabou, Bob. Chame o senhor Gash e mande-o de volta para o Liquid ou seja lá qual for o clube onde o encontrou."

"Lamento, mas não será possível."

Stoat encostou o copo de vodca gelado no galo da testa. "Ou seja, você não quer, certo?"

"Não será possível, e pronto. Palmer, nem que eu *quisesse*, seria possível. O senhor Gash não tem se comunicado comigo. Isso acontece", Clapley explicou.

Palmer Stoat fechou os olhos. Pela face pálida rolou uma gota de água gelada do copo de vodca. "Ele vai molestar Desie?"

"Sob determinadas condições, sim", Clapley disse. "Caramba, você conheceu o sujeito. Ele é primitivo. Tome uma ducha quente, Palmer, vai se sentir melhor. Mais tarde sairemos para procurar as gêmeas."

Ele passou a noite inteira esperando a passagem da perua Buick, sem sucesso. Estacionara num pinheiral, perto da pousada da sra. Stinson. Ouvia repetidamente no toca-fitas um dos 911s que mais gostava, uma fita-pirata que não era vendida em lugar nenhum, nem na internet. O sr. Gash ouvira falar na fita certa tarde, quando pendurava as correias de iguana sob medida nas vigas de seu apartamento com ar-condicionado em South Beach. Uma das três mulheres na cama, abaixo dele, por acaso era atendente trainee da polícia de Winnipeg, no Canadá, e tinha uma amiga que tinha uma amiga que trabalhava no corpo de bombeiros de Duluth, em Minnesota, onde consta que teria ocorrido o bizarro incidente.

Por trezentos dólares o sr. Gash conseguiu a gravação integral, sem cortes. Ele a escutava com o *Ofertório de Mozart em Ré Menor*, "Misericordias Domini".

PESSOA: É uma emergência.
ATENDENTE: Prossiga.
PESSOA: Minha mulher pensa que estou em Eau Claire!
ATENDENTE: Como?
PESSOA: Mas estou a dezoito mil pés de altura, acima de Duluth, e caindo feito uma pedra!
ATENDENTE: Senhor, aqui é do corpo de bombeiros de Duluth. Por favor, explique qual é a emergência.
PESSOA: Está bem. A emergência é a seguinte. Estou num avião, ele vai cair. Um motor pifou, acho que perdemos o outro também. Aiiiiiiii, Jesus! Estamos caindo, e minha mulher pensa que estou em Eau Claire, no Wisconsin.
ATENDENTE: Está a bordo de uma aeronave?

PESSOA: Sim, estou ligando do celular.

ATENDENTE: E está em Duluth?

PESSOA: Estou me aproximando a cada segundo. Ai, meu Deus. Estamos entrando em pa-pa-parafuso!

ATENDENTE: Um momento, senhor, um momento...

PESSOA: Você precisa ligar para minha mulher. Diga a ela que a empresa me mandou para cá de última hora. Diga a ela... sei lá, invente alguma coisa. Não dou a mínima... qualquer coisa!

ATENDENTE: Sim, senhor... o piloto sofreu um ataque do coração?

PESSOA: Não. Eu poderia deixar você conversar com ele, se não estivesse tentando tirar a gente desse mergulho... aaaiiiiiii... minha Nossa Senhora... uuuuuuuuuaaaaaaa!!!

ATENDENTE: Qual é o tipo de aeronave? Pode fornecer o número do vôo?

PESSOA: Eu não sei!... Meu Deus, estou ficando tonto. Ai, Jesus... estou vendo um milharal... isso. O nome da minha mulher é Miriam, entendeu? O número do telefone é... o código de DDD...

ATENDENTE: Falou milharal? Algo mais? Já consegue ver Duluth?

PESSOA: Aaaaaaaiiiiiiiiiiiiii...

ATENDENTE: Senhor, precisamos saber sua localização, caso contrário não tenho como enviar uma viatura para o socorro.

PESSOA: Tarde demais para socorro, meu senhor...uuuuuuuu-uuuuuaaaaaaaauuuuuuu... diga a eles... uuuuuaaaaaauu... diga a eles para procurarem o rolo de fumaça no solo. Somos nós... ai, estou ferrado... ME FODDIIIIIIIIIIII...

ATENDENTE: Senhor, por favor, aguarde um instante. Mas não desligue. Senhor? Ainda está na linha?

A chamada fascinou o sr. Gash. A idéia de um marido infiel a bordo de um avião que cai, e ainda assim capaz de ligar para o 911 para inventar uma história para a mulher e livrar a cara depois de morto era de uma futilidade admirável! Que desespero encantador!

Ele ouviu a fita uma dúzia de vezes. Estava tudo lá, o pânico desesperado a dezoito mil pés. Tudo lá, menos o impacto fatal e as explosões.

Tarde demais para socorro.

Cara, pensou o sr. Gash, o pobre coitado estava coberto de razão.

O fornecedor do material de Duluth incluíra um recorte de jor-

247

nal com a fita cassete. O avião era um bimotor que saíra de St. Paul. Caiu numa fazenda, vinte e um mortos, nenhum sobrevivente. As autoridades locais não divulgaram o nome do passageiro que fizera o telefonema, alegando que isso incomodaria a família. A fita original do 911 foi enviada para o Comitê de Segurança Aérea, como evidência para a investigação do acidente. A versão fornecida ao sr. Gash era uma cópia de alta qualidade.

De repente ele teve uma idéia para tornar a fita ainda mais dramática: remixar com música sinfônica, uma obra que terminasse com um crescendo de pratos, numa versão musical do avião quando se arrebentou no solo.

Senhor? Ainda está na linha?

Buum, buuuuuuuuuuum, KA-BUUUUUUUUUUUUUUUUUM!

"Isso", murmurou o sr. Gash. Desceu do carro para esticar as pernas. Ia amanhecer na Ilha do Sapo, sem que o encrenqueiro, a mulher e o cachorro aparecessem no Buick Roadmaster.

O sr. Gash desceu a rua até a pousada. Subiu os degraus e bateu na porta. A sra. Stinson pediu que fosse até a cozinha, pois estava fazendo pães. Ela o recebeu na porta de tela, desconfiada, olhando para o cabelo espetado sem disfarçar sua reprovação.

"Estou procurando um sujeito acompanhado de um cachorro preto", disse o sr. Gash.

"Quem é o senhor?"

"Ele tem uma perua enorme. Acho que está acompanhado por uma mulher."

"Eu perguntei quem é o senhor."

"O cara me deve dinheiro", o sr. Gash disse. "Ele deve dinheiro para um monte de gente, acho bom a senhora se cuidar."

A sra. Stinson riu friamente, do outro lado da tela. "Ele pagou adiantado, em dinheiro."

"Quem diria."

"Acho melhor ir embora antes que eu chame a polícia. Vocês que resolvam isso em outro lugar, que aqui eu não quero confusão."

O sr. Gash segurou a porta com a mão. Discretamente, como se estivesse apenas encostado. "Ele está aí agora? O cachorro é perigoso, sabia? Matou uma menina em Clewiston. Mordeu a garganta dela. É por isso também que o sujeito está fugindo. Ele passou a noite aqui?"

"Eu não sei para onde ele foi, senhor. Só sei que o quarto foi pago e que estou fazendo pão, pois o café-da-manhã está incluído no preço." A sra. Stinson recuou um passo, aproximando-se do telefone na parede, o sr. Gash percebeu.

"E, quanto ao cachorro", ela disse, "é tão ameaçador e esperto quanto um peixinho dourado. Acho melhor ir embora. Sério."

"A senhora não conhece o tipo, madame. Ele só traz problemas."

"Eu não conheço o *senhor*", rebateu a sra. Stinson. "Suma daqui. Você e seu cabelo maluco!"

O sr. Gash ia dar um soco através da tela quando ouviu o barulho de um carro. Deu meia-volta com o coração batendo rápido, pois pensou que fosse o rapaz encrenqueiro voltando no Buick com lateral de madeira.

Não era. Era uma viatura da polícia rodoviária, bege e preta.

"E agora, que tal?", a sra. Stinson disse.

O sr. Gash afastou-se da porta. Observou a viatura, que deu a volta na casa, tendo um policial negro ao volante. No banco traseiro ia um homem, um prisioneiro encostado na porta lateral, como se estivesse desmaiado. O sr. Gash não tinha certeza, mas teve a impressão de que a viatura reduziu a marcha ao passar pela pousada.

Atrás dele a sra. Stinson falou: "Rá! Ainda quer bater papo, engraçadinho?".

Assim que a viatura sumiu de vista o sr. Gash afastou-se da pousada e seguiu andando. Tinha uma história pronta, se fosse o caso: O carro não queria pegar. Ele foi até a pousada pedir para usar o telefone. Assim que se aproximou a velha maluca começou a gritar com ele...

O sr. Gash não viu sinal da viatura no caminho de volta. Chegou até onde estava seu carro e continuou andando. Deu a volta na quadra devagar e voltou. Melhor prevenir que remediar, pensou. Provavelmente não era nada. Pelo jeito, um motorista embriagado que a polícia estava escoltando para a delegacia. Eles só serviam para isso, pensou o sr. Gash, prender bêbados.

Tirou o paletó xadrez e o colocou no banco da frente. Depois foi para trás de um pinheiro urinar. Estava fechando o zíper quando ouviu barulho. Algo se movia na beira do mato, perto do carro. O sr. Gash sacou a arma e olhou, escondido atrás do tronco do pinheiro. Viu um mendigo agachado na beira da estrada.

O sr. Gash saiu de trás da árvore. O vagabundo estava de costas para ele; sujeito grande, de impressionar. Quando ficou de pé, era quase trinta centímetros mais alto que o sr. Gash. Usava uma espécie de saia quadriculada em preto-e-branco e bota.

Mais confiante, o sr. Gash guardou a pistola no coldre, na altura do peito. Sorriu, pensando: Esse cara faria sucesso em Ocean Drive.

Quando o mendigo virou, o sr. Gash reconsiderou a avaliação.

"Vamos com calma, coroa." Esperava que o sujeito tivesse notado a arma no coldre.

O mendigo não falou nada. Usava uma touca de banho ordinária na cabeça e tinha um olho vermelho que parecia brincadeira de festa infantil. A barba prateada caía em duas tranças, feito cordas, que acabavam em bicos recurvados. Numa das mãos o mendigo levava um gambá de boca aberta e corpo coberto de sangue. Na outra mão tinha um livro de bolso.

O sr. Gash perguntou: "De onde você é?".

O sujeito abriu um sorriso, surpreendendo o sr. Gash. Nunca vira um mendigo com dentes tão perfeitos, mais brancos que os seus.

"Bela saia", o sr. Gash disse, testando o outro.

"Na verdade, é um saiote escocês. Eu mesmo fiz."

"Você tem nome?"

"Hoje não", respondeu o mendigo.

"Espero que não esteja pensando em roubar meu carro."

O mendigo sorriu de novo. Balançou a cabeça negativamente, de um jeito que insinuava ao sr. Gash que o carro dele não valia a pena ser roubado.

O sr. Gash apontou para o gambá e disse: "Seu amiguinho tem nome?".

"Tem: almoço. Foi atropelado por uma moto."

O sr. Gash pensou que o mendigo se mostrava muito à vontade para quem estava sendo interrogado por um estranho armado.

"Você não respondeu minha pergunta, coroa. De onde veio?"

O sujeito ergueu o livro. "Você devia ler isso."

"O que é?", o sr. Gash perguntou.

"*Os comediantes*, de Graham Greene."

"Nunca ouvi falar nele."

"Ele teria adorado conhecer você."

"O *que* quer dizer com isso, afinal?" O sr. Gash deu dois passos na direção do carro. A atitude do outro o assustava, ele carregava o gambá com muita tranqüilidade.

250

"Vou emprestar para você", disse o mendigo.

O sr. Gash entrou no carro e deu a partida. O mendigo se aproximou.

"Pode parar aí mesmo, coroa", o sr. Gash disse, sacando a pistola semi-automática. O sujeito parou. Seu olho vermelho fitava o alto das árvores, enquanto o normal encarava o sr. Gash com uma indiferença enervante.

O sr. Gash gesticulou com a ponta da arma, dizendo: "Você não me viu aqui, entendeu?".

"Claro."

"Nem o carro."

"Tudo bem."

"Então, o que está olhando, cacete?"

Lá vinha de novo, o sorriso de anúncio de pasta de dente.

"Legal seu penteado", disse ao sr. Gash.

"Eu devia matar você, coroa. Só por causa disso eu devia dar um tiro nessa sua bunda de sem-teto..."

Mas o mendigo de saiote quadriculado deu-lhe as costas. Carregando o livro de bolso e o gambá atropelado, seguiu lentamente na direção do pinheiral, como se o sr. Gash não estivesse ali; como se não apontasse uma pistola carregada para suas costas, ameaçando contar até seis e matá-lo.

O sr. Gash saiu correndo, cantando os pneus. Que maluco de pedra, pensou. Odeio este lugar e odeio este serviço.

Uma ilha desgraçada, cheia de doidos encrenqueiros!

O sr. Gash virou a fita e apertou o botão de rebobinar.

Só mais um pouco, pensou. Depois posso voltar para casa.

20

Nas primeiras vezes em que Twilly e Desie fizeram amor, McGuinn não lhes deu muita atenção; aninhava-se no chão e dormia. Então, certa noite — no dia em que libertaram Palmer — o cachorro demonstrou súbito e intenso interesse pelo que ocorria em cima do colchão. Desie estava quase chegando a um instante que prometia ser memorável quando a cama balançou violentamente e Twilly soltou um gemido que de erótico não tinha nada. Os movimentos cessaram e as molas silenciaram, melancólicas. Desie sentiu o hálito de ração de fígado no rosto e um peso esmagador no peito. Ela viu, sob a luz trêmula da televisão do hotel, que o labrador pulara nas costas de Twilly e se instalara lá com seus quase setenta quilos. Isso teria distraído Twilly (que estava completamente perdido nos braços de Desie), mas o cachorro completou o serviço, tornando impossível ignorá-lo ao morder a base do pescoço de Twilly e prendê-lo como se tivesse apanhado um coelho inesperado.

"Fora", Twilly disse, por entre os dentes.

McGuinn não mordia com força, não parecia bravo ou sequer agitado. Mas foi insistente.

"Agora chega", Twilly tentou de novo.

Desie sussurrou: "Acho que ele se sentiu excluído".

"O que sugere que eu faça?"

"Você se machucou?"

"Não, mas perdi a concentração."

Desie soltou a guarda da cama e abraçou Twilly na altura do ombro. Enfiou a ponta dos dedos na bochecha do labrador e puxou de leve. McGuinn, obediente, abriu a boca. Erguendo as orelhas de curiosidade, o cachorro olhou para Desie. Ela ouviu o ruído do rabo batendo repetidamente na coxa de Twilly.

"Muito bem", Twilly disse, mas as palavras saíram abafadas pelo seio esquerdo de Desie. "Quer dar uma v-o-l-t-a?"

McGuinn pulou para fora da cama e foi até a porta. Desie usou uma beirada do lençol para limpar a baba do cachorro do pescoço de Twilly, que exibia as marcas dos dentes caninos.

"Não sangrou", Desie informou.

"E tem marca de chupada?"

"Acho que ele teve um pesadelo."

"Ou um sonho erótico."

Eles tentaram novamente, mais tarde, após o passeio de McGuinn. Esperaram até que ele começasse a ressonar no tapete, perto da televisão. Dessa vez foi o orgasmo de Twilly o prejudicado. O cachorro pulou na cama inesperadamente, deixando Twilly sem fôlego e fazendo com que se afastasse de Desie.

"Essa não", Twilly resmungou. Ficou um pouco chateado. "Você é muito, muito chato. Um cachorro chato, inconveniente e ruim."

"Ele está mordendo seu pescoço de novo!"

"Sei disso."

"Acho que estamos fazendo muito barulho", Desie disse. "Talvez ele tenha pensado que você me machucava."

"Sem essa. Ele não é mais criança."

Dessa vez, por mais que Desie tentasse abrir a boca do cachorro, ele não cedia. Para McGuinn tudo não passava de uma nova brincadeira, e um labrador adorava brincar.

"Bem, eu pretendo descansar um pouco", Twilly disse. "Se o desgraçado não me soltar até de manhã, vou matá-lo."

E assim Twilly dormiu, com um labrador gigante agarrado na nuca. O cão dormiu logo, também, placidamente, como se estivesse com sua bola de borracha favorita na boca. Desie ficou deitada na cama, rígida, ouvindo a respiração profunda dos dois dorminhocos. Ela pensou: Então esta é minha condição aos trinta e dois anos e meio, sozinha com um cachorro maluco e meu amante-seqüestrador num quarto de hotel de vinte e nove dólares em Fort Pierce, na Flórida. Mas que escolhas interessantes acabei fazendo! Luzes, por favor. Vamos começar pelo indigno Gorbak Didovlic, o estreante mas não estrela da NBA; o brilhante Andrew Beck, automutilado diretor de filmes de propaganda política enganosos; Palmer Stoat, o fala mansa, incansável traidor que abandonamos faz duas horas num restaurante Cracker Barrel, na beira da Interestadual 95.

E finalmente o jovem Twilly Spree, que provavelmente seria fiel e me amaria para sempre a seu modo adolescente encantador, se tivesse outras ambições além de criar caso, um jovem cujo futuro promissor incluía temporadas na cadeia, sem dúvida. O homem dos meus sonhos!

Gozado? Muito. Uma carga violenta de adrenalina. Misteriosamente milionário, sempre com uma nova surpresa. E depois?, Desie pensou. Depois ele vai sumir, aposto.

Bem, sempre havia Palmer. Por mais bundão e mau-caráter que fosse, Desie não podia evitar uma pontada de compaixão ao pensar nele amarrado e encapuzado, naquela cadeira de balanço. E a expressão em sua cara de lua cheia quando Twilly removeu a fronha manchada de suor e cortou a corda — um olhar de desprezo maligno, especialmente dedicado a Desie. Está vendo como isso é sério!

Mas ele a aceitaria num piscar de olhos, o maridão. Palmer exigia uma esposa com boa aparência, alguém capaz de aturar seus esquemas de viagem convenientemente ambíguos, as caçadas pavorosas e as Polaroids e outras taras no quarto. Palmer sabia que Desie valia a pena e quanto custava um divórcio. Portanto, claro que a aceitaria de volta.

Seria o caminho mais fácil para Desie também, mas ela não queria mais saber. Nunca mais conseguiria olhar para o marido sem pensar nos sapinhos listados de laranja esmagados pelas máquinas de terraplanagem.

Seus pais, em Atlanta, ficariam contentes se fosse passar uns tempos com eles. Sua mãe vivia ocupada com a clínica médica e o pai logo se aposentaria na Delta. Mas eu posso voltar para a faculdade, Desie pensou, e tirar meu diploma de professora.

Isso mesmo. E depois mudar para Appalachia, morar num barraco e fazer trabalho educativo voluntário com os deficientes. Quem acho que estou enganando?

Twilly se mexeu quando Desie acariciou sua testa.

"Está acordado?"

"Agora estou", ele disse.

"Sonhou?"

"Sei lá. Tem um cachorro enorme nas minhas costas?"

"Creio que sim."

"Então eu não estava sonhando", Twilly disse.

"E eu estava aqui deitada, pensando... o que vai acontecer agora?"

"O itinerário, é isso?"

"A agenda", ela disse.

"Bem, primeiro pretendo aprontar uma barbaridade para impedir a construção de Shearwater."

Desie segurou o rosto dele com as duas mãos. "Você não pode fazer nada para impedir."

"Posso tentar."

"Eles vão dar um jeito de detê-lo. Palmer e o governador. Lamento informar, mas é um fato", Desie disse. "Se eles dizem que a ponte vai sair é porque vai."

"Me aguarde."

"Não há nada que você possa fazer, Twilly, exceto matar alguém."

"Concordo."

"Meu Deus."

"O que foi?"

"Não me fale uma coisa dessas nem de brincadeira", Desie pediu. "Nada vale uma vida humana."

"Não? E quanto vale a vida de uma ilha? Eu gostaria muito de saber." Twilly estendeu a mão por trás da cabeça e cutucou a ponta do focinho de McGuinn. O cachorro acordou assustado, latiu e soltou a nuca de Twilly. Em seguida pulou para o chão e começou a arranhar a porta, otimista.

Twilly apoiou um cotovelo na cama e sentou para falar com Desie. "Já esteve na ilha de Marco? Você não pode imaginar como arrasaram aquele lugar."

"Sei disso, querido, mas..."

"Se a tivesse conhecido quando era criança e visto a ilha agora, diria que cometeram um crime. Diria que alguém deveria ser executado com um tiro na nuca. E teria razão."

"Se está tentando me assustar, já conseguiu."

"Você fez uma pergunta."

Desie o abraçou com força. "Lamento. Vamos conversar a esse respeito de manhã."

Como se isso fosse mudar o desfecho.

"A ilha inteira", ela ouviu Twilly murmurar. "Não posso permitir que aconteça outra vez."

Dick Artemus ofereceu um drinque a Lisa June Peterson. Ele tomava a terceira dose. Ela disse não, obrigada.

"Ainda tem aquele Taurus?", ele perguntou.

"Sim, senhor."

"Você me parte o coração, Lisa June. Eu posso arranjar um Camry cupê novinho, praticamente de graça."

"Muito obrigada, governador, mas não é preciso."

O telefone tocava sem parar, na mesa do gabinete. Dick Artemus não se levantou para atender. "Dorothy já foi para casa? Tenha dó."

"São seis e meia. Ela tem filhos", Lisa June Peterson explicou. Ela estendeu a mão e apertou um botão no telefone, desligando o sinal de tocar.

O governador saboreava o bourbon. Piscou e disse: "O que tem para mim?".

Lisa June pensou: Ótimo, ele já está meio alto. "Duas coisas — sobre a sessão especial — antes de enviarmos o *press-release*, é bom que saiba que Willie Vasquez-Washington está dando trabalho. Disse que não quer pegar um avião e voltar a Tallahassee na semana que vem, não pretende interromper as férias. Prometeu criar o maior caso se insistir em convocar o Legislativo para uma sessão extraordinária..."

"Palavras dele?" Dick Artemus riu. "Criar o maior caso? Mas você não lhe disse que é para aumentar a verba educacional? Para fazer escolas?"

Lisa June Peterson explicou pacientemente ao governador contrariado que Willie Vasquez-Washington não era nenhum idiota; que ele percebeu na hora o verdadeiro objetivo da sessão especial do Legislativo, ou seja, recuperar o projeto da ponte da Ilha do Sapo para ajudar os amigos do governador...

"Ei, eles não são meus amigos", Dick Artemus retrucou. "Não são meus companheiros, nem colegas de nada. Apenas empresários que contribuíram para a campanha. Willie não devia falar nada, até parece que ele é santo..."

Lisa June Peterson informou ao chefe que Willie Vasquez-Washington não sabia nem se importava com a razão para o veto das verbas para a ponte. E prometeu fazer o governador sofrer um bocado por estragar seus planos de viagem.

"Ele vai esquiar em Banff", Lisa June contou. "E levar a família inteira."

Dick Artemus fungou. "E quem está pagando a *festa?*"

"Posso averiguar."

"Não. Deixa pra lá. Droga." O governador bufou contrariado. "Sabe, nunca precisei lidar com essas coisas na Toyota Land. O que mais, Lisa June? Diga logo de uma vez."

"Clinton Tyree o visitou há algumas noites, quando o senhor estava em Orlando."

Dick Artemus endireitou o corpo na poltrona. "Diacho. O que ele queria? O que ele disse?"

"Ele disse que faria o que lhe pediu..."

"Fannnnn-tástico!"

"... e que voltaria a Tallahassee para matá-lo se acontecesse qualquer coisa com o irmão dele, Doyle. Assassiná-lo lentamente, como pediu que eu enfatizasse."

"Pelo amor de Deus." O governador forçou um risinho incrédulo.

"Ele mencionou os seguintes itens: forcado, barril de duzentos litros de lixívia e uma cobra coral."

"Ele é pirado", disse o governador.

"Mas fala sério."

"Bem, não se preocupe, pois não vai acontecer nada com Doyle, o irmão dele. Caramba." Dick Artemus pegou a garrafa de bourbon, distraidamente. "Sinto pena de você, Lisa June. Provavelmente está se perguntando por que diabos se meteu neste emprego maluco. Não consegue nem entender o que está acontecendo."

Lisa June Peterson disse: "Sei o que está acontecendo. Ele me mostrou a carta que o senhor escreveu".

"Que carta?", Dick Artemus protestou. Depois, envergonhado: "Tudo bem, confesso. Escrevi a carta. Sabe, às vezes...".

Ele olhou com surpresa embriagada para o copo.

"Às vezes o quê?", perguntou Lisa June.

"Neste mundo, às vezes a gente precisa fazer coisas que não são muito legais."

"Para construir um campo de golfe."

"Não simplifique as coisas, minha cara. É muito mais complicado que isso." O governador ergueu o rosto para brindar, com um sorriso paternal. "Temos de levar em conta a ordem natural das coisas. O modo como tudo funciona. Você sabe disso, Lisa June. Sempre foi assim. Não se pode mudar o mundo, eu não posso fazer isso e aquele maluco homicida ermitão — Camaleão, não é assim que se chama — tampouco pode mudá-lo."

Lisa June Peterson levantou-se, ajeitando a saia. "Grata pelos esclarecimentos, governador."

"Ei, não fique brava comigo. Sente-se, por favor. Conte como ele é. Diga o que aconteceu exatamente, estou morrendo de curiosidade."

Mesmo que Dick Artemus estivesse sóbrio, Lisa June não teria coragem de contar o que havia acontecido na beira da fogueira, ou seja, que o ex-governador a manteve acordada a noite inteira, num monólogo febril. Que ele contara histórias incríveis da antiga Flórida, que cantara e a encantara sob a luz das estrelas, pulando de um lado para outro, chorando por um olho enquanto o outro brilhava feito brasa; que pintara lágrimas em sua cabeça calva com sangue de raposa; que rasgara o saiote quadriculado enquanto subia numa árvore, que ela o consertara com três alfinetes de fralda que encontrara dentro da bolsa; que ele a beijara e que ela o beijara de volta.

Lisa June Peterson não poderia jamais relatar ao chefe que deixara Clinton Tyree dormindo nu e suado no mato, a menos de quinze quilômetros do palácio, nem que voltara para casa com a intenção de pôr tudo no papel — tudo que ele havia dito e feito, e *dito* que havia feito — para usar no livro que pretendia escrever. Contudo, após chegar em casa, entrar no apartamento, tomar uma ducha, preparar um chá quente e se sentar na frente da folha de papel, foi incapaz de escrever uma só palavra. Nem uma única palavra.

"Não aconteceu nada digno de nota", Lisa June Peterson disse ao governador.

Dick Artemus inclinou-se para a frente e apoiou os cotovelos na mesa. "E como ele é? Parece enorme, nas fotos de arquivo."

"Ele é grande", Lisa June confirmou.

"Mais alto do que eu?"

"Ele parece bem velho", Lisa June disse.

"Ele é velho. O que mais?"

"E triste."

"Mas ainda é maluco, aposto."

"Já vi gente pior", Lisa June disse.

"Ei, está brava comigo. Não precisa ficar assim." Dick Artemus estendeu os braços, pedindo perdão. "Eu não ia expulsar o irmão dele do farol, Lisa June. Acha, honestamente, que eu seria capaz de uma coisa dessas?"

"A carta foi o bastante."

"Ora, tenha dó." O governador pegou o copo de bourbon e recostou-se novamente, colocando o copo no colo. "Só quero que ele encontre o rapaz maluco e o cachorro. Mais nada."

"Ah, ele os encontrará", Lisa June Peterson disse. "Bem, como pretende lidar com o excelentíssimo senhor deputado Vasquez-Washington?"

"Willie, aquele desgraçado." Dick Artemus soltou uma risada amarga. "Sabe muito bem como proceder, Lisa June. Ligue para Palmer Stoat. Peça a ele que dê um jeito nisso."

"Sim, senhor."

"Ei. O que houve com seu joelho?" O governador esticou a cabeça para ver melhor.

"Só um arranhão", Lisa June disse, pensando: Sabia que eu deveria ter posto uma meia-calça hoje. Dick Artemus não deixa passar uma perna em branco.

"Uau!", ele disse. "O que aconteceu?"

"Eu estava subindo numa árvore", Lisa June Peterson respondeu.

"Quero saber o resto."

"Melhor não."

O nome do clube de *strip-tease* era Pube's.

Robert Clapley deu uma gorjeta ao leão-de-chácara e descobriu, desolado, que as Barbies conseguiram ganhar com facilidade o primeiro prêmio do concurso para amadoras, pegaram o prêmio de mil dólares em dinheiro e deixaram o recinto na companhia de um indivíduo chamado Avalon Brown, que se apresentava como produtor jamaicano de filmes independentes.

"Estou me sentindo mal", Clapley disse a Palmer Stoat.

"Deixa disso. Esta é a melhor coisa que poderia acontecer a você", Stoat disse. "Livrar-se daquelas duas drogadas."

"Nem vem, Palmer. Preciso das minhas garotas."

"É, tanto quanto precisa de hemorróidas."

Stoat estava com o humor péssimo e nervoso. Havia mulheres nuas por toda parte, dançando em cima das mesas, mas ele não conseguia parar de pensar em Desie e na Polaroid.

Mas aquelas noites, como seu casamento, pertenciam ao passado.

Palmer Stoat ergueu o braço. "Espere aí." O locutor anunciava as concorrentes do último concurso, de sósia de Pamela Anderson Lee.

"Uau, que glória!", Stoat gritou.

"Se eu tivesse uma faca", Robert Clapley disse, "arrancaria os olhos."

"Bob, está brincando? Elas são o máximo."

"Elas são grotescas. Puro lixo, de péssimo gosto."

"Em comparação com as gêmeas classudas, né?", Stoat disse, irônico. "Princesa Grace e Lady Di, que no momento se encontram chupando o pau de um produtor de pornografia rastafári, em troca de meio grama de talco da Bolívia."

Clapley segurou Stoat pelo colarinho. "Palmer, você é um porco nojento."

"Somos dois porcos, Bob, relaxe. Calminha. Vou arrumar o pó de chifre de rinoceronte e assim você conseguirá suas preciosas Barbies de volta." Stoat libertou-se dos braços de Clapley. "De todo modo, você não poderia me fazer nada que já não tenha sido feito, a começar pelo rato que o charmoso senhor Gash enfiou na minha goela."

"Quem mandou tentar me enrolar?", Clapley justificou-se. "Queria faturar duas vezes em cima da ponte. Ou três?"

"Talvez eu tenha me excedido um pouco. Mesmo assim..."

No palco, treze Pamelas Anderson Lee dançavam, ou pelo menos balançavam os peitos no ritmo do tema da série de televisão *Baywatch*. Palmer Stoat suspirou, impressionado. "Cara, vivemos numa época incrível. Olha só!"

"Espero lá fora."

"Pode ir embora. Pego um táxi depois." Stoat não tirava os olhos do pneumático espetáculo no palco. Era o que precisava para esquecer de Desie.

"Não me procure novamente até o governador Dick assinar a liberação da verba da ponte e você arranjar um pouco de pó de rino. São as duas notícias que espero de sua parte, entendeu?"

Stoat grunhiu em sinal de concordância. "Bob, antes de ir..."

"O que foi, Palmer?"

"Que tal outro charuto cubano?"

Robert Clapley jogou um charuto em cima da mesa. "Idiota", disse.

"Boa noite, Bob."

21

Numa noite fresca de maio um caminhão sem identificação entregou um caixote de madeira na Wilderness Veldt Plantation. A caixa fora despachada diretamente para uma pista de pouso particular em Ocala, na Flórida, para evitar inspeções da Alfândega, quarentena dos serviços de controle de animais e outras interferências das autoridades norte-americanas.

Na Wilderness Veldt Plantation o caixote arranhado seguiu de caminhão para um barracão baixo sem janelas conhecido como Quarentena Um. Menos de uma hora depois Durgess foi convocado em sua casa. Um sujeito chamado Asa Lando, cujo cargo na reserva era Supervisor de Caça, o recebeu na frente do barracão.

"Muito ruim?", Durgess perguntou.

Asa Lando cuspiu no chão.

Durgess franziu a testa. "Quero dar uma espiada."

O galpão era dividido em oito jaulas com portão, protegidas do chão ao teto com tela alambrada reforçada. Cada jaula possuía um ventilador de teto, um aquecedor e uma abertura de aço galvanizado para comida e água. A fera de Hamburgo estava na jaula número três.

Durgess disse: "Você deve estar brincando".

"Antes fosse." Asa Lando sabia que se encrencara, como responsável pela aquisição dos animais para as expedições de caça.

"Para começo de conversa", Durgess disse, "isso não é um leopardo."

"Sei que não..."

"É um ocelote, ou jaguatirica. Não pesa mais do que vinte quilos."

"Eu sei, Durge. Não sou cego. Percebi que não era um leopardo. Por isso tirei você da cama."

"Em segundo lugar", Durgess prosseguiu, "só tem duas pernas, diacho."

"Também sei *contar*." Asa chutou um pouco de terra com a ponta da bota, emburrado. "Poderia ser pior."

Durgess o encarou. "Como? Só se viesse dentro de um vidro."

"Olha, não é a primeira vez que temos uma situação do gênero", Asa refrescou a memória do outro. "Não faltam clientes dispostos a abater animais defeituosos."

"Mas não esse cliente específico", Durgess disse. Certa vez conseguiram empurrar um bicho de três pernas, mas duas estava fora de cogitação. Principalmente no caso de um felino.

Os dois homens olharam através da cerca, desanimados. Com inesperada agilidade, a jaguatirica começou a saltar e a esfregar o traseiro na tela.

"O que será que aconteceu a ela?", Durgess perguntou.

"O doutor Terrell falou que provavelmente já nasceu assim, uma perna na frente, outra atrás. Se a gente levar tudo isso em conta, até que ela é bem-disposta."

Durgess concordou, irritado. "Como foi mesmo que você conseguiu esse bicho?"

"No Zoo Infantil do Tio Wilhelm", Asa disse. "Resolveram vender porque estava comendo todos os papagaios. Não me pergunte como ela os pegava. Acho que aprendeu a saltar bem alto, apesar de tudo."

"E quanto pagamos?"

"Cinco mil, fora o frete."

"Meu Deus."

"E agora?"

"Asa, meu caro, temos um problema sério." Durgess explicou que um de seus melhores clientes, Palmer Stoat, pretendia levar um amigo do alto escalão até o Wilderness Veldt para abater um felino de grande porte. Um leopardo africano adulto.

"É uma caçada das grandes", Durgess disse, sério. "Muito dinheiro envolvido."

Asa olhou para o felino esquálido. "A gente pode engordar o bicho, até lá."

"Claro", Durgess disse. "E colar duas pernas falsas também. Asa, tem hora que você me dá nos nervos."

Mas o supervisor de caça não admitia o fracasso. "A trezentos metros, Durge, todos os gatos são pardos para esses panacas. Lembra-se do leão Gummy?"

Durgess fez um gesto de repugnância. Antes conhecido como Maximilian III, o leão Gummy fora a estrela do circo de animais amestrados de um cassino de beira de estrada em Reno, Nevada. Após uma vida inteira viciado em sorvete com pedacinhos de chocolate, o velho leão perdeu primeiro os caninos e depois todos os dentes. Max foi aposentado e vendido para um traficante de animais selvagens, que por sua vez o empurrou para a Wilderness Veldt Plantation. Até Asa Lando ficou desesperado quando o tiraram da caixa. Durgess falou que tinham arranjado uma nova mascote. Quem pagaria uma fortuna para abater um leão senil e desdentado?

Um cretino chamado Nick Teeble, por incrível que pareça. Por dezoito mil dólares. O executivo da indústria do tabaco aceitou pagar tudo isso para enfeitar seu chalé de férias na Costa Rica com uma pele de leão, quando se aposentou. Asa percebeu que Nick Teeble era um tremendo otário; Asa convenceu Durgess a usar o débil Gummy na caçada. E Asa tinha razão absoluta: Nick Teeble era incompetente e estúpido, uma combinação ideal para o Wilderness Veldt. Nick Teeble precisou atirar sete vezes para acertar o leão, cuja indisposição para correr ou mesmo acordar foi atribuída à surdez completa e irreversível (resultado de vinte anos de espetáculo na frente da barulhenta orquestra do cassino).

Durgess disse a Asa Lando: "Aquilo foi diferente. Teeble era trouxa".

"Todos os clientes são trouxas", Asa Lando ressaltou. "De caçadores eles não têm nada. Querem apenas um bicho grande e morto para pendurar na parede. E o senhor Stoat é um deles."

"O sujeito que vai trazer aqui já fez caçadas de verdade. Não vai cair no conto", Durgess falou. "Não vai acreditar se dissermos que ele arrancou duas patas do bicho a tiro."

Asa Lando não se abalou: "Não tenha tanta certeza".

"Ei, o sujeito quer um leopardo, o animal terrestre mais rápido do mundo inteiro. Aquela pobre criatura", Durgess fez um gesto na direção da jaguatirica manca, "perde corrida de cadeira de rodas para minha avó."

Como se recebesse um sinal, a jaguatirica começou a saltar em círculos, no sentido horário, ergueu o rabo e urinou na tela da jaula, molhando a calça dos dois homens.

"Droga!", Asa gritou, pulando para trás.

Durgess deu as costas e saiu do barracão.

* * *

Eles atravessaram a ponte velha de carro, em silêncio, no final da tarde. Twilly Spree seguiu até a praia em vez de ir para a pousada, embora sentissem fome. Contava que o pôr-do-sol fosse animar Desie um pouquinho.

Mas uma frente fria fez com que o horizonte desaparecesse atrás de uma montanha de nuvens arroxeadas. Uma noite cinza caiu de repente sobre a costa, acompanhada por um vento frio e úmido, vindo do golfo. Twilly e Desie caminhavam de mãos dadas. McGuinn corria e saltava à frente, perseguindo andorinhas-do-mar e gaivotas.

"Vai chover", Twilly disse.

"Era só o que faltava." Desie respirou fundo.

"Eles querem fazer os condomínios fechados nas duas extremidades da praia", Twilly disse. "Como se fossem apoios para livros de dezesseis andares. 'Apartamentos de luxo a partir de duzentos mil!'" A frase constava na nova placa que Robert Clapley mandara colocar na US 19. Twilly a vira quando voltavam para a ilha, naquela manhã.

"Tenho uma pergunta. Você não precisa responder, se não quiser", disse Desie.

"Certo."

"Duas perguntas, na verdade. Já matou alguém?"

Twilly pensou na casa de Vecker Darby, que explodiu numa nuvem química enquanto Vecker Darby, o poluidor lento, continuava lá dentro.

"Já matou?", Desie insistiu.

"Indiretamente."

"Que tipo de resposta é essa?"

"Cuidadosa", Twilly disse.

"Faria isso de novo? Por causa dos sapos? Querido, as pessoas que esmagam sapinhos devem ser *presas*, mas não *assassinadas*."

Twilly soltou a mão dela. "Desie, não se trata apenas de sapinhos, e você sabe muito bem disso."

"Então por quê? Prédios? Dois edifícios horríveis? Você age como se pretendessem asfaltar todas as praias."

"E você está começando a falar igual a seu marido."

Desie parou de repente e sentiu que uma onda lambia seus pés. Uma rajada de vento levantou seu cabelo, mostrando a nuca, a absurdamente deliciosa nuca, e Twilly conteve seu impulso de beijá-la ali.

"Tudo isso é culpa minha."

"Por quê?"

"Eu nunca deveria ter falado da ilha com você, nunca deveria ter contado os planos deles."

"Por que não? Eles querem fazer uma coisa terrível."

"Sim, mas agora você fala em matar pessoas, o que também é errado", Desie disse. "Além de ser crime, eu não gostaria que você acabasse na cadeia, Twilly. Seria ruim para o nosso relacionamento."

"Se não fosse Shearwater, seria outra coisa. Se não fosse essa ilha, seria outro lugar. Você precisa entender."

"E se não fosse eu a seu lado, aqui na praia, seria outra pessoa. Certo?"

"Por favor, não diga isso." Twilly tentou abraçá-la, mas ela se afastou, seguindo (ele presumiu) na direção do carro.

"Desie!"

"Agora não", ela disse sem se virar.

Do outro lado vieram latidos. Primeiro Twilly pensou que fosse outro cão grande, pois McGuinn nunca fizera tamanho escândalo.

Mas era ele. Twilly viu a silhueta preta ao longe, na praia, alternativamente agachando-se e descrevendo círculos em torno de alguém, na areia. Pelo seu comportamento, não estava brincando.

Twilly correu. Mordida de cachorro era a última coisa que ele queria ver no momento — ambulância, polícia, vítima a gritar. Seria muito azar, Twilly pensou, desolado. Como alguém consegue provocar um labrador? Exceto se o atacar a golpes de taco de beisebol, ele acha qualquer coisa engraçada. Contudo, alguém havia conseguido despertar a fúria do cordato McGuinn. Provavelmente algum turista idiota, Twilly pensou preocupado. Ou moleques irresponsáveis.

Ele correu mais depressa, levantando água quando uma onda chegava até a beira e passava sob seus pés. A corrida o lembrou dos dois sonhos, porém sem os pássaros mortos e sem pânico. Twilly viu o que estava agitando o cachorro — um sujeito forte de terno. Ele estendia os dois braços para o labrador, que se mantinha fora de alcance.

Como pode?, Twilly pensou.

Assim que se aproximou, gritou para chamar o cachorro. Mas McGuinn, frenético, mal virou a cabeça quando ouviu a voz de

Twilly. O sujeito reagiu, porém. Deixou o cachorro de lado e assumiu uma pose calma, de quem está esperando.

Twilly esperava encrenca. Respirou fundo e caminhou os último vinte metros, para recobrar o fôlego e avaliar melhor a situação. Imediatamente, McGuinn colocou-se entre ele e o homem, que obviamente não era turista. Usava um terno xadrez amarrotado e botina até o tornozelo, com zíper. Tinha cabelo tingido de louro num penteado eriçado que combinaria melhor com um adolescente cheio de espinhas.

"Quieto!", Twilly gritou para McGuinn.

Mas o labrador continuou a latir e atacar com o pêlo farto eriçado como o de um javali. Twilly ficou impressionado. Como Desie, acreditava que os animais possuíam um sexto sentido para o perigo. A intuição de McGuinn a respeito daquele sujeito deslocado só podia estar certa.

"Treinamento especializado", o sujeito falou. "Você também pode tentar uma coleira eletrificada. Sempre resolve."

"Ele o mordeu?" O tom de voz de Twilly deixava claro que não se preocupava com a saúde do sujeito.

"Não. Estávamos só brincando. Qual é o nome dele?"

"Você podia estar brincando, mas ele não."

McGuinn encolheu-se, abaixando as quatro patas. Rosnava baixo e ofegava visivelmente. Mantinha os músculos retesados, pronto para atacar o desconhecido.

"Qual é o nome dele?", o sujeito perguntou de novo.

Twilly disse.

"Parece irlandês", o outro comentou. Seus olhos iam de Twilly ao cão. "Você é irlandês?", perguntou a Twilly.

"Você não me engana."

O sujeito tentou bancar o inocente. "Como assim? Eu só estava brincando com ele."

"Chega de enrolar."

A tempestade se aproximava deles rapidamente. Uma gota fria de chuva atingiu o pescoço de Twilly, de lado. Outra pegou o sujeito de cabelo eriçado no nariz. Ele a limpou com a manga do paletó.

"A chuva vai estragar sua botina em dois minutos", Twilly disse.

"Pode deixar que eu cuido disso", o outro respondeu, olhando para os pés. Twilly sabia que pensava no preço pago pelo calçado de couro marrom.

"McGuinn! Vamos!" Twilly bateu palmas.

O cão não se movia nem tirava os olhos do sujeito de terno rançoso. O labrador pouco guardara de sua curta experiência como cão de caça, mas uma coisa ficara marcada, o trauma com armas de fogo. Um sujeito armado se comportava de modo diferente. O Palmer Stoat que desfilava emproado no meio do mato com uma calibre 20 na mão praticamente pertencia a uma espécie diferente do Palmer Stoat que todas as noites prendia McGuinn na correia e o levava dissimuladamente ao quintal do vizinho para defecar. A Stoat e seus pares humanos, a transformação de postura, passo, modos e voz era tão sutil que passava despercebida. Contudo, para McGuinn ela era óbvia. Considerava a visão da arma em si supérflua, os humanos armados tinham um ar inconfundível. Até o suor cheirava diferente — não chegava a ser ruim; no mundo canino, rico em odores, inexistia o conceito de mau cheiro. Havia apenas cheiros diferentes.

Por um momento o desconhecido agiu como se quisesse fazer amizade. Enfiou a mão dentro do paletó e disse: "Ei, amigo. Tenho uma coisa que você vai gostar...".

McGuinn ergueu a cabeça e lambeu os beiços sem tirar os olhos castanhos da mão do sujeito, que saiu do paletó com...

Uma arma. Só podia ser.

Mas, atrás do labrador, Twilly gritou:

"Quieto. Não se mexa!".

McGuinn nunca percebera tamanho desespero numa ordem. Por impulso, resolveu obedecer.

Outro ser humano portava arma na Ilha do Sapo: Krimmler, que passara a andar com um 357 carregado após o ataque do capanga maluco de Robert Clapley, no trailer.

A pistola aumentou o nervosismo de Krimmler, e sobrava-lhe tempo para ficar nervoso. A construção do balneário de luxo de Shearwater continuava suspensa e a quietude exuberante da ilha o inquietava. O próprio som da natureza o incomodava, como se ela gradualmente recuperasse o terreno arrasado por suas queridas motoniveladoras. De manhã, vira estupefato um brotinho verde surgir na trilha enlameada deixada por uma pá carregadeira. Um broto de árvore!, Krimmler pensou, arrancando a muda do solo. Caso contrário, cresceria até se tornar uma árvore adulta, esconderijo de esquilos!

A tranqüilidade que até então apenas irritara Krimmler o tornara um caso clínico de paranóia. Ele dormia com o revólver 357 debaixo do travesseiro, certo de que daria um tiro no próprio ouvido ao tentar pegar a arma num momento de extrema necessidade. De dia ele o levava à cinta, e achava que atiraria nos seus órgãos genitais se precisasse sacá-lo.

Krimmler acabou por não atirar em nenhuma parte do corpo, no final das contas. Ele buscou o 357 uma única vez, e o deslocou do cinto, fazendo com que caísse no chão pela perna da calça folgada. O revólver caiu com uma pancada seca no piso fino do trailer, de onde foi apanhado pelo vagabundo sorridente que usava uma bandeira de corrida em volta da cintura.

"Malandrinho", o mendigo disse a Krimmler.

"Me dá isso!", Krimmler gritou.

O vagabundo removeu as balas do tambor e entregou a arma descarregada ao engenheiro.

"Não tem jeito melhor de atirar no seu próprio pau", o vagabundo comentou.

"O que você quer?"

"Estou procurando um rapaz, uma moça e um cachorro. Um labrador preto."

Krimmler disse: "Mas o que é isso, agora? Não me diga que você também trabalha para o senhor Clapley!".

O careca começou a brincar com as tranças longas desgrenhadas de sua barba. Um artigo enrugado fora atado a cada ponta.

"Talvez falte uma orelha ao labrador. E outras partes, também."

"Vou lhe dizer a mesma coisa que eu disse ao outro cara", Krimmler falou. Esse capanga era ainda maior e mais malvestido que o sr. Gash. Além disso, faltava-lhe um olho, o que lhe dava uma aparência ainda pior.

"Não sei onde o rapaz está", Krimmler prosseguiu, "nem o tal cachorro. Se ele não acampou na praia, provavelmente foi para a pousada. Ou embora da ilha. Sabe, os turistas fazem isso às vezes."

"Eu não trabalho para Clapley", disse o vagabundo.

"Eu sabia. Idiota!"

"Eu trabalho para o governador Dick Artemus."

"Certo. E eu sou Tipper Gore."

"Uma pergunta, senhor."

"Vá se foder!", Krimmler disse. "Mas, antes, vá tomar banho."

Foi então que o vagabundo esbofeteou Krimmler. Ele lhe deu um tapa de mão aberta — Krimmler viu, atônito. Levou um tapa tão forte que passou quarenta e cinco minutos inconsciente. Acordou pelado e pendurado a meia altura num pinheiro alto, no encontro de três galhos. A casca áspera arranhava as axilas e a virilha. O rosto latejava por causa do golpe.

O céu nublado e o vento frio do oeste anunciavam chuva. Krimmler sentiu que balançava junto com a árvore. Num ramo próximo avistou o vagabundo de saiote quadriculado. Ele tomava refrigerante e lia (com o olho normal) um livro de bolso.

Erguendo os olhos para Krimmler, disse: "Uma pergunta, senhor".

"Pois não", Krimmler respondeu com voz sumida. Nunca sentira tanto pavor na vida. As árvores com certeza estavam cheias de esquilos ferozes como lobos cinzentos!

O sujeito falou: "Que 'outro cara'?".

"O da fita macabra."

"Conte mais." O vagabundo fechou o livro e o guardou no bolso da capa de chuva, junto com a lata vazia de refrigerante.

"Ele tinha uma fita de um pobre coitado que ia morrer. Esfaqueado pela namorada, segundo entendi. Gravada ao vivo." Krimmler sentia medo de olhar para baixo, pois sofria de vertigem de altura. Também temia olhar para cima, pois poderia ver um esquilo, ou mesmo um bando de esquilos mutantes assassinos. Por isso mantinha os olhos fechados.

O vagabundo perguntou: "Como era o outro cara?".

"Forte. Musculoso. Terno horrível e cabelo idem."

"Louro?", o vagabundo quis saber. "Espetado feito um porco-espinho?"

"Isso mesmo!", Krimmler ficou aliviado. Agora o vagabundo sabia que dissera a verdade e portanto não teria motivo (fora a estupidez entranhada em Krimmler) para atirá-lo de cima da árvore. O outro ergueu-se para espreguiçar, o galho de pinheiro estalou com o peso considerável. Ao ouvir aquele barulho, Krimmler abriu os olhos.

O vagabundo perguntou: "Qual é o nome do cara?".

"Gash", Krimmler respondeu. Uma gota de chuva gelada provocou-lhe arrepios ao cair em sua coxa. Outro pingo atingiu suas costas.

"Nome ou sobrenome?"

"Ele se apresentou como senhor Gash, apenas."

"O que ele queria com o rapaz e o cachorro?"

"Ele disse que o senhor Clapley o mandara. Disse que o rapaz era encrenqueiro. Não perguntei o que isso significava." O vento forte sacudia o pinheiro, e os galhos farfalhavam. Krimmler enterrou as unhas na casca. "Poderia me tirar daqui, por favor?"

"Poderia", o vagabundo disse, saltando para um galho mais baixo. "Mas acho que não vou."

"Por que não, diacho? O que está fazendo?"

"Preciso ir", o vagabundo informou a um Krimmler histérico. "Tomar banho."

22

"Já matei muitos cães", disse o homem de botina com zíper.

"Não duvido nada", Twilly disse.

"Gatinhos também."

"Sem dúvida."

"E, uma vez, o macaquinho de estimação de um otário. Chamava-se Bernardo. Um macaco chamado Bernardo, imagine. Saltou do poleiro em cima da minha cabeça", o sujeito disse. "Dizem que macacos são espertos. Bobagem. Os cães são muito mais."

"É", Twilly disse.

"E vou matar esse aí, se você bancar o engraçadinho."

"Não é meu, mesmo."

"O que está dizendo?" A chuva estava desmanchando o penteado do sujeito. Ele mantinha o braço esticado, apontando a arma para a cabeça do cachorro. "Você não liga se eu apagar o cachorro?"

"Eu não falei isso. Só disse que não pertence a mim. Ele é do sujeito que o mandou aqui."

"Errou!" O sujeito emitiu um ruído parecido com a buzina de um show de calouros. "Ele é de um cretino chamado Palmer Stoat."

"E não foi ele quem o contratou?"

O sujeito riu e repetiu o som sarcástico. "Acha que eu ia trabalhar para um bosta daqueles? Rá, rá."

"Era o que eu estava pensando."

"O senhor Clapley me contratou."

"Ah."

"Para livrar a área de encrenqueiros. Bom, vamos indo. Chame o cachorro e vamos embora", o sujeito disse, "antes que eu fique ensopado. Cadê seu carro?"

"Para lá", Twilly disse, apontando para a praia.

"E a moça?"

"Foi embora." Twilly pensou: Tomara. "Brigamos e ela foi embora."

"Que pena. Eu tinha outros planos."

Twilly mudou de assunto. "Posso fazer uma pergunta?"

"Meu nome é senhor Gash."

Foi então que Twilly percebeu que o sujeito de botina marrom com zíper tencionava matá-lo. Jamais teria dito seu nome se não achasse que Twilly não viveria para repeti-lo.

"Posso fazer uma pergunta?"

"Desde que continue andando", o sujeito disse.

Andavam pela praia, ao vento, e McGuinn acompanhava Twilly de perto. O sr. Gash ia um pouco atrás. Preocupava-se em evitar que o mar molhasse sua botina.

"Por que está apontando a arma para o cachorro, e não para mim?", perguntou Twilly.

"Porque vi o jeito como correu para cá quando achou que o coitadinho estava com problemas. Você se preocupa mais com esse cachorro cretino do que com você mesmo", o sr. Gash disse. "Por isso calculei que não faria nenhuma besteira enquanto eu estivesse apontando a arma para o cérebro do cachorrinho, que deve ser do tamanho de um chiclete."

Twilly abaixou-se para acariciar o topo da cabeça de McGuinn. O labrador balançou o rabo, contente. Parecia ter perdido o interesse pelo humano de cheiro estranho que portava uma arma.

"Além disso", o sr. Gash disse, "vai ser legal observar você vendo o cão morrer. Pois é isso que vai acontecer. Vou despachar o au-au primeiro."

"Por quê?"

"Pense bem, meu caro. Se eu matar você primeiro, o cachorro pode pirar. Se eu matar o cachorro primeiro, o que *você* vai fazer, diacho? Morder meu saco? Duvido muito."

"Faz sentido", disse Twilly.

Sentia as pernas pesadas e os braços enrijecidos, frios; a temperatura caía rapidamente, por causa da frente fria. As ondas borrifavam seus olhos, fazendo com que ardessem. Por isso Twilly caminhava de cabeça baixa. Via as pegadas de Desie na areia, seguindo na mesma direção.

"Tenho uma fita de um ataque de cachorro infernal. Uma gracinha chamado Brutus. O dono pedia socorro pelo telefone, aos gritos, mas Brutus mordeu as bolas dele e não largava mais. O atendente do 911 sugeriu que o sujeito distraísse o cachorro. O pobre coitado despejou um jarro de café Folger descafeinado em cima do Brutus, e a última coisa na fita é um grito interminável. O cachorro engoliu tudo! Sabe, todas as partes do cara!"

"Ai", Twilly disse.

"Devia ouvir."

"Como conseguiu uma fita disso?", Twilly perguntou, pensando: A questão mais pertinente é: por quê?

"Tenho minhas fontes. Onde deixou o carro, afinal? Estou ficando ensopado."

"Aqui perto."

Twilly desanimou ao ver o Roadmaster numa duna de areia coberta de arbustos, onde estacionara. Esperava que Desie tivesse visto a chave no contato e retornado à pousada, para esperá-lo, emburrada, fazer a mala ou qualquer outra coisa.

Talvez tenha ido dar uma volta, Twilly pensou. Importava apenas que estivesse em outro lugar, num lugar seguro...

Mas não, ela estava deitada no banco traseiro. O sr. Gash bateu com a arma na janela molhada pela chuva. Desie sentou-se, intrigada, e aproximou o rosto do vidro. O sr. Gash mostrou a pistola e ordenou que destrancasse a porta. Quando ela hesitou, pegou McGuinn pela coleira, jogou o cachorro no chão e encostou o cano em seu pescoço.

A porta se abriu.

O sr. Gash riu. "Veja só, totó. Ela também gosta de você."

O guarda rodoviário chegou até a ponte velha antes de mudar de idéia. Deu meia-volta na viatura e retornou para procurar o amigo. Trinta minutos depois encontrou-o nu em cima de uma duna. O governador, de pé e de braços abertos, tomava um banho de chuva.

Jim Tile tocou a buzina e piscou os faróis. O sujeito que se intitulava Camaleão olhou indignado através da chuvarada. Quando viu o carro de polícia, desceu pela areia e se instalou no banco da frente, pingando água abundante.

"Pensei que já havíamos nos despedido."

"Esqueci de lhe dar uma coisa."

273

O outro balançou a cabeça, distraído. "Para sua informação: o governador Dick tinha razão. Eles mandaram alguém para matar o menino. O tal que pegou o cachorro."

"Ele tem vinte e seis anos", disse Jim Tile.

"Ainda é um menino", o Camaleão retrucou. "Ele está na ilha, como calculamos. Encontrei o pistoleiro encarregado de matá-lo."

"Então foi bom eu ter voltado."

"Você não pode ficar aqui."

"Sei disso", o policial concordou.

"Você precisa levar Brenda em consideração. Aposentadoria, plano de saúde etc. Não pode se envolver numa merda dessas."

"Nada me impede de tirar a farda por alguns minutos, governador."

"Nada, exceto o bom senso."

"Onde está sua roupa, afinal?"

"Pendurada numa árvore. O que tem para mim, Jim?", o Camaleão perguntou.

O policial apontou para o porta-malas do carro com o polegar.

"Abra para mim, por favor." O Camaleão saiu na chuva e foi até a parte traseira do carro. Voltou com o pacote que Jim Tile havia embrulhado com papel de pão.

O Camaleão sorriu, sopesando a arma com uma das mãos. "Seu velho safado! Aposto que é Smith & Wesson."

O policial explicou que a arma era fria, sem número de série. "Um amigo meu da força a pegou com um traficante de coca na comarca de Okaloosa. Uma operação muito precária: cubano de dezoito anos ao volante de um Land Rover a sessenta por hora na Interestadual 10, às três da madrugada. Não admira que tenha sido flagrado."

O Camaleão pegou um lenço para enxugar a água condensada no olho de vidro. "Não entendi. Foi você quem me disse para não trazer o AK-47."

"Acho que estou ficando nervoso depois de velho", disse o policial. "Tem mais no porta-luvas. Pegue."

O Camaleão abriu o porta-luvas e fechou a cara. "Não, Jim. Odeio essas coisas." Era um telefone celular.

"Por favor. Faça isso, em consideração a mim. Reduzirá significativamente o tempo necessário para um encontro", o policial disse.

O Camaleão fechou a mão em torno do aparelho. "Acho melhor

irmos em frente", disse, irritado. "Esta viatura chama mais atenção que um monte de merda no ponche."

"E você, não?"

"Vestirei algo, quando for preciso."

"Ah, e aí você realmente passará despercebido", Jim Tile disse.

O Camaleão desceu o carro de polícia com o pacote pardo pesado debaixo do braço. Antes de fechar a porta, ele se debruçou e disse: "Mande lembranças para a patroa".

"Governador, se não tiver notícias suas em vinte e quatro horas, vou voltar para esta ilha maldita."

O Camaleão fez sinal de positivo. Depois deu as costas e caminhou na direção das dunas, ao vento. Subir era uma tarefa difícil, exigia muito rebolado e passos trôpegos. Jim Tile não pôde conter o riso.

Ele viu quando o amigo desapareceu na névoa cinzenta da tempestade. Em seguida, manobrou o carro e seguiu para o continente.

PESSOA: Socorro! Pelo amor de Deus, me ajudem! Ai, meu Deus...

ATENDENTE: Qual é o problema, senhor?

PESSOA: Ela tocou fogo no meu cabelo! Estou queimando! Socorro, por favor!

ATENDENTE: Tenha paciência, senhor. Uma viatura está a caminho. Logo receberá socorro. Consegue ir até o banheiro? Tente ir até o banheiro e ligar o chuveiro.

PESSOA: Não posso me mexer. Ela me amarrou na cama com a corda do varal. Ai, meu cabelo... AAAAAAAAiiiiiiiiiiiiiiiiiiiiii!!!

ATENDENTE: Senhor, pode rolar? Consegue se virar?

PESSOA: Cindy, não! Não faça isso, Cindy! CINDY!

ATENDENTE: Senhor, se está amarrado na cama, como...

PESSOA: Aquela vaca colocou o telefone na minha orelha. Ela discou 911 e pôs o telefone no meu ouvido e agora... aaaaaiiiiii... Pare! Agora ela está fazendo marshmallows... Meu cabelo pegando fogo, e ela está esquentando o marshmallow nele... Pare, por favor, pare. Está me queimando, Cindy!... Marsh... meu Deus... mallows... Cindy, sua puta maluca...

O sr. Gash abaixou o volume e disse: "Viu? É nisso que dá se apaixonar. A mulher amarrou o cara na cama, dizendo que ia dar uma trepada diferente. Mas, em vez disso, ela aproxima o isqueiro do cabelo e depois faz marshmallows na chama".

"É real?", perguntou Desie.

"Mas é claro, Virgínia." O sr. Gash tirou a fita do toca-fitas, e no adesivo constava: "Tacoma, Washington. 10 de março de 1994. Nome da vítima, Appleman. Júnior Appleman".

"Ele morreu?"

"Acabou morrendo", o sr. Gash informou. "Mas levou seis semanas. Segundo o jornal, os Applemans tinham sérios problemas domésticos. A melhor parte: ele mentiu para a telefonista. Ele não foi amarrado com corda de varal, e sim com meia-calça. Ficou com vergonha de contar. Mesmo pegando fogo! De todo modo, minha conclusão é que amor é mortal. Basta olhar para vocês dois para comprovar!"

Twilly e Desie trocaram olhares.

"Vocês não estariam aqui agora, prontos para morrer", acrescentou o sr. Gash, "se não estivessem afetivamente envolvidos. Aposto minhas calças nisso."

Eles estavam todos dentro da perua, estacionados entre as máquinas de terraplanagem, no meio do mato. Desie reconheceu o local, passara por ali no passeio pela ilha, guiados pelo dr. Brinkman. Anoitecera e a chuva diminuíra, mal garoava. A única iluminação dentro do carro vinha da luz interna, que o sr. Gash acendera quando tocava a fita do 911 para os prisioneiros. Ocupava o banco da frente, ao lado de Twilly Spree. Desie sentara atrás com McGuinn, que enfiara a cabeça ruidosamente dentro de um saco de ração e portanto ignorava a semi-automática apontada para sua cabeça.

O sr. Gash disse a Desie: "Qual é seu nome, gostosa?".

"Vá se danar."

O sr. Gash empunhava a arma com a mão direita, que apoiara no descanso de cabeça. Com a outra mão revistou a bolsa de Desie, até encontrar a carteira de motorista. Quando viu o nome, disse: "Merda".

Desie se encolheu no banco.

"Ninguém me disse. Queria saber o motivo", o sr. Gash pensou em voz alta. "Eles me falaram do cachorro, mas não disseram nada da esposa!"

"O marido não sabia."

"Ou não dava a mínima, aposto."

"Você está cometendo um erro", Twilly disse. Claro, o sujeito de botina com zíper o ignorou.

"Bem, senhora Stoat, tinha planos sensacionais para esta noite. Ia voltar para o continente e descolar umas garotas de programa. Introduzi-la ao mundo maravilhoso do sexo grupal." O sr. Gash examinava a foto de Desie na carteira de motorista. "Gostei da franja. Fica bem em você."

Desie sufocou o impulso de comentar a sobrancelha pintada de louro oxigenado do pistoleiro.

"Como se pronuncia seu nome, exatamente?", o sr. Gash perguntou. "De-si-rra-ta? É assim?"

"Prefiro Desie."

"Como o cubano no seriado da Lucy?"

"Mais ou menos."

"Tire os brincos", o sr. Gash ordenou. "Tenho uma amiga em Miami, uma italiana, que vai ficar linda com eles. Quase tanto quanto você."

Desie tirou os brincos de pérola e os entregou.

"Você é bonita demais para aquele porco chorão do seu marido. E como eu não trepo faz seis dias, é isso aí. Vou me dar bem."

Twilly disse, tenso: "Não seja idiota. Clapley não o paga para molestar a esposa dos amigos dele".

"Amigo? Segundo o senhor Clapley, Stoat não é nada, um picareta de merda, em suas palavras. Além disso, meu trabalho é livrar a área de encrenqueiros. E a senhora Stoat também é encrenqueira, já que dorme com um encrenqueiro."

Desie fingiu olhar pela janela embaçada. Uma lágrima escorreu por sua face.

"Pelo jeito", o sr. Gash prosseguiu, "será um assassinato seguido de suicídio. O jovem namorado esquentado. A mulher casada que se recusa a abandonar o marido rico. Os amantes brigam. O rapaz surta. Mata a mulher, mata o cachorro e finalmente se mata. Claro, eles encontram a arma", o sr. Gash mostrou-a, "na cena do crime."

"Não é muito original", disse Twilly.

"O cão morto dá um toque diferente. É com isso que a polícia vai se preocupar", o sr. Gash disse. "Que tipo de maluco tem coragem de ferir um cachorro inocente? Por falar nisso, antes de matar você preciso saber: onde arranjou a tal orelha que mandou para Stoat? Caramba, ele ficou louco."

Twilly ajeitou o corpo no banco da frente. Encostou as costas na porta e distraidamente tirou o braço direito do volante.

"Você coleciona aquelas fitas horríveis?", Desie disse, ácida.

"Tenho um monte." O sr. Gash abriu um sorriso selvagem.

Por um momento o único som no carro foi o do coro de ofegantes. Os três seres humanos, inclusive o sr. Gash, estavam no limite. Twilly olhou por cima do banco para checar o que fazia McGuinn. O cão terminara a ração e mordia o saco vazio. Sua expressão era a costumeira, de contentamento após a refeição.

Deus, pensou Twilly, não permita que ele peide. Esse psicopata punk o mataria a tiros num segundo.

"Quem encontrar os corpos de vocês vai ligar para o 911 imediatamente. Mesmo que reste apenas o esqueleto, eles ligam para emergência." O sr. Gash fez uma pausa para apreciar a ironia. "Sabe o que vou fazer, senhora Stoat? Arranjar uma cópia da ligação, como lembrança de nossa primeira e única noite juntos. O que acha disso?"

"Acho que você é um monstro."

"Prováveis restos humanos. É assim que a polícia classifica esses casos."

"Por favor, não mate meu cachorro", pediu Desie.

"Você é uma gracinha", disse o sr. Gash.

"Farei o que quiser. Qualquer coisa."

Desie debruçou-se e puxou a manga molhada do paletó xadrez do sr. Gash.

"*Qualquer coisa*, senhora Stoat? Saiba que tenho uma imaginação prodigiosa."

"Dá para perceber, pelo seu guarda-roupa", Twilly disse. Cerrando os punhos, tentou calcular a distância até o queixo do sr. Gash.

"Por favor. Não há necessidade de fazer isso", disse Desie.

O sr. Gash deu de ombros. "Lamento, moça. O cachorro vai ser o primeiro."

"Então espero que seja necrófilo", ela disse, trêmula. "Porque, se atirar em McGuinn, vai ter o pior ato sexual de sua vida. Juro."

O sr. Gash apertou os lábios pálidos e ficou pensativo. Twilly percebeu que a ameaça de Desie fizera efeito. As fantasias do assassino tarado foram por água abaixo.

Finalmente, ele disse: "Tudo bem. Vou soltar o cachorro".

Desie franziu o cenho. "Aqui? Não pode simplesmente soltá-lo."

"Por que não, diacho?"

Twilly disse: "Ele está doente. Tomando remédio".

"Melhor doente que morto."

"Ele é um cachorro, não uma tartaruga. Não pode deixá-lo ir sem mais nem menos", Desie protestou. "Ele não sabe caçar. Como vai se alimentar, no mato?"

"Pode comer vocês de aperitivo", o sr. Gash disse. "Cachorros adoram carne fresca, pelo que sei."

Desie empalideceu. O sr. Gash, atento à reação dela, divertia-se. Twilly viu aí sua oportunidade. Retesou os músculos do ombro, respirou fundo e...

Quase caiu com o fedor inconfundível. McGuinn!

O sr. Gash abriu as narinas. Seu rosto se contorceu numa careta grotesca. "Ei, quem fez isso? Foi ele?"

"Não sei do que você está falando", Twilly disse, tentando respirar pela boca.

"Eu não senti nada", Desie reforçou, embora seus olhos lacrimejassem.

"Esse cachorro desgraçado peidou!"

O sr. Gash ficou de joelhos, despejando palavrões, furioso, brandindo a pistola. McGuinn assumira a expressão cabal da mais pura inocência fartamente conhecida de todos os donos de labradores. Um olhar que evoluíra com o passar dos séculos como fator essencial de sobrevivência, para seduzir e obter perdão dos seres humanos exasperados.

Infelizmente, o sr. Gash era imune a ele. "Abram as janelas, caramba", gritou para Twilly.

"Não posso. São elétricas, e você pegou a chave do carro."

O sr. Gash tirou a chave do bolso e a introduziu no contato. Depois se esticou por cima de Twilly e começou a apertar freneticamente os botões no comando da porta. O sr. Gash permaneceu na posição tempo suficiente para impregnar Twilly com um miasma corporal que fazia a flatulência do cachorro parecer flor de laranjeira.

Se Twilly conseguisse respirar adequadamente poderia ter quebrado o pescoço do sr. Gash, ou pelo menos o braço que empunhava a arma. Mas o mau cheiro do terno xadrez molhado tinha um efeito paralisante, e quando Twilly recuperou as forças, o sr. Gash havia passado a parte de cima do corpo para o outro lado do encosto do banco da frente e encostara o cano da arma entre os olhos calmos e inocentes de McGuinn.

"Você ia sair desta, totó. Mas tinha de peidar, né?"

Desie gritou e abraçou o pescoço grosso do labrador com as duas mãos.

Por um momento ninguém se mexeu. A brisa com cheiro de pinho entrava pelas janelas abertas do Roadmaster. Twilly torcia para que refrescasse o sr. Gash e esfriasse sua fúria.

Não adiantou. Ele apontou a pistola.

"De volta ao Plano A", disse.

Twilly avançou e acertou o punho direito cerrado nas costelas do sr. Gash, o ponto mais próximo. O soco não acertou o pistoleiro em cheio. Twilly esperava o choque de ossos contra ossos, mas o impacto foi suave, como se tivesse socado um sofá. Jamais poderia imaginar que o sr. Gash usava, debaixo do paletó, do coldre e camisa de manga comprida, um colete acolchoado de pele de cobra curtida.

O item fora confeccionado pelo mesmo artista de Washington Avenue que fabricara os arreios sob medida para as performances sexuais de pele de iguana do sr. Gash. Por que o sr. Gash usava um colete sob a camisa era uma questão que Twilly jamais precisaria formular. Resposta: o assassino era vaidoso demais em relação a seu físico. Tomara medidas para reduzir de maneira artificial os pneus na cintura, que nos anos recentes haviam inflado sensivelmente — uma tragédia que o sr. Gash atribuía amargurado à vida sedentária e monótona de pistoleiro de aluguel. Sua profissão não exigia nem permitia muito exercício; viagens de avião, jornadas de automóvel, campanas intermináveis em quartos de hotel e bares. Para o sr. Gash, já incomodado com sua estatura reduzida, a visão de uma barriga flácida e avantajada era intolerável. Um colete tipo espartilho era uma boa solução provisória, pelo menos até arranjar tempo para freqüentar um spa. Como vivia em South Beach, um colete qualquer não serviria. Mas o sr. Gash só achou cintas ortopédicas quando foi às compras, brancas ou beges; sem opções de cores e estampas. O sr. Gash queria algo estiloso, que não parecesse jogada de gordo balofo, um colete que não o envergonhasse quando tirasse a roupa na frente das mulheres que levava para casa, algo espetacular o bastante para desviar a atenção delas da pança gelatinosa.

Pele de cobra foi a escolha óbvia. Pele de cobra combinava com qualquer ambiente de Ocean Drive. O sr. Gash escolhera cascavel do deserto, pois as mulheres que iam a sua casa eram típicas amantes do perigo, e portanto (supunha o sr. Gash) se excitariam mais com o couro de uma serpente venenosa do que com a pele de uma jibóia ou sucuri. Com o passar do tempo o sr. Gash viu que o colete lhe servia muito bem, tanto social quanto cosmeticamente. Quando o tirava, sentia-se flácido e feio e, por incrível que pareça, mais baixo! Sem o colete o sr. Gash não se sentiria confortável com o terno xadrez, sua marca registrada. Na verdade, nem tentaria usá-lo.

Twilly Spree ignorava tudo isso. Só sabia que atingira o pistoleiro com um soco excepcionalmente forte e que o outro balançara mas não desmaiara, exalara todo o ar mas não apagara, fizera uma careta mas não erguera os olhos como quem ia sair do ar. Por isso Twilly agarrou o sr. Gash pela cintura, desesperado, tentando virá-lo e tomar-lhe a arma. Foi quando uma bomba explodiu na orelha direita de Twilly, estrelas prateadas surgiram-lhe na frente do rosto. Ele queria que fosse o início de um novo sonho, mas não era.

23

A brisa era agradável. E, para McGuinn, mais importante era que cheirava bem; um rodízio de sensações olfativas sensacional para os sentidos caninos. Identificou traços de *raccoon*, o odor acre de gambá fêmea, a conhecida fedentina do gato do mato, uma variedade de novos odores silvestres inéditos que exigiam investigação imediata. A noite clamava por McGuinn e, assim que a ração para cachorro acabou, cessou a razão para ignorar seu apelo.

Exceto por Desie.

Desie continuava a abraçá-lo, e nada neste mundo era mais agradável para um labrador que o carinho de uma fêmea humana. O perfume delas era fantástico! Portanto, McGuinn hesitava entre o impulso instintivo de marcar território e zanzar e o desejo mais mundano de ser paparicado e acariciado.

O tiro resolveu a questão. Barulhento, fez com que pulasse, além de desencadear uma das poucas reações ensinadas que permaneceram mais de um dia em sua memória volátil. Um tiro significava que McGuinn precisava correr! Ele se recordava disso claramente, das madrugadas nevoentas no meio do mato com Palmer Stoat. Um tiro significava patos a cair do céu! Patos mornos, úmidos, saborosos! Patos para farejar, pegar no lago onde boiavam, levar correndo para algum lugar e comer até surgir um bando de humanos para gritar e tirar o pato. Para McGuinn, um tiro implicava isso tudo.

Ele saltou da perua pela janela aberta, livrando-se do abraço de Desie (ganindo quando a cicatriz da operação raspou no botão da trava), para mergulhar na escuridão molhada atrás dos patos... mas onde estariam?

O sr. Gash observou o cachorro sumir correndo e disse: "Isso resolve o dilema do cão".

Ele empurrou o corpo inerte de Twilly Spree para fora do carro, fechou a porta e passou para o banco traseiro, para ficar com Desie. Considerou a possibilidade de colocá-la no amplo porta-malas, mas o local estava cheio de brinquedos e carpetado com pêlo de labrador. O sr. Gash preferia sexo sem necessidade de passar aspirador dos pés à cabeça, depois.

"Tire a roupa." Ele encostou a pistola na têmpora de Desie. Mecanicamente, ela tirou a camiseta, o sutiã e a calça jeans. O sr. Gash livrou-se do paletó xadrez e o dobrou cuidadosamente com a mão livre.

"Ponha o paletó debaixo da cabeça", ordenou a Desie.

"E a calça?" Ela estava tão apavorada, tão horrorizada, que sua voz parecia um eco vindo de uma caverna profunda, obedecendo a um apelo de uma parte remota e intocável de sua consciência para protelar, adiar, manter o monstro ocupado o máximo de tempo possível.

Por mais desagradável que fosse.

"Minha calça?", o sr. Gash disse.

"Está molhada."

"Sim. Por causa da *chuva*."

"Sei disso", Desie disse, "mas está gelando minha perna. Não poderia tirar, por favor? E a camisa também." Deitada de costas, cobria os seios com as mãos. Lutava pela sobrevivência, unicamente; não poderia fazer nada para salvar Twilly, que estava morto ou moribundo. Desie choraria sua perda depois, se conseguisse escapar.

O sr. Gash estava sentado na beira do banco. "Não se mexa", disse. "Não quero ver você nem piscar."

Ele abriu o zíper da botina e a guardou debaixo do banco. Depois tirou a calça molhada e a estendeu sobre o encosto do banco dianteiro. Em seguida removeu o coldre e a camisa.

"O que é isso?", Desie perguntou. Mesmo no escuro percebia que se tratava de uma peça inusitada.

"Colete à prova de balas", o sr. Gash mentiu.

"É de pele de cobra?"

"Claro. Quer passar a mão?"

"Não."

"Está morta. Pode tocar sem medo."

Desie obedeceu, passando os dedos pelo couro escamoso. Arrepiou-se, mas não com a sensação, e sim ao pensar na origem.

"Por favor, tire isso também", ela disse.

O sr. Gash lutava para remover o colete, dizendo: "Senhora Stoat, creio que não entendeu o espírito da coisa. Não é hora da lua-de-mel, e sim do que é conhecido no jargão policial como estupro seguido de morte. E a cada minuto a idéia da morte me agrada mais".

Quando ele subiu em cima dela, Desie automaticamente posicionou uma mão em cada ombro suado e pegajoso. Um ferro duro pressionava seu pescoço, ela presumiu corretamente que era o cano da arma.

"Diacho!", disse o sr. Gash.

"O que foi?"

"Tem uma goteira neste calhambeque."

Desie olhou para cima e viu um furo do tamanho de uma moeda no teto do Roadmaster. O furo era do disparo acidental que ocorrera quando o pistoleiro golpeara Twilly na cabeça com a arma. A água pingava do teto nas costas nuas do sr. Gash.

"Bem no meu rego", ele informou, incomodado.

O sr. Gash sentou-se e apressadamente tapou o furo com um cupom de Purina sabor galinha. Depois voltou a se deitar sobre Desie, dizendo: "Vamos lá. *Finalmente*".

Ela decidiu não se debater, o sr. Gash era muito forte. Mas elaborou um plano: permanecer imóvel do pescoço para baixo, para não sentir nada. Desie aperfeiçoara a técnica quando estava noiva de Andrew Beck, o dos piercings. Depois a auto-hipnose para insensibilizar seu corpo fora útil com Palmer Stoat, nas noites em que a folia com a Polaroid a entediava.

O truque consistia em imaginar que vivia num corpo emprestado, com o qual podia ver e falar, mas não sentir. No início não sentiu nada com o sr. Gash.

"Espere um pouco." Ele começou a ofegar, como se estivesse praticando meditação. "Já vai", disse.

Animada, Desie pensou: O cretino não consegue uma ereção!

Mas o alívio cedeu lugar ao desânimo, pois concluiu que ele a mataria de qualquer maneira, e provavelmente mais depressa agora, num acesso de raiva frustrada.

"Ajude aqui, garota."

Ele se esfregava nela com insistência ansiosa. Os ossos da bacia dele batiam nos dela, o peito raspava nos seios dela, o queixo machucava sua testa...

Desie lutou contra a náusea. O sujeito fedia a suor azedo, perfume adocicado e roupas sujas.

"Não... estou... acostumado... com isso", disse o sr. Gash, ofegante. O fedor do hálito morno fez com que Desie se encolhesse toda.

"Não está acostumado com mulher?", ela disse. "Você é bi?"

"Não! Eu não estou acostumado... com *uma* mulher. Sempre vou com... várias."

"Com quantas?"

"Duas... três. De vez em quando, quatro." Ele contou a ela o que gostava de fazer (e do que gostava que fizessem com ele) enquanto ficava pendurado nos arreios de lagarto presos ao teto.

"Uau", Desie disse. "Mas não posso fazer nada a respeito, cara."

O sr. Gash parou de se esfregar e se ergueu. "Claro que pode. Você pode fazer um monte de coisas, senhora Stoat."

Twilly acordou com a cara enfiada na lama. Assoou o barro das duas narinas ao levantar a cabeça.

A cabeça! Nunca sentira uma dor tão forte. Tentou cuspir e quase apagou de novo. O ouvido esquerdo apitava como um alarme de incêndio. A lateral toda do crânio parecia estar pegando fogo; líquida e distendida.

Twilly pensou: Acho que finalmente levei um tiro. Estava excitado, mas não temeroso, o que era o problema crônico de sua vida. A raiva suplantava os medos normais e razoáveis. Twilly demonstrava uma perigosa tendência a ignorar sua própria segurança.

Ele girou o corpo e viu estrelas. Elas sumiram atrás de uma cortina de nuvens rápidas. Anoitecera, a chuva diminuíra bastante. Twilly não sabia onde estava ou o que fazia ali, mas tinha a impressão de que logo alguém o poria a par de tudo. Ele levou a mão à cabeça, tateando, e localizou um galo alto e uma ferida, mas nada de buraco de bala. Seus dedos voltaram pegajosos e ele os levou à frente do rosto para verificar a cor do sangue; quanto mais brilhante, melhor. Foi então que percebeu: perdera a visão do olho esquerdo.

"Droga", resmungou.

Com o indicador Twilly tocou o olho e percebeu aliviado que parecia intacto. Lentamente, ergueu-se um pouco, apoiando os cotovelos na lama escorregadia. No céu as estrelas e nuvens giraram alucinadas em volta das copas das árvores. Twilly esperou paciente até que o mundo parasse de balançar. Com o olho bom distinguiu silhuetas maciças dos dois lados: à esquerda uma motoniveladora, à direita sua perua imensa, que mais parecia uma lancha.

"Progresso", disse para si mesmo.

Gradualmente o apito da locomotiva diminuiu, e Twilly começou a reconhecer ruídos — o vento nos pinheiros, um tilintar incongruente no mato, parecido com sininhos de trenó...

E, dentro do carro, o som abafado de luta.

Twilly tentou se levantar, apoiando-se no pára-choque. Notou que trepidava. Assim que ficou em pé sentiu tontura e enjôo. Enquanto isso, o tilintar soou mais próximo, levando-o a especular que o ruído só existia dentro de sua cabeça; algo se rompera ou soltara.

Mas a perua *estava* balançando, não muito, apenas o suficiente para pôr em xeque o precário equilíbrio de Twilly. Ele caiu de joelhos, tonto, e se apoiou de novo no carro, sentindo na face o frio da lataria. Tateou em busca de apoio e sua mão tocou o trinco da porta.

Ele se agarrou a ele feito um alpinista bêbado até que o trinco estalou e a porta se abriu. Twilly soltou a porta e escorregou na lama. Ficou deitado piscando para o céu enquanto os sinos anunciavam a chegada do trenó. Cadê a neve?, pensou, confuso.

Pouco depois Twilly viu passar o trenó por cima dele, uma sombra negra enorme que por um instante bloqueou a visão das estrelas e das nuvens. Ele sentiu o cheiro também, embora não tivesse nada a ver com o Natal. Fedia como um cachorro enorme molhado. De dentro do carro veio um grito sufocado, e de repente Twilly se lembrou de onde estava e do que acontecia. Ele se lembrou de tudo.

"Ele acha que é uma brincadeira", Desie explicou.

"Faça com que ele me solte!"

"Não vai machucá-lo."

"Mande ele sair, diacho, para eu poder matá-lo."

O cão montara no sr. Gash como se ele fosse um pônei. O cachorro sujo, molhado, nojento! Cravara as presas amareladas em sua nuca, não apertara o bastante para furar a pele, mas o segurava com firmeza suficiente para provocar o pânico no sr. Gash, que não gostava de animais (Ele considerava a fita do 911 sobre os testículos devorados uma das mais empolgantes de sua ampla coleção.)

"Já matei muito cachorro por menos", sibilou para Desie.

"Ele acha que estamos brincando."

"Quer dizer que ele já fez isso antes? Enquanto você trepava?"

"Para ele, estamos brincando de luta. Ele odeia ser posto para escanteio." O peso e o cheiro somados dos dois animais, o labrador e o sr. Gash, quase impediam Desie de falar.

"Quem o ensinou a abrir a porta do carro?", o sr. Gash perguntou, desconfiado.

"Sei lá. Esse truque é novo."

"Mande que ele saia! Este bicho pesa uma tonelada, cacete!"

Desanimada, Desie disse: "McGuinn, pare!".

O cachorro continuou na mesma posição. E começou a bater com o rabo no estofamento, jovialmente, fazendo estardalhaço.

"Minha nossa, ele está babando em cima de mim", o sr. Gash gritou.

Desie viu um fio de baba escorrer pela orelha do pistoleiro. Ele afastou a arma do pescoço dela e estendeu a mão por trás da cabeça para colocar o cano na cara do labrador.

"Não cometa esse erro", Desie disse.

"Por que não?" O cachorro *tinha* de morrer. Primeiro, por interromper o esforço gigantesco do sr. Gash para conseguir uma ereção; segundo, por ter babado no cabelo dele.

"Tem noção do quanto a cabeça desse cachorro é dura?", perguntou Desie.

"Aonde quer chegar, senhora Stoat? Isto aqui é uma pistola quarenta-e-cinco."

"Saiba que a cabeça dele é mais dura que um bloco de concreto. A bala pode resvalar e acertar um de nós dois. Acho bom pensar nisso."

O sr. Gash pensou. Ela tinha razão. O bicho estava encarapitado nas suas costas, afinal de contas. Além disso, seria um tiro problemático, às cegas, por cima do ombro. Muito arriscado.

"Merda", o sr. Gash praguejou. A noitada não estava saindo como ele esperava. "Quanto tempo ele costuma ficar aí?"

"Até se cansar. Ou sentir fome." Desie sufocava de claustrofobia.

"Se ele peidar de novo vou puxar o gatilho."

"Diga isso a *ele*", Desie resmungou para o sr. Gash, "e não a mim."

* * *

Twilly Spree, de quatro na lama, espiava pela porta traseira aberta. No brilho fraco da luz interna esverdeada ele viu Desirata Stoat e o cachorro fazendo um sanduíche obsceno com o sr. Gash. Nenhum deles podia ver Twilly, que escutou parte do diálogo tenso antes de rastejar feito uma barata aquática para baixo do Roadmaster.

Ele pensou: Cachorro maluco, assim ele vai acabar morrendo.

Não era preciso muita coisa para o sr. Gash surtar e sair atirando. Seu desafio era afastar McGuinn do assassino e depois afastar o assassino de Desie.

"Me larga, seu filho-da-mãe! Me larga!" O sr. Gash estava furioso.

Twilly molhou os lábios e tentou assobiar. Não saiu nada, de tanto que ele tremia de frio, na água.

Ouviu o grito de Desie: "O que está fazendo?".

O sr. Gash: "O que acha?".

A perua começou a balançar de novo. Twilly esfregou o rosto vigorosamente, para aquecer os músculos. Tentava emitir um assobio específico, de duas notas: o assobio que usava para chamar McGuinn para comer. Twilly tomou fôlego e soprou. Dessa vez funcionou.

O carro parou de balançar. Ele ouviu um grito, algo bateu na água, depois um latido soou. O cachorro largara o pistoleiro e descera do carro, procurando a origem do chamado para comer. Twilly acompanhava as perambulações de McGuinn pelo tilintar da coleira. Em segundos o labrador farejaria Twilly em seu esconderijo debaixo do carro.

"Quem fez esse barulho?", o sr. Gash gritou, no banco traseiro.

"Que barulho?" Era a voz de Desie. "O pássaro, quer dizer?"

"Não era nenhum pássaro."

Twilly assobiou de novo, agora uma seqüência animada, musical. Viu as pernas de McGuinn endurecerem — todos os sentidos em alerta. O cachorro estava a ponto de achá-lo.

Por favor, ainda não, Twilly pensou. Mais barulho acima dele: o sr. Gash saindo da perua.

"Tenho certeza", o pistoleiro dizia. "Tem alguém lá fora. Algum encrenqueiro de merda."

Twilly prendeu a respiração quando o focinho úmido de McGuinn surgiu, abaixo do pára-choque dianteiro. O cachorro começou a ganir e arranhar o chão. Não!, Twilly pensou. *Pare!*

Finalmente os dois pés pálidos que Twilly aguardava desceram do carro e ficaram à vista. Desapareceram na lama quando o assassino se levantou.

"Droga", o sr. Gash resmungou. "Está gelado."

Do ponto de vista de Twilly os tornozelos brancos e ossudos pareciam brotos de álamo. Ele agarrou as duas canelas e puxou-as com as mãos. O pistoleiro desabou pesadamente, agitando-se. McGuinn fugiu ganindo, assustado com a confusão.

Twilly rolou para fora e pulou em cima do sr. Gash, que desferia golpes às cegas. A lama espalhada tampou o olho bom de Twilly, completando seu mergulho na escuridão completa. Socos inofensivos atingiam os braços e ombros musculosos do sr. Gash, que simplesmente empurrou Twilly para o lado, ergueu a arma e disparou.

Dessa vez Twilly não teve a menor dúvida: levara um tiro. O projétil se alojou do lado direito do peito e o derrubou. Não chegou a cair, apenas dobrou o corpo.

Ouviu o som do vento que soprava. Ouviu Desie soluçar. O estranho tilintar de sineta de trenó nas árvores. Seu coração disparado.

Twilly achou que estava ouvindo até o ruído do sangue jorrando do buraco entre suas costelas.

E uma voz desconhecida, inédita, provavelmente imaginária.

"Vou assumir daqui para a frente", disse a voz, muito grave.

"Como é? Você que pensa!" Era o sr. Gash.

"O rapaz vem comigo."

"Ei, cara, já avisei que ia dar um tiro na sua bunda, lá na estrada. Agora vê se cai fora daqui, cacete!"

"Corra, senhor! Procure ajuda! Por favor." Era Desie.

"Cala a boca, senhora Stoat", o pistoleiro falou, "enquanto eu apago o tio."

"Já disse, o rapaz fica comigo." A voz grave soava assustadoramente calma.

"Você é doido, por acaso? Dane-se, então. Vai ser um encrenqueiro a menos no mundo, pelo que me diz respeito."

Twilly percebeu que o arrastavam, como se estivesse numa jangada a descer tranqüilamente o rio. Se morrer for assim, até que não é ruim. E se for tudo um sonho, não queria mais acordar. Vinte e seis anos de sonhos irrealizados deviam isso a ele.

Por impulso, resolveu chamar McGuinn. Um cão era sempre boa companhia num rio.

"Já disse, o rapaz fica comigo."

De quem ele estava falando?, Twilly ponderou. Que rapaz?

Ele também não entendeu por que não ouvia o som de seu assobio e por que de repente não ouvia mais nada.

24

"O que você quer, Willie?"

A mais velha questão do mundo. Palmer Stoat mexeu os cubos de gelo do copo e esperou a resposta do vice-presidente do Comitê de Desapropriações.

"Você e sua falta de modos", Willie Vasquez-Washington disse.

"Cara, eu vou lhe dizer o que quero. Quero que o excelentíssimo governador Dick Artemus me deixe viajar em paz, em vez de ferrar minha viagem, Palmer. Quero esquiar no Canadá na semana que vem, e portanto não quero ir a Tallahassee para uma sessão especial de araque."

"Bem, Willie, agora é tarde demais..."

"Não me venha com essa de Willie. Não tem nada a ver com verbas para escolas, e sim com a ponte idiota para aquela ilha inútil, que eu pensei — não, você me *disse* isso faz pouco tempo — já ter sido aprovada. E depois..." Willie Vasquez-Washington fez uma pausa para tomar um gole de seu chá gelado Long Island. "Depois o governador Dick veta a ponte. Sua própria cria. Por quê?"

Palmer Stoat respondeu com o virar de olhos típico, que significava "melhor você nem saber". Estavam sentados no bar do Swain's, o último lugar do planeta onde Stoat queria rememorar a saga do seqüestrador esquálido. Afinal de contas, o lunático enviara para lá a infame pata de cachorro morto. Dizem que o *barman* batizou um drinque com seu nome, para desolação de Stoat.

"Tudo bem. Não precisa contar", disse Willie Vasquez-Washington. "Mas, quer saber? Não é problema meu, Palmer."

"Ei, você conseguiu o centro comunitário."

"Não comece."

"Perdão. O Centro Comunitário para *Jovens Carentes*", Stoat disse. "Nove milhões de dólares, certo?"

"Chega!"

"Só estou lembrando..." O lobista baixou a voz, pois não queria dar a impressão de que insultava um afro-haitiano-hispânico-nativo-americano ou qualquer outra combinação (presumindo que Willie Vasquez-Washington dizia a verdade a respeito de pelo menos uma das minorias às quais ele alegava pertencer). De todo modo, a clientela de apreciadores de charutos do Swain's era majoritariamente anglo-saxã, e a presença de uma pessoa de cor (e ainda mais quando se tratava de alguém tão impecavelmente vestido como o deputado Vasquez-Washington) fazia tantas sobrancelhas se erguerem quanto uma pata de labrador.

"Willie, só estou dizendo", Palmer Stoat continuou, "que o governador cumpriu a parte dele do trato. Ele atendeu o seu pedido. Não poderia ajudá-lo a sair dessa encrenca? Houve circunstâncias que escaparam ao controle."

"Lamento, meu chapa."

"Ele não consegue aprovar tudo sem sua ajuda."

"Sei disso muito bem", disse Willie Vasquez-Washington, tamborilando com os dedos na mesa de carvalho. "Em qualquer outra situação eu ajudaria, Palmer, mas desta vez não dá. Planejo essas férias há anos."

Uma tremenda armação, Stoat pensou. A viagem estava sendo secretamente bancada por uma empresa da área médica, como forma de agradecer a ajuda de Willie, cuja pronta intervenção a salvou de uma investigação potencialmente constrangedora, conseqüência de certas práticas médicas questionáveis. A empresa incentivava telefonistas que ganhavam salário mínimo a tomar decisões a respeito de cirurgias de pacientes crônicos. Por obra do acaso (Stoat pensou, cínico), Willie Vasquez-Washington jogava golfe todos os sábados com o secretário de Saúde do estado.

"Willie, tenho um plano. Trazemos você para votar na sessão da Ilha do Sapo, depois o levamos de volta a Banff correndo. Fretamos um Lear."

Willie Vasquez-Washington olhou para Stoat como se ele fosse um verme no biscoito. "E você se acha esperto? Deixa eu explicar tudo direitinho para você, cara. Eu não posso faltar à sessão especial e ir esquiar, como pretendo. Por quê? Porque eles vão me crucificar na imprensa, pois os jornais engoliram a história safada do governador. Eles acham que vamos todos voltar à capital para votar mais verbas para os estudantes carentes. Os jornais não sabem nada a respeito do esquema da ponte. Portanto, eu ficaria no papel de filho-da-mãe insensível, certo?"

Aí foi a vez de Willie Vasquez-Washington baixar a voz. "Estou enrolado, cara. Eu preciso votar na sessão extraordinária, e isso significa nada de esqui. Portanto, minha mulher e meus filhos ficarão furiosos. Portanto, nada de ponte para o governador Dick e seus amigos."

Palmer Stoat pediu mais uma rodada, tranqüilamente. Passou um legítimo Montecristo Especial nº 2 para Willie Vasquez-Washington e acendeu um para si. Stoat estava ligeiramente contrariado com o impasse, mas não se preocupava muito. Era especialista na solução de problemas para idiotas do gênero. Stoat esperava chegar um dia a trabalhar em tempo integral em Washington, onde se cultivava o poder acima de tudo, mas por enquanto se contentava em aperfeiçoar suas qualidades no promissor pântano da cobiça chamado Flórida. Acesso, influência, conhecimentos — era isso que todos os lobistas vendiam. Mas os melhores do ramo pensavam rápido, eram criativos e versáteis. Desfaziam crises. E Palmer Stoat se considerava um dos melhores na profissão. Um virtuoso.

Shearwater! Minha Nossa Senhora, que merda no ventilador. Custara-lhe mulher, cachorro e quase a vida, mas ele não permitiria que tirasse dele a reputação de milagroso. Jamais: aquela história cabeluda terminaria com a aprovação da verba. Os recursos para construir a ponte seriam aprovados. As betoneiras passariam e os campos de golfe seriam construídos. O governador sairia feliz, Robert Clapley sairia feliz, todo mundo sairia feliz — até Willie Vasquez-Washington, o verme. Depois disso todos diriam que nada teria acontecido se não fosse a atuação espetacular do lobista Palmer Stoat.

Ele no momento sussurrava através da fumaça azulada para o vice-presidente do Comitê de Desapropriações: "Ele quer conversar com você, Willie".

"Achei que isso era tarefa sua."

"Frente a frente."

"Para quê?"

"Dick valoriza o contato pessoal."

"Ele é vendedor de Toyota, caramba."

"Ele quer chegar a um acordo com você, Willie. Ele quer saber o que precisa fazer para resolver tudo satisfatoriamente."

"Antes da sessão extraordinária, aposto."

Stoat balançou a cabeça afirmativamente, abrindo um sorriso cúmplice. "Teremos verbas disponíveis na próxima semana. Como anda seu distrito em matéria de escolas? Precisa de uma escola nova?"

"Cara. Está falando sério?" Willie Vasquez-Washington riu, debochado. "Os subúrbios ricos ficam com todas as novas escolas."

"Não necessariamente", Palmer Stoat disse. "Temos verba estadual, contrapartida do governo federal, recursos das loterias. Pense bem."

"Não acredito que seja verdade."

Stoat puxou a caneta-tinteiro e escreveu algo em letra de fôrma num guardanapo. Ele passou o guardanapo para Willie Vasquez-Washington, que riu e transferiu o charuto de um lado da boca para o outro.

Depois ele disse: "Tudo bem, vou conversar com ele. Onde?".

"Tive uma idéia. Já esteve num safári de verdade, com caça grossa?"

"Nunca, desde que tirei o ossinho enfiado no nariz, cara."

"Calma, Willie, você vai gostar. Prometo." Stoat piscou e pediu a conta.

Willie Vasquez-Washington baixou a vista mais uma vez para o guardanapo, que discretamente amassou e jogou no cinzeiro. No caminho de volta, pensou nas palavras que Palmer Stoat havia escrito e as imaginou com um metro de altura, cinzeladas na fachada de mármore:

ESCOLA DE SEGUNDO GRAU WILLIE VASQUEZ-WASHINGTON

Asa Lando pediu a Durgess que conferisse o chifre, que era de primeira. Durgess não podia discordar. Contudo...

"Qual a idade deste rinoceronte?", perguntou.

"Sei lá", Asa Lando disse. "Falaram dezenove anos."

"Sério? Se for assim, eu ainda uso fralda."

Durgess nunca vira um rinoceronte tão velho; era mais velho e combalido do que o coitado abatido por Palmer Stoat. Aquele exemplar superava o anterior em peso, com uns duzentos quilos a mais, apenas um pequeno consolo para Durgess. O animal saíra de um parque temático nos arredores de Buenos Aires para chegar à Wilderness Veldt Plantation em péssimo estado. O parque "aposentara" o rinoceronte porque ele passava dormindo, em média, vinte horas por dia. Os visitantes pensavam que era uma estátua de gesso pintada.

"Você disse que dinheiro não era problema."

Durgess ergueu a mão. "Tudo bem. Não vou nem perguntar."

"O nome dele é El Jefe." Asa Lando o pronunciava "Jeffy", com "J" aspirado.

"Por que você me conta essas coisas?", Durgess queixou-se. "Não quero saber o nome dele." O guia dormia melhor imaginando que os animais da Wilderness Veldt eram selvagens, para atenuar o ar de farsa das caçadas. Mas feras com nome geralmente eram domesticadas, e nem mesmo Durgess conseguiria fazer de conta que havia um resquício de esporte na matança. Não apresentava mais perigos e emoções do que assassinar um hamster de estimação.

"El Jeffy quer dizer 'o chefe'", Asa Lando prosseguiu, "em espanhol. Eles arrumaram um nome em inglês para ele também, mas já me esqueci."

"Chega. Pode ir parando por aí."

Durgess debruçou-se desanimado sobre o portão da jaula do rinoceronte no Quarentena Um. A gigantesca criatura estava de joelhos, no meio da palha, respirando com dificuldade durante seu sono profundo. O couro exibia uma grande quantidade de eczemas purulentos. As moscas-varejeiras revoavam em torno das orelhas pergaminhosas e as pálpebras remelentas reduziam-se a fendas.

Asa Lando disse: "O que esperava, Durge? Ele passou cinco dias trancado na jaula, caramba".

Usando o cabo de um esfregão, Durgess cutucou o paquiderme narcoléptico com força. A pele cinzenta gretada moveu-se, mas a reação parou por aí.

"Além disso", Asa Lando argumentou, "você disse que não fazia diferença, desde que o chifre estivesse em ordem. Qualquer rinoceronte que você encontrar, foi a ordem."

Durgess estalou os dedos. "Eu sei, Asa. Não foi culpa sua."

"De uma hora para outra não dá para esperar muita coisa. Principalmente se for uma espécie ameaçada de extinção, como no caso de rinocerontes e elefantes. A gente precisa aceitar o que houver, Durge."

"Tudo bem." Durgess admitiu que El Jefe fora um espécime magnífico, bem alimentado e bem cuidado. Envelhecera demais e estava fisicamente exausto por causa do vôo demorado.

"Ele consegue correr?", Durgess perguntou. "Só um pouquinho?"

Asa Lando, solene, fez que não com a cabeça.

"Bom, e ele consegue *andar*?"

"De vez em quando", Asa Lando disse. "Ele saiu andando da jaula de viagem."

"Oba."

"Bem, era um declive."

"Diacho", Durgess disse, impaciente. "Ele precisa se mexer o suficiente para comer. Olha só o tamanho do desgraçado."

Asa Lando limpou a garganta. "Bem, eles levavam a comida até ele, galhos e folhas, essas coisas. Ele passava o dia no mesmo lugar, comendo o que pusessem na sua frente. Se o puserem debaixo de uma árvore frondosa, que dê bastante sombra, disseram, ele não sai mais de lá."

"Aposto que sim", disse Durgess.

"Pensei que poderíamos levar isso em consideração ao escolher o lugar da caçada. Debaixo dos carvalhos gigantes."

"Pelo menos isso nós temos", Durgess suspirou.

E pensou: Talvez possa matar dois coelhos com uma cajadada só. Talvez o grande caçador amigo do sr. Stoat aceite trocar um genuíno rinoceronte africano pelo leopardo; até um rinoceronte sonolento era uma visão magnífica. E El Jefe tinha um chifre perfeito. Stoat afirmara que pagaria cinqüenta mil por um chifre decente. Durgess cogitou em ligar para o misterioso sr. Yee para saber se ele queria dar um lance...

"Preciso telefonar", Durgess disse a Asa Lando.

"Tem mais uma coisa. Talvez ajude."

"O que é?"

"Ele pisoteou um homem até a morte, Durge."

"Tá brincando!"

"Faz seis, sete anos. Um visitante totalmente pateta", Asa Lando contou. "O sujeito subiu nas costas dele para a esposa tirar uma foto, como se estivesse em cima de uma pedra. El Jeffy ficou bravo, segundo os argentinos. Derrubou o visitante e esmagou a cabeça dele como se fosse uma melancia. Saiu em todos os jornais da América do Sul."

Durgess sorriu, maroto. "Então não recebemos apenas um rinoceronte, Asa. Trata-se de um rinoceronte *assassino*. Um matador mundialmente famoso."

"Exatamente. Ajuda?"

"Pode apostar que sim", Durgess disse. "Ligue para mim quando ele acordar."

O sr. Gash mal acreditava que o mendigo de olho vermelho e saiote quadriculado extravagante surgira do nada, no meio da noite, no meio do mato. E empunhava um revólver!

"Já falei que o rapaz fica comigo."

O sr. Gash abriu um sorriso irônico. "Então essa é a sua, tio? Bancar o herói esfarrapado?"

"Vou levar a moça também." O vagabundo apontou com o cano da arma para a perua onde estava Desirata Stoat.

"Tio, pode levar o rapaz. Está morrendo, mesmo. Mas a moça", o sr. Gash disse, acenando com sua própria arma, "a moça fica comigo. Agora cai fora daqui, porra. Vou contar até seis."

O mendigo abriu um sorriso. A barba trançada pingava por causa da longa caminhada na chuva. Gotas minúsculas perfeitamente redondas caíam dos bicos de urubu. Aquela calma pavorosa do sujeito enervava o sr. Gash. Surpreendido sem roupa, passando frio, o sr. Gash sentia-se em desvantagem psicológica no confronto. Na verdade, deveria estar seguro, um revólver Smith não era páreo para sua semi-automática. Contudo, bastava dar sorte num tiro, no escuro e tudo. E até um vagabundo poderia ter sorte.

O sr. Gash escolheu agir com cautela para evitar que seu pinto fosse arrancado a bala.

Ele disse ao mendigo: "Pode levar o cachorro também".

"Se estivesse com muita fome, senhor Gash, faria isso mesmo."

"Em que maluquice você se meteu, tio?", o sr. Gash disse, levantando-se até ficar apoiado num dos joelhos. Seu pé fez barulho de sucção quando foi puxado da lama. Sentiu-se lisonjeado ao ver que o vagabundo sabia seu nome.

"O governador me mandou aqui, senhor Gash. Vou cuidar de tudo a partir de agora."

"Puxa! O governador!"

"Isso mesmo. Para levar o rapaz embora."

"Bom, o senhor Robert Clapley *me* mandou", o sr. Gash disse, "para fazer a mesmíssima coisa. E aposto que o senhor Clapley paga muito melhor que o governador. Portanto, estamos num impasse, né?"

Após um tilintar na floresta a silhueta de McGuinn apareceu na borda da clareira. O segundo tiro despachara o cão em outra busca infrutífera por patos abatidos e ele retornara a tempo de ver outro humano armado; um ser enorme, impressionante, que cheirava a gambá frito e lenha queimada. A boca de McGuinn começou a salivar. Ele pôs a língua para fora e foi cumprimentar o recém-chegado, bem no estilo labrador.

O sr. Gash percebeu o que estava para acontecer e firmou o braço, pronto para disparar. Era a oportunidade que esperava: o vagabundo não conseguiria ignorar o cachorro. *Ninguém* seria capaz de ignorar aquele bicho infeliz. E, no momento em que o vagabundo se distraísse, o sr. Gash daria um tiro em seu peito.

Do carro, Desie gritou: "McGuinn, venha cá!".

O cachorro naturalmente não lhe deu a menor atenção. No trajeto para saudar o desconhecido ele pisou sem querer em Twilly, que continuava deitado no chão, sangrando.

"Venha logo! Obedeça!", Desie gritou, inutilmente.

McGuinn intuiu que o humano enorme e armado não representava ameaça alguma, mas sim a perspectiva de um pedaço de gambá. Era imperativo cativá-lo...

Quando o focinho do cachorro desapareceu sob a barra da saia quadriculada do vagabundo, o sr. Gash firmou o dedo no gatilho. Esperava a reação do outro: recuar surpreso, gritar em sinal de protesto, afastar o cachorro com um gesto. Qualquer coisa.

Mas o mendigo nem piscou; não tirou o olho bom (nem o 357) da direção do sr. Gash. Continuou lá, sorridente, com um sorriso tão luminoso que se podia vê-lo perfeitamente na noite sem luar.

Sorria, enquanto um labrador nojento de sessenta quilos cheirava suas partes! O sr. Gash sentiu nojo.

"Você é um porco filho-da-mãe", vociferou para o vagabundo.

Uma voz por trás do sr. Gash: "Olha só quem fala".

Ele virou-se e viu Desie na porta do carro, usando seu colete de pele de cobra. Presumindo que a visão da sra. Stoat fosse distrair o vagabundo tarado, o sr. Gash resolveu aproveitar a chance.

"Vocês são malucos", gritou.

Na fração de segundo entre o instante em que proferiu aquelas palavras e puxou o gatilho, algo inesperado ocorreu com o sr. Gash. Ele levou dois tiros do vagabundo. O primeiro disparo acertou sua rótula, fazendo com que caísse de lado. O segundo o atingiu durante a queda, entrando por uma bochecha e saindo pela outra.

Caído, o sr. Gash sentiu uma bota pesada descer e pisar com força em sua garganta enquanto a semi-automática era tirada de sua mão. Engasgou violentamente, com a boca cheia de lama, e ia desmaiar quando um punho gigantesco agarrou-o pelos cabelos e o obrigou a sentar. Ele tossiu furiosamente, até cuspir o barro.

Na verdade não era barro, e sim um pedaço razoável da língua do sr. Gash, arrancada pelo segundo projétil do vagabundo. Só quando ele tentou falar percebeu o estrago feito.

"Zai ze cima ze zim!"

O mendigo agarrou o queixo do sr. Gash. "Nada mau, meu chapa. Você devia cantar rap."

"Zeu zilho-za-zuta!"

O vagabundo levantou o sr. Gash pelas axilas e bateu sua cabeça com força no formidável pára-choque do Buick. O sr. Gash desabou pelado no chão e teria preferido permanecer ali indefinidamente, até que a dor terrível em vários pontos diminuísse. Entretanto, o vagabundo tinha outros planos.

Twilly não descia mais o rio flutuando. Estava deitado de costas num porta-malas. A boa notícia era que sua visão retornara parcialmente. Duas figuras moviam-se por cima dele: a sra. Desirata Stoat e um desconhecido alto grisalho com uma trança de barba prateada em cada lado da face. O sujeito usava o dedo para examinar o buraco ensangüentado no peito de Twilly.

"Agüente firme, rapaz", ele disse.

"Quem é você?"

"Pode me chamar de capitão, depois. Agora, cale a boca."

"Amor, você perdeu muito sangue", disse Desie.

Twilly balançou a cabeça, tonto. Não se surpreenderia se soubesse que perdeu até a última gota. Mal conseguia manter os olhos abertos, sentia as pálpebras pesadas "Está se sentindo bem?", perguntou a Desie. "Ele machucou você?"

"Nada que três ou quatro meses de banho quente não possam curar. Ele não conseguiu o que pretendia, graças a você, McGuinn e este senhor."

Twilly engoliu em seco e respirou fundo. "Andaram atirando. Posso sentir o cheiro."

"Filho, pedi que se calasse", o capitão disse. Depois, a Desie: "Tem um pano limpo que eu possa usar para tratar dele?".

Ela pegou o sutiã dentro do carro. O capitão usou o canivete para cortar um tampão de um dos lados. Dobrou a espuma para formar um plugue improvisado e o introduziu com cuidado no ferimento de Twilly.

Twilly fechou os olhos. Pouco depois Desie segurou sua mão, o corpo dela parecia anormalmente quente. Ele estava perdendo a consciência, a noção de tudo. Ouviu o som de alguém teclando, seguido de um lado da conversa. A voz do capitão fez Twilly se perder num sonho, o terceiro até agora. Ele acreditava que seria o derradeiro.

"Jim, está acordado?"

No sonho, Twilly estava numa praia muito parecida com a da Ilha do Sapo. Era meio-dia em ponto.

"Preste atenção, quantos helicópteros ficam à disposição do governador atualmente?... Preciso pegar um emprestado. O mais rápido que eles tiverem."

No sonho, Twilly perseguia um cachorro preto, e o cachorro corria atrás de um homem. Todos corriam muito depressa.

"É o rapaz, Jim... Levou um tiro no peito. Seria melhor se incluíssem um médico no passeio."

Twilly sonhou que conseguiu alcançar o cachorro e que o ultrapassou com seu passo rápido. Ele se aproximava depressa do fugitivo. Ao chegar mais perto viu que o homem usava shorts folgados e camiseta sem manga. Era magro e velho, muito idoso para correr tão rápido.

"Ainda estamos na ilha. Mandem o helicóptero pousar na praia."

Twilly agarrou o homem por trás. Atirou-o no chão e ia desferir um soco quando viu que era seu pai. No sonho, Little Phil Spree piscou para o filho e gritou: "A costa está livre! A costa está livre!".

"Peguei o sujeito que atirou no rapaz... Ainda não decidi, Jim, mas não precisa se preocupar com ele."

No sonho, o cachorro começou a dar voltas e a gritar alucina-
damente, como uma fera maluca. Twilly Spree afastou-se do pai e
ficou de pé. Ao longo da costa, até onde alcançava sua vista, nos dois
sentidos, havia máquinas de terraplanagem amarelas. A postos, em
todas as dunas! As lâminas das motoniveladoras reluziam ao sol, as
máquinas estavam alinhadas em posição de batalha, feito uma divisão de panzers. "A costa está livre!", gritou o pai de Twilly.

"*A moça passa bem. Suponho que queira seguir no helicóptero
também... Está dizendo que sim. Além disso, há uma perua aqui que
precisa ser removida com urgência.*"

Twilly correu para o mar. O cachorro preto o seguiu, ganindo
terrivelmente. A água no golfo estava gelada e lisa como um espelho. Quando o cachorro finalmente parou de latir, Twilly pôde ouvir
o pai cantando distraidamente na praia, e também o ronco apavorante das máquinas que arrasavam a ilha. No sonho, Twilly esperou
até que o cachorro o alcançasse, e juntos nadaram na direção do
horizonte. O céu acima do mar escureceu por causa da revoada de
pássaros afugentados da ilha pelo ruído das máquinas de terraplanagem. Enquanto nadava para alto-mar, Twilly ficou com medo de
que as gaivotas, andorinhas-do-mar e albatrozes fossem começar a
cair como antes, machucados e ensangüentados. Se isso acontecesse,
ele não suportaria — estava muito fraco, completamente perdido. Se os pássaros caíssem outra vez, tudo estaria acabado, Twilly
percebeu. Numa chuva mórbida como aquela ele se afogaria. Não
sobreviveria a seu sonho.

"*Boas notícias. Vou seguir no helicóptero também... Preciso
resolver um probleminha e você vai me ajudar, tenente... pois não
agüentaria ficar de fora da jogada, sabia?*"

25

Bem, o sr. Gash resolveu lutar.

Não foi um adversário temível, pois faltava-lhe a rótula e boa parte da língua. A dor atrapalhou. Além disso, totalmente nu, comprometera seriamente a postura aterrorizante indissociável de seu estilo de combate pessoal. Não obstante, conseguiu encaixar um par de ganchos de direita que teriam nocauteado a maioria dos homens.

Os socos não provocaram um efeito notável no mendigo de saiote quadriculado que no momento carregava o sr. Gash morro abaixo. A elevação não era natural, pois a Ilha do Sapo era plana como uma chapa de aço. O morro havia sido feito pelas máquinas. Era um monte de terra empurrada pelas pás, misturada com mato e tocos de árvores, restos de um ataque ao pinheiral, para abrir uma estrada. O vagabundo erguera o sr. Gash e o jogara no ombro como se fosse um saco de batata, para descer a encosta de terra mole. Pelo jeito, tinha pressa. O sr. Gash se debatia freneticamente e conseguiu dar pelo menos dois socos fortíssimos — um nas costelas, outro nos rins. Nada; o outro nem gemeu, prosseguindo em sua missão. O sr. Gash agitava as pernas e balbuciava palavras ininteligíveis. Sabia que o pior estava por vir. Só não sabia o que era.

Na base do morro o vagabundo o jogou no chão, deu-lhe as costas e subiu.

E agora?, o sr. Gash pensou. Tentou atingir o outro mais uma vez com um golpe feroz, mas só conseguiu agarrar o saiote quadriculado, que na verdade era uma bandeira do tipo usado na chegada das corridas de automóveis. O sr. Gash a usou para enxugar o sangue dos buracos nas faces. O toco de língua doía demais. Ele ficou deitado na lama, pensando nas opções, que considerou limitadas. Não podia contar com a perna direita, por causa do joelho fraturado. Isso o impedia de fugir correndo, andando ou engatinhando. Impossível. Teria de se arrastar, e se arrastar depressa, caso o vagabundo não tivesse outros planos para sua pessoa.

Penosamente, num esforço supremo, o sr. Gash rolou o corpo até ficar de bruços. Estendeu os dois braços, enterrou a mão no barro e puxou o corpo até o queixo encostar nos dedos. Progresso linear total: cinqüenta centímetros no máximo.

O sr. Gash pensou: não adianta. Sentiu uma picada de inseto no traseiro e desajeitadamente tentou espantar o bicho. Do outro lado do morro artificial ouvia-se o ronco de um motor, grave demais para ser de um carro. Aos poucos, seu volume aumentou. O sr. Gash esticou o pescoço, tentando enxergar alguma coisa no escuro. Claro, sabia de onde vinha o barulho. Ele mesmo dirigira uma das máquinas, na noite em que dera um jeito naquele outro encrenqueiro, o Brinkman. Agora a motoniveladora estava bem na sua frente, no alto do morro. Dava para sentir o cheiro dos gases do escapamento. Um sujeito alto estava na direção. Ele se levantou um pouco e depois recuou. Sem dúvida, para soltar o freio.

"Poooooooorra", o sr. Gash gritou.

A motoniveladora desceu o morro ruidosamente. O sr. Gash tentou rolar para longe de seu trajeto, e quase teve sucesso. Só metade do corpo ficou debaixo da esteira; a metade inferior.

Seu pulmão ainda funcionava, o que era encorajador. Outro aspecto positivo: a surpreendente ausência de dor da cintura para baixo. O sr. Gash concluiu que a esteira não o esmagara, apenas o enterrara no solo fofo. Sua preocupação imediata eram os gases do escapamento que sopravam em sua cara. Os olhos ardiam e o estômago queimava com a fumaça de óleo diesel. Obviamente o cano de escape fora danificado durante a descida. A máquina acabaria apagando, quando o combustível acabasse, mas o sr. Gash não sabia se conseguiria permanecer consciente até lá, inalando aquele gás venenoso. Sentia-se simultaneamente enjoado e sonolento.

Um par de botas surgiu na sua frente. O motor soluçou uma vez e se calou. Conforme a fumaça se dissipava, o sr. Gash erguia o corpo, apoiado nos cotovelos, para inalar a brisa fresca. O vagabundo agachou-se a seu lado, e o olho de vidro reluzia como um rubi sob as estrelas.

"Você vai morrer aí", ele disse ao sr. Gash.

"Ungh ungh."

"Bem, é isso aí, Iggy. Já acabou."

"Iggy?" Agora o filho-da-mãe está zombando do meu cabelo! O sr. Gash ficou furioso.

"Está morrendo enquanto conversamos", o vagabundo disse. "Acredite em mim. Aprendi um bocado a respeito de atropelamentos. Você se enquadra."

"Ungh-ungh!"

"Caso não tenha percebido, sua bunda está presa debaixo de um Cat D6. Vinte toneladas de aço", disse o vagabundo. "Não sei nada a respeito de fazer as pazes com Deus, mas seria um bom momento para você dizer àquela moça que sente muito por maltratá-la. Quer que eu a chame?"

"Zá se sosser, zio", disse o sr. Gash.

O vagabundo levantou-se. "Sua atitude é lamentável para um sujeito que sangra pelos dois ouvidos. Agora, se me dá licença, Iggy, preciso encontrar aquele cachorro maluco."

"Zá se sssssssoooo-sseeer!"

A cabeça do sr. Gash cedeu. Logo ele ouviu o barulho das botas do vagabundo, que sumiam pesadamente no bosque.

Mas que idiota, o sr. Gash pensou. Deveria ter atirado em mim. Consigo sair daqui antes de o dia clarear!

Apressado, começou a escavar para sair do buraco em que a máquina o pusera. Tarefa árdua para quem estava preso até a barriga. O sr. Gash foi forçado a estender os braços para trás e cavar com os movimentos de uma tartaruga ao nadar. Após vinte minutos sofridos, o sr. Gash desistiu, exausto. Dormiu com uma centopéia passeando em seu ombro. Estava fraco demais para tirá-la de lá.

Acordou horas mais tarde com o barulho do helicóptero. Amanhecia, o céu se tingia de rosa. O sr. Gash não viu a aeronave, mas ouvia o barulho dos rotores durante o pouso, ali perto. Ergueu a cabeça e gritou, desesperado; sentia muitas dores. Horríveis, insuportáveis, dores que penetravam até os ossos. Ele observou desolado que a escavação frenética pouco resultado dera. Alguns punhados de terra miserável removidos de cima das pernas, sobre as quais o Caterpillar D6 continuava placidamente estacionado. O sr. Gash não conseguiu puxar um milímetro que fosse do corpo. Desistiu na terceira tentativa.

Em vez de tentar escapar, concentrou-se na sobrevivência. O helicóptero, claro. Logo levantaria vôo. O sr. Gash sabia disso por causa da audível aceleração dos motores. Ansioso, ele examinou o terreno, na área que poderia alcançar, em busca de alguma coisa, qualquer coisa que pudesse atrair a atenção do piloto. Seus olhos se fixaram num monte de pano sobre a lama. Era o saiote quadriculado do vagabundo, a bandeira de automobilismo agora ensopada com o sangue do sr. Gash. Ele a puxou e libertou da terra molhada.

Com um rugido ensurdecedor o helicóptero a jato cinza e preto levantou vôo e surgiu acima da copa dos pinheiros. O sr. Gash ergueu a bandeira com as duas mãos e acenou. Agitou os braços e o corpo exageradamente, balançando a parte de cima como se fosse um joãobobo. Para o sr. Gash, aquela era uma experiência totalmente inédita: o desespero. Agitou a bandeira com o fervor de um torcedor de futebol embriagado, pois temia que o piloto não o visse, sujo de terra e meio enterrado debaixo de uma máquina de terraplanagem.

Seu medo fazia sentido. O helicóptero descreveu um círculo sobre a clareira, mas não pairou. Embicou para o norte e sumiu.

A bandeira caiu das mãos do sr. Gash. Ele mergulhou na mais intensa agonia. Morto da cintura para baixo. Cada célula, da cintura para cima, parecia em brasa. Sofria dores de cabeça lancinantes. A garganta era vidro quebrado para o toco da língua arrancada. O sangue escorria pelas duas faces, chegando ao queixo do sr. Gash — sangue morno do ouvido.

O encrenqueiro filho-da-mãe tinha razão: estava tudo acabado.

Ou talvez não.

O sr. Gash notou um pequeno objeto no solo, algo que não tinha visto quando estava escuro. Estava a poucos metros de distância, mas fora de alcance, parcialmente oculto atrás de um tronco de palmeira. Era preto, retangular, parecia feito de plástico, como o controle remoto da televisão ou o pente de uma Glock.

Ou um telefone celular.

O sr. Gash usou um galho quebrado para puxar o aparelho. Tonto, apertou o botão de ligar com o indicador. O telefone emitiu um bip agudo e sua luz amarela se acendeu. O sr. Gash olhou para os números no teclado. Seus lábios pálidos se esticaram num sorriso desconsolado.

"Boas notícias, Bob", disse Palmer Stoat.

"Assim espero."

Eles haviam marcado encontro ao meio-dia, no Pube's; dessa vez num reservado para dança íntima exclusiva.

"Lembra-se de onde estávamos na outra noite? Bem, consegui sair mais tarde com uma das Pamelas Anderson Lee", contou Stoat.

"Você é um porco", Robert Clapley disse, melancólico.

"Voltei à vida de solteiro. O negócio é ir em frente."

"Essa é a boa notícia?"

"Não", Palmer Stoat disse. "A boa notícia é ótima."

Clapley dava a impressão de que não dormia fazia um ano. Emburrado, brincava com a corrente de ouro do pescoço. Uma dançarina se aproximou da mesa e se apresentou como Cindi, com *i*. Clapley lhe deu dez dólares e a despachou.

"Aposto que ainda não encontrou suas Barbies."

"Elas me telefonaram."

"Um bom começo!"

"Da residência do senhor Avalon Brown." Robert Clapley tomou um gole grande de bourbon. "O senhor Brown está procurando investidores para seu novo projeto cinematográfico. Katya e Tish acharam que seria simpático de minha parte colaborar. Obviamente, elas serão as estrelas do filme."

"Que se chama..."

"*Duplo prazer.*"

"Sei. Um filme de arte." Palmer Stoat sorriu de dó. "E quanto você concordou em investir?"

"Por cem mil dólares o senhor Avalon Brown concordou em me tornar sócio", Clapley disse. "Por um décimo disso eu poderia mandar matá-lo."

Stoat sentiu um arrepio lá no fundo. Um escândalo em conseqüência de um homicídio desastrado poderia arruinar tudo: o esquema de Shearwater, as chances de reeleição de Dick Artemus e até a própria carreira de Stoat, o que era pior ainda.

Ele levou a mão ao ombro de Clapley para consolá-lo. "Bob, vou dizer pela última vez, esqueça aquelas duas vagabundas. Você precisa tocar a vida, como eu estou fazendo."

"Não consigo."

"Claro que consegue. Basta se alistar no comando caça-buceta de Palmer Stoat."

"Sabe o que tenho nos bolsos?", perguntou Clapley.

"Bonecas?"

"Isso mesmo."

"Quantas?", Stoat perguntou, conformado.

"Duas em cada um."

"São as Barbies Vibrador, é?"

"Vai se danar, Palmer. Sinto saudades das gêmeas. Quero tê-las de volta", Robert Clapley disse, dispensando outra dançarina. "Elas disseram que vão cortar o cabelo e mudar para a Jamaica, se eu não financiar o filme."

"Grande Jamaica."

"Sede mundial da Avalon Brown Productions."

"Deixe que vão", Stoat disse. "Estou pedindo."

"Ficou surdo? Eu não vou deixar que isso aconteça", Clapley disse, rindo nervoso. "Por isso existem homens como o senhor Gash. Graças a situações assim, eles prosperam."

"Por falar nele, eis a boa notícia que prometi. O encrenqueiro da Ilha do Sapo é carta fora do baralho. Já deram um jeito nele. O rapaz que seqüestrou meu cachorro está no hospital com um buraco de quarenta-e-cinco no peito."

"Fantástico! Isso significa que o senhor Gash está disponível para o novo serviço."

"Não sei de nada a respeito do senhor Gash. Recebi as informações diretamente do governador", Stoat disse. "E ele não foi muito claro nos detalhes. O mais importante é que o maluco finalmente saiu de cena. Desie e Boodle estão bem. Mas estou cagando para isso."

Robert Clapley olhava para além de Stoat, na direção de uma dançarina que se exibia na cabina vizinha. Tinha cabelo louro comprido, seios em forma de cone e lábios carnudos pintados de vermelho.

"Quase." Clapley falava sozinho. "Se fosse um pouquinho mais alta..."

"Minha nossa senhora. Quer ouvir o resto ou prefere brincar de boneca?" Palmer Stoat sacou um Cohiba e o acendeu espalhafatosamente. Passou um tempo apreciando o charuto.

Sem tirar os olhos da mulher, Clapley disse: "Quero saber como anda a verba da ponte. Suponho que já tenha dado um jeito em tudo".

"Estamos quase lá, Bob. Noventa e nove por cento resolvido."

"Quem é o um por cento?"

"Willie Vasquez-Washington."

"De novo!"

"Não se preocupe. Ele está praticamente no papo."

Robert Clapley fechou a cara, contrariado. "Já ouvi isso antes. Que altura tem aquela moça, na sua opinião? A loura."

"Bob, fica difícil dizer, ela colocou os pés atrás das orelhas."

"Presumo que tenha outro plano."

"Sim, e é ótimo."

"Conte."

"Vamos levar o étnico Willie numa caçada. Você, eu e o governador Dick. Naquela reserva de caça particular que mencionei, na comarca de Marion", Stoat disse. "Vamos caçar, beber, fumar e contar mentira. E vamos ficar amigos de Willie, custe o que custar."

Clapley resmungou: "Aquele idiota não vai matar meu leopardo".

"Foi isso que eu vim contar para você, também. Durgess, meu guia, disse que a fazenda recebeu um leopardo aleijado. Ele é manco."

"Isso é uma boa notícia?"

"Não, Bob. A boa notícia é que eles conseguiram um rinoceronte, para substituir o leopardo. Um genuíno rinoceronte assassino." Stoat fez uma pausa, para aumentar o suspense. "Pisoteou um homem até matá-lo, há poucos anos."

Robert Clapley virou a cabeça imediatamente. Trêmulo, debruçou-se na direção de Stoat. "E o chifre?"

"Enorme", Stoat sussurrou. "Vai dar uma carga de pó."

"Puxa, isso é fantástico."

As mãos de Clapley sumiram debaixo da mesa, para dentro dos bolsos. Stoat fingiu que não viu.

"Quando vamos caçar?", Clapley ofegava.

"No fim de semana. Para Durgess, quanto antes, melhor."

"Isso mesmo. Assim elas voltarão para mim, com toda a certeza. Katya e Tish. Sei que voltarão." Clapley ficou radiante. "Elas vão correr para casa, atrás do pó de chifre, principalmente quando descobrirem que matei o monstro pessoalmente. Um rinoceronte assassino. Dá para imaginar? Elas detonarão aquele maconheiro cabeludo num piscar de olhos."

"Neste caso, você não precisará mandar matá-lo, certo?" Stoat se arrepiava todo sempre que pensava no Porco-Espinho aprontando por aí.

Clapley deu de ombros. "Francamente, prefiro gastar meu dinheiro em outras coisas. O senhor Gash custa caro." Clapley pegou um charuto do bolso de Stoat. "O mesmo vale para você, Palmer. Quando essa brincadeira vai me custar? Lembre-se, você me deve o leopardo e mais um pouco. Então... quanto?"

"Nem um tostão, Bob. A caçada é por minha conta."

"É muita gentileza sua."

"Mas o chifre você vai ter de comprar separadamente", Stoat disse. "Pelo preço que combinamos. Regras da casa."

"Com o maior prazer", Clapley disse. "Por falar nisso, esse seu Cohiba é falso."

"Como? Impossível."

"A gente sabe pela anilha, Palmer. Está vendo esses quadradinhos pretos? Eles deviam estar em relevo, permitindo que você os sinta com a ponta dos dedos. É assim que saem da fábrica em Havana. Mas este aqui", Clapley disse, balançando um na frente da cara de Stoat, "este aqui não tem relevo, a anilha é lisa. Isso quer dizer que são falsos."

"De jeito nenhum", Stoat respondeu, irritado. "Paguei trezentos dólares a caixa na Marina Hemingway. Não podem ser falsos." Ele removeu o charuto dos lábios e o colocou discretamente na beira da mesa. Abaixou-se para examinar a anilha.

Robert Clapley levantou-se para ir embora. Deu um tapinha nas costas de Stoat e disse: "Não se preocupe, meu caro. Vou conseguir alguns verdadeiros, para a grande caçada do rinoceronte".

O carro da polícia rodoviária da Flórida passou pelo portão preto de ferro fundido do palácio do governo, em Tallahassee. Na porta, um policial à paisana acenou para o tenente Jim Tile, liberando sua entrada. Antes, porém, olhou desconfiado para seus dois acompanhantes. Um deles era um cão preto. O outro, um homem que não estava adequadamente trajado para um almoço com o chefe do Executivo.

Lisa June Peterson os aguardava.

"É um prazer revê-la", o Camaleão disse, beijando-a no rosto. "Você está mais linda do que nunca."

Lisa June corou. Jim Tile olhou surpreso para o amigo, que sorriu inocentemente.

"Eu consegui convencê-lo a tomar uma ducha", o guarda disse. "Mas foi só."

"Ele parece ótimo", disse Lisa June Peterson.

O ex-governador Clinton Tyree usava bota reforçada e a capa de chuva laranja com calça da mesma cor, uma touca de banho nova (com estampa de margarida) e um colete feito de pele de chihuahua.

"Para ocasiões especiais", explicou.

"Meu Deus", Jim Tile disse.

"Trata-se de uma peça única."

Lisa June não falou nada; com certeza havia uma história por trás do colete, e com a mesma certeza ela não queria ouvi-la. Abaixou-se para acariciar McGuinn no queixo. "Mas que lindo!"

"Um bom cão", o Camaleão admitiu, "embora não seja a vela mais luminosa do candelabro."

Lisa June deu o braço para o ex-governador. "Vamos. Ele o aguarda."

"Ah, estou tremendo de nervoso."

"Não comece", Jim Tile disse. "Você prometeu."

O Camaleão disse a Lisa June: "Doçura, não dê bola para Jim. Ele está furioso porque perdi o telefone celular dele".

Ela os levou à sala de banquetes. No cardápio do almoço, salada de palmito, sopa de frutos do mar, medalhões de veado e torta de limão de Key.

"Um menu típico da Flórida", proclamou Lisa June com uma mesura jocosa, "em sua honra, excelência!"

O Camaleão sentou-se na cabeceira da mesa comprida. O policial rodoviário disse, sem ironia: "Esta é a mesa do governador, governador".

"Sei disso, Jim. Ainda me lembro."

"Não comece."

"Como assim?"

Lisa June disse: "Tudo bem, tenente. O governador Artemus está a par de tudo".

"Com todo o respeito, eu duvido muito."

Dick Artemus entrou triunfalmente; garboso, enérgico, pronto para encantar. Seu rosto recém-barbeado e rosado, o cabelo brilhante e bem escovado, os olhos verde-claros e amistosos. Quando Clinton Tyree se levantou, o governador o abraçou como se fosse um irmão gêmeo desaparecido por muitos anos.

"Grande Tyree! Não consigo acreditar que esteja aqui!", Dick Artemus parecia genuinamente enlevado.

Ele se ajoelhou para acariciar McGuinn e emitir sons amigáveis. "Ei, cara, que bom saber que você ainda está com as duas orelhas. Ainda bem que o moço malvado não o machucou."

O Camaleão olhou cético para Jim Tile.

"É uma imensa honra", Dick Artemus disse ao se levantar.

"Por quê?", o Camaleão perguntou.

"Porque o senhor é uma lenda viva, governador."

"Não passo de uma reles nota de pé de página num livro de história. Mais nada."

"Querem suco de laranja?", Lisa June ofereceu.

"Obrigado. Sem coar", o Camaleão disse.

Dick Artemus exclamou: "Para mim também! O melhor suco de laranja é o que dá para mastigar. O que são esses lindos enfeites na ponta da sua barba, posso saber?".

"Bicos de urubu."

"Ah. Pensei que fossem de águia." Dick Artemus chamou um serviçal. "Sean, suco de laranja para o governador. Para mim também. Com vodca. E vocês?"

Em uníssono, Jim Tile e Lisa June Peterson recusaram a bebida.

"Então, me conte", Dick Artemus disse ao Camaleão, "qual sua opinião sobre o palácio? North Adams Street, setecentos."

"Praticamente igual."

"Evoca boas lembranças?"

"Não, só me dá urticária."

O governador não se abalou. "A academia já tinha sido construída quando morou aqui? Gostaria de dar uma voltinha?"

O Camaleão olhou para Lisa June. "Ele é de verdade?" Inclinando a cabeça para trás, soltou uma gargalhada. "Uma voltinha?"

No almoço, mais conversa fiada. Dick Artemus era o campeão mundial do papo furado. O tenente Jim Tile, tenso como um couro de bumbo, terminou a refeição o mais depressa que seus bons modos permitiam. Ele se opusera violentamente ao encontro, pois não dava para saber como Clinton Tyree reagiria ao retornar ao palácio após tantos anos. O guarda rodoviário tampouco esperava que o ex-governador simpatizasse com o atual, nem que demonstrasse o mínimo respeito. Daquela visita nada de bom resultaria, Jim Tile dissera a Lisa June Peterson, que por sua vez ficou de alertar o governador.

Mas Dick Artemus não se preocupava, pois se imaginava o

sujeito mais irresistível do mundo. Acreditava em sua capacidade de fazer *qualquer um* gostar dele. E sentiu-se lisonjeado ao saber que o legendário Clinton Tyree queria conhecê-lo.

"Fale a respeito do olho", arriscou.

"Só se você me falar do seu cabelo."

Lisa June tentou ajudar: "O governador Tyree perdeu a vista há muitos anos, durante um assalto à mão armada".

"Na verdade, foi um assalto à moda antiga, por assim dizer", o Camaleão falou, engolindo um pedaço de torta coberto de suspiro. "Eu troco de olho como quem troca de cueca. Uma amiga minha comprou este em Belgrado." Ele bateu na íris vermelha com o cabo do garfo de sobremesa de prata. "Disse que o adquiriu de uma rainha cigana e resolvi acreditar. Ela vivia no mundo do circo."

O governador balançava a cabeça como se ouvisse casos assim todos os dias. Sua atenção foi perturbada por uma intromissão no meio das pernas. Era o labrador pedindo comida. Dick Artemus deu ao cão um pedaço de pão de milho, disfarçadamente.

"Vamos direto ao assunto", disse. "Primeiro gostaria de agradecer por encontrar aquele rapaz confuso, governador."

"Infelizmente alguém o encontrou primeiro."

"Sei disso. O tenente Tile informou assim que soube. Também contou como você arriscou a vida para salvar o rapaz."

"Uma promessa é sagrada." O Camaleão bateu o garfo na mesa com força. "Eu cumpri a minha."

"Sim, sem sombra de dúvida." O governador ajeitou o corpo na cadeira, vexado, depois fingiu que era por causa do cachorro que o cheirava debaixo da mesa. Lisa June Peterson sabia a verdade. Assim como Jim Tile.

"Você disse que ia mandar o rapaz fazer um tratamento", falou o Camaleão.

"Isso mesmo."

"Onde?"

"Bem... onde ele quiser." Dick Artemus não sabia o que dizer. "E como vai ele, por falar nisso? O ferimento é sério?"

"Ele sobreviverá. É rijo", o Camaleão falou. "Por que tantos policiais na porta do quarto do hospital?"

"Para protegê-lo", o governador respondeu sem rodeios. "Alguém tentou matá-lo, certo?"

"Então ele não está preso?"

312

"Não que eu saiba. O senhor Stoat não tem o menor interesse em abrir um processo. Disse que a publicidade seria ruim e eu concordo plenamente."

"Certo", o Camaleão disse, fincando os cotovelos na mesa. "E quanto a meu irmão?"

"Sim?" O governador lançou um olhar angustiado para Lisa June Peterson.

"Doyle", ela disse.

"Certo. Doyle Tyree!", Dick Artemus disse, suspirando aliviado. "O responsável pelo farol. Ele pode ficar lá quanto tempo quiser. Hillsborough Inlet, certo?"

"Baía Peregrine." O Camaleão voltou-se novamente para Lisa June. "Você e Jim poderiam dar licença? Importam-se se eu conversar com o governador em particular?"

Lisa June tentou se opor e Jim Tile soltou um suspiro pesado, mas Dick Artemus os ignorou. "Claro que não se importam. Lisa June, por que você não leva o cachorro lá para trás e o apresenta a nossos magníficos pinheiros da comarca de Leon?" Dick Artemus precisava discursar em trinta minutos e não queria ser visto com baba de cachorro na virilha.

Assim que ficaram sozinhos, o ex-governador disse ao atual: "E quanto à ilha?".

"Vai ficar linda quando terminarem."

"Está linda agora", o Camaleão falou. "Já esteve lá?"

Dick Artemus confessou que não. "Você sabe como essas coisas funcionam." Ele bebeu o que ainda havia no copo, sugando os restos de vodca nos cubos de gelo. "O sujeito fez uma doação considerável para minha campanha. Em troca, espera um mínimo de consideração. Troca de favores, se quiser. E faço questão de ressaltar que foi tudo feito dentro da lei, no caso de Shearwater. Zoneamento, licenças, levantamento da vida silvestre — está tudo em ordem. É o que dizem meus assessores."

"Você deveria pelo menos visitar o local, antes que o destruam."

"Governador, sei como se sente."

"Você não sabe porra nenhuma."

"O que está fazendo? Ei, me solte!"

O sonho da escavadeira se repetia sem parar, um coro de máquinas roncava e perseguia Twilly Spree, que se afastava mais e mais da costa. O sonho finalmente acabou assim: as gaivotas começaram a cair do céu, como Twilly temia. Os pássaros já estavam rígidos quando chegavam à água e caíam como pedras em volta de sua cabeça. Ele mergulhava para escapar, mas sempre que subia para respirar era atingido; uma pancada surda na cabeça: *toc*. Twilly logo perdeu as forças para nadar e começou a afundar num redemoinho gelado de cobalto e espuma. Parecia que garras o puxavam para baixo, que a morta arranhava suas pernas nuas. Depois uma força poderosa o agarrou e o levou para cima, livrando-o do frio pavoroso e das garras.

O cachorro preto! Era como num filme da Disney, um cachorro corajoso a enfrentar o frio para salvá-lo, para levá-lo à superfície e fazer com que respirasse...

Mas não era um cão que o levava à superfície, era Desie, passando um braço em volta de sua cabeça, mantendo-o ereto para ajeitar os travesseiros. A primeira coisa que Twilly viu ao abrir os olhos foi a depressão clara na base do pescoço. Ele se debruçou para beijá-la, num esforço que rasgou seu peito, a julgar pela dor.

Desie sorriu. "Alguém está melhorando."

"Muito", Twilly disse com dificuldade.

"Não tente falar nem beijar", disse.

Ela o beijou na testa; mau sinal. As mulheres sempre beijavam sua testa antes de abandoná-lo.

"Lamento por tudo", disse a ela.

"Por quê? Eu estava lá de livre e espontânea vontade."

"Vai embora?"

Ela fez que sim. "Atlanta. Passar um tempo com a minha família."

"Eu amo você", Twilly disse debilmente, embora fosse a mais pura verdade. Também era verdade que se apaixonaria pela próxima mulher que dormisse com ele, como sempre.

"Sei disso."

"Você está ótima."

"É o Demerol, querido. Eu estou péssima. Agora descanse um pouco."

"E quanto àquele homem..."

"Ah!" Desie enfiou o tornozelo debaixo das cobertas. "Você não pode imaginar quem ele é!"

Quando ela contou, Twilly agiu como se tivesse recebido uma

descarga de pura adrenalina. Sua cabeça virou na cama e ele disse: "Já ouvi esse nome! Minha mãe falava nele!".

"Clinton Tyree?"

"Ela me contou a história inteira! Achava que ele era um herói, mas meu pai jurava que era maluco."

"Bem, ele deu em cima de mim, no helicóptero."

"Está vendo? Isso prova que ele não é doido." Twilly sorriu antes de se recostar novamente nos travesseiros.

"Ele também expressou sua opinião extremamente desabonadora sobre meu marido. Disse que um exibicionista de porta de escola estava um degrau acima dele."

Twilly riu. A enfermeira entrou para trocar o soro intravenoso. Disse a ele que dormisse um pouco e ao sair fuzilou Desie com um olhar mortífero.

"Conversei com Palmer esta manhã. Só para avisar que estou bem", Desie disse. "Ele parecia feliz da vida. Vai caçar neste fim de semana com o governador Dick e — adivinhe quem mais — Robert Clapley. Suponho que queiram celebrar Shearwater."

Twilly murmurou, curioso: "Caçar o quê? Onde?".

"Querido, se eu soubesse não diria." Desie sorria, melancólica. Passou um dedo pelo queixo dele, carinhosa. "Aquela conversa insana a respeito de matar alguém; se você continuar nessa linha, meu caro, vai acabar no cemitério antes da hora. Pode me chamar de egoísta, mas não pretendo estar por perto quando isso acontecer."

Twilly Spree falou, entorpecido: "Tenha fé".

Desie riu, cética. "Eu tenho fé. O que me falta é bom senso."

Quando ela se levantou para ir embora, Twilly viu que usava um vestido novo: verde com alça fina. Ele sentiu um nó na garganta.

"Preciso de um favor. É McGuinn", Desie disse. "Pode ficar com ele até eu me ajeitar? Minha mãe é alérgica a cães."

"E quanto a Palmer?"

"De jeito nenhum. Talvez eu não consiga muita coisa no divórcio, Twilly, mas meu marido *não* vai ficar com McGuinn. Por favor, pode cuidar dele?"

"Claro." Twilly gostava do cachorro e da idéia de ver Desie novamente, quando ela voltasse para buscá-lo. "Onde ele está, no momento?"

"Com o tenente Tile e seu amigo. No hotel em que me hospe-

315

dei não permitem cães." Desie pegou a bolsa. "Preciso pegar o avião. Prometa mais uma coisinha."

"Diga."

Ela apoiou um joelho na beira da cama e abaixou-se para beijá-lo; dessa vez, um beijo de verdade. Depois sussurrou: "Não faça amor com ninguém na frente do cachorro. Ele ia ficar muito confuso".

"Prometo." Twilly tentou agarrar as alças do vestido, de brincadeira, mas ela se esquivou.

"Seja bonzinho. Puseram dois guardas enormes na sua porta, para ninguém entrar."

Twilly tentou se despedir. Mal conseguia erguer o braço.

"Até logo, querido", Desie disse.

"Espere. O outro sujeito, Gash..."

Seus olhos endureceram. "Um acidente terrível", disse.

"Acontece." De repente, Twilly sentiu muito sono. "Eu amo você, Desie."

"Nos vemos em breve."

PESSOA: Socozo! Pos favos!

ATENDENTE: Qual é a emergência, senhor?

PESSOA: Esou som emozazia! Usa masim em sisa da zia sunsa!

ATENDENTE: Maxim? Senhor, lamento, mas precisa falar com clareza. Aqui é do Corpo de Bombeiros da comarca de Levy. O senhor tem uma emergência?

PESSOA: Isso! Socozo! Sui esmazazo e essou seso! Zero Azuza!

ATENDENTE: Senhor, não sabe falar inglês?

PESSOA: Isso é inzes! Serzi a zinsua! Zom um ziro!

ATENDENTE: Aguarde um momento, senhor Maxim. Vou transferir a ligação para alguém que pode ajudá-lo.

PESSOA: Nooooooo! Sozozo pos sazor!

ATENDENTE DOIS: Diga. ¿Donde estás?

PESSOA: Aaaaaaaaaaagghh!

ATENDENTE DOIS: ¿Tienes un emergencia?

PESSOA: Aiiiiii soga. Assim zou zozer.

ATENDENTE DOIS: Señor, por favor, no entiendo nada que estás diciendo.

PESSOA: Sozozo... Sozoso!

316

26

Quando vendia carros, Dick Artemus encontrou muita gente revoltada, consumidores furiosos, alterados, a espumar de rosto congestionado por acreditarem que tinham sido enganados, enrolados, iludidos, esfolados ou ferrados de algum modo. Eram levados até Dick Artemus por causa de seu jeito suave, bom humor incorrigível e impressionante capacidade para fazer com que os clientes mais descontentes saíssem felizes da concessionária. Eles e o restante da raça humana! Independentemente de quanto tivessem sido roubados, os fregueses jamais saíam bravos da sala de Dick Artemus. Um sujeito como Dick só surgia a cada cinqüenta anos, e olhe lá.

Como governador da Flórida, usou amplamente seu talento natural para enrolar os outros. Dick Artemus, admitiam até os adversários políticos mais virulentos, era irresistível frente a frente. Como era possível, Dick Artemus pensou, descaradamente, que Clinton Tyree fosse imune a seu magnetismo pessoal? O sujeito não gostava dele; a bem da verdade, detestava-o. Dick Artemus não poderia chegar a outra conclusão, pois o ex-governador o segurava naquele momento pela garganta contra a parede revestida de madeira do salão de banquetes do palácio. Acontecera tão depressa — ele foi arrastado feito uma boneca de trapo por cima da mesa, passando pelos restos da torta de limão — que Dick Artemus não teve tempo de chamar Sean ou os guarda-costas.

A sobrancelha de Clinton Tyree se moveu e o olho de vidro balançou. Segurava o governador com tanta força que ele não conseguiu proferir uma única palavra. Esse é o problema, Dick Artemus lamentou. Se o maluco filho-da-mãe afrouxasse a mão eu poderia usar minha lábia para sair da encrenca.

No tumulto, a touca de banho de Clinton Tyree saíra e sua cabeça calva reluzia, ampliando a aura de ameaça. A poucos centímetros do nariz sujo de merengue do governador, ele disse: "Eu devia limpar você como se fosse uma cavala".

Dick Artemus sentia dor até na hora de piscar, o rosto estava muito esticado.

"Nada deve perturbar meu irmão. *Nunca*", o ex-governador vociferou com voz grave.

Dick Artemus conseguiu balançar a cabeça em sinal de concordância, apesar de obstruída pelo polegar e indicador do selvagem.

"No que acredita exatamente, senhor?"

"Hã?"

"Sua visão. Qual é? Shopping centers, loteamentos e estacionamentos para trailers até onde a vista alcança? Mais, mais, mais? Mais gente, mais carros, mais estradas, mais casas." O hálito quente de Tyree fustigava o rosto do governador. "Mais, mais, mais", repetiu. "Mais, mais, mais, mais, mais, mais, mais..."

Dick Artemus sentiu que seus pés balançavam. O louco o erguia pelo pescoço com uma só mão. Um gemido terrível escapou da boca do governador.

"Eu não tinha nada a ver com isto aqui, Dick", Clinton Tyree dizia. "Mas você! Você é o homem certo no lugar certo e na época perfeita. Vender é sua especialidade, e cada centímetro quadrado deste estado está à venda. Exatamente como na época em que eu tinha o seu emprego, só que os custos cresceram porque sobrou pouco da parte boa para destruir. Quantas ilhas ainda restam, intocadas?"

Clinton Tyree riu sarcástico e deixou Dick Artemus deslizar parede abaixo. Debruçou-se sobre ele como se fosse um coveiro. "Sei o que eu devia fazer com você", ele disse. "Mas isso poderia causar problemas aos meus amigos, portanto, vou..."

E antes que pudesse reagir, o governador foi despido do paletó, da gravata e da camisa. Ficou deitado no chão, nu da cintura para cima, com um psicopata caolho de cento e vinte quilos ajoelhado na sua espinha.

"O que está fazendo?", gritou, quando a cabeça foi torcida violentamente, até que pudesse ver o brilho vermelho implacável do olho morto de Clinton Tyree.

"Cale a boca, governador Dick."

Dick Artemus calou-se e concentrou-se no controle da bexiga, para preservar a dignidade, assim como o carpete do salão. Se Clinton Tyree não pretendia matá-lo, o que queria? Dick Artemus tremeu quando percebeu que suas calças foram desabotoadas e arrancadas.

Ele pensou: Ai, Jesus, é igualzinho *Deliverance*.

Involuntariamente seu ânus se contraiu e ele assumiu uma atitude ambivalente em relação à possibilidade de ser salvo no meio da sodomia — as manchetes seriam mais dolorosas que o próprio crime. O único governador da Flórida a ser enrabado por um ex-governador no chão da sala do palácio do governo! Material para os livros de história, Dick Artemus pensou desconsolado. Daria bem mais do que uma nota de pé de página.

Pior que a ameaça de humilhação pública seria a potencial derrocada política. Estaria a Flórida pronta para reeleger um chefe do Executivo violentado? Dick Artemus duvidava muito. Ele se lembrou do modo como a platéia reagiu a respeito do personagem Ned Beatty no final do filme: morrendo de pena do sujeito, mas ninguém queria entrar na fila para a próxima viagem de canoa.

Uma garra calosa agarrou as nádegas do governador e ele se preparou para o pior. Depois veio o inesperado: uma sensação de arranharem suas costas, como se passassem um graveto ou se uma mulher usasse as unhas — irritante e gostosa. Dick Artemus continuou imóvel e acalmou-se, surpreendentemente. Ele gostaria de saber o que o maluco estava fazendo, estalando a língua e cantarolando sozinho.

O procedimento bizarro foi interrompido quando uma porta se abriu e a mulher chamou o nome de Clinton Tyree. Dick Artemus virou a cabeça e viu Lisa June Peterson e o tenente Jim Tile pularem para agarrar o ex-governador pelos braços e puxá-lo — o doido sorria, submisso — para fora do salão de banquetes.

Dick Artemus levantou-se, vestiu a calça e ajeitou o cabelo desgrenhado. Ninguém abriria a boca; nesse aspecto, podia confiar em Lisa June e no policial. Ninguém jamais saberia! Ele correu para o quarto, pegou uma camisa limpa e desamassada, antes de avisar o motorista que estava pronto. No carro, a caminho do Clube Rural, Dick Artemus repassou as anotações do discurso, como se nada de extraordinário tivesse acontecido. Só mais tarde, após ter descido do palco em meio aos aplausos, Dick Artemus descobriu o que Clinton Tyree fizera com ele. O agente de segurança parado do lado de fora do banheiro masculino ouviu um soluço e quando abriu a porta viu o governador da Flórida com a cueca suja de sangue abaixada até o tornozelo e a bunda virada para o espelho. Ele se examinava, desolado, por cima do ombro.

"Senhor?", o agente disse.

"Saia daqui!" o governador gritou. "Fora!"

Mas o agente já havia visto. E pôde ler também, apesar da inversão do espelho:

A palavra VERGONHA em letras rosadas no traseiro do governador, onde fora caprichosamente escrita com um bico de urubu.

"Desta vez você exagerou", disse Jim Tile.

"Cadeia?", o Camaleão perguntou.

"Ou hospício."

"Você está brincando. Ninguém vai para a cadeia. Não aconteceu nada", disse Lisa June Peterson.

Eles estavam a caminho do hospital, na viatura de Jim Tile. O policial e Lisa June iam na frente. McGuinn e o ex-governador apertavam-se em dois montes cheirosos — um preto e outro laranja escandaloso — no chiqueirinho da parte traseira.

"Imaginem se o governador Artemus abrir um processo contra o governador Tyree", Lisa June disse. "Assim que a história se tornar pública, será primeira página nos jornais do país inteiro. Não é o tipo de notícia que alguém como Dick Artemus gostaria de incluir no álbum de família."

Do banco de trás: "Qual é o problema? Não vai ficar cicatriz".

"Acho que você não está entendendo direito", disse Jim Tile.

"Daqui a duas semanas aquele traseiro gordo estará novinho em folha." O Camaleão os encarou. "Lisa June, você está rindo?"

"Não."

"Está, sim!"

"Bem, foi..."

"Engraçado?", o Camaleão sugeriu.

"Não era o que eu esperava ver, apenas isso." Lisa June Peterson tentou se recompor. "Você em cima dele. E o traseiro de fora..."

Relembrando a cena, Jim Tile riu. "Quando poderei voltar para casa?", disse.

Do banco traseiro: "Assim que o rapaz melhorar".

Lisa June falou para os dois: "Se alguém perguntar, o que aconteceu hoje foi o seguinte: o governador Richard Artemus teve um almoço cordial com o ex-governador Clinton Tyree, sem ocorrências extraordinárias. Eles debateram... vamos ver... pesca esportiva, história da Flórida, reestruturação do secretariado e as terríveis responsabilidades do comando do Poder Executivo. O encontro durou menos de uma hora, pois o ex-governador Tyree declinou o convite para dar uma volta pelo palácio para ver a reforma, em função do compromisso previamente assumido de visitar um amigo no hospital local. Entenderam?"

"Por mim está combinado", Jim Tile disse.

"Vai soar muito bem aos ouvidos do governador Artemus, vão por mim."

O Camaleão sentou-se. "E quanto à tal ponte?"

"Esqueça o assunto", disse Jim Tile.

"Puxa vida, só estou curioso."

"Sua missão já foi cumprida, governador."

"Relaxe, tenente."

"Eles vão incluir a verba para a ponte no orçamento, durante a convocação extraordinária da Assembléia na semana que vem. Assim que isso acontecer, Shearwater será irreversível", disse Lisa June Peterson.

O Camaleão debruçou-se para a frente, segurando a tela de aço com seus dedos bronzeados. "Portanto, o veto foi só para despistar. Eles mentiram para o rapaz."

"Claro que mentiram. Pensaram que ele ia matar seu amigo." Lisa June olhou para o cão, que cochilava. "Era extorsão, capitão. Eles não podiam aceitar."

"Além disso, a ponte é uma obra de vinte e oito milhões."

"Com certeza."

"E não vamos esquecer que o governador Dick é um grande camarada do incorporador de Shearwater."

"Correto", Lisa June Peterson disse. "No entanto, o principal é que acabou dando tudo certo. O cão do senhor Stoat foi salvo. A esposa do senhor Stoat saiu ilesa. E o rapaz, o senhor Spree, terá a ajuda profissional que necessita..."

O Camaleão resmungou. "No entanto, a ilha será arrasada."

Um silêncio pesado abateu-se sobre os ocupantes do veículo. Jim Tile pensou: Eu temia que acontecesse exatamente isso. Era o perigo que corriam, tendo arrancado o governador do mato com uma artimanha tão baixa.

"Governador, para onde levará o rapaz?", perguntou o policial.

"Para um lugar seguro. Não se preocupe."

"Até ele se sentir melhor?"

"Sim."

"E depois?", Lisa June quis saber.

"Depois ele pode tocar fogo até no Capitólio, se desejar. Não sou pai dele", o Camaleão declarou. "Nem rabino." E novamente encolheu-se em forma de bola, feito uma taturana, apoiando a cabeça raspada no banco do carro. O labrador acordou por um momento e lambeu sua testa.

Quando Jim Tile entrava no acesso do hospital, Lisa June Peterson perguntou: "Tem certeza de que devem fazer isso? Ele já pode viajar?".

O policial explicou que Twilly Spree fora alvejado no peito, mas o estrago foi modesto. Danos mínimos ao pulmão direito, duas costelas fraturadas, nenhuma veia ou artéria importante seccionada.

"Cara de sorte", Jim Tile disse. "De qualquer modo, ficará mais seguro com ele", virou a cabeça e olhou para o banco traseiro, "do que em qualquer outro lugar. Alguém queria ver o rapaz morto. Talvez ainda queira."

"E se os policiais lá em cima não o deixarem sair?"

"Senhorita Peterson, três dos policiais serão avaliados no próximo mês e contam com uma promoção. Adivinhe quem é um dos avaliadores." Jim Tile tirou os óculos escuros e os guardou dobrados no bolso da camisa. "Duvido que criem caso se o senhor Spree resolver se dar alta."

Do banco de trás: "Já esteve lá?".

"Como?"

"Jim, estou falando com Lisa June. Querida, você já esteve na Ilha do Sapo?"

"Não."

"Aposto que vai gostar."

"Tenho certeza que sim", ela disse.

"Estou dizendo que gostaria da ilha *do jeito que ela está*. Sem os campos de golfe e marinas e outras porcarias para os turistas."

Lisa June Peterson virou-se para falar com ele. "Sei exatamente o que quer dizer, capitão."

Jim Tile estacionou na sombra e deixou uma fresta nos vidros para que o cachorro tomasse ar fresco. Enquanto a enfermeira trocava o curativo de Twilly Spree, os três — Camaleão, Lisa June e Jim Tile — esperaram do lado de fora do quarto. Jim Tile conversou um pouco com os quatro jovens policiais à porta, discretamente, e logo se afastou com eles, para tomar café. O Camaleão sentou-se de pernas cruzadas, no chão mesmo. Lisa June pegou uma cadeira no setor de enfermagem e sentou-se a seu lado.

Ele a olhou com interesse paternal. "Quer dizer que pretende continuar em Tallahassee. Aprender os macetes e tornar-se uma estrela." O ex-governador piscou.

"Ou não. Talvez escreva um livro a seu respeito."

"Aprecio Graham Greene. Gosto de pensar que ele me consideraria um sujeito interessante", o Camaleão comentou, "ou, pelo menos, ético."

"Eu acho isso", Lisa June disse.

"Você poderia escrever um livro sobre o governador Dickless, então, e publicá-lo antes da próxima eleição. Não seria um chute no saco dele?" A risada simiesca do Camaleão assustou um paciente de meia-idade com proteção no pescoço e soro na veia, um pouco adiante no corredor. O sujeito deu meia-volta, cambaleante, e retornou à segurança de seu quarto.

Lisa June Peterson baixou a voz. "Bem, eu estava pensando..."

"Eu também", o capitão disse, zombeteiro, beliscando sua canela.

"Não era *naquilo*."

"Deveria, faz bem à saúde."

"A nova ponte", Lisa June sussurrou. "Shearwater."

"E aí?"

"O processo ainda não terminou. Haverá uma última reunião." Ela lhe disse quem estaria lá. "E Palmer Stoat também, é claro. Ele armou a jogada toda. Farão uma espécie de safári."

O Camaleão ergueu as sobrancelhas fartas. "Onde?"

"Aí está o problema. Eles vão a uma fazenda de caça particular, nos arredores de Ocala. É preciso ser convidado para entrar."

"Querida, tenha dó."

"Bem, digamos que você esteja lá dentro", Lisa June prosseguiu. "Eu pensei que poderia falar com eles a respeito da Ilha do Sapo. Convencê-los como fez comigo quando falou da Flórida, naquela noite da fogueira. Talvez concordem em reduzir um pouco o projeto inicial. Deixar um trecho de praia e uma área de mata preservada. Se conseguisse que Dick ficasse do seu lado..."

323

"Ora, Lisa June..."

"Espere! Se você conseguir que Dick passe para o seu lado, os outros irão atrás. Ele sabe ser inacreditavelmente persuasivo, creia-me. Ainda não o viu em plena forma."

"E espero não ver", o Camaleão falou, brincando com os bicos de urubu. "Lisa June, acabo de escrever um insulto nas nádegas do sujeito. Ele *nunca* me apoiará. Você sabe disso." O capitão inclinou-se e acariciou o joelho dela. "Mas sou muito grato pela informação."

A porta do quarto de Twilly Spree se abriu e os dois se levantaram. Uma enfermeira simpática de rosto sardento informou que o sr. Spree estava melhorando rapidamente.

Lisa June Peterson puxou a manga do Camaleão. "Acho melhor retornar ao palácio. O governador terá uma tarde cheia."

"Não quer conhecer o famigerado psicopata seqüestrador de cães?"

"Melhor não. Sou capaz de gostar dele."

O Camaleão balançou a cabeça. "Isso a deixaria confusa, não é?"

"Desolada, na verdade, caso algo de ruim lhe aconteça."

Quando ele passou os braços enormes em volta dela, Lisa June sentiu-se aconchegada, segura, protegida. Ele disse: "Você e Jim são as pessoas mais preocupadas que conheço".

E no meio do abraço forte ele a ouviu perguntar: "Mas não custa tentar, certo? Enfiar um pouco de juízo na cabeça deles. Que mal poderia haver?".

"É uma caçada, querida. Não se pode gritar durante uma caçada. Se você não ficar bem quietinho não consegue se aproximar dos bichos." O Camaleão a beijou na testa. "Lamento ter estragado o almoço. Você me dá outra chance?"

"Quando quiser."

"Até logo, Lisa June."

"Até logo, governador."

Eles fizeram sexo em cima da pele de leão, no escritório, sob o olhar morto dos peixes e animais que Palmer Stoat matara: búfalo-africano, cervo do Oeste, alce macho, lobo cinzento, lince canadense, marlim listado, tarpão...

Depois Estella, a prostituta direitista do Swain's, perguntou: "Sente falta dela?".

"De quem? Eu a botei para fora!", Stoat proclamou. "O cachorro é diferente. Boodle me fazia companhia."

"Você é um bosta."

"Quer tomar mais um drinque?"

"Por que não?", disse ela.

Estavam os dois nus, fumando um *puro*, um Romeo y Julieta. Palmer Stoat adorou encontrar uma parceira que mantinha o charuto aceso na boca durante um ato sexual animado. Mais tarde, se conseguisse de novo, tiraria fotos: os dois transando com os charutos na boca, como duas chaminés a duelar!

Assim que encheu o copo de *scotch*, Estella rolou para o lado e acariciou a juba castanha da pele de leão. "Você matou essa gracinha pessoalmente?"

"Já falei, meu bem, matei todos eles." Stoat passou a mão na pele bege como se fosse o flanco de seu cavalo predileto. "O desgraçado era duro na queda. Precisei dar três tiros à queima-roupa."

Um teria bastado se Stoat não tivesse sido desequilibrado pelos catorze cães de caça famintos que Durgess usara para encurralar o felino exausto numa árvore. Enquanto caía, Stoat apertou duas vezes o gatilho, atingindo um melro distraído e uma palmeira. Os detalhes pitorescos não foram compartilhados com Estella.

"Conte mais sobre a África", ela disse, fazendo bico com os lábios pintados para soltar uma nuvem de fumaça azulada.

"África? Claro." Quase tudo que sabia sobre a África fora aprendido nos programas da National Geographic.

"Onde abateu esse leão? No Quênia?"

"Isso mesmo, Quênia." Stoat passou a língua seca nos lábios, animado pelo efeito do Johnnie Walker. "A África... é sensacional." Arriscou. "Incrível."

"Puxa, um dia você vai me contar tudo", Estella disse em devaneio, balançando o cabelo farto.

Com o copo na mão, Stoat virou de lado cuidadosamente e se encaixou nas costas dela. "A África é enorme", disse em voz baixa.

"Muito grande. Isso mesmo." Estella curvou-se sensualmente e Stoat se afastou um pouco para não incendiar os cachos multicoloridos da moça com o charuto.

"Gracinha, a gente leva anos para conhecer tudo."

"Podemos ir juntos, Palmer. Você caça e eu compro antigüidades", ela sugeriu. "Sexo sem custo, claro. Você paga minha passagem e a farra é grátis."

Stoat ficou tentado a dizer sim. Só Deus sabia o quanto precisava de férias. Assim que a legislatura se encerrasse, com a convocação absurda da semana seguinte... por que não um safári na África? Quando voltasse, a companhia de mudança já teria levado as coisas de Desie e a casa seria sua novamente. Stoat retomaria a vida de solteiro. (Mudara de idéia a respeito de mudar; levaria anos até achar um imóvel com uma sala de troféus tão ideal.)

"Vou ver o que posso fazer com minha agenda", disse a Estella, pois primeiro queria levar a proposta de uma viagem à África a sua preferida para uma viagem ao exterior, a sósia de Pamela Anderson do Pube's. No momento, Stoat não se lembrava do nome dela, mas tinha certeza de que o anotara num guardanapo e o guardara na carteira.

"O que é o lugar vazio?", Estelle perguntou, apontando para uma área de destaque na parede.

"É para meu rinoceronte-negro. Eu o cacei há umas duas semanas."

"Um rinoceronte!"

"Fera magnífica!", Palmer Stoat disse, inalando profundamente. "Verá por si mesma, quando ficar pronto."

"Você *esteve* na África recentemente? Quando?", Estella perguntou. "Por que não me contou?"

"Porque sempre falamos de política, gracinha. De todo modo, foi uma viagem rápida, só por alguns dias", ele acrescentou, tentando encerrar o assunto. "Creio que foi no mesmo fim de semana em que você compareceu ao almoço em benefício da candidatura presidencial de Quayle."

Ela se virou para encará-lo, sobre a pele do leão. "Vamos esclarecer isso de vez. Você foi até o Quênia passar um fim de semana? Puxa vida, deve gostar mesmo de caçar."

"Claro, eu adoro. E vou de novo no sábado." Stoat lamentou ter dito aquilo imediatamente.

Estella sentou, excitada, derrubando *scotch* nos dois. "Posso ir, Palmer? Por favor!"

"Não, doçura, desta vez é a negócios. Vou levar um cliente importante. Prometi-lhe um rinoceronte igual ao meu."

"Ah, por favor. Eu não vou atrapalhar nada."

"Lamento, mas não dá, doçura."

"Então me traga um belo presente, está bem? E nada de colarzinho vagabundo ou camiseta estampada. Uma bela escultura de madeira pode ser. Ou — já sei! — uma lança Masai!"

"Pode deixar comigo!" Stoat pensou, desanimado: Onde iria encontrar uma coisas dessas em Ocala, na Flórida?

"Uau. Viagem à África." Estella ergueu as pestanas arroxeadas para a parede cheia de animais e peixes empalhados — os queridos troféus de Stoat. E disse: "Nunca dei um tiro na vida, Palmer, mas todos os anos faço minha contribuição para a NRA. Sou totalmente favorável à Segunda Emenda".

"Eu também, pelo que você pode ver." Stoat abarcou com um gesto largo os animais mortos. "Como diz a música, a felicidade é uma arma quente." *

Estella sorriu, intrigada. "Nunca ouvi isso."

(*) No original: "*Happiness is a hot gun*". Referência à canção dos Beatles, que diz: "*Happiness is a warm gun*". (N. T.)

27

Krimmler não conseguia dormir.

Acho que não dormirei nunca mais, ele pensou.

E Roger Roothaus não acreditou na história do "vagabundo na árvore"!

Perguntou a Krimmler se ele andava bebendo. Sugeriu que tirasse férias, pegasse o Winnebago e fosse até Cedar Key ou Destin.

"Não vamos fazer nada na ilha, mesmo", Roger Roothaus dissera. "Pelo menos até recebermos carta branca do senhor Clapley. Portanto, viaje e se divirta. Tudo por minha conta."

Krimmler protestou. Insistiu que estava bem. "Um vagabundo *realmente* invadira o canteiro de obras e me espancou e me arrastou para o alto daquela árvore miserável. E me deixou lá pendurado no galho, Roger! Eu precisei descer no meio de uma tempestade. Quase me arrebentei."

"Meu amigo, estou preocupado com você", Roothaus disse.

"Acho bom, mesmo!"

"Não fale uma só palavra a respeito disso ao senhor Clapley, está bem?"

"Mas Clapley também mandou um capanga, um maluco que invadiu meu trailer e me intimidou. Ele tinha uma fita violenta..."

"Tenho de atender outra ligação", disse Roothaus, secamente. "Karl, você precisa dar um tempo. Estou falando sério."

Mas Krimmler não tinha intenção de abandonar a Ilha do Sapo. Um general nunca fugia da batalha, mesmo para tirar férias pagas pela firma. Krimmler carregou a 357 e entrou no Winnebago para esperar o próximo intruso.

As horas passaram, ninguém apareceu. Mas a ilha pulsava agourenta à porta. O vento. As aves marinhas. O farfalhar das folhas.

Krimmler era um homem assombrado. Encurralado pela natureza, possuía a força e os instrumentos para revidar, mas não a tropa. No fundo, estava sozinho.

Ah, ouvir o barulho familiar do escapamento do caminhão de entulho superlotado, o rugido das motosserras, os estalos metálicos de uma motoniveladora ao manobrar... Krimmler daria cambalhotas de puro regozijo!

Mas as máquinas de terraplanagem que tanto amava jaziam mudas e desamparadas. A cada momento que passava a ilha maldita ressurgia; agitava-se, brotava, aquecia-se para a vida. Trancado no interior sufocante do trailer mofado, Krimmler começou a se preocupar com sua própria sanidade. Sentia-se acuado e atormentado até pelo pio das gaivotas, gritos dos *raccoons*, rugido de esquilo (que aprendera a temer como ao diabo). O entardecer vociferante só servia para amplificar a algazarra primal na porta de Krimmler, e para abafar o barulho ele pôs um CD de Tom Jones no aparelho de som. Acendeu todas as luzes, escorou a maçaneta da porta com uma cadeira inclinada, entrou debaixo das cobertas e esperou pelo sono que nunca veio.

Do outro lado da janela a Ilha do Sapo zombava dele!

Krimmler tapou os ouvidos e pensou: Acho que jamais dormirei novamente.

Ele fechou os olhos com força e pensou num plano. Ao amanhecer subiria numa das motoniveladoras e derrubaria árvores como terapia. Pilotando uma D6, abriria uma clareira no pinheiral mais ameno. Morram, esquilos. Sejam bem-vindos ao futuro.

Krimmler sorriu, satisfeito com a idéia.

Passado algum tempo, sentou-se e apurou os ouvidos. O Winnebago silenciara, exceto pelos pingos que caíam no teto de tempos em tempos, dos galhos molhados. Krimmler, ansioso, sacou a 357 e se levantou para trocar o CD.

Foi então que ouviu o grito, diferente de tudo que já escutara. Começava com um gemido gutural e crescia até se tornar um uivo interminável. Os pêlos do braço de Krimmler se arrepiaram e sua língua parecia cheia de giz. O grito era vigoroso o bastante para vir de um felino avantajado, como o puma, mas o cretino do dr. Brinkman afirmara que todos os pumas haviam sido mortos ou afugentados do noroeste da Flórida havia muito. Na verdade, Krimmler se lembrou, Roger Roothaus indagara especificamente a respeito da eventual existência de pumas na Ilha do Sapo, pois esses animais

329

estavam na lista das espécies ameaçadas. Um único gato perdido e o Tio Sam impediria o projeto Shearwater inteiro, provavelmente para sempre.

O grito macabro voltou. Krimmler tremeu. O que mais poderia ser, senão um puma? Aquele desgraçado do Brinkman! Mentira para nós, Krimmler pensou — um ambientalista disfarçado, ele nunca me enganou! Isso explica seu súbito desaparecimento; provavelmente fugiu para denunciar tudo aos federais.

Krimmler escancarou a porta do Winnebago e encarou a neblina e a garoa. O grito felino parecia vir do mesmo capão onde os sapinhos haviam sido enterrados. O uivo trêmulo soava quase humano, como o grito de um moribundo.

Sssooooooooooooooooccccccoooooooo!!!!

Bem, quase humano, Krimmler concluiu. A imaginação prega peças na gente.

Ele vestiu uma calça grossa de lona e um casaco de náilon. Empunhando a pistola e a lanterna, observou a escuridão. Para os quintos dos infernos aquele bêbado traidor, onde quer que esteja, Krimmler amaldiçoou Brinkman. Aquela ilha infestada *será* domada; dragada, drenada, aplainada, mapeada, pavimentada, rebocada, pintada para renascer como um lugar de valor palpável e permanente para as pessoas — um resort de classe internacional, com campo de golfe e tudo.

Para Krimmler, os gritos na noite serviram como chamado para a batalha. Ele não se intimidaria, não bateria em retirada, não permitiria que Shearwater fosse arruinada por um felino fedorento, tumoroso, infestado de carrapatos. Jamais, principalmente após tanto trabalho, dinheiro e pressão política.

Vou matar o miserável pessoalmente, Krimmler jurou.

A noite foi novamente abalada pelo uivo lancinante, e Krimmler saiu para desafiá-la, furioso. Esse puma não está ameaçado de extinção, pensou. O filho-da-puta já está é morto.

A carga foi interrompida momentaneamente quando ele escorregou num tronco, e na queda quebrou a lanterna. Levantando-se apressadamente, retomou o avanço, golpeando as árvores da trilha com a mão armada para abrir caminho. O grito inumano o atraiu para a clareira onde as máquinas de enterrar sapo estavam estacionadas, e Krimmler começou a atirar freneticamente no instante em que saiu do mato.

"Vem cá, gatinho!", gritou, exultante e alucinado.
"Ssssooooooooooooooooooccooooooooooooo*!!!*

Além do dinheiro, Robert Clapley sentia muita falta do respeito existente no ramo das drogas. Se você fosse conhecido como traficante de certo nível, o bandido pé-de-chinelo nem sonharia em se meter com você.

Um pé-de-chinelo como Avalon Brown, por exemplo, que deixou Clapley esperando por quarenta e cinco minutos no saguão do Marlin Hotel, enquanto tratava de "negócios importantes" com as duas Barbies.

Embora Avalon obviamente considerasse divertido ser rude com um rico incorporador imobiliário norte-americano, jamais (disso Clapley tinha certeza) trataria um importador de cocaína no atacado com tamanha falta de consideração. Quanto mais Clapley era obrigado a esperar, mais seus pensamentos se voltavam para o sr. Gash. Ele era a pessoa indicada para ensinar boas maneiras a Avalon Brown, e sentiria o maior prazer nisso.

Intrigava Clapley o fato de o sr. Gash não haver telefonado da Ilha do Sapo. Tiroteios, mesmo quando os tiros não eram fatais para o alvo, em geral resultavam num relatório de campo em primeira mão. Talvez o sr. Gash estivesse envergonhado, Clapley especulou, por conta da sobrevivência do seqüestrador de cães. O sr. Gash orgulha-se muito de seu desempenho profissional impecável.

Bem, ele vai telefonar logo, Clapley pensou. E basta que eu lhe fale a respeito de Avalon Brown — um monte de merda daqueles era justamente o que o sr. Gash precisava para se animar novamente. Serviços do gênero ele seria capaz de fazer de graça.

"Bobby?"

No saguão surgiram Katya e Tish, retraídas mas não de todo refratárias. Nem sinal do Stanley Kubrick jamaicano.

"Bobby, o senhor Brown quer saber onde está o dinheiro do filme."

"Os advogados estão preparando o contrato de formação da sociedade. Vamos almoçar", Robert Clapley disse.

Enquanto seguiam para o News Café, Clapley sentiu-se abatido pelo desânimo. As Barbies estavam medonhas. Fizeram permanente e tingiram o cabelo de preto retinto. O batom e os olhos também estavam negros. Usavam xales de renda sobre os corpetes justos,

331

calça de couro com cinto de fivela larga e sandálias plataforma trambolhudas como um rebocador. Um crime, Clapley lamentou em silêncio. Aquelas mulheres foram feitas para minissaias e sandálias de salto fino; diacho, disso ele entendia. Ele as projetara! Sem pensar no preço, reformara Katya e Tish para obter exemplos perfeitos do grande ícone da beleza norte-americana. E era isso que recebia em troca: rebelião. Unhas dos pés pintadas de preto!

Enquanto se deliciavam com cappuccinos e roscas, ele perguntou: "Vocês sentiram saudades de mim, meninas?".

"Craro, Bob", Tish disse.

"Já descolou o pó de rino?"

Tish balançou a cabeça, tensa. Katya baixou os olhos.

"Falta de sorte, né?" Clapley abriu um sorriso de solidariedade hipócrita.

"Só cocaína. E cocaína é um saco", Katya disse, mordiscando a passa torrada de cima da rosca.

"Um saco", Clapley concordou. "E esse novo visual? É para o filme?"

"É gótico casual, Bob." Para reforçar a explicação, Tish apontou para o crucifixo prateado em seu pescoço. Katya também usava um, Clapley notou.

"Gótico? Querem dizer vampiros e outras besteiras?"

"Isso", Katya disse. "E adoração do sangue."

"Além de lugares legais para dançar", Tish acrescentou.

Clapley riu, cáustico. "Adoração do sangue e raves. Definitivamente, estão no lugar certo."

A ansiedade provocou comichões e suor frio no corpo inteiro. Usando todo o seu poder de concentração, Clapley mal conseguia manter a xícara de café firme na mão. Enquanto isso as Barbies desviavam a atenção para um rapaz sem camisa que corria de costas com patins; rabo-de-cavalo inevitável, óculos de sol Oakley e cacatua branca no ombro.

"Meninas." Robert Clapley sentia-se como um professor que ouve risadas no fundo da classe. "Katya! Tish!"

Os sorrisos safados evaporaram.

"Ainda querem pó de rino?"

Tish olhou para Katya, que ergueu uma sobrancelha sem delinear.

"Onde?", perguntou, desconfiada.

"No condomínio, em Palm Beach."

"Quando? Você tem agora?"

"Ainda não", Clapley disse. "Depois de amanhã."

"Não enrola, Bobby. Tem o pó de chifre ou não?", disse Tish.

"Terei logo."

"Como arranjou? Onde está?", perguntou Katya.

Clapley mal podia suportar os olhares das duas, o cabelo e a maquiagem eram revoltantes. Além disso, comiam como duas porcas famintas!

"Onde arranjou o pó?", Katya insistiu.

"Com um rinoceronte morto. Eu mesmo vou matá-lo."

O queixo de Tish caiu, na boca inchada cheia de rosca. Katya debruçou-se, mostrando a pontinha da língua entre os dentes da frente, como uma gatinha.

"Rinoceronte-negro. Um monstro", Robert Clapley disse. "A caçada está marcada para sábado de manhã."

"Você mata rinocerontes? Sério mesmo?"

"Sério mesmo."

"E se errar?"

"Então provavelmente ele vai me matar, como matou outro homem, há poucos anos." Clapley soltou um suspiro fingido. "Uma coisa horrível. O guia disse que esse animal é extremamente perigoso. Furioso."

As Barbies pareciam hipnotizadas, de olhos arregalados. Outro adolescente de patins passou, mas as duas moças estavam encantadas com o grande caçador branco.

"Não se preocupem, *não* vou errar", Clapley garantiu. "Nunca erro."

"Arma grande, é?", disse Katya.

"A maior."

"Depois você leva o pó de rino?"

"Só se estiverem lá esperando por mim."

As duas moças concordaram, balançando a cabeça simultaneamente.

"Fantástico. Mas não comentem isso com ninguém, principalmente com o senhor Brown", Clapley pediu. "O risco é alto, e estou fazendo isso por vocês. Posso me meter numa encrenca séria."

"Tudo bem, Bobby."

"Ou ser pisoteado até a morte."

Katya segurou a mão de Clapley com ternura. "Nós amamos você, Bobby, por correr tantos riscos por nossa causa. Por matar o rinoceronte perigoso."

"Não fiz sempre o que vocês queriam? Não fiz? Você e Tish pediram mais pó de chifre, e esse era o único jeito de conseguir. Arriscando a vida."

"Muito obrigada, Bobby."

"Então, vejo vocês no sábado à noite? De cabelo *louro*, por favor."

Tish riu. "E sapato alto também."

"Isso seria fantástico." E chega dessa história de moda gótica, Robert Clapley pensou. O triunfo o animou e sua expectativa cresceu; logo as gêmeas voltariam para casa.

No saguão do Marlin ele abraçou as duas e disse: "Aposto que o senhor Avalon Brown arranjou uma linda suíte de frente para o mar para acomodar vocês, não foi?".

Tish olhou para Katya, que parecia constrangida.

"Não? Quem sabe depois que o filme fizer um tremendo sucesso." Clapley esticou o rosto para os beijos de despedida, mas o perfume doce e desconhecido o incomodou.

"O que é isso?", perguntou, fungando.

"O nome é Undead", Katya explicou. "Da Calvin, acho."

"Delicioso. Digam ao senhor Brown que manterei contato."

"Tome cuidado quando for matar o rinoceronte, Bobby."

"Não se preocupem comigo", Clapley disse. "Ah, quase me esqueci. O doutor Mujera virá da América do Sul na semana que vem. Só para lembrar." Ele levou o dedo indicador ao queixo. "Presumo que vocês ainda estejam interessadas."

"Talvez", Katya disse, cautelosa.

"Isso mesmo, talvez", Tish repetiu.

"Para vocês, só o melhor. Certo? Ele é o maior especialista do mundo."

"Mas o senhor Brown disse que adora nossos queixos como estão agora."

"É mesmo?", Clapley disse, fechando a cara.

"Queixos bons para a luz do filme", Tish explicou.

"Suave", Katya acrescentou. "Ele disse que ângulos suaves são melhores. Diferente das modelos americanas angulosas."

"O doutor Mujera já operou muitas estrelas do cinema mundial."

"Sério mesmo, Bobby? Das artistas?"

"Falarei pessoalmente com o senhor Brown. Sei que ficará impressionado com o currículo do doutor." Robert Clapley consultou o relógio. "A bem da verdade, tenho um tempinho agora. Por que não ligam para o quarto e convidam o senhor Brown para descer e tomar um drinque conosco?"

"Não dá", Katya disse. "A massagista está lá."

"Ela vem todos os dias às duas horas", Tish explicou.

"A massagista?"

"Ele falou que é por causa do stress", Katya disse.

Clapley sorriu, compreensivo. "O senhor Brown deve sofrer pressões terríveis."

"Até sábado, Bobby. Vamos nos divertir como antes, tá?"

"Meninas, mal posso esperar."

"Boa sorte com o rinoceronte preto!"

"Não se preocupem comigo", Robert Clapley disse às futuras Barbies gêmeas . "Cuidem bem do cabelo maravilhoso que vocês têm."

Quando o levaram para a viatura da polícia rodoviária, Twilly Spree estava entupido de analgésicos, o que foi bom para ele, pois McGuinn imediatamente pulou em seu peito para saudá-lo. Doeu bastante, mas não a ponto de fazer com que Twilly desmaiasse.

A primeira parada foi no banco Barnett, onde sacou um valor que por coincidência equivalia, praticamente até o último dólar, a três anos de salário do tenente Jim Tile na polícia. Até o ex-governador demonstrou surpresa.

"Herança", Twilly disse com voz empastada. "Meu avô está se revirando na cova."

Em seguida pararam numa concessionária Chevrolet, no caminho de Tallahassee.

"O que deseja?", o capitão perguntou.

"Precisamos de um carro."

"Eu costumo ir sempre a pé."

"Eu não", Twilly disse. "Ainda mais com um buraco no peito."

Jim Tile, pelo jeito, divertia-se com a situação. Twilly percebeu que Clinton Tyree estava acostumado a dar as cartas.

"Posso chamá-lo de governador?"

"Acho melhor não."

"Senhor Tyree? Ou prefere Camaleão?"

"Nenhum dos dois."

"Tudo bem, *capitão*", Twilly disse. "Só queria agradecer pela ajuda que nos deu lá na ilha."

"Foi um prazer."

"Mas não pude deixar de pensar no que estava fazendo por lá."

"Férias", o Camaleão respondeu. "Bem, vamos ver o tal carro."

Twilly escolheu outra perua Roadmaster, por causa de McGuinn. Dessa vez, azul-marinho. Enquanto preenchia os formulários na saleta do vendedor, o grupo resolveu dar uma volta pelo salão. O policial, o capitão e o cachorro admiravam os modelos expostos. Nenhum vendedor ousou se aproximar. Depois, no pátio, Jim Tile examinou o Buick gigantesco. McGuinn se instalou confortavelmente na traseira, Twilly no banco da frente. O Camaleão assumiu o volante.

"Não quero saber para onde vocês três pretendem ir", o policial disse. "No entanto, governador, eu gostaria de saber o que fez com a arma que lhe dei."

"Golfo do México, Jim."

"Você não mentiria para mim, né?"

"Joguei do helicóptero. Pergunte ao rapaz."

Twilly confirmou. Era verdade. O piloto, prudente, não fez perguntas a respeito.

"Foi uma pena, mas o celular eu perdi. Deve ter caído no mato", disse o Camaleão. "O abastado estado da Flórida deveria lhe dar um novo. Diga isso ao governador Dick."

Jim deu a volta até a janela do passageiro e se debruçou para falar com Twilly. "Presumo que saiba com quem você está viajando."

"Eu sei."

"Ele é um grande amigo meu, rapaz. Mas não é necessariamente um bom exemplo."

O Camaleão o interrompeu. "Mais um aviso de interesse público da polícia rodoviária!"

Twilly deu de ombros. "Só quero um pouco de paz e tranqüilidade, tenente. Meu corpo inteiro dói."

"Então sugiro que vá com calma. Muita calma." O policial voltou ao lado do motorista. Algo o perturbava, obviamente.

"Jim, dá para acreditar no tamanho desta perua?", disse o Camaleão.

"Há quanto tempo não dirige um automóvel?"

"Um bom tempo."

"E quando renovou sua carteira de habilitação?"

"Há vinte e dois anos. Vinte e três, talvez. Por quê?" O Camaleão tamborilou no volante com os dedos. Twilly não resistiu e riu.

"Vou fazer o seguinte", Jim Tile disse. "Vou partir agora mesmo para não ver você manobrar essa lancha e sair do pátio. Caso contrário, seria obrigado a parar o veículo para multá-lo."

O Camaleão ergueu os olhos para o alto, zombeteiro. "Eu mandaria emoldurar, Jim."

"Faça-me um favor, governador. Tome cuidado, pois esse rapaz acaba de enfrentar um problema sério e quase não sobreviveu. Não dê a ele mais idéias malucas."

"Pode deixar, na cabeça dele não cabe mais nenhuma. Certo, rapaz?"

Twilly, sério: "Estou entrando numa nova fase".

O policial colocou os óculos de sol de aro metálico. "Eu devia conversar com o cachorro, que tem mais juízo", resmungou.

Clinton Tyree estendeu a mão e lhe deu um tapinha amistoso no ombro. Jim Tile examinava seu chapéu, cuja aba fora mordiscada por McGuinn.

"Governador, vou avisar mais uma vez: já estou velho demais para essas coisas."

"Sei disso, Jim. Vá para casa cuidar da patroa."

"Não quero ler nada no jornal sobre vocês dois, entenderam?"

O Camaleão tirou os óculos do tenente e os colocou no rosto.

"Discretos e isolados, este é o nosso lema!"

"Tomem cuidado, por favor", Jim Tile disse.

Assim que saíram do estacionamento eles seguiram para a rodovia interestadual. Twilly apagava e acordava de seu sonho movido a codeína, sem sonhar. Perto de Lake City o capitão o acordou, excitado, para mostrar um porco morto no acostamento.

"Podemos nos alimentar com ele durante duas semanas!"

Twilly sentou-se, esfregando os olhos. "Por que está parando?"

"Não desperdice nada, não peça nada."

"Se gosta tanto assim de bacon, posso lhe dar uma franquia do Denny's", Twilly disse. "Mas por nada deste mundo eu vou pôr um porco morto de duzentos quilos na minha perua nova. Não me leve a mal, capitão."

Na traseira, McGuinn gania e se agitava.

"Acho que ele quer fazer xixi", o Camaleão comentou.

"Somos dois", Twilly disse.

"Não, três."

Desceram todos e seguiram para o meio do mato. O ex-governador olhou por cima do ombro para o porco atropelado, melancolicamente. McGuinn o cheirou rapidamente antes de correr para explorar a trilha de um coelho. Twilly resolveu deixá-lo passear à vontade por alguns minutos.

Quando retornaram ao carro, o capitão perguntou a Twilly como ele se sentia.

"Tonto. Dolorido." Com um gemido, Twilly encostou no capô do carro. "E sortudo", completou.

O Camaleão apoiou a bota no pára-choque. Tirou a touca de banho e esfregou os dedos bronzeados na cabeça calva. Depois disse: "Precisamos tomar algumas decisões, senhor Spree".

"Minha mãe guardou todos os recortes de jornal com notícias sobre seu desaparecimento. Sempre que surgia uma nova reportagem, ela a lia para nós durante o café-da-manhã", Twilly relembrou. "Deixava meu pai louco da vida. Ele vendia terrenos à beira-mar."

O Camaleão assobiou, sarcástico. "Os esganados. Mais, mais, mais."

"Ele disse que você devia ser comunista. Afirmava que qualquer pessoa contrária aos empreendimentos imobiliários era antiamericana."

"Então seu pai era um patriota, certo? Defendia a vida, a liberdade e a comissão do corretor imobiliário."

"Minha mãe dizia que você era apenas um homem tentando salvar o lugar que amava."

"E fracassei estrondosamente."

"Um herói do povo", segundo ela.

O Camaleão riu, divertido. "Sua mãe parece muito romântica." Ele recolocou a touca de banho na cabeça outra vez. "E você? Estava no jardim-de-infância? Na primeira série? Não pode se lembrar das coisas daquela época."

"Ela passou anos falando de você", Twilly disse. "Em parte, para espicaçar meu pai. Ou talvez ela estivesse do seu lado, secretamente. Votou em você, sabia?"

"Meu Deus, pode parar por aí..."

"Creio que gostaria de minha mãe."

O Camaleão tirou os óculos escuros e observou seu reflexo no pára-choque do carro. Com dois dedos ele reposicionou o olho vermelho, alinhando-o com o real, na medida do possível. Depois fixou a vista em Twilly Spree e disse: "Meu filho, não posso lhe dizer como levar a vida. Caramba, você já viu o que fiz com a minha. Mas posso garantir que não há paz para gente como você e eu neste mundo. A gente fica com raiva, pois do contrário nada muda. Por isso fomos mandados para cá, para sentir raiva."

"Eles me obrigaram a freqüentar um curso, capitão. Mas não fiquei curado."

"Um curso?"

"Controle da raiva. Falo sério."

O Camaleão uivou. "Pelo amor de Deus, e quanto ao controle da *cobiça*? Todo mundo deveria freqüentar um curso assim, neste estado. Se falhar, será conduzido até a divisa e expulso da Flórida."

"Eu explodi o banco do meu tio", Twilly disse.

"E daí?", o Camaleão disse. "Não há nada do que se envergonhar por sentir raiva, meu caro. Muitas vezes é a única reação lógica e sadia. A gente não pode entrar num curso para a raiva ir embora! Melhor tomar um drinque ou um tiro. Ou enfrentar os filhos-da-puta."

O ex-governador ergueu o queixo para o céu e entoou:

"Conheceis a terra onde o cipreste e a murta
São insígnias dos feitos realizados em seus campos;
Onde a ira dos abutres, o amor da tartaruga,
Agora se dissolvem em lágrimas e endoidam violentos?".

Em voz baixa, Twilly disse: "Eu já estou nela, capitão".

"Sei disso, filho." Ele baixou lentamente a cabeça, as tranças da barba despencaram como musgo prateado. As pontas dos dois bicos de ave se tocaram quando balançavam no peito.

"Lord Byron?", Twilly perguntou.

O Camaleão balançou a cabeça afirmativamente, satisfeito. "A noiva de Abydos."

Com o polegar Twilly testou o curativo do ferimento. A dor era suportável, mesmo o efeito da droga estando no fim.

"Suponho que tenha ouvido falar na tal caçada."

"Sim, senhor."

"E por acaso saberia onde será realizada?"

Era a chance de encerrar o caso, para o Camaleão. Ele não quis aproveitá-la.

"Sei onde será", disse, repetindo em seguida o que Lisa June Peterson lhe contara.

"Então, o que acha?", Twilly perguntou.

"Acho que caçada com cartas marcadas é uma coisa baixa."

"Não foi isso o que eu quis dizer."

"Ah, refere-se ao cenário propício a uma emboscada?"

"Bem, não consigo parar de pensar na Ilha do Sapo", Twilly disse. "E naquela ponte medonha."

O olho flamejante do Camaleão estava fixo na estrada onde carros e caminhões passavam em alta velocidade. "Veja esses idiotas", falou baixo, como se para si mesmo. "Aonde acham que estão indo?"

Twilly desceu do capô da perua. "Eu sei para onde vou, governador. Para Ocala. E, no caminho, pretendo parar numa loja de armas conhecida e adquirir um rifle de alta potência. Quer um?"

"O coice vai acabar com seu ombro."

"Sim, vai doer pra danar, suponho." Twilly pegou as chaves do carro da mão do Camaleão. "Se não quiser vir junto comigo, posso deixá-lo em Lake City."

"É assim que você trata um herói do povo? Lake City?"

"Faz muito calor aqui. Vamos seguir adiante."

"Perdi alguma coisa? Temos um plano?", disse o Camaleão.

"Ainda não", Twilly umedeceu os lábios e assobiou para chamar o cachorro.

28

Durgess aquecia as mãos na xícara de café enquanto Asa Lando abastecia a empilhadeira. Faltavam três horas para amanhecer.

"Tem certeza disso?", Durgess perguntou.

"Ele não se mexeu desde ontem na hora do almoço."

"Quer dizer que ele não acordou?"

"Não, Durge. Só que não se *mexeu*."

"Mas ainda respira, certo?"

Asa Lando disse: "Com certeza. Disseram que ele até soltou um barro".

"Deus seja louvado."

"O importante é que temos segurança total. Jeffy não vai a lugar algum."

Durgess despejou o café no solo e entrou no prédio conhecido como Quarentena Um. Asa Lando levou a empilhadeira para os fundos. O rinoceronte estava apoiado no peito e nos joelhos, numa posição que o veterinário chamara de "repouso sobre o esterno". O veterinário também havia calculado a idade do bicho, mais de trinta anos, e insinuou que estava "às portas da morte", segundo Asa Lando. Eles corriam contra o tempo.

Durgess abriu o abrigo e Asa Lando entrou com a empilhadeira. Não sabiam dizer se o rinoceronte estava dormindo ou acordado, mas Durgess apontou o rifle assim mesmo. El Jefe não deu sinal de perceber a aproximação da máquina. Durgess pensou ter visto uma das orelhas se mexer quando Asa Lando cautelosamente introduziu a forquilha de aço por baixo da barriga enorme do rinoceronte. A plataforma da empilhadeira começou a se levantar lentamente, e um suspiro fedorento escapou pelas narinas peludas da fera. Sem o apoio do colchão de feno a cabeça recoberta de placas pendeu e a cauda fina balançou desanimada e impotente contra o enxame de moscas-varejeiras. As pernas grossas continuaram imóveis, como quatro tambores cinzentos arranhados.

"Agora, com cuidado", Durgess disse, enquanto Asa Lando dava marcha a ré com a empilhadeira e seguia no sentido do caminhão aberto. Durgess espantou-se: suspenso a um metro e meio do solo, o rinoceronte parecia dócil como uma tartaruga de estimação. Um dardo tranqüilizante faria o bicho entrar em coma.

Asa Lando havia preparado o caminhão para sua carga frágil, espalhando na traseira duas camadas de colchões grandes. Assim que foi instalado ali, o paquiderme piscou duas vezes (gesto que o otimismo de Durgess interpretou como curiosidade). Asa atirou uma braçada de galhos recém-cortados e disse: "Aí vai, El Jeffy. Hora do café-da-manhã!".

Durgess escolhera pessoalmente o local da caçada: um carvalho antigo coberto de limo que se erguia solitário numa fenda verde-azulada entre dois morros cobertos de mato, a um quilômetro e meio do alojamento da Wilderness Veldt. Cem anos antes aquela terra produzia limão e laranja, mas invernos rigorosos levaram a culturas mais resistentes — melancia, repolho e abóbora. Os filhos e netos dos lavradores originais acabaram abandonando os campos e venderam a terra para a Wilderness Veldt Plantation Corporation, que pertencia em parte a uma empresa de frutos do mar de Tóquio e a um *designer* de maiôs de Miami Beach chamado Minton Tweeze.

Durgess precisou de meia hora para localizar o carvalho escolhido, no escuro. Dirigia o caminhão lentamente, para não perder de vista Asa Lando, que o acompanhava na empilhadeira. Durgess parou o caminhão de modo a iluminar a clareira em torno do tronco centenário com os faróis. Antes de descarregar o rinoceronte, Durgess passou uma corda grossa em torno do pescoço dele. E amarrou a ponta na carroceria do caminhão.

"Para que isso?", Asa Lando disse.

"Tenho cinqüenta mil bons motivos."

Mas o rinoceronte não fez um único movimento para se libertar; a bem da verdade, não fez movimento algum. Quando Asa baixou o animal para o solo ele imediatamente se abaixou, apoiado nos joelhos. Seus modos sonolentos não mudaram em nada. Se estava feliz com o passeio, Durgess e Asa Lando não sabiam. Daria na mesma se estivessem transportando uma estátua.

Preocupado, Durgess estudou a fera caríssima de Robert Clapley, iluminada pelos faróis do caminhão. "Asa, ele não me parece nada bem."

"Velhice. Está praticamente moribundo."

"Espero que dure até clarear." Durgess virou a cabeça e levou o dedo manchado de tabaco aos lábios.

"Ouviu um cachorro latir?"

"Não, mas ouvi chiado no peito." Asa Lando apontou com o dedo para o rinoceronte. "Resfriado. O doutor Terrell disse que provavelmente ele se resfriou na viagem de avião."

Durgess apagou o cigarro. "Diacho. Um rinoceronte asmático, cacete!"

"Vem e vai, Durge. É igual a artrite."

"Que se dane. Ouvi um cachorro latir, juro."

Ele levou a mão em concha ao ouvido e esperou. Nada. Asa Lando deu de ombros. "Estou dizendo que o peito de Jeffy chia, só isso."

Durgess aproximou-se do bicho sonolento e soltou a corda. Parecia-lhe desnecessariamente cruel manter a criatura inerte e idosa amarrada, como faziam com algumas feras (devido à generalizada incompetência dos clientes da Wilderness Veldt, pois muitos não tinham a menor chance de acertar num animal que não estivesse preso a uma estaca).

Asa Lando pegou a máquina fotográfica e tirou uma foto do rinoceronte para o site da Wilderness Veldt na internet. Depois colocou um monte de trigo na frente do animal, que agradeceu com uma fungada grave.

"Bem, Durge, é isso aí. Vamos voltar ao alojamento e esperar amanhecer."

"E rezar", Durgess disse. "E se ele morrer, Asa? Acha que ele vai cair de lado ou ficará, bem, você sabe..."

"De pé? Boa pergunta."

"Porque se ele não cair, e permanecer de joelhos..."

Asa Lando sorriu. "Eles não vão nem perceber!"

"Teríamos uma boa chance", Durgess concordou. "O bicho pode estar duro, e..."

"A cinqüenta metros, quem saberia?"

"É o que estou pensando, Asa. Aqueles palhaços nem desconfiariam. Desde que seu amigo Jeffy não tombe antes de levar o tiro propriamente dito."

Durgess deu um passo adiante, até ficar sob o facho de luz que atraía insetos aos montes. Olhou cético para o rinoceronte imóvel. "Tem alguém aí?"

"Ele está vivo", Asa Lando disse. "A não ser que *você* tenha mijado na grama."

Os membros da expedição de caça haviam chegado na noite anterior e, apesar do alerta de Durgess, comemoraram até tarde da noite com doces finos, conhaque e charutos cubanos. Era raro o governador conseguir relaxar e beber sem medo de a história acabar num jornaleco abelhudo qualquer; normalmente, tomaria cuidado para não ser visto confraternizando com um lobista como Palmer Stoat ou um sujeito duvidoso como Robert Clapley, embora contribuinte generoso para sua campanha. Até chegar ao Wilderness Veldt, Dick Artemus se mostrara arredio e cauteloso; afinal de contas, passara maus bocados recentemente, dentro do próprio palácio do governo.

Aos poucos, porém, o chefe do Executivo ficou mais à vontade, graças à cerca que protegia a privacidade da Wilderness Veldt Plantation. Tomou uísque e contou piadas sujas em poltronas de couro trincado na beira da lareira aconchegante. Era assim que devia ser nos velhos tempos, o governador pensou nostálgico, quando os assuntos políticos importantes do estado eram tratados longe do palácio desconfortável e estéril. Tudo se ajeitava em jogos de pôquer enfumaçados, bares, pescarias e cabanas de caça; ambientes propícios que favoreciam o diálogo franco e trapaças descaradas, longe do escrutínio dos jornalistas zelosos e do público ignorante.

Willie Vasquez-Washington, porém, não se sentia tão confortável entre armários de nogueira lotados de armamentos e cabeças de animais empalhadas que o encaravam sem piscar de seus pedestais e ganchos no alto da parede. Como o governador, Willie Vasquez-Washington também sentia que dera um passo para trás, mergulhando no passado — um passado no qual alguém de sua cor não seria admitido na Wilderness Veldt a não ser que usasse uniforme vermelho e colete, carregando bandejas de ostras de Apalachicola (como fazia agora o eficiente Ramon). Tampouco os companheiros de caçada agradavam a Willie Vasquez-Washington. Ele ainda não sucumbira ao lendário charme de Dick Artemus, e Palmer Stoat, hum... bem, Palmer Stoat era Palmer Stoat: solícito, amigável, trans-

344

parente e interessante como restos de churrasco. Willie Vasquez-Washington tampouco se impressionara com Robert Clapley, o arrogante incorporador de Shearwater que o cumprimentara com um aperto de mão forte e um resmungo: "Então você é o cara que está tentando ferrar a minha ponte?".

Willie Vasquez-Washington torcera ardentemente para que o conchavo político fosse fechado naquela noite, durante o jantar regado a bebida, para que fosse poupado da caçada ao rinoceronte no dia seguinte. Brancos embriagados com rifles de grosso calibre o deixavam extremamente nervoso. E apesar de Willie Vasquez-Washington não ser sob nenhum aspecto um entusiasta da natureza, não sentia a menor vontade de ver um pobre animal ser abatido por gente como Clapley.

Por isso Willie Vasquez-Washington tentou, em várias ocasiões, puxar o governador de lado e fazer uma proposta simples: uma nova escola em troca de outro voto favorável à liberação da verba para a ponte da Ilha do Sapo. Mas Dick Artemus embarcara na excitação das festividades que antecediam a caça e não se mostrava disposto a se afastar da lareira. Palmer Stoat também não ajudou em nada, como intermediário. Sempre que Willie Vasquez-Washington se aproximava, a boca do sujeito estava tão cheia de comida que tornava a resposta indecifrável. Sob a luz suave da lareira a corpulência alva e úmida de Stoat o tornava parecido com um imenso baiacu albino. Os resquícios de boas maneiras que tinha quando sóbrio se deterioraram rapidamente sob o efeito combinado de Rémy Martin com costelas. Além do aspecto visual desagradável, a chuva de perdigotos que saía da boca cheia de Stoat era um risco à saúde, concluiu Willie Vasquez-Washington. O mais prudente era sentar longe do seu alcance.

Por volta da uma da manhã, Willie Vasquez-Washington desistiu. Subiu para o quarto quando Stoat e Clapley começavam a cantar, embriagados:

> "*Nem sempre você pode fazer com quem quer*
> *Nem sempre você pode fazer com quem quer...*"*

(*)No original: "*You can't always do who you want,/ No, you can't always do who you want...*". A letra dos Rolling Stones diz: "*You can't always get what you want*", ou seja, "nem sempre você consegue o que quer". (N. T.)

Eles pararam numa loja que exibia a bandeira Confederada na porta, na us 301, entre Starke e Waldo. Twilly Spree adquiriu um rifle Remington 30.06 com mira telescópica e uma caixa de munição. Clinton Tyree escolheu binóculos noturnos Zeiss e um Colt 45 militar de segunda mão, de pouca precisão à distância. Uma "doação" de quinhentos dólares em dinheiro para salvação dos alces ajudou a apressar a papelada e inspirou o vendedor subitamente simpático a ignorar o curto período de espera normalmente exigido para a compra de armas de fogo na Flórida.

O Camaleão e Twilly pararam para comprar ração para o cachorro, trajes camuflados e outros suprimentos na cidade de McIntosh, a uns trinta quilômetros de Ocala. Na lanchonete local uma garçonete corpulenta e tímida chamada Beverly materializou-se perante seus olhos esbelta e extrovertida, numa versão sulista de Rosie O'Donnell, transformação esta promovida pela gorjeta de cem dólares e a doação de um colete de pele de chihuahua, único no mundo, que o Camaleão tirou e deu a ela de presente ali mesmo. Beverly puxou uma cadeira e contou diversos casos escandalosos ocorridos na Wilderness Veldt Plantation e, mais importante, indicações precisas de como chegar até lá. Ao anoitecer Twilly e o Camaleão estavam confortavelmente acampados no setor norte da fazenda, depois de cortarem a cerca de arame farpado de três metros de altura com um alicate de pressão. O ex-governador fez uma fogueira discreta num capão de palmeiras, enquanto Twilly levava McGuinn para explorar a área. O cachorro era um demônio quando o prendiam na coleira, puxava com tanta força para todos os lados que quase deslocou o ombro direito ainda delicado de Twilly. Quando voltaram ao acampamento, o Camaleão já havia preparado o jantar na fogueira: para Twilly, um filé e duas batatas assadas; para ele, coelho grelhado, rabo de jacaré e cobra frita, tudo recém-atropelado num trecho de três quilômetros de estrada pavimentada ao sul de Micanopy.

O Camaleão perguntou: "Algum sinal dos bravos guerreiros?".

"Não, mas dá para ver as luzes do alojamento principal, no alto do morro. Calculo que o local esteja a um quilômetro daqui." Twilly prendeu a correia de McGuinn no tornozelo e sentou-se na frente do fogo com um jarro de água. O cachorro apoiou a cabeça nas patas e olhou ávido para a carne.

"Ainda não teve uma idéia genial?", o Camaleão perguntou.

"Acho que deveríamos abater os idiotas a tiros."

"Você é quem sabe, filho."

"Não tem nenhuma sugestão?" Twilly queria que o capitão lhe dissesse que havia outra maneira de salvar a Ilha do Sapo, sem cometer homicídio.

Em vez disso, o Camaleão falou: "Já tentei de tudo, e veja só onde vim parar".

"Você se cansou, só isso."

"Você nem faz idéia."

Comeram em silêncio, pensativos, enquanto a noite os envolvia como uma úmida mortalha grafite. Até McGuinn aproximou-se do fogo. Twilly pensou em Desie, sentia sua falta, mas sabia que ali não era lugar para ela.

"Sugiro que vá dormir e decida amanhã", o Camaleão disse, mordiscando o último pedaço de cobra.

Twilly balançou a cabeça. "Não vou conseguir dormir esta noite."

"Podemos apenas seqüestrá-los."

"É."

"Marcar uma posição política."

"Claro. É disso que o mundo precisa", Twilly disse.

"No entanto, reféns dão muito trabalho. A gente tem de alimentá-los, levá-los ao banheiro, lavar suas cuecas para que não empesteiem o carro. E ouvir seus choramingos. Meu Deus!", o Camaleão riu alto, com desprezo.

"Por outro lado", Twilly disse, "se os matarmos o FBI inteiro virá atrás de nós. Não gosto dessa possibilidade."

O ex-governador tirou o olho de vidro e o jogou para Twilly, que o examinou contra a luz da fogueira. O olho parecia surreal, distante como um sol vermelho.

"Melhor que a costumeira venda", o Camaleão disse, limpando a órbita vazia.

Twilly devolveu-lhe o olho de vidro. "O que acha que pretendem caçar amanhã?"

"Um bicho grande e lerdo."

"E, quando tudo terminar, eles se reunirão em volta da lareira, farão um brinde ao animal morto e tratarão de negócios. Concluirão a negociata e trocarão apertos de mão. Assim, aquela maravilhosa ilhota no golfo estará irremediavelmente condenada."

"Costuma ser desse jeito, mesmo."

"Não posso me conformar com isso, capitão."

O Camaleão tirou as botas e as colocou ao lado da caixa do binóculo. Do bolso do casaco impermeável tirou um baseado, que levou à boca. Debruçou-se até a beira da fogueira para acendê-lo.

"Meu caro, eu também não consigo me conformar. Nunca consegui. Quer dar um pega?"

"Não, obrigado", Twilly disse.

"Já lambeu sapo para viajar?", o Camaleão perguntou.

"Nunca."

"Não faça isso."

Twilly disse: "Vou logo avisando que não sei atirar direito".

"Talvez nem precise atirar." O Camaleão sugou o baseado com força. "Acontece muita coisa ruim a sujeitos estúpidos que entram no mato."

"Mesmo assim um plano seria útil."

"Concordo, meu rapaz."

Twilly deitou-se, usando McGuinn como travesseiro. O movimento ritmado do peito do cachorro o embalou. O Camaleão jogou água no fogo e o aroma da madeira queimada misturou-se ao da maconha.

"Que horas são, governador?"

"Tarde. Descanse um pouco, vamos dar um jeito."

"Eles têm mais armas do que nós."

"Isso é verdade."

O labrador se mexeu um pouco debaixo da cabeça de Twilly, que estendeu o braço para acariciar o queixo do cão. McGuinn começou a desferir golpes com uma das pernas traseiras, por reflexo.

"Precisamos levar o cachorro em consideração, também", disse Twilly.

"Ele não precisa nos acompanhar. Podemos amarrá-lo a uma árvore, assim ficará em segurança."

"E o que acontecerá com ele se não voltarmos?"

O capitão suspirou pesadamente. "Bem lembrado."

Twilly Spree dormiu e teve outro sonho. Dessa vez ele sonhou que estava caindo. Havia um buraco de bala em seu peito, e enquanto caía um filete de sangue escorria em espiral. Lá no fundo havia ondas no mar verde e uma longa praia branca; no céu ao seu redor aves marinhas caíam na mesma velocidade que ele. Corpos inertes com penas amassadas e bicos retorcidos. Acima de sua cabeça um helicóptero se afastava, a julgar pelo som. No sonho, Twilly tentou agarrar as gaivotas até pegar uma. Segurando o pássaro contra o peito, mergulhou em parafuso, no sentido horário, em direção à praia. Caiu de costas e perdeu os sentidos por um momento. Quando acordou, Twilly olhou para baixo e viu que a gaivota despertava e alçava vôo, libertando-se de seu abraço. Escurecera.

E Clinton Tyree surgiu no alto. Em volta do pescoço usava o binóculo. McGuinn estava em seu colo, como uma sacola enorme, parecendo amedrontado.

Twilly levantou a cabeça. "O que foi?"

"Um caminhão e uma empilhadeira grande. Você não vai acreditar."

O Camaleão avivou o fogo e passou café. Em silêncio eles vestiram as roupas camufladas e pegaram armas e munições. Twilly tirou a coleira do cachorro, para evitar que tilintasse.

"Ei, capitão, tenho algo para você. Não é um plano, mas um poema."

"Boa."

"Eu deveria ser um par de garras afiadas", Twilly recitou. "A arranhar o fundo dos mares silenciosos."

O ex-governador da Flórida bateu palmas, entusiasmado. "Mais!", incentivou. "Mais, mais, mais!" Seu riso ecoou feito trovão entre as árvores altas e o mato baixo.

Durgess acordou todo mundo uma hora antes do alvorecer. Ninguém da expedição de caça tinha estômago para um café-damanhã substancial. Os quatro homens se reuniram em torno da mesa para tomar café, aspirina, antiemético e, no caso de Robert Clapley, dois Bloody Marys. Willie Vasquez-Washington adivinhou que cáqui seria a cor da moda naquele dia. Parecia que Clapley, Stoat e o governador haviam adquirido seus trajes de caçador na mesma liquidação, embora o chapéu de caubói de Stoat o distinguisse do resto.

A animação à mesa era nula; piadas sem graça sobre ressaca e comentários a respeito do tempo. Durgess sentou-se para explicar como seria a caçada. Como o rinoceronte estava destinado a Clapley, ele e Durgess iriam primeiro para o mato. Asa Lando os seguiria a uns vinte metros, acompanhado pelo governador, Palmer Stoat e

Willie Vasquez-Washington. A dez metros seguiriam os dois guarda-costas do governador.

Falaram sobre o armamento a seguir. Robert Clapley anunciou que usaria um Weatherby 460, "o Testarrosa dos rifles de caça".

"Será o suficiente." E pensou consigo: Um estilingue e uma pedra também seriam.

Para não ficar atrás, Stoat disse que levaria uma Winchester Magnum 458.

"Será a minha escolha, também", declarou Dick Artemus, que jamais atirara num bicho maior ou mais ameaçador que uma perdiz. O governador ainda não disparara com a Winchester que recebera como agrado seis anos antes, no tempo em que era vereador em Jacksonville.

Inútil fazer objeções, mas Durgess sentia-se na obrigação de dar o alerta. "O rifle do senhor Clapley basta. Estou armado, Asa também, caso o animal dê trabalho." Os guarda-costas levavam rifles de assalto Ruger, semi-automáticos.

"Ele tem razão", Clapley intrometeu-se. Não queria ver ninguém arriscando um tiro em seu rinoceronte.

"Espere aí", Palmer Stoat disse a Durgess. "Você disse que era um rinoceronte assassino, uma fera temível, certo?"

"Isso mesmo."

"Então, sem querer desrespeitar você, Bob, nem o pessoal da segurança do Dick, pretendo garantir minha proteção. Vou levar meu rifle."

"Eu também", o governador falou. "Quanto mais, melhor."

Durgess desistiu sem mais comentários. Era sempre a mesma história com os idiotas da cidade, um concurso de piroca. Se alguém vai armado, *todos* têm de portar armas.

O guia se virou para Willie Vasquez-Washington. "Você quer uma Winchester, também?"

"Nikkormat. Só vou tirar fotos."

"Muito bem." Certa vez Durgess recusara uma oferta para servir de guia nos safáris fotográficos na África do Sul, pois ouvira dizer que os caçadores davam gorjetas melhores que os fotógrafos. Por vezes, em manhãs como aquela, Durgess lamentava não ter aceitado o emprego assim mesmo.

Robert Clapley disse: "Uma coisa vamos deixar claro desde já. É sobre o chifre. Vou levá-lo comigo hoje mesmo. *Hoje*".

Durgess pensou: Claro, machão. Assim que eu vir a cor da grana. Caso contrário, o senhor Yee vai levar o chifre, está com o dinheiro na mão.

"O chifre? E o que pretende fazer com ele, diacho?", Willie Vasquez-Washington perguntou.

Palmer Stoat explicou que o chifre do rinoceronte era moído e o pó vendido ilegalmente como afrodisíaco. "Bob não precisa disso para garantir o desempenho, mas as duas louras russas dele adoram o lance."

Willie Vasquez-Washington assobiou de espanto.

"Elas ficaram tão molhadas que o Bob precisou de uma espátula para tirar as duas da cama", Stoat disse, piscando para Clapley, que ficou vermelho feito um coquetel de tomate.

Ainda de ressaca por conta da noite anterior, Dick Artemus ergueu os olhos cansados da xícara de café. "Ouvi falar nisso. Um amigo que trabalha na sede da Toyota me contou. Os chifres valem uma fortuna, segundo ele. Além disso, só podem ser encontrados em Hong Kong ou Bangcoc. Dizem que basta colocar uma pitada do pó no saquê para ter uma ereção mais longa que a temporada de hóquei."

"Alguns homens precisam disso, mas não é o caso de Bob", Palmer Stoat disse, solícito.

Willie Vasquez-Washington mal acreditava no que ouvia. Clapley obviamente estava mais interessado no pó afrodisíaco que em matar um formidável rinoceronte africano. Os brancos eram patéticos e piores ainda quando se tratava de seus paus.

Dirigindo-se a todos, Robert Clapley disse: "Palmer desaprova minhas moças, mas desconfio que é pura inveja. Elas têm gostos exóticos, admito — e talentos compatíveis".

Seguiram-se os inevitáveis risos cúmplices.

"Leve a serra para tirar o chifre", Clapley ordenou a Durgess, com firmeza.

"Sim, senhor."

"Sabe o que funciona, também?", o governador opinou, cordial. "Testículos de touro. São chamados de ostras das Montanhas Rochosas, no Oeste. Já imaginaram comer bola de touro grelhada?"

Durgess levantou-se lentamente, como se usasse um traje de ferro. "Acho melhor irmos andando", disse aos outros. "Vou chamar Asa. Encontro vocês na entrada."

"Com nossas armas", Palmer Stoat acrescentou.

"Perfeitamente. Com as armas", Durgess confirmou, resignado.

29

Eles toparam com um outeiro que dava visão perfeita do carvalho coberto de limo que se erguia solitário na confluência de dois morros. Os dois homens se deitaram na grama alta, para esperar. Twilly mirava com o Remington enquanto o Camaleão observava o local com os binóculos. McGuinn, sentado entre eles, inquieto, farejava o ar da madrugada nevoenta. A ponta da correia fora enrolada no punho do Camaleão.

"Está vivo?", Twilly perguntou, olhando através da mira do rifle.

"Difícil dizer", o Camaleão respondeu.

Falavam do rinoceronte-negro.

"Olha lá!"

"O que foi?"

O Camaleão, que só precisava de meio binóculo, disse: "Está comendo. Veja você mesmo".

Twilly posicionou a mira telescópica e viu jatos de ar esbranquiçados saindo das ventas da fera. O lábio superior tateava um monte de feno.

"Parece ter mil anos", Twilly comentou.

O Camaleão soava sombrio. "Se vamos fazer alguma coisa, seja lá o que for, precisamos agir antes que eles abatam o pobre coitado. Não pretendo testemunhar isso, entendeu?"

McGuinn tentou descer o barranco, mas o Camaleão deu-lhe um tapa no traseiro. Twilly apontou para a fila, com o rifle. "Lá estão eles, capitão."

O grupo de caçadores aproximava-se numa Chevy Suburban zebrada, que estacionou a menos de duzentos metros do carvalho solitário. Oito homens no total, e não faziam questão de agir discretamente. O grande El Jefe, ruminando sereno sob a árvore, ignorava as portas batendo, as armas engatilhadas e as conversas ruidosas dos homens.

Fizeram uma breve pausa na frente do caminhão — o Camaleão viu o brilho alaranjado de um fósforo — antes de iniciarem a caçada propriamente dita. Dois homens seguiam na frente, armados. Twilly não reconheceu nenhum deles, mas sabia que um dos dois era Robert Clapley.

Quatro homens os acompanhavam, no segundo grupo. Twilly não precisava da mira telescópica para identificar o marido de Desie. Ele se lembrava do chapéu de caubói exagerado que Palmer Stoat usava no primeiro dia, quando perseguira o porcalhão incorrigível na via expressa da Flórida. O charuto em sua mão confirmava; a favor ou contra o vento, só um estúpido do calibre de Stoat fumaria enquanto caçava animais de grande porte.

"Eis nosso alvo", disse o Camaleão. Ele reconheceu o corpanzil flácido de Stoat do dia em que invadira a casa do lobista e usurpara seu banheiro. Vê-lo novamente agora, numa situação indesculpável, reduzia ainda mais a disposição do Camaleão para a clemência. Twilly Spree contara como aquela loucura toda começara — Stoat atirando embalagens de hambúrguer pela janela do Range Rover. O ex-governador compreendia perfeitamente a reação furiosa de Twilly; um comportamento atroz assim não poderia ser perdoado. Na opinião do Camaleão, que ele guardou para si, Twilly fora excessivamente compreensivo.

No mesmo pelotão de Palmer Stoat marchavam os outros caçadores: o governador Dick Artemus, com seu chapéu australiano teatral, carregava a espingarda de forma a tornar patente que praticava tudo, menos tiro. Um terceiro homem, mais magro e escuro, portava câmera com teleobjetiva, mas não armas. O quarto sujeito ia à frente, com o rifle à mão; mais velho, rijo, parecia mais um mecânico do que caçador.

Os dois membros do safári fraudulento mantinham certa distância e levavam no ombro rifles menores, semi-automáticos, o Camaleão informou a Twilly, preocupado. Os sujeitos usavam jeans, tênis e casacos impermeáveis azuis com as letras FDLE nas costas.

"Guarda-costas do governador Dick", o Camaleão disse. "Com Mínicatorzes, se não me engano."

Twilly não gostou da situação. O sol subia por trás do morro, o que significava que o capitão teria certa proteção contra a luz. Mesmo assim...

O Camaleão o cutucou. "Vá em frente, filho. Não tenho mais idade para isso."

Como um centopéia desconjuntada, a expedição de caça avançava lentamente pela fenda na base dos dois morros cobertos de mato. Ao se aproximarem da presa, os dois homens da vanguarda trocaram a marcha pelo passo furtivo, parando de vez em quando para traçar a estratégia, com as mãos nos quadris. O sujeito que apontava só podia ser o guia, Twilly deduziu, e Robert Clapley era o sujeito vestido como um modelo de Eddie Bauer.

De longe o grupo parecia imitar uma expedição de caça de verdade. Sempre que o par da frente parava, os sujeitos que vinham atrás faziam o mesmo. O mato não oferecia aos caçadores nem proteção nem esconderijo, mas nada disso era necessário. O rinoceronte assassino continuava mastigando, inabalável.

"Se você fosse escolher um deles", Twilly disse ao Camaleão, "quem seria? O governador Dickless?"

"Desperdício de munição. Eles produzem cretinos como ele em série, na linha de montagem. Nem sentiriam sua falta."

"Stoat, então?"

"Talvez, mas por pura diversão. Tallahassee tem mais lobistas que cupins", o Camaleão disse.

"Só sobrou o senhor Clapley." Twilly fechou um olho e enquadrou o incorporador imobiliário na mira telescópica. O rosto de Clapley surgiu, sério em sua concentração predatória. Twilly levou o dedo ao gatilho da Remington, cautelosamente.

"O projeto é dele. Aquela ponte desgraçada é para ele. O sujeito contratou um pistoleiro para matar você", disse o Camaleão.

Twilly exalou lentamente, tentando relaxar o braço que empunhava a arma. O guia e Clapley se aproximavam do rinoceronte, chegando a uns quarenta metros do bicho.

"Por outro lado", o Camaleão dizia, "talvez fosse mais produtivo seqüestrar o canalha e prendê-lo nos Glades por três ou quatro meses. Só você e eu, para educá-lo nas margens do rio Shark."

Twilly virou a cabeça. "Capitão?"

"Seria divertido. Como uma excursão escolar até a mata para o jovem Bob Clapley, ou um acampamento rústico!", o Camaleão brincou. "Voltaria para casa um novo homem, depois que os bancos tivessem cobrado os empréstimos para o empreendimento, claro..."

"Capitão!"

"Está tudo por sua conta, filho."

"*Sei* disso. Mas onde foi parar o cachorro, cacete?"

"O cachorro?" O Camaleão levantou-se num salto e olhou em torno. "Ai, Jesus."

Tantos cheiros atraentes!

McGuinn desfrutava a manhã silvestre: sol, alto de um morro verdejante onde tudo, pelo jeito, folhas, pedras, grama, o próprio orvalho, continham odores exuberantes. Animais de grande porte, McGuinn inferiu pelo cheiro forte, imensos. Mas onde poderiam estar? E que tipo de lugar era aquele?

Embora grande parte dos cheiros que chegavam ao alto do morro fosse fraca demais para merecer mais que uma farejada burocrática ou um rápido jato de urina para marcar território, um odor em particular se destacava, fresco e morno, varando pungente a névoa matinal. McGuinn não via a hora de se libertar para ir atrás dele.

O cheiro não era de felino doméstico, nem de outro cão. Definitivamente, não pertencia a gaivotas ou patos. Negativo também para cervo, coelho, *raccoon*, gambá, rato almiscarado, camundongo, sapo, tartaruga e cobra. O novo animal exalava um odor diferente de todos os que já encontrara. Fazia o pêlo se eriçar e o focinho tremer. Intenso como pairava no ar só poderia indicar que uma criatura enorme o produzia. McGuinn não via a hora de atacar a besta ancestral e atormentá-la impiedosamente... ou pelo menos latir um pouco, até encontrar algo melhor a fazer.

Um veículo ao longe parou para a descida de outro grupo de humanos, e logo McGuinn sentiu outros aromas: gases de escapamento, protetor solar, loção pós-barba, café, charuto e óleo lubrificante para armamentos. Mas o cheiro da besta misteriosa o atraía irresistivelmente. O cachorro olhou em torno e viu que ninguém prestava atenção nele. O rapaz amigo de Desie estava ocupado mirando com o rifle no sopé do morro. O companheiro dele também se distraíra. Era o sujeito de rosto peludo e perfume original, mistura de fumaça de fogueira e gambá morto, em cujo pulso pendia a correia repressora.

355

McGuinn levantou o traseiro da grama, imperceptivelmente. Recuou alguns centímetros depois sentou-se de novo. Nenhum dos dois homens olhou para ele. McGuinn repetiu o movimento duas vezes, até esticar bem a correia. Restava apenas retesar os músculos e partir. O Bote — uma escapada sutil e impetuosa bem conhecida pelos donos de labradores. Durante passeios ao entardecer McGuinn usava o Bote com excelente resultado, deixando Palmer Stoat ou Desie parados de mãos abanando, tentando agarrar o ar enquanto ele disparava atrás de um siamês insolente ou mergulhava no rio. O cachorro sabia muito bem que era rápido demais, tornando virtualmente impossível que um ser humano o alcançasse na corrida.

Desde que conseguisse se soltar.

Dessa vez tudo ocorreu suavemente, num anticlímax. McGuinn disparou e a correia simplesmente escorregou, saindo com tanta facilidade do pulso do sujeito de cabelo na cara que ele nem percebeu nada. Quando o cachorro percebeu, já estava correndo solto, sem que o notassem ou perseguissem. Desceu o morro depressa — orelhas baixas, língua para fora, focinho aveludado no mato. Mais rápido, mais rápido até se tornar apenas um vulto escuro que passou feito um raio pelos caçadores atônitos. Ouviu vozes agitadas e um grito familiar, irado — "Boodle, não!" —, que ignorou completamente. Avançou com a correia balançando atrás de si, o cheiro forte o atraía como se ele fosse uma barracuda presa no anzol. Adiante havia uma árvore cheia de musgo, retorcida, e sob ela uma criatura tão imensa e imóvel que McGuinn acreditou inicialmente que fosse feita de pedra.

Pedra? Impossível, pelo cheiro. Uma combinação pungente de gases resultantes da decomposição dos vegetais no interior do bicho, odores corporais e fezes fumegantes. O cachorro latiu animado e atacou, contente. Deu a volta por um lado, depois pelo outro, antes de se agachar e rosnar próximo ao flanco blindado gigantesco do animal. McGuinn esperava que a besta virasse para se defender, mas o formidável animal continuou imóvel. McGuinn aproximou-se cautelosamente, para atacar pela frente, apesar dos chifres. Ali iniciou uma série de avanços e recuos, para a direita e para a esquerda, encenando um ataque. A criatura não se mexeu, nem tremeu ou avançou em conseqüência das provocações histéricas e coreografadas do cão. Apenas olhou para o cachorro, entreabrindo as pálpebras enrugadas e picadas de mosquito.

McGuinn surpreendeu-se. Ate mesmo a vaca leiteira mais estúpida e preguiçosa estaria agitada, depois dos ataques! O cão recuou um pouco para recuperar o fôlego e estudar as opções, que eram poucas e modestas, levando-se em conta as limitações cognitivas dos labradores. Fingiu um bote traiçoeiro, mas viu atônito que o monstro continuava mastigando placidamente a pilha de feno. Incrível!

McGuinn ouviu em seguida o som de passos cautelosos, seguido de sussurros humanos tensos. Ele conhecia seu significado: fim da folia. Alguém pegaria a correia e o levaria embora. Restava-lhe pouco tempo. Uma última tentativa: o cachorro rosnou, baixou as orelhas e adotou posição de combate de lobo. Rodeou o bruto impávido que (McGuinn notou) havia parado de mastigar e estava de boca entreaberta cheia de brotos encharcados. Mas o cachorro já concentrara a atenção na traseira da fera: um rabo diminuto a balançar, convidativo.

Um salto, um lampejo das presas, e McGuinn conseguiu pegá-lo!

A besta reagiu de imediato, virando com tamanho ímpeto que o cachorro foi jogado longe, aterrissando aos pés do tronco do carvalho centenário. Ele se aprumou e sacudiu o corpo vigorosamente, da cabeça ao rabo. Com uma mistura de surpresa e contentamento, observou que o monstro fugia — e bem depressa, imaginem!

McGuinn iniciou a perseguição, animado, estimulado pelo instinto ancestral e pela mais pura vontade de brincar. Haveria melhor maneira de passar uma manhã de primavera, correndo livre pelo mato fresco atrás de um bicho em desabalada carreira, enquanto humanos lerdos gritavam em sinal de protesto, impotentes?

Qualquer cachorro sonhava com uma aventura assim.

Ninguém ficou mais abalado do que Palmer Stoat quando viu um labrador preto correndo na linha-de-tiro, pois parecia seu cão — meu Deus do céu, *era* seu cão! Desaparecido havia tanto tempo, tinha de surgir na hora errada e no lugar errado. Stoat desesperou-se, sabendo que o cão não descia o morro para encontrá-lo, e sim para afugentar o rinoceronte reservado para Robert Clapley, estragando a caçada e provavelmente o esquema de Shearwater pela segunda vez!

Sem dúvida, era uma maldição.

"Boodle, não!", Stoat gritou, fazendo o charuto balançar. "Parado!"

Clapley, alguns metros adiante, fechou a cara de modo que não deixava dúvidas: ele pretendia atirar no cachorro. Mas Durgess não permitiu e fez sinal para que todos parassem e ficassem quietos.

"Esperem um pouco", Asa Lando instruiu obedientemente o grupo de Stoat.

Dick Artemus debruçou-se e murmurou: "Palmer, aquele não é o idiota do seu cachorro?". Willie Vasquez-Washington riu e começou a tirar fotos. Silenciosos e abismados, os guias e caçadores observaram o labrador cercar e atacar o rinoceronte; até Asa Lando se interessou. O cachorro realmente era uma figura!

Palmer Stoat espiou Clapley de esguelha, vendo que discutia violentamente com Durgess. De todos os presentes, apenas Stoat estava a par da obsessão de Clapley. Só Stoat sabia — sem precisar perguntar — que o sujeito trouxera bonecas e provavelmente uma escovinha de cabelo perolizada, escondida no colete de munição. Só Stoat sabia qual era a motivação oculta de Clapley e que ela nada tinha a ver com o esporte. Por isso compreendia a natureza de seu pânico. Sem rinoceronte, nada de chifre; sem chifre, nada de Barbies vivas! Numa equação dessas um labrador brincalhão valia zero.

Tarde demais Stoat se deu conta de que deveria ter chamado Bob de lado na noite anterior e explicado que o rinoceronte "assassino" não poderia escapar de jeito nenhum, pois uma cerca de arame farpado intransponível cercava a Wilderness Veldt Plantation. Embora o aviso pudesse empanar o brilho da caçada, também ajudaria a baixar a ansiedade de Robert Clapley a um nível aceitável, evitando que ele se sentisse tentado a apontar o rifle Weatherby para uma mascote irrelevante. Do ponto onde se ajoelhara, Stoat viu Clapley tentando erguer o cano da arma repetidamente, sendo sempre impedido por Durgess.

Desesperado, Stoat gritou: "Boodle! Venha cá!".

Dick Artemus levou dois dedos à boca e soltou um assobio que mais parecia o grito de uma arara tuberculosa. O labrador não respondeu. Observando a cena através da lente 500 milímetros, Willie Vasquez-Washington via detalhes fascinantes: as moscas-varejeiras esverdeadas voando em torno da traseira do rinoceronte, os fios de baba reluzentes escorrendo da boca do cachorro...

E quando o labrador saltou de repente e agarrou o rabo do rinoceronte, foi Willie Vasquez-Washington quem gritou: "Olhem só que filho-da-puta!".

Palmer Stoat viu o rinoceronte virar. Viu Boodle arremessado no espaço. Viu Robert Clapley empurrar Durgess para o lado e se levantar. E depois viu o rinoceronte avançar correndo, perseguido por seu cachorro idiota. O rinoceronte seguiu primeiro para um lado e depois para outro, subindo metade da encosta do lado norte antes de ser detido pela gravidade. Com uma fungada resoluta a fera virou e desceu o morro na direção dos três grupos de homens, que poderia confundir facilmente com arbustos ou antílopes a pastar (considerando-se a propalada deficiência visual dos rinocerontes). Arbitrariamente, escolheu como rota de fuga o vão de vinte metros entre os dois primeiros grupos. O cachorro o acompanhava de perto, latindo animado.

Por causa da imensidão do rinoceronte e do trote pesado, a rapidez da carga foi mal avaliada tanto por Stoat quanto por Clapley, mas não pelos dois guias, cujo assombro pela ressurreição do paquiderme decrépito foi superado pela aversão à morte violenta. Durgess, antecipando a fase seguinte da confusão, saltou de banda e deitou no chão. Asa Lando girou nos calcanhares e correu na direção do carvalho. O governador Dick Artemus entendeu tudo depressa, largou a arma e se jogou no chão também, caindo de bunda. Os dois guarda-costas avançaram, ergueram o chefe pelas axilas e o arrastaram rumo à perua zebrada. Enquanto isso Willie Vasquez-Washington recuou, tirando fotos durante a retirada.

E Palmer Stoat, frente a frente com um rinoceronte africano em plena carga, ergueu o rifle e mirou. A exatos vinte metros de distância, Robert Clapley imitou seu gesto. Os dois homens estavam embriagados demais pela adrenalina para reconhecer sua fragilidade mútua na geometria letal do fogo cruzado. Os dois foram apanhados naquele momento pela armadilha da arrogância masculina e não evitaram a tragédia iminente.

Stoat não acertava um animal em movimento, por lerdo que fosse, havia anos. Tremia de excitação quando mandou bala na cabeça do rinoceronte monumental. Quanto a Clapley, matar seria mais do que uma demonstração de macheza, seria a realização da fantasia que o consumia dia e noite. Através da mira telescópica (ridiculamente desnecessária a uma distância tão curta) Clapley admirava sem fôlego o enorme chifre da besta. Ele imaginou apresentar o totem cabeludo virado para cima, ameaçador sobre uma almofada de cetim, para as duas Barbies, aconchegantes, nuas, perfumadas e (torcia ardentemente) louras. Ele antevia o brilho nas faces quase prontas. Na próxima semana: queixos. Até o Natal: perfeição.

O rinoceronte avançava em linha reta, pelo meio dos dois. Clapley e Stoat acompanharam a trajetória da besta com os rifles, como se caçassem pombas em pleno vôo. Só que não miravam para cima, claro, e sim para a frente.

"Não atirem!", Durgess gritou, mais para constar.

Naquela noite, quando se embriagavam desesperadamente num bar em McIntosh, nem ele nem Asa Lando conseguiram determinar qual dos dois idiotas atirou primeiro. A julgar pelo eco estereofônico dos disparos — e pelos resultados instantâneos —, Robert Clapley e Palmer Stoat puxaram o gatilho ao mesmo tempo. Os dois erraram o rinoceronte, naturalmente, e ambos caíram estrepitosamente. Clapley, por conta do coice formidável do Weatherby e Stoat pela combinação de coice com estilhaços.

Reproduzir a fração de segundo que durou a estupidez seria difícil, mas com a ajuda do mestre Jack Daniel, Durgess e Asa Lando concluíram que o tiro de Stoat deve ter acertado o tronco do carvalho no instante exato em que a bala de Clapley atingia a Winchester de Stoat, que praticamente explodiu na mão dele. Naquele momento o lobista ainda não estava morto, embora o ombro direito tivesse sido seriamente atingido pelos pedaços da espingarda.

Asa Lando se lembrava de ter olhado de cima da árvore e visto Stoat sem chapéu, confuso, cair de joelhos. Assim como Durgess se lembrava de ter ajudado Robert Clapley a assumir a mesma posição, de modo que os dois caçadores ficaram frente a frente, como cães selvagens rivais. Mas os guias sabiam que Stoat não olhava para Clapley, e que Clapley não olhava para Stoat, os dois homens procuravam ansiosamente o corpo do rinoceronte recém-abatido.

"Você errou", Durgess disse a Clapley.

"Como é?" O ouvido de Clapley zumbia por causa do estrondo.

"O senhor Stoat também errou", Durgess disse, para consolá-lo.

"Como é?"

Quando Durgess se levantou para procurar o rinoceronte fujão, ouviu gritos frenéticos de cima do carvalho: Asa Lando tentava avisá-lo. O chão começou a tremer sob as botas de Durgess. Ele não parava de falar nisso, depois.

Parecia um terremoto, Asa. Você sentiu, também?

O rinoceronte dera meia-volta, inesperadamente, e agora atacava a expedição de caça desorganizada por trás; um dia do caçador, outro da caça. Não havia tempo para fugir. Asa gritava de cima da árvore. Palmer Stoat jogou o charuto fora e abriu a boca. Durgess correu para salvar Robert Clapley, mas Clapley não estava onde deveria. De quatro, procurava o rifle. Desesperado, Durgess se fechou numa bola e esperou ser esmagado. Sob ele a terra perdera a rigidez e balançava feito um trampolim.

Durgess sentiu o rinoceronte passar por ele como uma locomotiva a vapor, soltando fumaça, resfolegando. Ele abriu os olhos a tempo de ver uma silhueta preta passar rapidamente contra o céu rosado antes que o labrador arranhasse sua testa. Durgess achou melhor não se apressar para levantar, decisão essa reforçada pelo grito de Clapley.

O guia se lembraria de ter permanecido imóvel até ouvir passos pesados de homem e sentir uma sombra sobre seu corpo. Ele se virou lentamente, esperando ver Asa, mas em vez disso deu de cara com uma assombração barbuda sorridente com um olho vermelho que parecia ter sido arrancado da cabeça do demônio em pessoa.

"Vim buscar o cachorro", a assombração declarou.

Enquanto era arrastado para um lugar seguro, o governador perdeu a casca das feridas do traseiro. Quando os guarda-costas chegaram ao Suburban, ele havia sangrado e manchado o fundilho da calça com a palavra VERGONHA, que surgiu misteriosamente em vermelho do tecido, como se fosse um estigma. Se Willie Vasquez-Washington notou algo, não o disse. Ele e Dick Artemus foram empurrados para o banco traseiro. Os agentes do FDLE entraram na frente, trancaram as portas e pediram ajuda pelo rádio, chamando um helicóptero e ambulâncias.

No caminho de volta para o alojamento o governador parecia esgotado e abalado. Seu topete alto de cabelo grisalho tornara-se um ciclone rebelde. Ele afundou no banco. Willie Vasquez-Washington seguia ereto feito um pára-raios e mal conseguia ocultar seu ar de contentamento.

"Minha nossa", comentou. "Você viu aquilo?"

"Willie?"

"Pobres coitados."

"Willie!"

"Pois não?"

"Eu não vi nada. Não estive lá. Você também nunca esteve lá."

O governador segurou o joelho de Willie Vasquez-Washington com a mão suada. "Vamos acertar isso?"

O vice-presidente do Comitê de Desapropriações da Assembléia coçou o queixo, pensativo. Com a outra mão tocou um botão da Nikkormat que continuava pendurada em seu pescoço e acionou o rebobinamento automático. O zumbido de um enxame de vespas não seria mais incômodo para Dick Artemus.

Seus olhos pesarosos pousaram na máquina. "Tirou fotos, foi?"

Willie Vasquez-Washington fez que sim. "Um filme inteiro."

"Colorido ou preto-e-branco?"

"Colorido, claro."

Dick Artemus virou-se e olhou para a frente. Naquele momento um cervo de rabo branco saiu do bosque de palmeiras e cruzou a estrada, bem na frente da perua. O agente ao volante pisou no acelerador e com habilidade desviou do animal.

"Bela manobra!", Willie Vasquez-Washington elogiou, pulando no assento.

O governador não se mexeu. Nem piscou.

"Willie", disse arrasado.

"O que foi?"

"O que você quer, afinal?"

Twilly Spree tentou correr atrás de McGuinn, mas foi perseguido e detido por Clinton Tyree, que sussurrou em seu ouvido: "Deixa estar, filho".

Disse isso com tamanha serenidade que Twilly finalmente compreendeu o que dava alento àquele homem: uma fé inabalável na natureza, que acabava por acertar as contas e endireitar tudo.

Por isso deixou que o cachorro seguisse adiante e depois viu o rinoceronte voltar à ativa. Ele correu até metade da altura do morro antes de dar meia-volta e atacar os caçadores, que fugiram feito loucos. Vista do alto do morro, a confusão aconteceu em câmera lenta, pavorosa, inevitável. Os dois idiotas apontando os rifles para o rinoceronte que tentou passar pelo meio deles, transformando uma emboscada triangulada em fogo cruzado mortífero. Quando os tiros foram disparados, pareceu que Palmer Stoat e Robert Clapley tinham conseguido acertar um no outro, estupidamente.

O Camaleão e Twilly acompanharam surpresos os dois homens que se puseram de joelhos. Menos espantados, perceberam que o rinoceronte havia dado meia-volta novamente e atacava os caçadores por trás, numa carreira cega, desabalada.

O Camaleão respirou fundo. "Durma com os anjos, querido."

Clapley tateava na grama quando o rinoceronte o atingiu com força total. Seu grito subiu o morro e ecoou no meio do bando de corvos. Como uma rã na fisga, Clapley tentou se soltar do chifre do rinoceronte (que seria um troféu e tanto, com seus quarenta e nove centímetros). Furioso, o animal meneou a cabeça, arrebentando Clapley por dentro, sem se deter.

Ele corria direto para Palmer Stoat, que estava ferido e cuja Winchester se partira em pedaços. Stoat ergueu um braço gorducho na tentativa vã de intimidar a besta (que, o Camaleão constatou depois, provavelmente nem o vira; afinal, com o corpo de Robert Clapley espetado na frente da cara, ver seria impossível). McGuinn seguia nos seus calcanhares, latindo, enquanto o rinoceronte de uma tonelada atropelava Stoat com a tranquilidade de uma carreta de cerveja.

Twilly e o Camaleão esperaram até que o animal perdesse o fôlego e a Suburban que levava o governador e sua escolta se afastasse, para então descer a encosta. Um dos guias continuava deitado no chão, enrolado como um tatu. O Camaleão conferiu sua condição primeiro, enquanto Twilly cumpria a desagradável formalidade de examinar Palmer Stoat. Os olhos do lobista estavam arregalados, fitando algo no infinito. Twilly lembrou-se dos olhos de vidro que removera da cabeça dos animais empalhados de Stoat.

O rinoceronte exausto retornara à sombra do carvalho e tombara sobre os joelhos. A trinta metros de distância, o Camaleão e Twilly ouviam o ressonar asmático da fera e viam o suor escorrendo pelo couro grosso. Robert Clapley, inerte e retorcido, continuava preso na ponta do chifre recurvado.

O Camaleão perguntou a Twilly: "O que foi que deu no cachorro?".

Assim que a besta encouraçada cansou de brincar de pegador, McGuinn ficou entediado e saiu farejando outras oportunidades de folia. Achou a árvore. Havia um humano lá em cima! O cachorro parou debaixo da árvore e começou a latir furiosamente, parando apenas para saltar.

Para o sujeito encarapitado no galho Twilly disse: "Está tudo bem aí?".

"Tudo certo. Mas, afinal de contas, quem são vocês?" Era o outro guia de caça, o sujeito que se vestia feito mecânico de automóveis.

"Ninguém. Só viemos buscar o cachorro."

"Ele é seu? Viu o que o desgraçado aprontou?" O sujeito em cima da árvore estava muito contrariado. "Viu a merda que ele fez, esse seu cachorro?"

"Já sei, já sei. Ele não tem jeito, o malandro."

Twilly assobiou, dando o toque de jantar. McGuinn, tendo praticamente perdido a noção do tempo, caiu no engodo. Baixou a cabeça, envergonhado, enfiou o rabo entre as pernas e parou ao lado de Twilly, numa pose de arrependimento bem ensaiada. Twilly pegou a correia e a segurou com firmeza. Não queria que o cão visse o destino de seu antigo dono.

O Camaleão aproximou-se e abraçou McGuinn jovialmente. O labrador mordeu uma das tranças do Camaleão e começou a puxar. O Camaleão ria feito um colegial.

"Acho melhor irmos embora", disse Twilly.

"Não, filho. Ainda não."

Ele se levantou, sacou a quarenta-e-cinco e seguiu direto para o local onde estava o rinoceronte.

"O que pretende fazer?", Twilly gritou. No tumulto, esquecera o rifle Remington no alto do morro. "Não atire!"

O Camaleão se aproximou do rinoceronte e o sujeito falou, do alto da árvore: "Você ficou maluco?".

"Cale a boca", disse o ex-governador da Flórida.

O rinoceronte percebeu que alguém se aproximava e tentou se levantar.

"Calma aí, muita calma." O Camaleão avançou tranqüilo, aproximando-se do rinoceronte. Esticou o braço devagar, o cano azulado do Colt apontou para a cabeça do animal, ou assim pareceu a Twilly, que se mantinha um pouco afastado. Ele chegou a pensar no motivo que o Camaleão teria para matar o rinoceronte; talvez para poupá-lo de ser abatido por outros, como um policial ou um guarda-florestal. Enquanto isso, McGuinn puxava a correia, pensando que o homem com cheiro de gambá ia começar alguma nova brincadeira.

"Ei, o que pretende fazer?", Twilly gritou novamente para o Camaleão.

A visão do rinoceronte continuava obstruída pela figura presa em seu chifre. El Jefe não conseguia ver nem o sujeito de barba prateada nem a arma apontada contra sua cabeça. Melhor assim, embora o sujeito não pretendesse feri-lo.

Twilly viu o Camaleão retesar o braço e se preparou para o estampido. Não ouviu nada, pois o outro não mirava a cabeça do animal. Ele encostou a arma com firmeza no olho direito arregalado de Robert Clapley, para ter certeza absoluta de que o incorporador estava mesmo morto. Satisfeito, recuou alguns passos e baixou a arma. O guia desceu da árvore e fugiu correndo. McGuinn latiu indignado, o que enervou o rinoceronte. Com um grunhido vulcânico e um movimento violento da cabeça ele jogou longe o corpo inerte de Robert Clapley, que caiu formando um monte cáqui.

O Camaleão aproximou-se dele e o cutucou com a ponta da bota. Twilly viu que se abaixava e pegava algo no chão. Mais tarde, quando subiam o morro, ele tirou o artigo do bolso e o mostrou a Twilly. "O que acha *disso*?", perguntou.

Era uma boneca loura curvilínea, vestida com uma roupinha que imitava couro, do tipo que Maureen O'Hara usava nos filmes antigos de Johnny Weismuller. Uma Barbie Jane.

"Caiu do bolso de Clapley", o Camaleão contou, franzindo a testa. "Uma boneca."

Twilly Spree balançou a cabeça. "Este mundo está perdido."

30

Eram setenta e sete passos até o alto do farol. Ele contou um a um, enquanto galgava a escada circular. No final dos degraus havia uma porta empenada com pintura vermelha descascando, sem maçaneta do lado externo. O ex-governador da Flórida bateu três vezes, com força, esperou um pouco e bateu de novo. Ouviu movimento do outro lado, finalmente; arrastar de pés, mais do que passos.

"Doyle?"

Nada.

"Doyle? Sou eu, Clint."

Ele ouvia o som da respiração do irmão.

"Está tudo bem?"

A única luz que clareava a coluna de pedra vinha de uma fileira de janelas cobertas de sal. Havia envelopes no chão, de parede a parede, centenas de envelopes idênticos, amarelados, fechados. Cheques com o salário de Doyle, enviados pelo estado da Flórida. Clinton Tyree não via um daqueles havia muito tempo.

Nas sombras ele viu uma caixa de laranjas frescas, três galões de água e, empilhados ao lado, feito livros, duas dúzias de caixas de arroz Minute. Sentia cheiro de arroz agora, cozinhando do outro lado da porta.

"Doyle?"

Ele queria muito ver o irmão.

"Não vou ficar. Só queria saber se você estava bem."

Clinton Tyree apoiou o ombro na porta. Estava trancada. Ouviu mais arrastar de pés, uma cadeira de metal sendo empurrada pelo assoalho de pinho, o protesto sibilante de uma almofada ordinária ao receber o peso de um corpo pesado. Seu irmão estava ali, sentado.

"Os guardas do parque disseram que algumas pessoas trazem comida para você. Doyle, é verdade?"

Nada.

"Se precisar de alguma coisa, trago para você. Mantimentos, remédios, qualquer coisa. É só dizer."

Livros, revistas, quadros, um videocassete, um piano de cauda... que tal uma vida completamente nova? Meu Deus, Clinton Tyree pensou, a quem eu acho que estou enganando?

Ele escutou o som da cadeira sendo puxada para mais perto da porta. A seguir um estalido metálico, como o de um isqueiro Zippo ou de um canivete, ao serem abertos. Depois acreditou ter ouvido um murmúrio.

"Doyle?"

Nenhuma palavra.

"O motivo para eu ter vindo — bem, eu só queria dizer que você nunca precisará sair daqui se não quiser. Já resolvi tudo. Não precisa mais ficar com medo, aqui você está seguro, entendeu? Enquanto quiser. Dou minha palavra."

Outro estalo do lado de lá da porta, depois dois passos firmes. Clinton Tyree encostou o rosto na madeira gasta e sentiu, mais do que ouviu, o irmão fazer o mesmo, do outro lado.

"Doyle, por favor", murmurou. "Por favor."

Ele ouviu o barulho do trinco quando deslizou e recuou um passo. A porta se abriu e um braço saiu lentamente; o braço de um homem idoso, pálido, coberto de veias azuladas. Na parte interna, entre o punho e o cotovelo, havia estrias tênues, restos de uma antiga cicatriz. A mão era ossuda e áspera. Clinton Tyree a segurou e apertou com emoção, percebendo que o irmão ainda era forte. A mão clara se mexia em contato com a dele, e quando virou o pulso notou um ferimento recente no antebraço. As letras desenhadas na carne diziam *Eu te amo*, e delas escorriam filetes de sangue rubro como pétalas de rosa.

Doyle Tyree puxou a mão e fechou a porta na cara do irmão.

Enquanto descia a escada do farol, o ex-governador da Flórida contou novamente os setenta e sete degraus. Quando chegou ao final, ficou de bruços no chão e se arrastou pelo vão na prancha de compensado que fora pregada na entrada para afastar vândalos e turistas curiosos.

Clinton Tyree deixou a penumbra do farol e piscou como um

recém-nascido ofuscado pela luz da manhã de primavera. Ele se levantou e virou o rosto banhado em lágrimas para o lado de onde soprava a brisa fresca do Atlântico. Viu um tarpão perseguindo um cardume de tainhas para lá da arrebentação.

A barricada de compensado que protegia o farol estava coberta de avisos oficiais, desbotados e salpicados de sal:

ENTRADA PROIBIDA

FECHADO À VISITAÇÃO PÚBLICA ATÉ SEGUNDA ORDEM

PROPRIEDADE DO ESTADO DA FLÓRIDA — NÃO ENTRE

Mas alguém prendera recentemente um cartão de visitas com uma tachinha, na madeira. A tacha brilhava, sem ferrugem, e o cartão era novo. Clinton Tyree aproximou o olho bom e sorriu. O sorriso inaugural.

LISA JUNE PETERSON
Assessora-executiva
Gabinete do governador

Ele tirou o cartão do tapume e o guardou debaixo da touca de banho. Depois saiu andando pela praia, cruzou as dunas e atravessou a rua até o Centro de Visitantes de Peregrine Bay e o Passeio Panorâmico, onde o Roadmaster azul-marinho estava estacionado.

Palmer Stoat foi enterrado com seu taco de golfe Ping favorito, uma máquina Polaroid e uma caixa de puros cubanos Montecristo número 2, o que provocou lágrimas autênticas nos apreciadores de charutos presentes à cerimônia. O serviço fúnebre foi realizado numa igreja presbiteriana de Tallahassee. O ministro elogiou Stoat, a quem chamou de pilar da comunidade, paladino do processo democrático, dedicado homem de família, amigo dos animais e amigo devotado tanto dos poderosos quanto das pessoas humildes. Entre os presentes havia uma prostituta, o *barman* noturno do Swain's, um taxidermista, três congressistas federais, um senador aposentado, seis juízes estaduais, três dúzias de vereadores e ex-vereadores de diversos locais da Flórida, um representante do governador e quarenta e um membros da atual legislatura estadual, em sua maioria eleitos graças aos fundos levantados por Stoat, sem que este se interessasse pelas inclinações políticas de cada um. Entre as empresas que mandaram coroas de flores magníficas destacavam-se a Philip Morris Company, Shell Oil e Roothaus & Son Engineering, Magnusson Phosphate Company, Lake County Citrus Cooperative, U. S. Sugar, MatsibuCom Construction of Tokyo e Port Marco Properties. Entre as instituições, Associação dos Madeireiros do Sul, Associação Nacional do Rifle, Associação dos Ex-Alunos da Universidade da Flórida, Comitê Executivo do Partido Republicano e Comitê Executivo do Partido Democrata. Chegaram ainda mensagens de condolências do deputado Willie Vasquez-Washington e do governador Richard Artemus, que não puderam comparecer.

"Nosso pesar neste momento se torna mais suportável", disse o ministro no encerramento, "pela idéia de que o último dia de Palmer entre nós transcorreu feliz, na prática do esporte, ao lado de seu grande amigo Bob Clapley — apenas os dois, a desfrutarem as maravilhas da natureza que tanto amavam."

O enterro foi no cemitério vizinho, que apropriadamente serviu de último refúgio para nada menos que vinte e um dos políticos mais corruptos da Flórida de todos os tempos. Diziam na região que para enterrar aquela gente o coveiro precisava de uma escavadeira em vez da pá, de tanta sujeira. Os Stoat haviam comparecido ao funeral de inúmeros ladrões, inclusive alguns condenados, e Desie conhecia bem o local. Para Palmer ela escolheu um jazigo ao sol, numa elevação sem vegetação, com vista para a Interestadual 10. Como ele previa freqüente e entusiasticamente que a Flórida um dia seria tão pujante quanto Nova York ou a Califórnia, ela concluiu que ele gostaria ter vista para uma rodovia em sua derradeira morada.

No pé da cova mais palavras elogiosas foram ditas. Desie, que se sentou na frente com seus pais e o único primo de Palmer, um pedicuro de Jacksonville cuja licença tinha sido cassada, chorou lágrimas verdadeiras e sentidas — não por causa dos elogios, em geral imerecidos, mas pelos sentimentos que tivera em relação ao marido e o modo como eles acabaram contribuindo para sua morte. Embora não pudessem culpá-la pelo trágico acidente de caça, era também inegável que a expedição contra o rinoceronte assassino fora precipitada pela crise do seqüestro do cachorro, e que o seqüestro fora complicado pela atração de Desie por Twilly Spree e por tê-lo encorajado.

Claro, Palmer ainda estaria vivo se, no início, tivesse agido honradamente e se afastado das negociatas de Shearwater. Mas nunca houve a menor chance de isso ocorrer, nenhuma expectativa razoável de que o marido descobrisse repentinamente uma bússola moral interna, e Desie deveria saber disso.

Não obstante, sentia culpa. E sofria, também, pois embora não estivesse mais romanticamente envolvida com Palmer, jamais o odiara. Ele era o que era; se fosse totalmente podre ela não o teria desposado. O sujeito exibia um lado companheiro, gostava de agradar as pessoas. Mesmo sem ser carinhoso, era animado o bastante para deixar saudades e até provocar pesar. Pôr a Polaroid no caixão fora idéia de Desie, uma brincadeira íntima. Palmer teria dado risada, ela pensou, embora ele indubitavelmente preferisse os instantâneos tirados no quarto. Esses, ela destruiu.

Enquanto o caixão descia, correu um murmúrio entre os presentes. Desie ouviu um ofegar e sentiu que algo úmido e aveludado roçava em seus dedos. Olhou para baixo e viu McGuinn farejando suas mãos entrelaçadas. O cachorro exibia uma fita de cetim preto no lugar da coleira, e mordia um brinquedo. Era um sapo de borracha com uma lista laranja nas costas. O sapo coaxava quando McGuinn o mordia, o que ocorria a cada doze segundos. Algumas pessoas riram discretamente, gratas pelo divertimento, mas o ministro, ocupado em seu passeio pelo vale da morte, ergueu os olhos glaciais sem demonstrar a menor simpatia.

Não gosta de cachorro, Desie deduziu enquanto tirava o sapo da boca de McGuinn. O labrador se aninhou a seus pés e observou, curioso, o desaparecimento da caixa de madeira no buraco cavado no solo. Presumiu que continha um cão com uma orelha só, como a caixa que vira na praia. Mas se o cheiro de morte pairava no ar, McGuinn não podia senti-lo por causa da imensa quantidade de flores.

Enquanto isso a viúva de Stoat olhava ansiosa por cima de um ombro, depois do outro, examinando as faces dos presentes. Não o localizou entre eles. Abriu a mão e olhou o sapo de borracha, que realmente se parecia com um sapo. Ela o virou na palma da mão e viu que havia algo escrito a esferográfica na barriga amarela: *Sonho com você!*

E um número de caixa postal em Everglades City, não muito longe da ilha de Marco.

* * *

O espirro queimou seus pulmões.

Twilly Spree fez uma careta. "Não precisava pular em cima de mim desse jeito."

"Claro que precisava", o Camaleão falou. "Jamais conseguiria alcançá-lo numa corrida ladeira abaixo. Você é rápido demais para um velho como eu."

"Sei. Quanto você disse que pesava?"

"Só pensei que você não ia querer levar outro tiro tão próximo do primeiro. E as chances de que isso ocorresse eram grandes, com os dois cabeças ocas disparando canhonaços. Ou o rinoceronte deixaria você que nem uma panqueca."

"Tudo bem, tudo bem, muito obrigado", Twilly disse, irônico. "Muito obrigado por pular em cima das minhas costelas fraturadas. Foi uma delícia."

Ele espirrou novamente e a dor fez seus olhos lacrimejarem.

O Camaleão disse: "Tenho uma idéia. Pare na próxima saída".

Eles removeram os pêlos de cachorro do carro num posto de gasolina, usando aspirador de pó. Pêlos suficientes para fazer outro labrador, o Camaleão calculou. Os espirros de Twilly cessaram. Seguiram para o sul pela via expressa da Flórida, que recentemente fora rebatizada (por razões que ninguém conseguiu explicar adequadamente) de via Ronald Reagan.

"Deveriam pôr o nome dele numa parada para descanso. *Isso* faria sentido", o Camaleão brincou. "Mas a rodovia inteira? Meu Deus, ele ainda estrelava filmes de faroeste quando a estrada foi construída."

Twilly disse não se importar se dedicassem a estrada a Kathie Lee Gifford, desde que aumentassem o pedágio para cem dólares por veículo.

"Não é o suficiente. Melhor quinhentos", o Camaleão opinou. "E o dobro para trailers."

Como sempre, o trânsito estava terrível. Twilly sentiu que seu mau humor voltava..

"Para onde vamos agora?", perguntou ao capitão.

"De volta para os lagos dos crocodilos, suponho. Minha residência atual é um aconchegante mas excessivamente ventilado Dodge NASCAR. E a sua?"

"Everglades City."

O Camaleão franziu a testa. "Por quê?"

"Posicionamento estratégico", Twilly disse. "Ou talvez só para pescar. Sei lá."

"Tudo bem."

"Ei, eu queria fazer uma pergunta: durante todos esses anos você não pensou em ir embora?"

"Todo santo dia, filho."

"Para onde?", Twilly disse.

"Bahamas. Turks e Caicos. Uma ilha pequena demais para construir um Club Med. Uma vez comprei passagem para Granadines e cheguei até o aeroporto internacional de Miami..."

"Mas não pegou o avião."

"Não consegui. Senti-me como se fugisse pela porta dos fundos da casa de um amigo moribundo."

"Entendo", disse Twilly.

O Camaleão pôs a cabeça para fora do carro e urrou como um urso ferido à bala. "Flórida desgraçada", disse.

Viajaram em silêncio por quinze quilômetros. Twilly começou a sentir a intensidade do olhar do outro, e pelo canto do olho viu os bicos de urubu girando em sentido anti-horário na ponta da barba trançada.

"Filho, não posso ensiná-lo a lidar com a dor nem a encontrar paz duradoura, por uma noite que seja. Só espero que tenha mais sorte do que eu", disse o Camaleão.

"Governador, espero conseguir realizar metade do que já fez."

Abrindo um sorriso cansado, o Camaleão disse: "Mas posso lhe dar um conselho: se ela for maluca o suficiente para escrever a você, não deixe de responder".

"Tá. Vou me esforçar. Como foi a visita a seu irmão?"

"Fez bem em não ter perguntado antes."

"Bom, já viajamos cento e cinqüenta quilômetros", Twilly disse. "Achei que estava na hora de perguntar."

"Foi tudo bem. Conversamos um pouco." De certa forma, conversaram mesmo. O Camaleão apanhou os óculos espelhados de Jim Tile e os colocou. "Vai pegar a Trail?"

Twilly fez que sim. "Acho melhor. É uma reta só."

"E longe pra danar. Se me deixar em Krome Avenue, pego carona até Keys."

"Nem pensar. Quero ver o famoso carro de corrida." Twilly ligou o som. "Gosta de Neil Young?"

"Neil Young é genial."

Eles passaram a saída para Tamiani Trail e permaneceram na via Ronald Reagan. O trânsito continuava ruim naquele finalzinho da hora do *rush*. Irritante. A questão que pairava no Buick Roadmaster, sem ser formulada, explosiva como nitroglicerina, era se conseguiriam atravessar Miami, se havia a possibilidade de cruzarem a maldita cidade sem que alguém aprontasse *algo* que simplesmente não poderia ser ignorado...

Mas de forma surpreendente eles passaram pela cidade, avançando pela terrível parte oeste de Kendall rumo a Snapper Creek, Cutler Ridge, Homestead, até que a estrada por fim os conduziu relativamente intactos a Florida City. Eles passaram apreensivos pela fileira de supermercados e lanchonetes até escapar pela Card Sound Road, ladeada apenas por mato e brejos, mantendo a proa do Buick apontada para North Key Largo; a respiração dos dois voltou ao normal, Twilly cantarolava e o Camaleão batia os pés no ritmo da música quando...

"Viu aquilo?" Twilly apertou o volante com força.

"O quê?"

"O Firebird preto na nossa frente."

"O que tem ele?", o Camaleão perguntou.

Claro, ele vira a mesma coisa que Twilly: uma garrafa de cerveja voando pela janela do passageiro. Ao cair, assustou uma garça azul na margem do canal.

"Bunda-mole", Twilly resmungou, tenso, agarrando o volante.

Outra garrafa de cerveja voou longe, dessa vez pela janela do motorista. O Camaleão contou quatro cabeças dentro do Firebird, dois casais começando a farra das férias. Pareciam jovens. O carro era alugado.

"Inacreditável", Twilly disse.

Nem um pouco, o Camaleão pensou, cansado. Mais, mais, mais...

O lixo atirado do Firebird em seguida foi um copo de plástico descartável, seguido de uma ponta de cigarro acesa que caiu na grama seca à beira da estrada.

O Camaleão xingou. Twilly freou bruscamente, parou no acostamento, engatou a ré na perua e recuou até o ponto em que a ponta caíra. Pulou do carro e pisou na brasa. E continuou batendo o pé em círculos por um minuto inteiro. Pelo jeito, servia como uma excelente terapia. O Camaleão ficou com vontade de participar também.

Quando Twilly voltou ao carro, ele partiu e acelerou até o fundo, calmamente. O Camaleão viu o velocímetro subir depressa até cento e cinqüenta. O Firebird não era mais um pontinho distante no asfalto. Crescia cada vez mais.

"Eu andei pensando", Twilly disse, com toda a calma do mundo, "se você estava com pressa de voltar para casa."

O Camaleão pensou no caso. Pensou em tudo. Palmer Stoat. Dick Artemus. Doyle. Twilly. A garça cuja refeição fora rudemente interrompida por uma garrafa de cerveja.

E pensou nos dois casais a bordo do Firebird, rindo e bebendo, obviamente sem a menor noção de que dois homens alterados e perigosos estavam colados na sua traseira. Só assim se poderia explicar o que aconteceu em seguida: uma lata de Altoids jogada pelo teto solar do Firebird. Ela ricocheteou no pára-brisa da perua e caiu na água.

Twilly estalou a língua, impaciente. "E então, governador? Vamos?"

Ele pensou: Ah, que se dane.

"Quando quiser, filho."

EPÍLOGO

Após a morte de Robert Clapley, o SwissOne Banc Group de Zurique cancelou todas as linhas de crédito para a Shearwater Island Development Corporation, que imediatamente foi à falência. No leilão dos bens para pagamento das dívidas promovido pelo espólio de Clapley os terrenos da Ilha do Sapo foram vendidos a um comprador anônimo que rebatizou o local de ilha Amy e o transformou em área de preservação permanente. A nova ponte não saiu.

Norva Stinson, a única proprietária restante da Ilha do Sapo, recusou-se peremptoriamente a vender sua pousada minúscula para a entidade de preservação que administrava o parque por menos de quinhentos e setenta e cinco mil dólares — seis vezes o valor da avaliação. O valor foi educadamente recusado e a sra. Stinson ainda reside na mesma casa e vive basicamente de doações da igreja local.

Três meses após o colapso do projeto Shearwater, um grupo de observadores de pássaros que passeava pela Ilha do Sapo descobriu um esqueleto humano. As pernas haviam sido esmagadas por um peso enorme. Nos ossos de uma das mãos havia um celular Nokia. Os especialistas do FBI identificaram os restos mortais. Eram de Darian Lee Gash, ex-presidiário, tarado sexual e muito conhecido nas boates de South Beach. Causa da morte: ferimentos à bala de duas armas calibre 357 diferentes. Apenas uma foi recuperada.

A gravação do 911 com o pedido de socorro desesperado mas ininteligível do sr. Gash foi incluído no quarto volume dos *Chama-*

dos de emergência mais apavorantes do mundo, fartamente anunciado na televisão e vendido pela internet. A fita cassete custava US$ 9,95 e o CD US$ 13,95, mais despesas de postagem.

O corpo de Karl Krimmler foi encontrado num brejo salobro, no meio do pinheiral da Ilha do Sapo. Ele ficou preso na cabine de uma máquina Caterpillar D-6 com a qual entrou na água inexplicavelmente a toda a velocidade. A autópsia determinou que o engenheiro morrera por afogamento. O legista anotou a presença de "um número razoável de girinos na traquéia da vítima". No mesmo brejo a polícia localizou um Smith & Wesson calibre 357 que posteriormente foi identificado como a arma usada contra Darian Lee Gash. Tendo em vista o passado criminoso do sr. Gash, os detetives concluíram que a morte dos dois homens fora um sórdido homicídio seguido de suicídio. Os restos mortais do dr. Steven Brinkman jamais foram recuperados.

Pouco depois da tumultuada "caça" ao rinoceronte, o Wilderness Veldt Plantation recebeu uma visita dos agentes federais de proteção à vida selvagem. Na inspeção ao local eles descobriram doze impalas, oito gazelas Thompson, uma naja da Malásia sem presas, um búfalo-africano ainda jovem, três chimpanzés fugidos de um circo, um bando de babuínos fortemente sedados, uma mula pintada para passar por zebra e uma jaguatirica de duas pernas. O local foi imediatamente interditado pelas autoridades federais por violação de diversos artigos da Lei de Proteção das Espécies Ameaçadas de Extinção e outros dispositivos legais. O rinoceronte conhecido como El Jefe foi recapturado sem problemas, anestesiado e transportado a uma reserva no Quênia próxima ao local onde nascera trinta e um anos antes. Seu chifre monumental foi removido para que o animal não atraísse caçadores e contrabandistas.

John Randolph Durgess mudou para o oeste do Texas, onde conseguiu emprego como guia numa reserva de caça particular de seis mil hectares chamada Serengeti Pines. Ali foi morto e parcialmente devorado por um puma selvagem que pulou a cerca para atacar os antílopes importados da África.

Asa Lando foi contratado como tratador de animais do parque temático Walt Disney World's Animal Kingdom, perto de Orlando. Dois meses depois o demitiram discretamente, em conseqüência do desaparecimento misterioso do único leopardo macho do local.

Duplo prazer e dupla dor, estrelado por Katya Gudonov e Tish Karpinski, uma produção da Avalon Brown, foi lançado em vídeo. Em poucas semanas a Mattel Corporation obteve uma liminar proibindo as duas estrelas do filme de "se apresentarem, vestirem, anunciarem ou imitarem as bonecas Barbie, uma marca registrada. A ordem incluía mas não se limitava às encenações intituladas 'Barbies góticas', 'Zumbis Barbies' e 'As Barbies vampiras gêmeas'". As duas moças receberam visitas hostis de agentes do Serviço de Imigração norte-americano e pouco tempo depois partiram em viagem de trabalho pelo Caribe, sem previsão de retorno.

Estella Hyde, também conhecida pelos policiais que trabalhavam na repressão à prostituição como Crystal Barr, Raven McCollum e Raven Bush, tornou-se tesoureira voluntária da Associação dos Cidadãos da Comarca de Broward por Quayle. Durante um evento para arrecadar fundos para o ex-vice-presidente, no Pier 66, ela conheceu e fez amizade com o governador Dick Artemus, que pouco depois a convidou para morar em Tallahassee e trabalhar na Comissão do Serviço Público.

Após abrir mão do registro de corretor de imóveis para evitar um processo, Phillip Spree Jr. mudou-se para Beaufort, na Carolina do Sul, onde se especializou em vender terrenos à beira-mar nas ilhas formadas pelo recifes. Em pouco tempo Little Phil começou a acreditar em seus próprios argumentos de vendedor e construiu uma casa de praia sobre pilotis na beira do Atlântico. Ali ele, a quarta esposa e o arquiteto faleceram no verão, quando o furacão Barbara fez o imóvel em pedaços.

Amy Spree casou-se com o professor de ioga e se mudou para Cassadaga, na Flórida, onde continuou sendo visitada pelo filho todos os anos, religiosamente, em seu aniversário.

O tenente Jim Tile aposentou-se da Polícia Rodoviária da Flórida e abriu um pesque e pague com restaurante perto de Apalachicola. No Natal seguinte ele recebeu pelo correio um presente vistoso. Dentro havia um telefone celular Nokia novinho em folha. Na memória havia um número de telefone em North Key Largo que não constava em nenhuma lista. Quem ligava ouvia uma mensagem que consistia inteiramente no solo de guitarra de "Fortunate Son", de Creedence Clearwater Revival.

Lisa June Peterson pediu demissão de seu emprego de assessora-executiva do governador Dick Artemus e foi trabalhar como lobista do Grupo de Ação pela Água Pura. Na primavera seguinte sua atuação foi decisiva para aprovar uma nova lei antipoluição que resultou numa multa diária de cinco mil dólares contra a fábrica da Magnusson Phosphate na comarca de Polk, uma notória usina poluidora. Em conseqüência disso o furioso dono da mina, Dag Magnusson, trocou de partido e passou o resto da vida amargurado, financiando ilegalmente candidatos do Partido Democrata.

Dez meses após o fiasco na Wilderness Veldt, foi lançada em Miami a pedra fundamental do futuro Colégio Comunitário Willie Vasquez-Washington. O governador Dick Artemus compareceu ao evento e posou ao lado do homenageado. Os dois políticos empunhavam pás douradas enquanto os fotógrafos trabalhavam.

O farol de Peregrine Bay continua fechado ao público, embora esporadicamente os navegantes da costa sudeste da Flórida aleguem ver uma luz brilhar no alto da torre listada. A Guarda Costeira ignora rotineiramente essas visões, atribuindo-as a uma ilusão de ótica provocada pelo mau tempo, pois sabe-se que o farol está vazio e fora de serviço.

ESTA OBRA FOI COMPOSTA EM GARAMOND PELA SPRESS E IMPRESSA PELA
GEOGRÁFICA EM OFSETE SOBRE PAPEL PÓLEN SOFT DA COMPANHIA SUZANO
PARA A EDITORA SCHWARCZ EM JULHO DE 2004